REQUIEM CARAÏBE

Pour Dagobert Leroy, 45 ans et un sourire ravageur, la vie est plutôt agréable à Saint-Martin, entre son boulot tranquille de détective privé et sa passion du surf.

Jusqu'au jour où surgit dans son bureau des « Enquêtes McGrécor » une jeune métisse au caractère bien trempé, née sur l'île française de Sainte-Marie. Fruit de la liaison hors mariage de Lorraine Malevoy et d'un jeune play-boy noir, Charlotte Dumas, 25 ans, veut retrouver le père qu'elle n'a jamais connu. Sa mère, chassée du domicile conjugal, s'est donné la mort après quelques années d'une vie misérable et alcoolisée. Aujourd'hui, devenue mannequin, la belle et rancunière caribéenne veut mettre la main sur le salaud qui est aussi son géniteur.

Malgré l'absence d'indices et la relation conflictuelle qu'il entretient d'emblée avec Charlotte Dumas, Dagobert accepte de se charger de l'affaire. Il est lui aussi originaire de Sainte-Marie et cela lui offre l'occasion de retourner sur les lieux de son propre passé. Mais, contrairement à ce qu'il pensait, son séjour s'annonce mouvementé. La mort rôde et, sous le soleil brûlant des Caraïbes, la lumière est si aveuglante qu'il est parfois difficile de distinguer le bien du mal.

Née à Cannes en 1956, Brigitte Aubert n'est pas une novice dans l'art subtil de faire peur. Auteur de nombreux scénarios, elle est aussi productrice de courts métrages, dont l'adaptation de Nuits noires, *nouvelle primée au concours « Série noire TF1/Gallimard » de 1984. Elle a publié dans la collection « Seuil Policiers »* Les Quatre Fils du docteur March *(1992),* La Rose de Fer *(1993),* Ténèbres sur Jacksonville *(1994) et* La Mort des bois *(1996) qui a obtenu le Grand Prix de Littérature policière.*

DU MÊME AUTEUR

Les Quatre Fils du Dr March
« Seuil Policiers », 1992
et « Points Roman », n° R668

La Rose de Fer
« Seuil Policiers », 1993
et « Points », n° P104

Ténèbres sur Jacksonville
Seuil, 1994
et « Points », n° P267

La Mort des bois
« Seuil Policiers », 1997
et « Points », n° P532

Brigitte Aubert

REQUIEM CARAÏBE

ROMAN

Éditions du Seuil

TEXTE INTÉGRAL

ISBN 2-02-035292-3
(ISBN 2-02-032039-8, 1re publication)

Mon Dieu, mon Dieu, pourquoi m'as-tu abandonné ?
A la dérive de tout salut, le brouhaha de mes crimes,
Je crierai au milieu du jour, tu n'écouteras pas,
Je crierai au milieu de la nuit,
L'écho ne me renverra même pas ma folie.

Psaume XXI

CHAPITRE 1

La fille était assise en face de Dag, étroitement moulée dans une robe vert d'eau assortie à ses yeux. Ses ongles laqués rouge vif se détachaient sur sa peau brune. Elle balança ses longues tresses afro en jetant un coup d'œil dépréciateur autour d'elle. Il suivit son regard et décida pour la dixième fois qu'il était temps de redonner un coup de peinture aux murs vert hôpital et de remplacer l'armoire métallique déglinguée. Le climatiseur ronronnait asthmatiquement dans son dos. Dag se pencha pour vider la cuvette pleine d'eau par la fenêtre avant de la replacer sous la fuite. En voyant la fille froncer le nez avec dégoût, il se sentit obligé de s'excuser :

– Ce climatiseur a presque mon âge…

– Et déjà des fuites ?

Dag lui décocha un vague sourire. Qu'est-ce qu'elle croyait avec ses grands airs ? Que parce qu'elle s'amenait avec son allure de top model, il allait se mettre à lécher le plancher pour faire propre ? Il la regarda dans les yeux, de beaux yeux verts étirés comme ceux d'un chat.

– Je suppose que vous n'avez pas pris rendez-vous pour parler de la climatisation.

– Votre capacité de déduction est proprement foudroyante, lui renvoya-t-elle en examinant ses ongles impeccables.

Puis, impatiente, elle reprit :

– Je vous ai contacté parce que je veux retrouver quelqu'un.

– De qui s'agit-il ? s'enquit Dag en se demandant si les

vagues seraient suffisamment formées en fin d'après-midi pour qu'il aille surfer.

– De mon père, répondit la jeune femme, l'air sévère.

Dag s'y attendait un peu. Près de 30 % des problèmes qu'on lui soumettait concernaient des abandons. Malheureusement, la plupart des enquêtes n'aboutissaient pas. Les géniteurs irresponsables étaient rudement doués pour se planquer.

– Vous avez une idée de l'endroit où il se trouve ? lui demanda-t-il sans enthousiasme.

– J'en sais rien. Je ne connais ni son nom ni la tête qu'il a. Une fois ma mère enceinte, il n'a plus jamais donné signe de vie.

Ça commençait bien. Il consulta les brefs renseignements qu'elle lui avait communiqués en arrivant : elle s'appelait Charlotte Dumas, domiciliée à Marigot, dans la partie française de l'île de Saint-Martin. Le bureau des Enquêtes McGregor se trouvait à Philipsburg, côté hollandais. Quand elle était entrée, Dag lui avait demandé en néerlandais si elle préférait que la conversation se déroule en anglais et elle avait répondu en anglais qu'elle aimait autant qu'on emploie le français. « Si ça ne vous gêne pas », avait-elle ajouté en tirant sur sa robe. Dag l'avait assurée que ça ne lui posait aucun problème. Son père, un cajun de La Nouvelle-Orléans, avait épousé une black-carrib de Saint Vincent et ils s'étaient établis à la Désirade, en territoire français.

– En fait, bien que je sois américain, je n'ai pas mis les pieds aux États-Unis avant ma dix-huitième année, lui avait-il expliqué.

Elle avait eu un sourire poli et avait laissé tomber :

– Passionnant…

Sur quoi, Dag s'était senti complètement con.

Il prit une feuille de papier blanc, son stylo préféré – un Parker à plume grasse – et nota « Lundi 26 juillet », tandis que Charlotte le fixait d'un air réprobateur. Avait-elle bien fait de venir ? L'agence McGregor avait une excellente réputation, mais ce type ne ressemblait guère à l'image qu'elle se faisait d'un privé : il arborait un long tee-shirt bariolé Quick Silver, un pantalon en lin froissé et des rangers sales. Ses cheveux rasés de la nuque aux tempes et les tatouages ringards qu'il portait sur ses avant-bras noueux complétaient un portrait plus proche à ses yeux du voyou du Bronx que d'un enquêteur sérieux et pondéré, en costard Hugo Boss, bretelles en soie et pompes Versace.

Dag finit d'écrire en se demandant ce qu'elle avait à le dévisager comme ça. Il leva les yeux vers elle, sans amabilité excessive.

– Et si on commençait par le début ?

Le début, c'était vingt-cinq ans plus tôt, à Sainte-Marie.

Dag soupira intérieurement. Combien d'années s'étaient écoulées depuis son dernier passage à Sainte-Marie ? Vingt ? Vingt-cinq ? Malgré cela, il aurait pu réciter par cœur le dépliant de l'office de tourisme : « … Une île montagneuse cerclée de plages paradisiaques, posée comme un diamant vert et blanc sur la mer des Caraïbes, à 50 km environ au nord-ouest de la Guadeloupe, 15 000 habitants pour 140 km^2. » Atypique, l'endroit était assez représentatif de ce que les guides touristiques appelaient « la diversité caraïbe ». Il s'entendit dire :

– La sœur de ma mère tenait une boutique de souvenirs à Vieux-Fort. J'y passais toutes mes vacances quand j'étais gosse.

– C'est là que je suis née.

Dag, lui, était né à la Désirade, quarante-cinq ans plus tôt. Quarante-cinq ans ? Pas possible : son passeport devait mentir. Il se sentait aussi en forme qu'un nouveau-né.

– Plutôt nul, comme bled, ajouta Charlotte en faisant la moue.

Pour sa part, il ne se souvenait pas d'avoir connu plus agréable dans son enfance que ces séjours dans le petit bourg endormi. Mais, à vrai dire, pourquoi n'y avait-il jamais remis les pieds ? Il se souvint brusquement de l'adolescent rebelle qu'il était et du mépris qui lui était alors venu pour ce « trou à rats ». La dernière fois qu'il s'y était rendu, c'était après la mort de son père, pour voir sa tante devenue désormais sa seule famille et qui continuait à lui écrire des lettres en créole, parfumées à la violette et soigneusement calligraphiées sur du papier quadrillé. Deux ans plus tard, elle était partie à son tour pour un monde meilleur : elle mangeait trop, ses artères avaient craqué, on l'avait retrouvée recroquevillée derrière la caisse enregistreuse de sa boutique, la main crispée sur un iguane empaillé. Dag s'aperçut qu'il était en train de griffonner des yeux ronds et fixes d'iguane et fit semblant de raturer ses notes.

– Voilà, je suis à vous, énonça-t-il avec un entrain factice.

Elle le toisa comme si sa proposition était obscène et continua son récit :

Lorraine, sa mère, une Française, avait épousé un haut fonctionnaire saint-maritain, retraité des Postes. Il était beaucoup plus âgé qu'elle mais très riche, et ils vivaient dans une somptueuse villa. Un vrai conte de fées. Cette année-là, 1970, Sainte-Marie connut un carême – l'été local, de décembre à avril – étouffant. Lorraine passait ses après-midi à la plage, seule, et s'ennuyait ferme. Elle avait rencontré un autochtone charmeur et, hop, amour sous les cocotiers de Folle Anse, dont les dix kilomètres de criques et de sable blanc offraient des coins plutôt tranquilles. Résultat des courses : neuf mois et quinze jours plus tard, naissance de Charlotte. Après avoir donné le jour à un bébé d'un si joli brun, Lorraine s'était fait jeter dehors par le vieux retraité. Dépourvue de fortune personnelle, fragile et très dépressive, elle avait loué une baraque près de la petite ville de Vieux-Fort, vivotant sur le peu d'argent qu'elle avait mis de côté. Elle s'était mise à boire plus que de raison et, pour finir, s'était pendue sous sa véranda à l'automne 1976, pendant la saison des pluies. Fin du conte de fées.

La petite Charlotte, alors âgée d'un peu plus de cinq ans – et que le vieux retraité refusait obstinément de voir –, avait été expédiée dans un foyer tenu par des religieuses et, vingt ans plus tard, partait à la recherche de son vrai papa. Tout ce que Charlotte savait, elle le tenait de sa mère qui monologuait des heures durant en biberonnant ses ti'punch.

Dag prenait des notes dans son mélange de sténo et d'abréviations personnelles tout en songeant que Miss Dumas ne pouvait pas deviner à quel point son récit touchait en lui des points sensibles. Il avait à peu près le même âge qu'elle lorsque sa propre mère, une black-carrib originaire des îles Vierges américaines, était morte d'un cancer du sein avant d'avoir pu lui donner des frères et sœurs. Son père, lui, un « petit Blanc » qui avait troqué la misère de sa Louisiane natale pour le mirage des îles, petit homme sec comme un coup de trique, aux yeux bleus bordés de rouge, aux joues mangées de barbe, à l'humour glacial, n'avait jamais débordé d'amour pour son fils. Enfant, Dag se sentait intimidé par cet homme à qui il ne ressemblait en rien et qui le regardait toujours avec l'air de lui reprocher sa différence, d'autant plus que, dans l'univers caraïbe où chaque nuance raciale a son importance, Dag s'apparentait à ceux qu'on appelait les « nègres-congo », ceux dont le teint était le plus sombre. Comme Charlotte donc, il avait souffert de la couleur de sa peau, et surtout de ne pas concevoir en quoi elle pouvait être un obstacle dans ses relations avec les autres. Ce n'est qu'après la mort de son père qu'il avait compris que celui-ci ne lui tenait pas grief d'être noir, mais d'être né.

Coup de klaxon strident dans la rue. Il faillit sursauter. Qu'est-ce qui lui prenait de ressasser tout ça ? Un accès de sénilité précoce ?

Il s'aperçut que le silence s'était fait et leva les yeux vers la jeune métisse. Elle lui sourit perfidement.

– Je croyais que vous vous étiez endormi…

Cette petite vipère n'avait pas sa langue dans sa poche. Il secoua son stylo.

– Excusez-moi, un problème d'encre.

Elle souffla bruyamment, style « mais qu'est-ce que je fous là ? ». Il faut dire que l'agence ne payait pas de mine. Mais Lester et lui étaient les meilleurs, et ça se disait un peu partout. Il pointa son stylo vers elle, comme un acteur de téléfilm.

– Et au cas où je le retrouverais, votre père, que voulez-vous faire ?

– Lui arracher les couilles.

– Joli programme, répondit-il en serrant les cuisses. Je pensais à quelque chose de plus sentimental.

– Un jet de foutre anonyme, ce n'est pas très sentimental.

Autant pour sa pomme. Il ramena la conversation sur un terrain plus neutre.

– Est-ce que vous avez contacté le mari de votre mère ?

– Ce vieux salaud est mort d'un infarctus, il y a huit ans. Je ne l'ai jamais vu.

– Qu'est-ce qui vous fait croire que votre père vit encore ici, aux Caraïbes ?

– Je ne sais pas. Il faut bien commencer par quelque chose.

– Mais pourquoi ne pas vous être adressée à une agence locale ?

– On m'a dit que vous étiez les meilleurs. Je veux des résultats, je ne tiens pas à foutre mon fric en l'air, lui rétorqua Miss Dumas sans sourire.

Dag jeta un bref coup d'œil sur son carnet. Toutes ces notes se résumaient en deux mots : du vent. Cette jeune personne malgracieuse était bien partie pour foutre son fric en l'air, justement.

– Si je comprends bien, tout ce que vous savez sur l'homme qui vous a engendrée, c'est qu'il se trouvait à Sainte-Marie durant le carême de 1970 et que c'était un Noir, comme 90 % de la population… A part ça ? S'il avait quatre bras par exemple, ça nous faciliterait les choses…

– Oh, ça va, hein ! Pas la peine de me charrier. Si ça ne vous intéresse pas, je vais voir ailleurs.

– Je ne vous retiens pas.

Miss Dumas commençait à lui porter sur les nerfs. Ce

n'était pas à son âge qu'une gamine mal embouchée allait le faire tourner en bourrique.

– Si c'est comme ça que vous faites marcher vos affaires…, lança-t-elle d'un air excédé.

– Je ne vois pas de quoi vous parlez.

Elle lui décocha un regard au vitriol.

– Ah non ? Et ça, là, c'est pour faire joli ? susurra-t-elle en désignant la plaque en cuivre sur la porte restée ouverte : « McGregor, enquêtes en tous genres ».

– C'est une plaque de détective privé, lui répondit Dag avec son sourire le plus niais.

– Alors ?

– Alors, je serais bien évidemment concerné si j'étais détective, mais comme je suis seulement venu réparer la machine à café…

– Vous êtes complètement con ou quoi ?

Elle s'était levée et, dans sa fureur, assenait déjà de grands coups de sac à main sur le bureau.

– Je vous ai vue tellement désemparée, j'ai pensé que je ne pouvais pas vous laisser dans la détresse…, continua Dag avec suavité.

– Mais il est complètement con, ce mec ! Je vais…

– Qu'est-ce qu'il se passe ? s'enquit soudain en anglais la voix rugueuse de Lester mâchonnant sa moustache rousse tandis qu'il encadrait ses cent dix kilos de muscles dans l'embrasure de la porte.

– Madame voudrait te voir, précisa Dag aimablement. Elle est de Marigot, ajouta-t-il comme si c'était une excuse.

Charlotte darda sa jolie tête vers Lester avec la rapidité d'une vipère énervée.

– C'est qui, lui ? La femme de ménage ?

– Lester McGregor…, protesta Lester de sa belle voix de basse.

Puis il enchaîna dans son français laborieux :

– En quoi je puis à vous être utile, mademoiselle…

– Dumas. Charlotte Dumas. Vous êtes vraiment Lester McGregor ?

– Mais en totalité.

– Et ce type, là, vous le payez pour amuser la clientèle ?

– C'est le mien associé, répondit Lester en tapotant l'épaule de Dag. Il est un peu farceur.

Pas mécontent de lui, Dag sourit aimablement à Charlotte. Une fille qui voulait couper les couilles de son père méritait bien qu'on la rudoie un peu.

Pour le moment, elle regardait Lester d'un air approbateur, comme la plupart de ses consœurs. Dag soupira. Il n'avait jamais compris pourquoi les femmes adoraient cette montagne de chair pâle recouverte de poils roux et de taches de son. La moustache peut-être ? Lester reprit :

– Vous avez devant votre vue un super-enquêteur. Il connaît les Caraïbes comme son poche. Vous pouvez à lui faire confiance. OK, je vous laisse. J'ai une autre rendez-vous. Au plaisir de vous revoir, mademoiselle.

Tout juste s'il ne lui baisa pas la main avant d'effectuer sa sortie sous le regard charmé de Miss Dumas. Elle daigna enfin se tourner vers Dag, suspicieuse.

– Un super-enquêteur… J'espère bien.

– Satisfait ou remboursé, c'est la devise de la maison.

– Et quel est votre nom, super-enquêteur ? soupira Charlotte, résignée.

– Leroy, Dag.

– Dag ?

– Dagobert.

Elle le regarda comme s'il avait un étron collé sur le visage.

– Vous vous appelez Dagobert ?

– Leroy, Dagobert, pour vous servir.

– Encore une de vos blagues à la con ?

– Non, ce coup-ci, c'est mon père le fautif. Il avait un sens de l'humour assez particulier.

– Je confie une enquête qui va me coûter la peau des fesses à un type qui s'appelle Leroy Dagobert !

– C'était un très bon roi.

– Mais j'en ai rien à foutre ! Bon, écoutez, on va faire

un essai, super-enquêteur Dagobert, mais je vous préviens : vous avez intérêt à bosser sérieusement.

Elle était mignonne. Dag lui fit son sourire enjôleur, mais elle devait connaître parce que ça ne la dérida pas. Alors, il décida de se mettre au boulot.

Et ça, c'était une erreur.

Ils sortirent du bureau ensemble. C'était l'heure de déjeuner. Dag ne l'invita pas. Elle aurait refusé et il avait envie d'être seul. Ils avancèrent sous le soleil. Il faisait chaud, trop chaud, comme d'habitude. Elle inspecta la route du regard. Ringroad était déserte. Les entrepôts et les pompes à essence étincelaient sous le ciel bleu. Des chats se prélassaient dans les ruines d'un immeuble qui s'était écroulé lors du passage de l'ouragan Louis.

– Pas un seul putain de taxi, évidemment ! Bordel, quelle idée de s'installer dans ce quartier pourri !

– C'est tranquille, lui renvoya Dag en s'étirant lentement. Excusez-moi, mais c'est chez les bonnes sœurs que vous avez appris ce langage ordurier ?

– Vous bossez pour les ligues de vertu ? Non, c'est avec Vasco Paquirri, si ça vous intéresse.

Ça l'intéressait. Après avoir fichu le camp du Venezuela où sa tête était mise à prix, Vasco Paquirri était devenu un des leaders du trafic de came dans la mer des Caraïbes. Une pointure, dans son genre. Le style néo-caïd, sans bijoux en or ni poils sur la poitrine. Son corps d'athlète gréco-romain et la tignasse noire torsadée qui lui descendait jusqu'aux reins lui donnaient une réputation de tombeur. Et surtout, il était riche à en crever : le fric lui sortait par les narines en même temps que les grammes de coke.

– Vous connaissez bien Vasco ? s'enquit Dag pendant qu'elle guettait la rue vide comme si un taxi allait surgir, là, au cœur du quartier le plus miteux de Philipsburg, à midi et par trente degrés à l'ombre, juste pour lui faire plaisir.

– On se voit. C'est un ami de Joe, le photographe de l'agence.

Ah, oui, elle posait pour des photos de mode. Cocotiers, sable blanc, lagon bleu et joli petit cul caramel. Elle lui tapota le poignet de ses ongles impeccables :

– Et vous, c'est au séminaire que vous vous êtes fait tatouer ? C'est quoi, ça ?

Elle désignait le surfer masqué gravé sur son avant-bras gauche.

– Le Surfer d'Argent, lui répondit Dag. Un héros de bande dessinée des années cinquante, un surfer intergalactique. Un justicier cosmique.

– Vous, ça serait plutôt le genre justicier comique, pouffa-t-elle avant de reprendre son sérieux. Vous faites du surf ?

– Un peu. Je me débrouille, marmonna Dag, piqué au vif.

– J'ai fait des photos avec des surfers à Gas Chambers, à Porto Rico. Des mecs superbes. Vasco s'est fait piquer son autoradio, il était dans une colère… Et ça, continua-t-elle, ce poignard avec le serpent enroulé autour ? C'est un signe vaudou ? Le Grand Serpent de l'Univers ?

Elle ricanait ostensiblement. Par pure provocation, il lui lança :

– Non, c'est un truc SS.

Incrédule, elle leva ses yeux émeraude vers le crâne semi-rasé de Dag.

– Vous étiez dans les SS ?

Il sentit sa main le démanger. Est-ce qu'elle trouvait qu'il avait le type aryen ? Et quatre-vingts balais ? Il allait répondre vertement mais, à cet instant précis, il aperçut un taxi. Vert, moche et éraflé, mais indubitablement un taxi. Ce devait être une magicienne. Il n'avait pas vu un seul taxi dans le coin depuis des mois. Elle grimpa dedans comme Cendrillon dans son carrosse et lui lança « *ciao* » aussi chaleureusement qu'une pièce de vingt-cinq *cents* à un mendiant.

Dag la regarda s'éloigner. Paquirri… Le dealer avait élu

domicile sur son yacht, le *Maximo*, un superbe « trawler » ancré à Barbuda, une île dépendante d'Antigua et dotée de magnifiques plages inhabitées. Et, comme Antigua, une plaque tournante du trafic de drogue. Il compulsa ses notes, froissant les feuilles de son carnet entre ses doigts moites. Le numéro de téléphone que lui avait laissé la ravissante Charlotte commençait par l'indicatif de Barbuda. Un simple ami, le beau Vasco ? Dag haussa les épaules et décida d'aller s'envoyer un féroce chez T'iou. Avec un peu de chance, le piment le ferait transpirer et la sueur le rafraîchirait.

Il aimait bien aller chez T'iou parce que T'iou ne parlait pas. Il envoyait la bouffe et retournait aussitôt écouter la radio. Il vivait avec elle vingt-quatre heures sur vingt-quatre. C'était devenu un prolongement de sa personne, comme un rein artificiel qui lui filtrait les nouvelles du monde. Dag passa sa commande avant de composer le numéro de l'agence sur son téléphone cellulaire.

– Enquêtes McGregor à votre service, répondit la voix suave de Zoé, la fidèle-et-ravissante-réceptionniste bien évidemment dévouée corps et âme à son imposant patron.

– Passe-moi Lester, lui lança Dag en scrutant l'horizon.

Avec ses mimiques piquées à la secrétaire de James Bond, Zoé lui tapait sur le système.

– Passe-moi Lester, *s'il te plaît*, susurra Zoé.

– S'il te plaît. Merci.

– Un peu d'éducation ne te ferait pas de mal, Dagobert.

Produit de l'union clandestine du curé de San Felipe avec sa cuisinière, Zoé était très à cheval sur les convenances.

– *Yeah ?* lança Lester, apparemment pressé.

– Faut que j'aille à Sainte-Marie. Ça va coûter cher.

– Elle peut payer ?

– Oui. Elle m'a allongé un chèque d'avance de 500 dollars US. Demande à Zoé de vérifier à la banque si le compte est provisionné.

– OK.

Dag patienta quelques minutes.

– Aucun problème. A propos… c'est pas plus mal que tu changes d'air. On dit que Face-de-Cul a un contrat sur toi.

– Tu as toujours eu le chic pour annoncer les bonnes nouvelles. Bon, je te tiens au courant.

Dag raccrocha, songeur. Face-de-Cul, de son vrai nom Frankie Voort, le porte-flingue en titre de Don Philip Moraes, ne l'avait donc pas oublié. C'était un truand très allumé qu'il avait contribué à envoyer en taule six ans auparavant, sans vraiment l'avoir voulu. Une affaire marrante. A l'époque, il travaillait pour un mari cocu. Au bout de plusieurs jours de filature, il avait réussi à localiser la chambre meublée où l'épouse infidèle allait s'envoyer en l'air. Un hôtel de passe dans le quartier chinois. Après des heures de planque, il avait enfin pu photographier le coupable objet des désirs de Madame : un petit gros joufflu et moustachu affublé d'un nez de fouine.

Dag venait de mettre la main sur Voort, *alias* Face-de-Cul, recherché pour une sombre affaire de meurtres sur fond de crack et de racket, une expédition punitive contre les Hindous de Frontstreet qui avait mal tourné : un vrai massacre. Voort faisait partie de ces truands amoureux de la mort, qui sont toujours prêts à appuyer sur la détente. Dag n'avait eu aucun scrupule à le livrer à la police néerlandaise. Autant dire que Face-de-Cul ne le portait pas dans son cœur. Mais bon, ce n'était pas le sujet du jour. Le sujet du jour, c'était Miss Charlotte Dumas. Autant se concentrer là-dessus.

Il se concentra en regardant la mer pendant que le piment essayait de lui trouer l'estomac. Les vagues déferlaient régulièrement, avec l'écume et tout, comme dans une pub. Une vraie journée pour faire le bureau buissonnier et aller surfer « *down the line* », en prenant un max de vitesse. Il chassa cette idée séduisante d'une gorgée de bière.

Ainsi donc, parce que la belle Lorraine Dumas avait craqué pour un black charmeur vingt-cinq ans plus tôt, il allait devoir se payer un billet pour Sainte-Marie, où il n'avait pas remis les pieds depuis son service militaire. Des vacances, en somme. Il y avait une chance sur un million de retrouver le papa de Charlotte. Pas de nom, pas de signalement, un fantôme d'ébène qui pouvait vivre n'importe où, aux États-Unis, en France, en Grande-Bretagne… Et puis, quel intérêt ? Ce type ne savait même pas qu'il avait une fille. Mais, comme disait ce puritain de Lester : « Quand on est payé pour un boulot, on fait le boulot. » Alors Dag termina le féroce, sua copieusement et alla prendre un billet pour Sainte-Ma'ie, comme on prononçait en créole, les esclaves ayant, à l'époque, imité la prononciation des nombreux marins et colons originaires du pays de Caux.

Retour à Sainte-Marie. Retour à la *case* départ, ha ha ha ! Plus rien ne l'attendait là-bas, ni ailleurs.

Son père était décédé en 1969, année où un cyclone avait ravagé leur île. Dag ne vivait déjà plus à la Désirade. Il avait toujours eu la bougeotte. Pas question de finir ses jours dans l'épicerie familiale, entre les boîtes périmées de sauce tomate et les cartons de Coca tiède. Gamin, il se voyait plutôt en skipper, debout à la barre, couvert d'embruns, le regard tourné vers le lointain, quelque chose comme ça. Conclusion : après avoir traîné ses guêtres au gré des divers rassemblements de surfers, il s'était engagé dans les *marines*. Il aurait été bien incapable de dire ce qui avait motivé son choix en pleine époque hippie. Le désir de s'intégrer à une troupe d'élite ? De faire partie d'un « corps » ? De prouver à son père qu'il était un homme ? En tout cas, pour voyager, il avait voyagé. Dix ans à tirer des bords de Miami aux îles Falklands. Jusqu'à ce qu'il décide de ne plus rempiler.

Après une cuite de plusieurs jours, il s'était retrouvé un beau matin à Philipsburg, son sac de marin sur le dos, ses galons de sergent-chef pendouillant sur sa chemise souillée de vomissures. Il avait trouvé du boulot sur le port, au chantier naval. Et il était resté. C'est comme ça qu'il avait connu Lester – en retapant son voilier, *Kamikaze*, un ketch de douze mètres, une antiquité qui avait bourlingué dans tout le golfe du Mexique. Lester, un ancien flic, venait d'ouvrir l'agence McGregor, mais il tâtait aussi de la contrebande et avait besoin d'un marin discret. Dag avait accepté. Peu à peu, Lester avait cessé les transports clandestins et les courses nocturnes, mais il avait gardé Dag.

Celui-ci était toujours en train de remâcher ses vieux souvenirs en se frayant un chemin dans la cohue habituelle de Frontstreet. Les touristes déambulaient, les yeux collés aux vitrines des magasins *tax free*. Il dépassa le Rouge et Noir, où les gens s'agglutinaient autour des machines à sous, et atteignit son immeuble, un « vieil » immeuble des années soixante-dix. Il abritait au rez-de-chaussée un restaurant italien et une épicerie indienne, et un peep-show au premier.

L'ascenseur poussif s'arrêta au troisième avec un hoquet. Dag suivit le couloir jusqu'à la porte marron qui ne portait que ses initiales. Il ouvrit et soupira : il était grand temps de faire un peu de ménage. Le lit était défait, les fringues s'empilaient un peu partout, la table débordait de paperasses, sa planche de surf trônait dans la minuscule baignoire. Même les affiches de matches de boxe qui couvraient les murs avaient l'air crasseuses. Il épousseta vaguement « Muhammad Ali, champion, contre Joe Frazier, challenger », ramassa à la hâte deux verres vides sur la télé, une tasse à café dans les toilettes, un cendrier plein en équilibre instable sur l'oreiller. Le répondeur clignotait. Dag écouta les messages en fourrant quelques vêtements propres dans son sac de voyage. Un appel de son copain Max l'invitant à une partie de poker, un démarcheur en lave-vaisselle, un hurlement du petit Jed lui apprenant qu'il avait enfin réussi un *spin air* et quelqu'un qui avait raccroché. Pas de message d'Helen.

Il jeta un coup d'œil au studio en désordre et se dit qu'elle ne rappellerait plus. Très chipoteuse sur le désordre, Helen. Sur le poker aussi. Sans parler des machines à sous, des clopes, des journaux sportifs, des tatouages et des préservatifs fluo… Chipoteuse sur tout, Helen. Mais bandante, s'avoua-t-il en saisissant son automatique, un Cougar 8000, la version compacte du Beretta 92 FS, adopté par l'US Army sous le sigle M-9. Conseillé par Lester, chargé, prêt à l'emploi. Dag n'était pas un fou des armes, mais il s'obligeait à s'entraîner régulièrement dans un club près d'Oyster Pond, la plage des surfers. Permis de port d'arme, passeport ; il boucla son sac, jeta un dernier regard circulaire sur la pièce plongée dans la pénombre, vérifia qu'il avait bien fermé le gaz et sortit.

Les moteurs vrombirent tandis que l'avion prenait son envol de l'aéroport d'Espérance-Grand Case et virait au-dessus de la mer étincelante, d'un turquoise limpide. Dag regardait par le hublot sans rien voir. Les souvenirs de Sainte-Marie se bousculaient dans sa mémoire. Étant gosse, il avait passé presque toutes ses vacances là-bas, chez sa tante. Il avait l'impression de sentir son parfum vanillé et d'entendre le bruissement du tissu satiné de ses robes. Le goût des snow-balls à la noix de coco achetés au retour de la messe… La population de l'île, en majorité noire, était à 90 % catholique. Les commerçants indiens, les « couli », avaient leurs propres lieux de culte et ne s'étaient pas vraiment intégrés à la population. État indépendant depuis 1966, après avoir été successivement espagnole, française, anglaise, danoise, de nouveau française, membre de l'Union française, puis de la Communauté, l'île connaissait une forte immigration en provenance de Cuba et de Haïti. Plusieurs traditions s'y télescopaient sans dommages apparents. Le système judiciaire et pénal était calqué sur le modèle français, mais on roulait à gauche. A côté du français, langue officielle, l'espagnol et l'anglais étaient fréquemment employés. Et les traditions antillaises s'y étant profondément maintenues, la majeure partie des habitants continuait à parler créole. Il sourit en repensant à sa tante qui trouvait le français si triste et si plat. Il se secoua et sortit le dossier de sa belle chemise en plastique jaune. Ça faisait sérieux. Le petit avion tanguait dans le vent violent, sa voisine sentait la citronnelle, tout allait bien : il était en mission.

CHAPITRE 2

L'avion atterrit en douceur sur la piste de l'aéroport des Ilets, à Grand-Bourg, État de Sainte-Marie. Dag attendit patiemment que sa voisine remue ses quatre-vingt-dix kilos de chair rose et ferme pour poser pied à terre à son tour. On aurait pu croire que l'avion n'avait pas bougé : même chaleur, mêmes arbres, même ciel, mêmes baraquements. Seuls le drapeau national claquant au vent – étoile jaune sur fond bleu azur – et le douanier qui tamponna son passeport avec indifférence indiquaient qu'on avait changé d'État.

Dehors, une file de taxis cabossés attendait à l'ombre des micocouliers. Le bien-aimé président Macario, dont le fils était l'unique concessionnaire auto de l'île, avait conclu, en homme avisé, un accord avec les constructeurs étrangers afin de pouvoir bénéficier de prix très compétitifs sur les véhicules sortis d'usine avec un léger défaut. Le parc automobile changeant donc au gré des lots expédiés, Dag grimpa dans une R9 qui avait visiblement dû faire partie des premiers arrivages. Il donna l'adresse de l'orphelinat où avait été élevée la charmante Charlotte. Autant vérifier ses sources.

La route de Petit-Bourg était heureusement peu fréquentée, car le chauffeur avait apparemment conclu un compromis entre son volant destiné à rouler à droite et la loi l'obligeant à rouler à gauche : il occupait résolument le milieu de la route. Au grand soulagement de Dag, ils ne croisèrent qu'un attelage sagement mené par des bœufs sur le bas-côté. Contrairement à certaines de ses voisines prises d'une fièvre de modernisation, Sainte-Marie vivait principalement de la culture de la canne à sucre et des exportations de bananes et de rhum. On y croisait encore des cabrouets chargés de cannes et, en visitant les distilleries, on pouvait se croire revenu cent ans en arrière.

Le paysage défilait sous ses yeux, et Dag ressentit un léger pincement au ventre en reconnaissant les panneaux. « Morne Saint-Jean » et ses champs de haricots, « Anse Marigot » où il pêchait les crabes… L'odeur même de l'île, une odeur sèche et violente de fleurs et d'iode, ressuscitait en lui une foule de souvenirs qu'il croyait oubliés. Le bouillonnement furieux de l'eau à travers les « Galets » en bas de la falaise. La boutique de sa tante, sombre et fraîche, où le papier tue-mouches pendait en longues spirales multicolores. Le goût du bélélé qu'elle lui préparait, une soupe à base de crabe, petits pois, fruit à pain et banane. Les gloussements des poules dans le petit poulailler…. En l'envoyant à la recherche de son père, Charlotte l'avait précipité sans le savoir sur les traces de son propre passé.

– On y est, patron !

Dag demanda au chauffeur de l'attendre et s'avança vers l'orphelinat. C'était une grande bâtisse blanche, récemment repeinte à la chaux. Sobre et cossu. Paisible. Dag resta à balancer son sac devant le portail et le jardin bien entretenu en attendant qu'on vienne lui ouvrir. Une bonne sœur courte sur pattes se dandina enfin jusqu'à lui en lançant des « *Ka sa yé ?* » affolés. Il lui tendit sa carte plastifiée ornée de la devise « *vitam impendere vero* » (consacrer sa vie à la vérité) en lui expliquant qu'il souhaitait s'entretenir avec la mère supérieure. Elle détailla sa tenue avant de s'éloigner en dodelinant de la tête et en brandissant sa carte comme un tison ardent.

Nouvelle attente à la grille. Pour passer le temps, il essaya de reconnaître les plantes et les arbustes. A vrai dire, ce n'était pas franchement marrant : il n'y connaissait rien en botanique et commençait à crever de soif. La sœur portière revint enfin, tout essoufflée, et lui annonça que,

« *pani problem* », mère Marie-Dominique l'attendait. Il la suivit dans des couloirs frais, carrelés de rouge, rêvant de distributeurs de boissons. Une institutrice faisait sa classe et des petites voix aiguës lui répondaient sur un ton chantant.

La mère supérieure était assise à son bureau, un meuble en bois de rose aux tiroirs ouvragés. C'était une belle femme d'environ soixante ans. Teint cuivré, yeux noirs et froids qui semblaient dire sans ambages : « Magne-toi, fils, j'ai pas que ça à faire ! » Dag attendit qu'elle lui fasse signe de s'asseoir avant de commencer :

– Je suis désolé de vous déranger, mais je suis mandaté par une de vos anciennes élèves, Charlotte Dumas…

– Dumas… Oui, je vois, le coupa la religieuse en lui rendant sa carte d'enquêteur.

Dag regarda ses lèvres pleines entrouvertes sur d'impeccables dents blanches avec la sensation de contempler l'intérieur d'un réfrigérateur. Il fit un effort pour poursuivre :

– Mlle Dumas m'a chargé de retrouver son père, je veux dire… son vrai père.

– En quoi cela nous concerne-t-il ? lui demanda-t-elle en croisant calmement les mains.

Décidément ! Pourquoi les gens faisaient-ils toujours autant d'histoires pour lâcher le peu qu'ils savaient ? Il amorça un sourire.

– Eh bien, comme elle a été élevée chez vous, j'ai pensé que vous auriez peut-être des renseignements à me communiquer…

– A vrai dire, monsieur…

– Leroy.

– Monsieur Leroy. Avant de nous quitter, Charlotte est venue me demander son dossier. J'ai toujours été d'avis qu'un enfant a droit à la vérité. Je lui ai donc dit tout ce que je savais. Voilà, Dumas Charlotte.

Elle lui tendit une fiche cartonnée.

– Je savais que vous alliez venir. Charlotte m'avait prévenue. Une élève brillante, Charlotte, mais forte tête, mauvais caractère, trop de révolte. Empoisonnée par la rancune. Ça ne donne jamais rien de bon.

Dag acquiesça en silence : il en savait quelque chose. Il prit la fiche et lut rapidement :

> DUMAS Charlotte :
> – née le 3 janvier 1971 à Vieux-Fort, Sainte-Marie
> – père : inconnu
> – mère : Lorraine Malevoy, née Dumas, le 8 février 1943 à Pau, Gironde ; décédée le 4 octobre 1976 à Vieux-Fort, Sainte-Marie

Vieux-Fort. Les cochons noirs attachés aux cocotiers. L'odeur des anthuriums sauvages qui tapissaient la façade de la boutique de tante Amélie...

> – entrée au Foyer de la Sainte-Famille : novembre 1976
> – sortie : janvier 1989.

Et c'était tout. Il dévisagea mère Marie-Dominique, qui semblait poser pour une statue de la Patience et de la Bonne Éducation, et s'éclaircit la gorge :

– Tout ça, je le savais déjà, Mlle Dumas me l'avait dit. J'espérais tomber sur quelque chose de plus substantiel.

– Comme quoi ?

– Les circonstances exactes du décès de sa mère, par exemple. Ou ce qu'on a pu raconter à l'époque sur le père supposé. Il est rare qu'il n'y ait pas des ragots dans ce genre de situation. Je ne sais pas si vous étiez en poste ici à ce moment-là...

Elle lui sourit d'un bon sourire de maman qui ne veut pas se laisser avoir.

– Ne comptez pas sur moi pour les ragots. Je ne les écoute jamais. Quant au suicide de la mère, je n'en sais que ce que m'a raconté l'assistante sociale de l'époque, une demoiselle Martinet si mes souvenirs sont bons. J'ignore si elle est toujours vivante.

– Vous vous souvenez du nom de cette assistante sociale vingt ans après ? Pourquoi ?

– Peut-être parce que j'ai la mémoire des noms, tout simplement, mon p'tit monsieur. Ou parce qu'elle avait un visage inoubliable. Ou encore parce que je ne connais pas beaucoup de choses plus tristes qu'une petite fille qui trouve sa mère pendue à une poutre sous la véranda un jour de pluie et reste accroupie à ses pieds jusqu'à ce que quelqu'un passe et l'aperçoive. Si vous voulez des détails, mettez-vous en rapport avec Martinet, c'est tout ce que je peux vous dire. Elle travaillait pour le Centre d'action sociale.

– Je vous remercie de votre aide, dit-il en se levant pour prendre congé.

Elle le regarda, les yeux plissés par la malice.

– Vous n'êtes pas content, hein ? Vous espériez que je sortirais sa photo de mon sac à malices ? Hélas, mon petit gars, le papa de Charlotte n'est pas le genre de lapin à jaillir d'un chapeau. Il va vous falloir encore bien des efforts, je le crains. Comme on dit chez nous « *Si ou haï moin, ou ka ba moin pagnien pou poté dleau* ».

On ne puise pas de l'eau avec un panier : j'ai compris, songea-t-il.

– Merci pour vos encouragements. Ne vous dérangez pas, je connais le chemin.

Il avait déjà la main sur la poignée quand elle ajouta :

– Il se faisait appeler Jimi. C'est Charlotte qui me l'a dit. Sa mère parlait toujours de Jimi. Bon voyage, monsieur le détective.

– Bonne journée, madame, répondit Dag, pour le plaisir puéril de ne pas céder à l'usage.

Il referma la porte derrière lui en secouant la tête. Sacrée bonne femme. Il ne lui restait plus qu'à dénicher Miss Martinet, assistante sociale en 1976. Direction : le Centre d'action sociale et les tracasseries administratives, c'est-à-dire 75 % de son boulot.

Jimi... Jimi. A cette époque-là, il y en avait des tas de Jimi, ainsi que des Bob. Les premiers avaient des tignasses afro d'un mètre de diamètre et des guitares pendues autour du cou, les seconds des tresses rasta d'un mètre de long et des guitares pendues autour du cou. Tout le monde se faisait appeler Bob ou Jimi. C'était mieux que Toussaint, Rodrigue ou Dagobert quand toutes les filles se roulaient par terre en écoutant le double album de Woodstock. Alors, retrouver Jimi…

Dag sua un bon quart d'heure dans le taxi avant d'arriver à destination. Une plaque gravée en trois langues indiquait les heures d'ouverture au public. Il n'avait que deux bières, un sandwich et trois clopes à attendre, à l'abri d'un parasol plus troué qu'une passoire. Le patron du petit *lolo* écoutait de la zouk music en fredonnant à mi-voix. La bière locale, la Diablesse, avait une saveur âcre, et Dag la savoura à petites gorgées en repensant à l'époque agitée des Jimi et des Bob, des défonces qui duraient plusieurs jours d'affilée, entouré de minettes qui vous faisaient croire que vous étiez la créature la plus importante de l'univers afin d'obtenir un peu de dope.

Lui aussi, sur les immenses plages de Sainte-Marie, il avait connu une « métro », comme disaient les Français. Mais elle n'était ni riche ni mariée. Elle était bonne à tout faire et s'appelait Françoise. Il n'avait pas voulu lui avouer qu'il venait de s'engager dans la marine, ça la foutait mal à l'époque, il avait prétendu faire la route. Françoise… Il sentit le frisson annonciateur du coup de cafard sur le temps qui passe et regarda sa montre. Sauvé par le gong : c'était l'heure. Direction : les bureaux climatisés.

Trop climatisés. Ils auraient dû distribuer des parkas à l'entrée. Il eut l'impression de se couvrir lentement de glace pendant que la fille de la réception, une Blanche au teint écrevisse, faisait semblant de l'écouter en le regardant avec de grands yeux gris dociles et indifférents. Il se pencha en avant.

– Écoutez, vous ne voudriez pas appeler le chef de service ? Ça nous ferait gagner du temps avant que je sois transformé en iceberg.

– M. Baker est occupé.

– Ah ! Vous pouvez pas le sonner avec votre machin, là ?

Elle se tortilla sur sa chaise d'un air gêné.

– On peut pas le déranger.

Bon, il prenait le café. Ou bien il était aux chiottes ou en train de sauter sa secrétaire.

– A quel moment peut-on le voir ?

– Il faut prendre rendez-vous.

– Justement. C'est ce que ça veut dire « à quel moment peut-on le voir ? ».

– Il faut prendre rendez-vous.

Ay, caramba ! Il était tombé sur l'exemplaire parfait de la conne intégrale. Il se creusait les méninges pour savoir comment se tirer de ce mauvais pas quand un gros type boudiné dans une chemise aussi blanche que ses bajoues entra dans le hall d'un pas nerveux.

– Monsieur Baker ! lança la fille avec l'expression soulagée d'un naufragé apercevant un cargo.

– Quoi ? J'suis pressé ! éructa le gros type en s'épongeant le front

– Y a ce monsieur, là, qui voudrait prendre rendez-vous avec vous.

Baker balaya Dag d'un regard qu'il voulait incisif mais qui avait plutôt l'air sérieusement imbibé de ti'punch.

– Qu'es'm'voulez ? marmonna-t-il.

– Enquêtes McGregor, répondit Dag en exhibant prestement sa carte plastifiée. J'aurais besoin de quelques renseignements sur une de vos employées.

– Maintenant ?

– Pourquoi pas ? Je n'en ai que pour quelques minutes.

Visiblement rassuré par cette précision, Baker lui fit signe de le suivre et tira des bords jusqu'à son bureau.

– ...trez, McGregor.

Dag ne chercha pas à le détromper, trop long à expliquer et inutile. Baker s'affala dans un fauteuil habitué à souffrir et regarda Dag droit dans les yeux avant de se pencher et de murmurer :

– Vous trouvez pas que cette clim est faiblarde ?

– Dans le genre cryogénisation peut-être, mais pour une simple congélation, elle est parfaite.

Baker digéra un moment cette judicieuse opinion, puis opina du chef à tout hasard.

– Oui, oui... Et alors ? Vous enquêtez sur quoi ?

– Je cherche une demoiselle Martinet qui travaillait ici en 1976.

– Ah ! Oui, oui. On va voir au fichier.

Il appuya sur une touche de son superbe téléphone modèle agréé cadre important et lança une série d'ordres quasiment sans bafouiller.

Dag regarda les rangées de dossiers suspendus et les casiers métalliques d'un air admiratif.

– C'est du boulot, tout ça.

– Oui, oui.

Baker se rengorgea.

– Pouvez pas savoir ! On s'occupe de plus de deux mille dossiers, rien que pour le district de Grand-Bourg, hein, parce que Vieux-Fort, c'est autre chose.

– Vraiment ?

– Oui, oui, c'est pas pareil. Ici, c'est Grand-Bourg. Là-bas, c'est Vieux-Fort, oui, oui.

Effrayant. Dag ne savait plus comment persuader ses lèvres de sourire à cet hippopotame aviné quand la secrétaire entra. Grande mulâtre brune aux cheveux courts, elle lui fit l'effet reposant d'être une personne normale.

– Bonjour. Voici la fiche de Miss Martinet.

– Merci, Betty, merci. Oui, oui... Mais, dites-moi, z'avez un mandat officiel ?

Allons, bon !

– Non, j'ai juste besoin d'un renseignement, rien d'officiel.

– Ah, oui, oui, mais je ne sais pas si je peux vous communiquer les coordonnées d'une de nos employées sans mandat officiel. C'est privé, ça, monsieur.

Dag hocha la tête.

– Je dois entrer en contact avec Mlle Martinet à propos

d'une affaire de famille. Un neveu à elle qui vit aux États-Unis voudrait la retrouver et il a perdu son adresse.

Ça lui était venu comme ça : il avait un faible pour le mensonge impromptu.

– Ah, oui, oui… Qu'est-ce que vous en pensez, Betty ? questionna le gros en secouant ses bajoues.

Betty en pensait visiblement que le temps se faisait long et qu'elle avait mal aux pieds, perchée tout là-haut sur ses talons de quinze centimètres.

– Je ne crois pas que Mlle Martinet nous reprochera d'avoir aidé son neveu à la retrouver.

– Oui, oui… Écoutez, monsieur McGregor, voyez ça avec Betty. J'ai un rendez-vous, il faut que j'y aille.

Rendez-vous avec sa prostate en ruine, diagnostiqua Dag, tandis que Baker s'éloignait en tanguant. Il se tourna vers Betty et lui sourit.

– Bon, on peut voir cette fiche ?

– Vous êtes de la police ?

– Enquêtes McGregor, soupira-t-il en sortant une fois de plus sa carte.

– Du bidon, quoi. Et qu'est-ce que vous lui voulez à cette pauvre Martinet ?

– Je vous l'ai dit.

Elle eut un ricanement sceptique et planta ses jolis yeux noisette dans les yeux noirs de Dag.

– Bon, d'accord. Éloïse Martinet, célibataire, née en 1915 à la Dominique. A la retraite depuis 1985. Réside aux Saintes, à Terre-de-Haut. 115, avenue de Caye Plate. J'espère que vous n'êtes pas un violeur de vieilles dames.

– J'en ai l'air ?

Elle sourit :

– Franchement, on ne sait pas bien de quoi vous avez l'air.

Il médita ces paroles en descendant les marches qui menaient à la fournaise de la rue. Une fois dehors, il se plaça habilement dans un alizé pour attendre un taxi en réfléchissant. Il avait toujours cru qu'il était genre beau mec, la quarantaine bien balancée, pas un seul cheveu blanc, rangers quasiment propres, avec quelque chose de l'empereur d'Éthiopie dans le visage, et voilà que cette innocente créature remettait tout en question. L'image qu'il avait de lui-même était-elle exacte ? Sur cette angoissante question, il décida de faire la route à pied jusqu'à la place centrale où il pourrait peut-être attraper un taxi.

Et en avant, marche ! le sac lui cognant dans le dos, comme à la belle époque des Jimi. L'impression qu'on le suivait le fit se retourner plusieurs fois mais il ne vit rien de particulier. Parano professionnelle, conclut-il en pressant le pas.

Re-carlingue bringuebalante, re-touristes cramoisis et transpirants, re-petit aéroport aussi cuit de chaleur qu'un pain d'épices. Les Saintes. Un minuscule archipel à 240 km de Saint-Martin. Terre-de-Haut, 6 km de long sur 3 de large, une seule route carrossable, quasiment pas de voitures.

Comme tout le monde, il se dirigea vers le loueur de scooters en s'épongeant le front. Un quart d'heure plus tard, il freinait devant une petite bicoque en dur. Entourée d'hibiscus, elle était peinte en rose et bleu – murs bleus, volets roses –, une vieille 404 retouchée au minium était garée au bord de la route. Éloïse Martinet n'avait pas l'air d'une accro de l'*Auto-Journal*. Dag rangea le scooter sous un palmier et alla sonner à la porte écaillée.

Pas de réponse. Il fit le tour de la baraque, mais les rideaux étaient tirés. Il sonna encore. Éloïse Martinet avait soixante-dix ans. Il était près de 19 heures, la nuit était tombée, Éloïse ne devait pas être bien loin, surtout si elle n'avait pas pris sa voiture. Il jeta un coup d'œil aux alentours : à deux cents mètres sur sa droite, une case vermoulue, tapissée de bougainvillées, toute la famille installée devant la porte en train de jouer aux cartes ; à gauche, une maison en bois, volets clos, que la végétation recouvrait presque entièrement. Il ne lui restait plus qu'à attendre. Il s'appuya contre la porte et faillit s'étaler quand elle s'ouvrit toute grande sous son poids.

Mais ce n'était pas Éloïse Martinet qui lui avait ouvert. Il n'y avait personne. Il tendit la main à l'aveuglette pour trouver l'interrupteur. La lumière jaillit, éclairant une grande pièce où s'entassaient des meubles en osier, un canapé fleuri, des étagères bourrées de bibelots, une table basse avec un plateau télé, un vase où s'épanouissait un bouquet d'hibiscus d'un jaune flamboyant, des photos encadrées sur les murs, le poster d'une pub pour dentifrice avec un beau mec bronzé faisant du ski nautique, mais pas d'Éloïsc Martinet.

Et puis, il la vit. Elle était couchée par terre, derrière le canapé, et ses pieds chaussés de sandales blanches frappaient le sol spasmodiquement. Il bondit jusqu'à elle. C'était une petite femme frêle, aux cheveux gris. Elle le regarda avec des yeux déjà vitreux et murmura :

– ... pilules...

Il suivit la direction qu'indiquait son regard et, saisissant un flacon de pilules sur une des étagères, il l'ouvrit fébrilement. Ses doigts transpiraient, la vieille dame tremblait comme une feuille. Il réussit à attraper deux pilules et les lui fourra dans la bouche. Elle cligna des paupières, comme pour dire merci, puis se raidit et retomba sur le sol, ses yeux bleus grands ouverts. Trop tard. Il regarda bêtement sa bouche entrouverte sur son dentier jauni, ses pupilles fixes, ses fins cheveux gris qui frissonnaient dans le courant d'air. Il la souleva doucement, chercha son pouls. Rien. Elle était morte, pas de doutc.

C'était bien sa veine. Pas de sang, pas de blessure, une crise cardiaque juste dans ses bras. Elle avait dû entendre sonner, espérer du secours et, lui, comme un con, il avait fait le tour de la baraque en prenant tout son temps. Merde. A quelques minutes près, elle ne serait pas morte. C'était peut-être idiot, mais il se sentait responsable.

Il se releva, furieux contre lui-même et contre la vie. Il avait terriblement envie d'un petit remontant. La voir mourir comme ça, dans ses bras, même s'il ne la connaissait pas, c'était dur. Il avisa des bouteilles rangées dans un meuble bas et se pencha. Du rhum, bien sûr, et encore du rhum, il en avait ras le bol de ce foutu rhum, et, ah ! une bouteille de xérès. Il la déboucha et s'apprêtait à en avaler une grande gorgée quand un coup de klaxon déchira le silence, si près qu'il en sursauta. Une copieuse rasade de xérès inonda sa chemise. La voiture qui avait klaxonné poursuivit sa route en rugissant, accompagnée de jeunes voix qui braillaient à tue-tête. Dag repéra la minuscule cuisine sur sa droite et ouvrit le robinet d'eau chaude afin de se nettoyer.

C'est en le refermant qu'il les remarqua. Deux verres. Pas lavés. Il les renifla. Ils avaient contenu du rhum agricole. Du bon. L'un d'eux était taché de rouge à lèvres rose pâle, l'autre non. Dag retourna voir le corps. Les lèvres d'Éloïse Martinet arboraient un rose discret. Elle avait bu dans un de ces verres et quelqu'un avait bu dans l'autre. Une amie ? Un ami ? Un amant ? Il haussa les épaules : qu'est-ce que ça pouvait bien lui faire ? Elle avait le droit de recevoir qui elle voulait. Il réagissait en flic, une fois de plus. A propos de flics, il était temps de les appeler. Mais avant, autant se livrer à une petite fouille en règle. On ne savait jamais.

Il commença par jeter un coup d'œil sur les photos encadrées, et l'identifia tout de suite : on reconnaissait ses yeux clairs et son visage pointu, à trente, quarante, cinquante ans, souvent entourée d'une ribambelle de gosses. Il s'attarda sur les épreuves les moins anciennes, examinant les enfants ; il ne fut pas déçu : Charlotte était bien là, accrochée à la jupe de Mlle Martinet, tout intimidée, avec de longs cheveux bien nattés, ses yeux verts et son air félin. Et après ? S'arrachant aux photos, il avisa un bureau à cylindre au fond de la pièce. Il contourna précautionneusement le corps et s'approcha du meuble. Rien sur le dessus, à part un pot en verre contenant des stylos, et une revue de mots croisés, force 5. Dans les tiroirs, des dossiers cartonnés méticuleusement rangés et étiquetés en grosses lettres d'imprimerie : « Électricité », « Eau », « Impôts », « Retraite », « Personnel ».

Il s'empara de « Personnel » avec gourmandise.

C'étaient des lettres. Dépliées, défroissées et rangées par ordre chronologique. Nouvelles de la famille en France métropolitaine, lettres d'amies, etc. Il aurait fallu des heures pour tout dépouiller ; il se contentait donc de les feuilleter en regardant brièvement les signatures quand l'une d'entre elles l'arrêta : elle n'était pas signée. C'était une feuille de cahier quadrillé portant quelques mots tracés d'une main malhabile : *« Elle ne s'est pas suicidée. C'est le diable qui l'a tuée. Ne le dites à personne ou il tuera la petite. »* Pas de date. Écriture quasiment illisible, tremblée, d'alcoolique.

Éloïse Martinet l'avait rangée entre des lettres de septembre et décembre 1976. Elle avait donc dû la recevoir après la mort de Lorraine Dumas. Oui, cette lettre s'appliquait forcément à Lorraine. Le ronflement d'un moteur le tira de ses réflexions. Était-il vraiment utile de traîner là ? Après tout, pour autant qu'il avait pu en juger, Éloïse Martinet était morte d'une crise cardiaque et il ne pouvait plus l'aider. Il plia la lettre, la fourra dans la poche de son pantalon, salua le corps d'un signe de tête, enjamba le rebord de la fenêtre, se glissa sans bruit dans le noir et gagna la route. Des centaines de crabes touloulou avaient entrepris leur promenade nocturne sur le bitume et il sentait leurs carapaces craquer sous ses semelles. Dégueulasse. Et, naturellement, le phare du scooter ne fonctionnait pas.

Il roula lentement le long de la route bordée d'alamandas jusqu'au centre-ville, s'affala dans un petit resto décoré de bambous et commanda une bière et un colombo, toujours plongé dans ses réflexions.

Ainsi donc quelqu'un avait pensé que Lorraine ne s'était pas suicidée, mais qu'on l'avait assassinée. Délire de voisin alcoolique ? Qui le lui dirait maintenant ? Éloïse Martinet était décédée fort inopportunément. Comme ça se présentait, il n'avait plus qu'à rentrer à Philipsburg annoncer à Lester qu'il avait fait chou blanc et rendre son argent à Charlotte. L'appeler avant pour lui demander ce qu'elle voulait qu'il fasse ? Il fouilla dans son portefeuille écorné et en extirpa le bout de papier froissé sur lequel il avait noté le téléphone de Miss Dumas. Il était 9 heures. Elle était peut-être chez elle et, comble de chance, il avait même pensé à prendre son téléphone portable. Mais, comble de malchance, il s'aperçut en composant le numéro que le signal « batterie faible » clignotait frénétiquement. Et il fut soudain certain d'avoir oublié le chargeur dans son bureau.

– Allô ?

Un mec. Voix sèche.

– Je voudrais parler à Charlotte Dumas, s'il vous plaît.

– Dé la part ?

Accent latino.

– Leroy, Dag Leroy, c'est urgent. Mon téléphone n'a presque plus de batteries et…

Conciliabules chuchotés à l'autre bout du fil. Clignotement accéléré du témoin batterie.

– Allô, Leroy ?

Charlotte. Il sauta les salutations.

– Je suis aux Saintes. Je vous expliquerai. Écoutez, il semble que la piste soit coupée. Je peux continuer, mais je n'ai pas beaucoup d'espoir. Je voulais avoir votre avis.

La voix d'homme, en arrière-plan :

– Mais c'est lé roi dé quoi ? Lé roi dé cons ?

– Tais-toi. Vous êtes toujours là, super-enquêteur ?

– Ça va couper…

– Je tiens à le retrouver, c'est important pour moi, vous comprenez ?

– C'est oui ou c'est non ?

– Continuez. Encore quatre jours. Pas un de plus. J'ai pas les moyens…

Coupé.

Dag rangea l'appareil désormais inutile dans son sac. Quatre jours. Pour faire quoi ? Il retourna finir son colombo, trop peu épicé et froid. Décidément, l'aimable

Charlotte entretenait avec Vasco Paquirri des relations beaucoup plus étroites qu'elle ne l'avait laissé entendre. Et puis après ? Ça ne changeait rien au fait qu'Éloïse Martinet était décédée et qu'il tombait de sommeil. Autant chercher un hôtel et essayer de vérifier si la nuit portait conseil.

Charlotte raccrocha, une expression indéchiffrable sur le visage. L'homme derrière elle haussa les épaules.

– Ça né sert à rien, tou perds ton temps, *nena* !

– C'est mon fric, je fais ce que je veux.

Vasco Paquirri leva les yeux au ciel. Cette métisse était cinglée ! Flamber tout son pognon pour retrouver un mec qui avait juste tiré un coup vite fait avec sa mère ! Comme s'il savait qui était son père, lui… Il déplaça ses quatre-vingt-quinze kilos de muscles dorés jusqu'à la coiffeuse qui ornait un coin de la vaste cabine tapissée d'acajou et s'assit sur le petit pouf en satin crème. Immobile près du grand lit recouvert du même satin crème, Charlotte se mordillait nerveusement les ongles. L'eau clapotait paresseusement contre la coque blanche du Grand Banks 58.

– Tou té ronges, tout té ronges, et qu'est cé qué ça change ?

– Tu ne peux pas comprendre. T'es qu'un gros con de truand qui se fout de tout. Ta mère était une pute, alors, évidemment…

Vasco s'adressa un sourire étincelant dans la glace avant de répondre en espagnol :

– Ne cherche pas à me mettre en colère, je n'ai pas envie ce soir.

Il saisit une brosse, commença à brosser les épais cheveux noirs qui lui tombaient jusqu'aux reins, admirant au passage le jeu de sa musculature, le bronzage de sa peau huilée et son beau visage de dignitaire aztèque.

– Fils de pute ! Tu ne sais même pas ce que ça veut dire : se mettre en colère. T'es pas un homme, t'es qu'un sale con d'impuissant !

Charlotte s'était rapprochée de lui et le toisait, méprisante.

Il se leva, la brosse à la main.

– Tu me cherches, Charlotte, tu me trouves !

– Allez, vas-y, gros con, allez ! Bouge-toi un peu, sac à viande !

Elle le poussa violemment. Il ne bougea pas d'un pouce et, sans se départir de son sourire tranquille, il lui cingla violemment le visage avec la brosse. Elle tomba à la renverse sur le lit, son déshabillé en soie blanche découvrant ses cuisses nues. Il s'avança vers elle, toujours souriant.

– *Vete al infierno*[1] *!* Pauvre nul ! J'ai une séance de photo demain. Regarde un peu ! A cause de toi, je vais être défigurée ! lui jeta-t-elle en portant la main à l'énorme hématome bleuâtre qui commençait à se former entre son œil et sa tempe.

Balançant lentement la brosse à bout de bras, Vasco s'approcha d'elle et la retourna de son autre main. Il releva le déshabillé, dénudant les fesses bombées de Charlotte, se pencha sur elle, fit courir les poils durs de la brosse sur la chair tendre et lui chuchota à l'oreille :

– Combien ?

– Au moins cinquante…, murmura Charlotte, le visage enfoui entre les draps.

Vasco se redressa, fit tournoyer d'un geste gracieux son opulente chevelure qui le gênait, leva le bras et commença à frapper.

1. Va te faire foutre !

CHAPITRE 3

Dag se réveilla en sursaut. Dans son rêve, Éloïse Martinet se dressait devant lui. Son visage mort lui souriait, ses yeux vides le fixaient sans le voir et sa main ridée caressait doucement ses cheveux crépus en tirant sur les racines, pas trop fort, juste comme un avertissement. Et sa voix, si douce et chargée d'une infinie pitié, lui disait : « Ce que tu peux être con, mon pauvre Dagobert... » Il s'était débattu pour se dérober à sa caresse.

Le ventilateur tournoyait au plafond en grinçant. Il faisait nuit noire, mais il savait parfaitement où il était : à l'Auberge de l'Arbre à pain, près de la plage. Il entendait les vagues s'écraser sur le sable. Il n'avait pas envie d'allumer. Il chercha ses cigarettes à tâtons et faillit renverser le verre d'eau qu'il avait posé sur la table de nuit. Pourquoi diable Mlle Martinet avait-elle tenu à lui rendre une visite nocturne ? La voir mourir entre ses bras l'avait plus secoué qu'il ne le pensait. Pourtant, il avait l'habitude de la mort. Écrasant sa cigarette à moitié fumée, il décida de se rendormir. Le drap lui semblant moite et pesant, il le rejeta au loin, se tourna et vira dans le lit, puis finit par s'endormir à l'aube.

Il s'éveilla vers 9 heures. Tête lourde, yeux bouffis, bâillements à se décrocher la mâchoire. Il avala un café sur la terrasse de sa chambre. Il se sentait aussi frais qu'un vieux crocodile exhumé d'un marigot puant. Lester serait content de voir sa note de frais. A 500 francs la nuit, il allait être pressé de le voir rentrer. Des filles en string s'ébattaient sur la plage en criant sous le regard torve de deux balayeurs. En les regardant chahuter, Dag se sentit vieux. Un des balayeurs, un balèze en short, s'avança vers elles et elles se mirent à ricaner pendant que le type leur sortait son baratin.

Il se revit en train d'aborder Helen sur la plage de Saint Kitts. Même sourire conquérant, même torse bombé. Elle s'occupait du club nautique du complexe hôtelier. Il avait loué une planche tous les jours, enchaînant les figures les plus difficiles comme un gamin désireux de lui en mettre plein la vue. Un après-midi, elle lui avait dit : « Écoutez, pourquoi est-ce que vous ne m'invitez pas à dîner ? Ça vous reposerait un peu. »

Quand elle avait fait son entrée au restaurant de l'hôtel, grande statue blonde moulée dans un sarong argenté, Dag s'était senti obligé de renvoyer la bière locale et de commander du champagne californien. Depuis combien de temps ne s'étaient-ils pas vus ? Deux mois ? Un vrai fiasco. Deux ans de disputes, de rencontres compliquées, de notes de téléphone astronomiques. Sûr et certain qu'elle avait quelqu'un d'autre. Le beau directeur tout blanc du bel hôtel tout blanc. Il soupira en cherchant son paquet de Camel sans filtre.

« Ce que tu peux être con, mon pauvre Dagobert… » Merde, pourquoi cette vieille peau s'en était-elle pris à lui ? Elle lui rappelait son institutrice de cours moyen, Mlle Rose Toussaint. Rose Toussaint était noire, mais elle avait la même voix et le même regard plein de compassion quand elle s'adressait à lui, l'air de dire « pauvre petit, ce n'est pas de sa faute ». Il se secoua : mais qu'est-ce qu'il lui prenait, à quarante-cinq ans, de rêver de son ancienne institutrice sous les traits d'une bonne femme qu'il n'avait vue que quelques instants ? Il alla se fourrer sous la douche glacée : une recette de polar américain. C'était vraiment dégueu, il avait des frissons partout, mais il fallait reconnaître que c'était efficace. Avait-il pensé à prendre un adaptateur pour son rasoir électrique ? Mais oui. Encore un bon point. Une fois rasé de près, ce fut un Dagobert tout neuf qui entreprit de se vêtir d'un jean et d'un tee-shirt gris en s'admirant dans la glace. Vraiment bien foutu, le type, musclé, pas un gramme de graisse... Non, sérieusement, il pouvait être content de lui. Dommage qu'Helen ne partageât pas cette opinion.

Une fois dehors, il décida d'aller faire un tour à Grand-Bourg, aux archives du quotidien local. Là, il aurait au moins des détails sur le drame qui s'était déroulé vingt ans plus tôt. Il trimballa encore une fois son sac jusqu'à l'aéroport de Terre-de-Haut. Ça devenait monotone, et les douaniers allaient commencer à se poser des questions.

Vingt-cinq minutes de vol dans une carlingue surchauffée. Pour passer le temps, il parcourut la brochure touristique gracieusement mise à la disposition des passagers. « Caraïbes... Poussière d'îles où flotte souvent un climat de mystère et d'aventure. » En plein dans le mille. Mystère et Aventure, avec, dans le rôle du Club des Cinq à lui tout seul, l'incomparable Dagobert Leroy. « Mosaïque de peuples, carrefour de civilisations. » Encore tout juste. N'était-il pas lui-même un véritable patchwork humain, d'ascendance caraïbe, africaine, normande, avec une goutte de sang chinois due à son arrière-arrière-grand-mère maternelle qui, sitôt affranchie, s'était mise en ménage avec un des immigrants fraîchement débarqués de Canton. Merci, ô brochure touristique pleine de bon sens ! Quand les choses étaient ainsi énoncées, elles paraissaient si simples qu'on se demandait pourquoi elles étaient parfois si difficiles à vivre.

Grand-Bourg n'avait pas changé depuis la veille. Il se rendit au siège du quotidien et descendit aux archives, où une secrétaire plutôt dégourdie lui indiqua la section qui l'intéressait. En habitué de ce type de recherches, Dag fit rapidement défiler les microfilms dans la visionneuse. Septembre, octobre, voilà le 5, c'était en cinquième page, nouvelles locales de Vieux-Fort, la « une » faisant la part belle à la démission du ministre du Travail. *« Suicide à Grand-Mare. Une jeune femme retrouvée pendue dans sa véranda. »*

Il regarda la photo qui illustrait l'article. Un mauvais

cliché noir et blanc, plutôt flou, où une Blanche empâtée serrait une petite fille contre son cœur. La femme lui parut vaguement familière, sans doute parce qu'elle ressemblait à Charlotte. Elle ne souriait pas, mais fixait un point au loin. Il reporta son attention sur le texte : « *La victime, Lorraine Dumas-Malevoy, souffrait de dépression. Elle vivait seule avec sa fille, Charlotte, âgée de 5 ans, au 45 route de Grand-Mare. C'est la fillette qui a découvert le corps de sa mère au petit matin et qui est restée accroupie à ses pieds jusqu'à l'arrivée d'un voisin, M. Loiseau, 65 ans, pêcheur à la retraite, lui-même domicilié au 43.* »

Suivait une interview dudit Loiseau : « *"C'est moi qui l'ai trouvée. Elle était pendue, là, la figure toute bleue, la langue sortie, et la petite était par terre, elle pleurait pas, rien, elle regardait sa mère qui tournoyait au bout de la corde. Je m'étais inquiété parce que, d'habitude, je les voyais passer pour aller à la maternelle. Même saoule comme une bourrique, elle aurait pas oublié d'emmener la gamine à l'école. Elle y tenait. C'était une brave femme, un peu trop portée sur la boisson, mais une bonne mère quand même, vous savez. Elle n'avait pas eu une vie facile, son mari l'avait chassée à cause de la petite... et alors je me suis dit 'elle est peut-être malade, va-t'en savoir' et je suis allé voir..." Le témoignage de M. Loiseau a été confirmé par d'autres personnes du voisinage. Il semble que l'on se trouve donc une fois de plus confronté à un drame de l'alcoolisme, fléau de notre belle île.* »

Le numéro suivant annonçait l'inhumation, prévue pour le lendemain, et précisait qu'étant donné l'absence de famille proche Charlotte avait été confiée aux bons soins de Mlle Éloïse Martinet, assistante sociale.

Deux jours après, une photo de l'enterrement avec la légende : « *Une petite fille privée de sa maman et qui aimerait bien retrouver son papa.* » Apparemment, le papa n'avait pas été sensible à cet appel. D'après le journal, Éloïse Martinet allait convoyer l'enfant jusqu'au Foyer d'éducation de la Sainte-Famille, où elle serait prise en charge jusqu'à sa majorité. Dag se pencha sur la photo de l'enterrement. On y distinguait Éloïse Martinet en robe grise tenant par la main la petite Charlotte, un homme aux cheveux poivre et sel, boudiné dans un costard sombre, Loiseau sans doute, quelques grosses bonnes femmes endimanchées et le prêtre en train d'officier, un petit homme d'une quarantaine d'années : le père Honoré Léger. Pas un Blanc, à part Martinet. Lorraine Dumas avait vraiment été rejetée par sa communauté. Et tout ça à cause de la petite Charlotte, qui était déjà très mignonne à cet âge-là. Une vie foutue en l'air pour une question de cocufiage et de couleur de peau, maugréa Dag. Si Lorraine avait couché avec un Blanc, elle aurait pu le tromper autant qu'elle aurait voulu, son vieux. Il aurait gobé que la gamine était de lui et Charlotte aurait fréquenté les meilleurs établissements et serait aujourd'hui à la tête d'une petite fortune. Au lieu de ça, une case en tôle ondulée, un enterrement, et l'orphelinat.

Il fit défiler rapidement les journaux suivants. Plus rien. Il sortit son calepin et nota « John Loiseau » au cas où le vieux pêcheur serait encore en vie. Il ajouta « père Honoré Léger ». Le prêtre devait avoir la soixantaine. Dag essaya de se remémorer les messes auxquelles il avait assisté avec sa tante. Non, le curé alors en fonctions était beaucoup plus gros.

Par acquis de conscience, il vérifia ensuite l'année 1987, celle où le nommé Malevoy avait cassé sa pipe. Il était là, à la rubrique « état civil » : Christopher Malevoy, chevalier de l'ordre du Mérite, ex-adjoint au ministère des Postes, ex-administrateur de la Générale sucrière, *« bien connu dans la région où il présidait diverses sociétés de bienfaisance »* – et l'orphelinat où croupissait Charlotte ? – *« unanimement regretté »*. Tu parles ! Y'avait qu'à voir sa photo : yeux translucides, rares cheveux gris ramenés sur le dessus du crâne, visage sévère et glabre, maigre, mâchoires serrées, le genre pasteur végétalien. Sûr qu'il n'avait pas hésité à répudier Lorraine. *« Décédé à l'âge de 74 ans. »* Il avait donc au moins vingt ans de plus que son ex-femme. Cause de la mort : crise cardiaque. Un excès de fou rire, peut-être ?

Il éteignit la visionneuse, remercia la secrétaire dégourdie et sauta dans une « bombe » qui démarrait en direction de Vieux-Fort. Le petit autobus qui servait de taxi collectif fit le trajet en un temps record, sans que le chauffeur décolle jamais sa main du klaxon. Dag en descendit avec soulagement et, après avoir tiré à pile ou face pour savoir s'il se rendrait d'abord chez Loiseau ou chez le curé, se retrouva dans un taxi en route pour le 43, avenue de Grand-Mare. Il avait l'impression de participer à un stupide jeu de pistes. On s'imagine toujours que les privés se la coulent douce entre deux meurtres et trois bouteilles de scotch. La vérité, c'est qu'ils se font suer toute la journée dans de fastidieux aller et retour, pour recoller de minuscules morceaux de vies anonymes et sans intérêt.

Le taxi traversait Vieux-Fort, et Dag eut soudain l'impression d'avoir remonté le temps. Rien n'avait changé. Les couleurs vives des maisons, le bleu turquoise de la mer, les types en chemise blanche qui fumaient, appuyés contre les planches disjointes des magasins fermés. Le taxi s'étant engagé dans la rue principale, Dag se contorsionna soudain sur son siège. Là, au 18, la boutique peinte en vert. C'était là que sa tante avait son magasin de souvenirs. Il eut le temps d'apercevoir la vitrine garnie d'appareils photos jetables, de guides touristiques et de coquillages géants avant que le taxi bifurque. Apparemment, les successeurs de tante Amélie n'avaient pas changé de commerce. La ville tout entière semblait victime d'un charme, et Dag crut même reconnaître l'une des vieilles femmes qui vendaient des pastèques sur le marché. Mais non, c'était impossible : elle aurait eu plus de cent ans.

Arrêt, payer, descendre. Loiseau habitait une maison de pêcheur classique, avec des nasses en réparation dans le jardin, des filets pendus sous le toit et un mélange de tôle ondulée, de bois et de ciment qui lui donnait un petit air de guingois. Dag contourna un imposant bananier et frappa à la porte.

– Y a personne, dit une voix dans son dos.

Il se retourna. Un très vieux bonhomme était assis sur une barque trouée, à l'ombre d'un vaste manguier, une cigarette fripée au coin des lèvres, les yeux dans le vague.

– Je cherche M. Loiseau.

– C'est moi, répondit-il sans tourner la tête.

– Mais vous venez de dire qu'il n'y avait personne.

– Y a personne dedans puisque je suis dehors.

Un plaisantin. Dag lui sourit aimablement.

– Bien sûr. Bonjour. Je me présente : Dag Leroy. Je suis un ami de Charlotte Dumas.

– Connais pas. Elle habite par ici ?

– Charlotte Dumas, la fille de Lorraine Dumas, une Blanche qui vivait par ici en 1976. Vous vous souvenez d'elle ?

Le vieux cracha par terre avant de répondre :

– La Blanche ? La femme blanche qui vivait par ici en 1976 ?

– Oui.

– Non, je m'en souviens pas.

Dag se sentit pris d'une furieuse envie de nouer ses doigts autour du vieux cou ridé et de serrer un bon coup. John Loiseau se foutait ouvertement de sa gueule. Il articula avec soin :

– C'est vous qui l'avez trouvée, pendue sous sa véranda.

– Ah, celle-là ! Ouais. Pas joli à voir, oh, non ! Toute bleue avec la langue qui sortait, et la petite, assise là, oh, non, pas joli à voir… Le Seigneur a donné, le Seigncur a repris…

Dag l'interrompit rapidement :

– Je suis un ami de sa fille, Charlotte. Elle voudrait savoir ce que vous vous rappelez de sa mère. S'il y avait des amis qui venaient la voir, si vous aviez entendu parler de son père…

– Le père de la femme blanche ?

– Non, le père de la petite fille, répondit-il patiemment. L'homme qui avait couché avec Lorraine.

– Alsace-Lorraine. J'ai fait la guerre là-bas, en Alsace-Lorraine. Faisait froid. Dieu vomit les tièdes.

Bien, bien, bien… Le vieux était devenu gâteux. Une visite pour rien. Dag décida de lui consacrer encore cinq minutes et de laisser tomber.

– Vous savez pourquoi elle s'est pendue ?

– La femme blanche ?

– Oui.

– Elle s'est pas pendue. C'est le diable qui l'a pendue.

Le diable ! C'était sûrement lui qui avait écrit la lettre à Martinet. Délire alcoolo-mystique.

– Son mari l'avait jetée dehors parce qu'elle avait le mauvais œil, continua Loiseau en se signant. C'est pour ça qu'elle est morte. Parce qu'elle fréquentait des gens pas comme il faut. Des gens mauvais. Les esprits ont pris son âme. Le Seigneur a dit…

– Elle fréquentait un homme en particulier ? l'interrompit Dag.

– Elle en avait plein, des hommes. C'est eux qui payaient le rhum. Ils étaient pas dégoûtés par sa peau blanche, ça, non, ils l'entraînaient dedans et hop, et moi je savais que c'était mal, qu'elle aurait des ennuis. Éloigne-toi du péché et de la tentation…

De mieux en mieux : Lorraine faisait des passes pour des bouteilles de gnôle. Charlotte serait ravie de l'apprendre. Dag continua :

– Mais l'homme qui lui avait fait la petite fille, le premier, vous le connaissiez ? Vous savez quelque chose sur lui ?

– L'homme ? Le premier ? Le premier pécheur ? Celui qui l'a détournée de son mari ? Non, je ne sais rien sur celui-là. Il n'était pas d'ici. Il n'est jamais venu la voir. Il était mauvais. Il a jeté sa semence aux quatre vents et il a disparu. Et le bouc est venu, le bouc aux pieds fourchus…

Mieux valait arrêter les frais.

– Merci bien, monsieur Loiseau. Vous m'avez été très

utile. Vous vous entendiez bien avec elle, la femme qui s'est pendue ?

– Bien, oui. Une gentille fille. Et la petite très mignonne, toute barbouillée de confiture… Je lui disais de moins boire, à la mère. Je gardais la petite, je lui montrais comment vider les poissons… Quelle pitié ! Le Seigneur a donné, le Seigneur a repris…

Si le Seigneur pouvait venir te prendre tout de suite ! songea méchamment Dag :

– Merci encore et au revoir.

– Vous partez déjà ?

– Je dois prendre l'avion.

– Non, le bateau.

– Pardon ?

– Le bateau, c'est mieux. L'avion, c'est mauvais : ça troue le ciel. Le bateau, c'est mieux. Ça caresse la mer.

– Vous avez raison. Au revoir.

Dag se dirigeait vers la route à grandes enjambées quand la vieille voix le fit stopper net :

– S'appelait Jimi, l'homme, l'était d'ici. L'avait un signe. Le signe du diable qu'elle disait. Mais j'm'souviens plus quoi. Je crois bien qu'c'était les pieds fourchus.

Fausse alerte. Dag haussa les épaules, le laissant radoter à mi-voix.

Le n° 45 se trouvait une cinquantaine de mètres en contrebas. Deux chiffres à moitié effacés, peints en bleu sur le porche. La minuscule baraque était restée telle qu'elle devait être vingt ans auparavant. En bois marron, déglinguée, avec une véranda trouée aux lattes pendantes, soutenue par des poteaux autrefois verts. Les volets avaient été arrachés. Un landau rouillait dans un coin. Personne n'avait dû vouloir s'installer dans une maison souillée par une mort violente. Elle était triste comme tout, cette petite baraque en ruine envahie d'herbes folles. Dag imagina Lorraine Dumas tournoyant lentement, accrochée à sa poutre, et les grands yeux verts de Charlotte fixés sur les pieds enflés de sa maman… Moche. Il contourna la maison. Derrière, c'était la jungle. Il foula le sol spongieux jusqu'à une fenêtre aux vitres brisées qui lui révéla une pièce poussiéreuse et vide. Sans s'en rendre compte, il s'était mis à fredonner les accords nostalgiques du *Boulevard of Broken Dreams* chanté par Nat King Cole. Le Boulevard des rêves brisés.

Il s'arracha à sa contemplation morose. Il devait encore aller voir le père Léger. Il se retourna et se figea sur place : deux hommes l'observaient. Un petit maigre aux cheveux gris, au museau pointu couvert de taches de son, et un grand type basané à l'allure de danseur étoile, les joues barrées de larges cicatrices en croix, de longs cheveux gris noués en chignon de matador. Le petit Blanc transpirait abondamment dans un costume beige aux manches trop longues et mâchonnait une feuille d'avocatier d'un air roublard. Le grand basané, gracieusement déhanché, portait un pantalon en Tergal bleu ciel et un maillot de corps dévoilant ses muscles noueux. Le petit ressemblait à une version avariée de Peter Pan, le grand avait la mine avenante du baron Samedi, et une enseigne « emmerdes » clignotait au-dessus de leurs têtes. Dag esquissa un geste vers son holster avant de se rappeler qu'il ne le portait pas. Son arme était dans son sac, et son sac dans son dos. Pas très pratique.

Peter Pan ouvrit la bouche, révélant de vilaines dents mal soignées, et cracha un long jet de salive jaunâtre. Puis il remonta sa ceinture en souriant à Dag.

– *Goedemorgen motherfucker, hoe gaat het*[1] *?* lança-t-il dans un mélange de néerlandais et d'anglais.

« Bonjour, connard. » Le genre qui faisait dans la dentelle. Dag les dévisagea froidement.

– *Ik heb haast*[2].

– T'es si beau, on avait envie de te regarder de plus près, enchaîna Peter Pan en néerlandais.

1. Bonjour, connard, comment ça va ?
2. Je suis pressé.

– *What's wrong ? Do you like to suck*[1] ? rétorqua Dag, le regard fixé sur leurs mains tout en se disant que les discussions en zone internationale s'avéraient toujours délicates.

Le type avait rougi violemment et une lame se déploya comme par miracle au bout de ses doigts. Un Applegate Folder de combat.

– T'es un vrai marrant, toi. Je vais te tailler un sourire qui te quittera plus jamais, lança l'artiste du charcutage, qui avait l'air complètement taré et tout à fait décidé à se servir de son instrument.

Dag jeta un bref coup d'œil au balafré qui faisait craquer ses longs doigts couverts d'écorchures mal soignées. On avait dû se servir de ces mains-là sur un punching-ball humain peu de temps auparavant. Dag respira à fond, rassemblant son énergie au creux du plexus, retrouvant le même mélange d'anxiété et d'excitation que sur le ring juste avant que l'arbitre déclare le combat ouvert.

Peter Pan s'avança vers lui, sa lame dressée vers le haut. Dag ne la quittait pas des yeux. Ce cinglé était capable de lui ouvrir les tripes.

– T'as le bonjour de Frankie Voort, jeta soudain l'homme en projetant le bras droit vers l'abdomen de Dag.

Tendu comme un câble, celui-ci esquiva de justesse, mais l'acier tiède le frôla, tailladant sa chemise, entamant sa chair, brûlure étrangement glacée. Il entrevit du coin de l'œil l'autre type qui se préparait à le ceinturer et lui balança son sac en plein visage.

Le grand balafré tituba et, tout en le frappant de nouveau avec le sac lesté de son automatique, Dag décolla du sol et projeta son pied gauche dans la triste figure de Peter Pan, pointe en avant. Les plaques de plomb dans les semelles avaient parfois leur utilité. Le bout renforcé de sa ranger écrasa le nez du type avec un craquement sec. Fracture de la cloison nasale, pronostiqua Dag et, pour faire bonne mesure, il lui balança instantanément un

1. Qu'est-ce qu'il y a ? T'aimes sucer ?

second coup de pied entre les cuisses, le soulevant du sol. Sous le choc, Peter Pan poussa un couinement et s'affala par terre en tenant l'orgueil de sa vie à deux mains, les lèvres éclatées, le nez en charpie, en gémissant.

Essoufflé, Dag pivota rapidement, mais eut seulement le temps d'apercevoir un énorme poing écorché avant de se sentir projeté à terre, le souffle coupé, avec l'impression qu'un obus venait d'exploser dans son estomac. Il tenta de rouler sur lui-même pour échapper aux coups de pied implacables que lui décochait le grand balafré. Un lobo-punch bien ajusté lui fit monter la bile aux lèvres. Un coup de talon vicieux lui donna l'impression que sa rotule avait sauté. Ce salaud était un *handkiller*, un tueur à mains nues, déterminé à le cogner jusqu'à ce que mort s'ensuive.

En position fœtale, la bouche pleine de bave et d'herbe, Dag sentit son crâne vibrer sous un impact particulièrement violent. La douleur vrilla tout son corps, le faisant tressauter comme du courant électrique, réveillant en écho les vociférations de son instructeur de survie : « Ne jamais laisser l'ennemi vous assiéger. Vous n'êtes pas une putain de forteresse dans un putain de film à la con. Attaquez ! Si vous n'attaquez pas, vous êtes un putain de soldat mort. » Ou, comme le colonel Applegate l'avait dit plus brièvement : « *Kill or get killed.* »

Se ressaisir. Roulé-boulé, bruit de talon s'écrasant dans la terre à un millimètre de son oreille gauche. Au-dessus du talon, une chaussette blanche. Dans la chaussette un mollet. Dag y planta les dents avec un grognement animal. Hurlement à consonance hispanique. La jambe se secoua. L'homme se baissa, exposant imprudemment sa tête. La chaussure plombée de Dag le frappa à la joue, l'ouvrant jusqu'à l'os. Jurons intraduisibles. Dag réussit à s'écarter d'un mètre. Furieux, l'homme fondait sur lui, les doigts rigides comme des serres. Pour me crever les yeux, pensa Dag. Sa main fouilla désespérément le sol humide à la recherche d'une arme, s'immobilisa. Là, tapie dans l'ombre, la masse palpitante d'une énorme araignée velue, rouge et noire. Une matoutou, de la famille des mygales, le corps de la taille d'une balle de tennis, inoffensive malgré son aspect impressionnant. Il avait failli poser la main sur sa toile.

Il sentit le souffle aigre de l'homme au-dessus de lui et saisit l'araignée à pleine main. A sa grande surprise, le contact n'était pas répugnant, plutôt doux. Il eut à peine le temps de voir ses pattes trapues s'agiter furieusement avant de la projeter sur le visage ensanglanté où elle s'agrippa, terrifiée, enfonçant ses crochets dans le menton de l'homme qui poussa une exclamation de dégoût et se mit à gesticuler, les pattes velues s'accrochant à ses lèvres.

Le couteau. Le couteau de Peter Pan. Il gisait sur le sol, à côté de son propriétaire toujours dans les vapes. Le balafré finissait d'écraser frénétiquement l'araignée sous son talon. Il se tourna vers Dag, ferma ses énormes poings et baisa ses phalanges avec un sourire carnassier. Le couteau. Il aurait dû y faire attention avant de foncer sur Dag. Il se prit la lame effilée dans la cuisse et se figea, hébété. Dag lui sourit aimablement et lui écrasa son poing sur le visage. Le nez se brisa et l'homme tomba à genoux en regardant le couteau planté dans sa chair.

– *Het spijt mij*[1], mais ça peut servir, s'excusa Dag en récupérant l'arme d'une torsion du poignet.

L'homme poussa un couinement de douleur, compressant de ses longs doigts la plaie d'où s'écoulait un flot de sang.

– *Bent u tegen tetanus ingeënt*[2] *?* continua-t-il courtoisement en essuyant la lame sur le tricot de corps.

– *El coño de tu madre*[3] *!* lança le type avec l'accent portoricain.

Apparemment, il n'aimait pas qu'on se préoccupe de sa santé.

– *Puedez repetir ?* demanda Dag en se penchant.

1. Excuse-moi.
2. Êtes-vous vacciné contre le tétanos ?
3. Le con de ta mère !

– *Metete el dedo en el culo, cabrón*[1] !

Ostensiblement peiné par un tel manque de courtoisie, Dag secoua la tête, écrasa ses deux poings réunis sur la cuisse blessée du balafré, qui poussa un hurlement. Après quoi, il lui assena un coup du tranchant de la main sur la pommette ouverte, si violemment qu'il le fit basculer sur le côté.

Un mouvement sur sa droite l'avertit que Peter Pan se relevait à demi et se traînait vers lui, une main sur les testicules, l'autre plongeant vers sa cheville. Dag aperçut la crosse luisante d'un minuscule revolver.

– *Watch your teeth*[2] ! lança-t-il en lui décochant un coup de pied en plein dans la bouche.

Il entendit avec satisfaction les vilaines dents du mec craquer, vit du sang gicler à travers ses mâchoires démises. Les côtes douloureuses, il se pencha pour arracher le petit revolver scotché à la cheville de Peter Pan et, le tenant par le canon, lui en flanqua un grand coup à la base du crâne. Anesthésie instantanée.

Il se retourna vers le balafré qui geignait en comprimant sa plaie. Dag avait dirigé la lame de manière à l'enfoncer dans le gras de la cuisse et l'homme ne risquait rien, à part une vilaine cicatrice, mais puisqu'il l'ignorait autant pousser son avantage.

– Alors, comme ça, c'est Face-de-Cul qui vous envoie ? lui demanda-t-il en anglais.

– Voort il veut ta peau. T'es foutu, mec, lui rétorqua le type en grimaçant de douleur.

– Où il est, Voort, en ce moment ?

Le grand balafré secoua la tête en tous sens.

– *No puedo creerlo*[3] ! Tu crois que je donne mes potes ?

Dag se demanda dans quel film ringard ils avaient piqué leur texte. Il pointa le couteau sur sa gorge :

– *Estoy harto. You're really starting to get on my tits*[4] !

1. Mets-toi un doigt dans le cul, connard !
2. Attention les dents !
3. Je peux pas le croire !
4. J'en ai marre, tu commences vraiment à me les casser.

J'ai envie de te tailler les oreilles en pointe. Ça te plairait pas ?

– Déconne pas, mec !

– Mais je déconne pas, je suis très sérieux. A vrai dire, j'hésite entre ça ou te dessiner une deuxième bouche. Quelque chose dans ce genre…

Il passa lentement la lame sur la gorge du type, y laissant un profond sillon pourpre, en lui chuchotant à l'oreille :

– Tu sais ce que ça fait de crever en se vidant de son sang ? D'abord, ça attire les mouches… Après, c'est les fourmis…

– Putain, fais chier !

– Où est Voort ? Je te reposerai pas la question.

– Et merde ! Il est à Saint-Barth. On avait un contrat sur toi, mec.

– Où à Saint-Barth ?

– Au Tropicana Palace. Il va me tuer, s'il sait…

– *Cállate*[1] ! La prochaine fois que je te vois, c'est moi qui te tue. Passe le message au tas de merde qui t'accompagne.

L'homme hocha la tête, sa pomme d'Adam grimpant et descendant convulsivement. Dag pointa le revolver sur la tempe du type qui ferma les yeux, secoué de frissons.

– T'as sommeil ? lui demanda Dag à brûle-pourpoint.

– *Qué ?* hoqueta l'autre, décontenancé.

– T'as sommeil, lui confirma Dag en l'assommant d'un coup sec. *Buenas noches.*

L'homme s'écroula avec un petit soupir. Dag regarda autour de lui. Il y avait du sang partout : sur les visages, les vêtements, les fleurs. Il se servit de la veste de Peter Pan pour s'essuyer la figure. Tout son corps l'élançait. Il toucha son flanc brûlant, pressa la veste roulée en boule contre la longue égratignure qui courait sous ses côtes. Les deux hommes étendus à terre respiraient avec peine.

1. Ta gueule !

Dag se pencha en avant, les mains sur les hanches, s'efforçant de calmer son rythme cardiaque.

Pour être tout à fait honnête, il devait reconnaître qu'il ne lui avait pas déplu de taper sur ces deux types. Ça lui avait rappelé les longues heures passées à suer en écoutant gueuler son instructeur de boxe française. Les minutes ardentes sur le ring. Il avait bien failli remporter le titre interarmées. Son adversaire avait gagné aux points ; il rayonnait de joie pendant que Dag titubait d'un bout à l'autre du ring, à moitié aveugle à cause du sang qui jaillissait de ses arcades sourcilières, essayant de respirer malgré ses deux côtes cassées. Mais il ne s'était pas couché. Il avait fini le combat debout. Encore un truc qu'Helen ne pigeait pas : le plaisir de se battre. Elle trouvait ça primitif. Immature. « Le sport est un moyen de transcender son corps, pas de l'avilir, Dag. » Il haussa les épaules. Au diable Helen et sa haute moralité.

Il se redressa. Ainsi donc Face-de-Cul se prélassait à Saint-Barth, une des îles les plus glamour des Petites Antilles. Pas le temps de s'en occuper maintenant. Maintenant, son objectif, c'était le père Léger. Il récupéra son sac, y fourra le petit revolver et le couteau et s'engagea résolument sur la route, essayant de ne pas prêter attention à la douleur.

Les alizés le rafraîchissaient agréablement, mais les semelles de ses chaussures lui brûlaient la plante des pieds. De gros cochons noirs, attachés devant les cases, le regardaient passer en mâchonnant des racines. Il y avait des nuages sur la Soufrière. La mer était étale. Pas un bruit, hormis, de temps en temps, le tintamarre assourdissant d'un tracteur chargé de cannes à sucre. Une barque de pêche se balançait paresseusement au large. Dag marchait d'un bon pas, mais l'avenue de Grand-Mare lui parut interminable. Il parvint au centre-ville avec un soupir de soulagement.

CHAPITRE 4

Son reflet, entrevu dans une vitrine, le dissuada de se présenter devant le curé dans cet état. Son tee-shirt était taché de sang, ainsi que ses mains, son visage et ses chaussures. Il comprenait les regards inquiets que lui avaient lancés les rares passants. Il traversa la rue, longea le quai des pêcheurs et descendit sur la plage jonchée d'algues. Autant se rincer et se changer. Malgré la brûlure du sel, l'eau tiède lui fit l'effet d'un baume apaisant. Il se rhabilla rapidement et se sentit nettement mieux.

Il se souvenait parfaitement de l'église, de sa façade bleu et blanc. Rien n'avait changé. Même l'infirme assis sur les marches ressemblait à celui de ses souvenirs. Le type était en train de liquider un litron de bière, et Dag se rendit compte qu'il crevait de soif. Il hésita à aller s'envoyer un demi bien frappé avant de poursuivre ses investigations. Non, pas question de céder aux sirènes de la tentation. Plus vite il en aurait fini, plus vite il pourrait aller botter le cul de Voort. Il poussa la lourde porte en bois.

La nef était fraîche et sombre. Et vide. Dag arpenta les travées sans faire de bruit et finit par repérer une vieille dame à genoux devant un saint Antoine rubicond.

– Excusez-moi…

Elle sursauta, faisant trembler ses cent vingt kilos.

– Qu'est-ce que vous voulez ?

– Je cherche le père Léger.

Elle le regarda comme le dernier des imbéciles.

– C'est mardi, il est au nouvel hospice.

– C'est loin ?

– Excusez-moi, monsieur, mais je ne suis pas préposée à l'office de tourisme. Présentement, comme vous me voyez, je suis en train de prier saint Antoine de me faire retrouver un bracelet que j'ai perdu et que m'avait offert ma pauvre maman.

Dag battit en retraite.

– Je suis désolé, mais j'ai besoin de le voir. C'est très urgent. C'est loin, l'hospice ?

Elle soupira, fit un signe d'excuse à saint Antoine qui dardait patiemment dans le vide son regard extatique et ripoliné.

– Vous prenez la première à droite, la deuxième à gauche, vous allez jusqu'à la boutique du coiffeur, vous prenez encore à gauche et vous y êtes. Et maintenant, je peux continuer ?

– Merci, au revoir et bonne chance.

Suivant consciencieusement les indications de la vieille, il se retrouva devant la porte grise du nouvel hospice. Dix minutes plus tard, il était en présence du père Léger qui venait de finir sa tournée des malades et d'administrer les saints sacrements à trois vieillards grabataires. Le père Léger était petit et robuste. Les cheveux grisonnants coupés ras, le ventre plat, les épaules larges, vêtu d'un pantalon et d'un polo noir à col cassé au revers duquel était épinglé une fine croix en argent, il évoquait irrésistiblement un Gene Kelly africain. Dag se présenta. Le père Léger haussa les sourcils.

– Un enquêteur privé… un détective, si je comprends bien. Un émule de Mike Hammer… Vous faites un métier étonnant, monsieur Leroy.

– Vous aussi, mon père, lui fit remarquer Dag en désignant l'étole violette et le flacon de saint-chrème.

– Oh, moi…, soupira le père Léger en baisant l'étole qu'il venait de retirer. Sortons bavarder. J'ai fini pour aujourd'hui.

Il rangea ses accessoires dans une mallette et ils sortirent. Le père Léger lui indiqua une petite terrasse. Une fois assis, il commanda un demi et Dag l'imita. Ils burent en silence.

– Bon, vous vouliez me voir, annonça le prêtre en reposant son verre presque vide. Une énigme théologique à résoudre ?

Il avait l'air las et désabusé. Dag écarta les mains en signe d'excuse.

– Non, je suis mandaté par Charlotte Dumas, la fille de Lorraine Dumas qui s'est suicidée ici, avenue de Grand-Mare, en 1976. Une jeune femme blanche. C'est vous qui avez procédé au service funèbre.

Le père Léger se gratta lentement le menton de ses doigts sombres.

– Lorraine Dumas, oui, je me souviens, une jeune femme qui vivait seule avec sa petite fille… Une bien triste histoire. Mais je ne vois pas…

– Sa fille, Charlotte, a aujourd'hui vingt-cinq ans. Elle souhaite retrouver son vrai père. C'est pour cela que je suis ici. Pour remonter toutes les pistes possibles.

– Je comprends. Mais je ne pense pas vous être d'un grand secours. Je passais parfois chez elles, pour leur porter du sucre, des pâtes, des vêtements pour la petite, des choses de ce genre. Vous savez certainement que Lorraine, la mère, buvait énormément. Mais elle s'occupait bien de l'enfant, il n'y avait rien à y redire. Quoi qu'il en soit, je n'ai jamais entendu parler du père. C'était un sujet tabou. J'ai bien essayé, au début, de la pousser à lui écrire, de lui expliquer ce qui s'était passé, comment son mari l'avait chassée, mais elle refusait. Elle disait qu'elle ne savait rien de lui, qu'elle ne pouvait pas le joindre, qu'il était parti au loin. C'est dommage. Peut-être, si cet homme avait su…

Aurait-il couru encore plus loin ? songea Dag cyniquement.

– Elle n'a jamais prononcé son nom ?

– Elle l'a appelé une ou deux fois Jimi, mais j'ai eu l'impression que ce n'était qu'un surnom. C'est vieux tout ça… Je m'en souviens bien parce que… j'étais plein d'enthousiasme à l'époque, un « battant » comme on dit aujourd'hui. Je voulais être utile. Aider les gens. Et elle s'est suicidée... alors ça m'a marqué. Enfin, conclut-il en finissant sa bière, je ne crois pas que vous trouverez grand-chose. Vous avez essayé du côté de l'assistante sociale ? Mlle Moineau ou quelque chose comme ça ?

– Martinet. Oui. Malheureusement, elle est décédée.

– Ah ! Il y a bien le voisin le plus proche, Loiseau, mais il est devenu sénile.

– Je sais, je l'ai vu tout à l'heure.

– Vous n'avez pas perdu votre temps.

Non, il avait même trouvé celui de filer au passage une raclée à deux malfrats, comme un vrai détective. Il répondit courtoisement :

– Je ne voudrais pas vous faire perdre le vôtre.

– Je n'ai pas tant d'obligations urgentes, et votre histoire m'intéresse. Je suis un grand lecteur de romans policiers. Il me semble que le roman policier cherche à résoudre l'énigme fondamentale de la mort, quelle qu'elle soit. Vous savez que de nombreux primitifs n'acceptent pas l'idée que la mort soit due au hasard, ils cherchent toujours un coupable. Eh bien, dans le roman policier, de même, toute mort est intentionnelle. Je trouve cela fascinant. On serait tenté de dire que le roman policier et l'emprise qu'il exerce sur les gens proviennent en grande partie de ce sentiment primitif et de ce besoin de rationaliser, d'expliquer, propre à l'être humain, vous ne trouvez pas ?

– Heu...

Dag but une gorgée en essayant de trouver une réplique pertinente, mais rien ne vint. Rationaliser la mort... L'aboutissement de ce concept se trouvait dans la médecine légale et la pratique des autopsies qui choquait encore certaines convictions religieuses. Autopsie... Dag fit claquer ses doigts.

– Comme il ne s'agissait pas d'une mort naturelle, un médecin a certainement été requis pour examiner le corps et délivrer le permis d'inhumer... Vous savez peut-être à qui l'on a fait appel ?

– Autant que je me souvienne, ce devait être le docteur Jones. Henry Jones. C'était le seul médecin. Notre île a toujours été isolée des modernités…

Dag l'interrompit :

– Je sais. J'ai souvent séjourné à Sainte-Marie dans mon enfance. Ma tante tenait la boutique de souvenirs, rue du 22-Juillet. Elle est morte en 1974.

– Oh, alors, je ne l'ai pas connue. J'ai été nommé ici en 75, suite au décès de mon prédécesseur. C'est Jones qui a dirigé le dispensaire de 1956 à 1990.

– Dans ce cas, il a certainement reçu la petite Charlotte en consultation. Et, s'il est vrai que les gens se confient autant à leur médecin qu'à leur confesseur, il est possible que Jones puisse me donner des informations utiles. S'il est toujours dans l'île, bien entendu…

Le père Léger sourit :

– Il vit toujours à Sainte-Marie. Dans une villa vers Folle Anse, vous le trouverez facilement. Mais c'est un original, vous savez. Porté sur la boisson. On ne peut pas vraiment se fier à ce qu'il raconte. Ne vous recommandez pas de moi, il ne m'aime pas. Il pense que je suis un facteur d'obscurantisme, une survivance moyenâgeuse. Voilà, conclut l'abbé en se levant, je vous ai dit tout ce que je savais. Il faut que je m'en aille, j'ai ma tournée des familles nécessiteuses à faire, et Dieu sait s'il y en a…, ajouta-t-il en levant les yeux au ciel pour prendre Dieu à témoin.

Dag lui serra la main.

– Ravi de vous avoir rencontré, mon père.

– Moi de même. Si vous avez besoin de quoi que ce soit, n'hésitez pas à me contacter.

Dag le remercia encore et le regarda s'éloigner à grandes enjambées. Sympa, le curé. Et maintenant, une visite au médecin. Dag s'arrêta dans une cabine téléphonique recouverte de tags obscènes pour feuilleter un vieil annuaire dont la moitié postérieure des pages avait été arrachée. Heureusement, les J avaient survécu. Il trouva rapidement l'adresse et le numéro de Jones. Une affaire de dix minutes à pied. Inutile de faire des frais supplémentaires.

Le médecin habitait une villa ocre et blanc qui surplombait la mer. Dag franchit un portail grand ouvert et s'engagea dans une allée gravillonnée avant de s'immobiliser devant une vaste terrasse dallée de rouge, où un vieux monsieur en costume blanc buvait une boisson bleue.

Une vraie réclame pour drapeau français, se dit Dag en s'approchant. Il se racla la gorge. Le vieux monsieur, assis sur un rocking-chair, tourna la tête vers lui. Ses abondants cheveux blancs lui retombaient sur les épaules et sa moustache blanche soigneusement taillée en brosse tranchait sur son visage couperosé.

– Vous êtes invité ? lança-t-il d'une voix rocailleuse.

Un pince-sans-rire. Dag se jeta à l'eau.

– Pas vraiment. Permettez-moi de me présenter : Dag Leroy, des Enquêtes McGregor. Je viens pour une affaire très confidentielle.

– Si vous vendez des aspirateurs ou des téléphones portables, j'en ai rien à branler.

Encore une entrevue agréable en perpective. Dag fit un pas en avant.

– Je ne suis pas un représentant. Je peux m'asseoir ?

– Non. *Bugger off !*

« Foutez le camp ! » Quel agréable accueil ! Dag prit sa voix de sergent-instructeur :

– Il ne s'agit pas de vous vendre quelque chose, je vous l'ai dit. Je suis enquêteur privé et je suis mandaté par Mlle Dumas, la fille de Lorraine Dumas qui s'est suicidée à Grand-Mare en 1976.

Dag avait l'impression de répéter indéfiniment la même phrase dans le vide. Le vieil homme avala une gorgée de boisson bleue avant de répondre :

– 1976. *Twenty years.* C'est long, vingt ans. Je suis à la retraite.

– Est-ce que vous vous êtes occupé de ce décès ?

– Peut-être. Vous regarde pas.

Il se versa une grande rasade d'alcool et vida son verre d'un coup avant de s'essuyer la moustache du revers de la main.

– Vaut plus rien la gnôle de nos jours. Z'êtes français ?

– Non, je suis américain.

– *Marines* ? s'enquit Jones en pointant son verre sur les tatouages de Dag.

– Oui. Nous pouvons parler anglais si vous préférez.

– *I don't care*[1]. Pourquoi un privé américain s'intéresse-t-il à un suicide vieux de vingt ans ?

– Une affaire d'héritage. Il paraît que Lorraine Dumas avait une fille.

– Une gamine de quatre, cinq ans, oui, lança Jones, avant de se mordre les lèvres. OK, vous m'avez eu. Larguez les bombes ! postillonna-t-il soudain en se penchant en avant.

Je te foutrai volontiers un B 52 dans le cul, se dit Dag.

– Qui a délivré le permis d'inhumer ?

Main tremblante qui saisit la bouteille. Long remplissage de verre. Cul sec. Essuyage de moustache. Un temps, puis :

– On peut rien reprocher à ce permis, *nothing*, *nada !*

Quelle mouche le piquait ? Dag avança encore d'un pas, conciliant, mais le vieux aboya :

– Reculez. Vous sentez la sueur, je n'aime pas ça.

Ce vieux débris avait tout du colonialiste de caricature ! Dag lui sourit malgré tout.

– Écoutez, *Sir*, je ne suis pas venu ici pour vous agresser ni pour me faire insulter. C'est le père Léger qui m'a donné votre adresse.

– *That dickhead*[2] *?* Toujours fourré avec ces vieilles bigotes… Asseyez-vous, vous me faites de l'ombre.

Enfin ! Dag se dirigea vers un fauteuil d'osier manifestement inconfortable.

1. Je m'en fous.
2. Ce vieux con !

– Voulez un curaçao ?

Dag acquiesça et le vieux lui servit une dose de curaçao à assommer un bœuf.

– *Ice ?*

– Non, merci, ça ira comme ça.

– Donc, vous êtes une sorte de sous-flic. Et vous bossez pour la fille Dumas. *So, what's the problem*[1] *?* Je vous préviens : si elle me cherche des crosses, elle en sera pour ses frais. J'ai toujours fait correctement mon travail. Toujours, monsieur !

Dag était perplexe.

– Mais elle ne vous reproche rien ! Elle cherche simplement à retrouver son père.

– Malevoy ? Il est mort.

– Non, l'autre, le vrai.

– Ah, la bite fantôme ! Et pourquoi diable ? De l'argent ?

– Je l'ignore. Elle veut le retrouver, un point c'est tout, et elle me paie pour ça. Je me suis dit que vous saviez peut-être quelque chose.

Jones ricana par-dessus son verre :

– Z'êtes rien dit du tout. Vous reniflez toutes les pistes comme un clébard. Qu'est-ce que vous attendez ? Allez-y ! Posez-moi une question.

Il se versa un autre curaçao, tandis que Dag dégustait le sien avec précaution.

– Eh bien... Lorraine Dumas vous a-t-elle fait des confidences à propos de cet homme... son amant ?

– Secret professionnel, cher monsieur, même si la patiente est décédée, lui renvoya Jones d'un air satisfait.

Ce que ce vieux salaud pouvait être antipathique ! Dag s'efforça de contenir son exaspération croissante.

– Elle aurait pu vous parler en dehors du cadre purement médical.

– Je vous vois venir. Mais non, elle ne m'a jamais rien dit. Bonjour, bonsoir, c'est tout. J'étais marié à l'époque

1. Et alors, quel est le problème ?

et elle, qui vivait seule, plus ou moins de ses charmes… J'évitais de m'attarder, *follow me*[1] ? Un autre ?

Il brandit la bouteille presque vide dans la direction de Dag, qui refusa :

– Non, merci. Je finis celui-là et je m'en vais.

– Bon débarras ! Allez emmerder quelqu'un d'autre. J'ai pas que ça à faire : parler de Lorraine Dumas ! Surtout avec tous les ennuis que ça m'a valus.

– Quels ennuis ? s'enquit Dag, l'oreille soudain dressée.

– Comme si vous ne le saviez pas ! Mais qu'est-ce qu'elle croit, la fille Dumas ? Si on avait pu prouver que l'autopsie avait été bâclée, on m'aurait foutu dehors. C'est ce *fucking bastard* de Rodriguez qui a essayé de me mettre ça sur le dos, pour prendre ma place. Un nègre intrigant et sournois. Bien fait pour lui s'il a cassé sa pipe avant-hier. Y avait pas de place pour nous deux ici, d'ailleurs l'avait bien compris, il avait quitté l'île, parti vivre à Basse-Terre, inspecteur sanitaire, l'était revenu y a deux ans, à la retraite, un sale vieux médisant… Comme si quelqu'un avait pu vouloir tuer cette pauvre pute…

Dag retenait son souffle, attentif à ne pas interrompre le déluge verbal de Jones, qui se resservit largement avant de poursuivre, apparemment ravi d'avoir un auditoire :

– Vous vous rendez compte que ce connard prétendait qu'elle avait été étranglée, puis pendue ! Il voulait qu'on pratique une autopsie complète ! Avec tout le boulot qu'on avait ! Que ça à foutre, tiens donc ! Sale arriviste, va ! Contusions par-ci, contusions par-là, et alors ? *We couldn't give a fuck*[2] ! Une fille qui se prostitue et qui boit, normal qu'elle ait des bleus, non ? L'ai foutu à la poubelle, moi, son rapport. Fallait l'inhumer, faisait chaud, l'était quand même encore la femme à Malevoy, imaginez le scandale, et puis pas envie de se taper toute cette paperasserie. Au feu les papiers, la paperasse, c'est la mort de la médecine,

1. Vous me suivez ?
2. Qu'est-ce qu'on en a à foutre !

mon gars ! Alors, je vous le dis clair et net : pas de chantage avec moi, ah ça non !

Dag le regarda agiter sa bouteille de curaçao, son gros nez rouge froncé d'indignation, la moustache frémissante. Un rapport d'autopsie bâclé ou même truqué… c'était la deuxième allusion à un meurtre possible. Et manque de chance, le dénommé Rodriguez, l'assistant honnête et zélé, venait apparemment de décéder. Les enquêtes au sein du troisième âge présentaient cet inconvénient que les protagonistes étaient pour le moins volatiles. Jones semblait complètement parti, le visage enflammé par l'alcool, les yeux vitreux, tout à ses souvenirs et à cette colère qui semblait le posséder vingt-quatre heures sur vingt-quatre. Dag se pencha en avant, évitant l'haleine aigre du vieil homme.

– Et Rodriguez, il ne vous a pas fait de difficultés ?

– Pensez donc ! Voulait une promotion, l'avait besoin de mon appui, l'aurait bien voulu me faire plonger, mais l'avait pas les couilles… L'a demandé sa mutation en Guadeloupe, accords multilatéraux, tout ça, l'a bien fait, je peux pas travailler avec des arrivistes, toujours à me contredire sur tout, croyait tout savoir, se prenait pour un Blanc. Je dis pas ça pour vous, mais vous me comprenez…

Dag comprenait surtout qu'il aurait bien aimé lui écraser la tronche à coups de grolle en béton et il fit nerveusement craquer ses doigts tandis que le vieux médecin enchaînait :

– Paraît même qu'il a adressé un double de son rapport à la Direction des affaires sanitaires et sociales, c'était qui déjà qui s'en occupait à l'époque ? Ah, oui, Longuet ; on a fait l'armée ensemble, l'a foutu sa dénonciation au panier, Longuet… *Up his*[1] *!* Et puis même, si on l'avait tuée, la Lorraine Dumas, et puis même… un ivrogne qui lui aurait fait son affaire, et après ? Valait pas la peine de révolutionner toute l'île, surtout en 76, on a frôlé la guerre civile ici, vous savez ?

1. Dans l'cul !

Dag hocha la tête, faussement compatissant. Le vieux était lancé, il en avait apparemment pour un bon bout de temps. Dag nota mentalement de se renseigner sur Longuet. Peut-être existait-il encore quelque part un double du courrier adressé par le dénommé Rodriguez.

– Rodriguez, c'était son nom ou son prénom ?

– Quoi ? Ah oui, c'était son nom. Louis Rodriguez. Va savoir pourquoi. Sûrement un enfoiré de Cubain, graine de communiste... Louis Rodriguez, à ta santé, *bastard*, salopard, j'espère que tu vas pourrir en enfer ! hurla Jones en brandissant son verre au-dessus de sa tête et répandant de l'alcool sur son costume.

Un homme corpulent en bleu de travail apparut silencieusement sur le seuil de la porte, évalua les dégâts, puis, apparemment rassuré, disparut sans un mot.

Dag se dit qu'il n'apprendrait rien de plus, et la compagnie de Jones commençait à lui peser sérieusement. Il se leva.

– Je vous remercie pour cet entretien. Je ne vais pas vous déranger plus longtemps.

– *Balls*[1] *!* Z'êtes pressé de foutre le camp, c'est tout. Vouliez me faire chanter, mais vous avez compris que ça prend pas avec moi. Allez, au revoir, monsieur le sous-flic, bon voyage et bon vent ! Et attention, hein, je plaisante pas, moi ! J'ai encore des amis, je suis quelqu'un, moi, vous savez !

Dag était déjà au portail, laissant Jones s'égosiller, tandis que la silhouette tapie dans l'ombre d'un énorme bananier poussait comme un soupir résigné.

19 heures. Le serveur en veste blanche traversa la vaste terrasse du Saint-Barth' Palace, se pencha vers le petit homme chafouin et lui tendit le portable avec un sourire :

– *Er is telefoon voor u*, monsieur Voort.

Sans cesser de reluquer la blonde en string rose qui

1. Mon cul !

tâtait l'eau de la piscine du bout de ses orteils impeccablement laqués, Frankie saisit l'appareil et grogna un bref « *Ja ?* », tandis que la blonde se laissait couler dans l'eau avec un petit cri.

Son interlocuteur semblait avoir de grandes difficultés d'élocution. Après l'avoir écouté avec impatience, Voort coupa la communication sans un mot, furieux. Les deux guignols s'étaient fait niquer la gueule en beauté. Et maintenant, cet empaffé de Leroy allait être sur ses gardes. Il fit signe au larbin et lui ordonna de porter une coupe de champagne à la demoiselle en face.

Puis il composa un numéro et lança rapidement en néerlandais :

– Tony ? Je viens d'avoir un coup de fil de Lucas et Rico. Je leur avais demandé de me rendre un petit service, mais ils se sont montrés totalement incompétents. Ils rentrent à la Dominique ce soir par le vol de 18 h 30. T'as pas pris ta retraite ?… Bon, OK. Alors, j'aimerais que tu t'en occupes pour moi… Le grand jeu, oui. On s'était mis d'accord sur trois mille… C'est toi qui les toucheras… Avec mille de rab. A plus, Tony, bonjour à ta femme et aux gosses.

Il raccrocha, satisfait. Les deux imbéciles allaient nourrir les palétuviers dans la mangrove. Il ne supportait pas qu'on le ridiculise en se montrant inefficace. Il avait une position à tenir et une réputation à défendre. « Voort le dévooreur »… Il se permit un bref sourire.

De l'autre côté de la piscine, la blonde leva sa coupe dans sa direction et inclina la tête en signe de remerciement. Ce mec avait une tronche à dégueuler, mais il serrait sa graisse dans un costard Armani et consultait l'heure sur une Cartier en platine. Elle avait eu bien raison de se faire siliconer : la pêche au gros s'annonçait prometteuse.

CHAPITRE 5

Dag se réveilla à l'aube. Un oiseau chantait furieusement sur le rebord de la fenêtre. Il s'assit dans son lit et contempla l'horizon. L'océan était houleux, de longues vagues se chevauchaient dans un grondement assourdissant. 5 h 45. L'hôtel était encore tranquille, mais il perçut les premiers signes d'agitation. Des portes qui s'ouvraient doucement, le bruit d'un monte-charge, un cliquetis de vaisselle… Il bâilla. Il avait bien dormi, d'une traite, mais ne se sentait pas vraiment reposé.

Il se leva et alla s'accouder à la fenêtre, recevant avec plaisir le vent salé sur son visage. Le Touloulou était situé sur la plage. Il y avait pris une chambre après son entrevue avec le docteur Jones. Il avait avalé distraitement une dorade grillée et était monté se coucher, la tête bourdonnante de toutes les conversations qu'il avait eues depuis deux jours. C'était toujours comme ça : ça tourbillonnait dans son esprit, comme s'il se repassait sans cesse des extraits de films. Et puis, soudain, tout se mettait en place et le film se déroulait dans l'ordre. Mais, pour l'instant, on n'en était qu'aux rushes. Jones, le père Léger, John Loiseau, Miss Martinet, Lorraine, Charlotte, tout se mélangeait et discourait à qui mieux mieux sous son crâne.

Il regarda une mouette fondre sur une proie, entendit son cri perçant tandis qu'elle effleurait la surface de l'eau avant de remonter, triomphante, aussitôt prise en chasse par ses congénères à grand renfort de piaillements frénétiques. Il y avait trop de houle, les pêcheurs ne sortiraient pas. Le reef du large formait des tubes superbes : un temps idéal pour le surf. Dag s'étira, fit craquer ses doigts, une habitude qui exaspérait son père et lui avait valu d'innombrables torgnoles. Sur la terrasse en contrebas, les serveurs échangeaient des plaisanteries en créole tout en disposant les couverts du petit déjeuner. Dag avait appris le créole avec sa tante, l'américain avec ses parents, le français à l'école et le néerlandais à Sint Maarten. Son enfance à la Désirade n'était qu'un lointain souvenir. Passant la plupart de ses moments de loisir dans les Antilles anglophones, il s'était petit à petit « défrancisé », au point d'avoir maintenant l'impression d'être en voyage à l'étranger quand il se rendait dans les DOM.

Le programme de la journée était simple : se renseigner sur Louis Rodriguez et les circonstances de son décès. Puis contacter ce type des Affaires sociales, Longuet. Ensuite, si tout ça n'aboutissait à rien, rentrer et dire à Lester que c'était une impasse.

Mais…

Mais il y avait quelque chose sous toute cette affaire, quelque chose de pas net, que Dag pouvait renifler, une odeur imperceptible de pourriture, de mensonge et d'arnaque. Les vieux placards recelaient de vieux squelettes, mais là il y avait autre chose. Comme ces tableaux où une couche de peinture plus récente recouvre la toile d'origine. Quelqu'un avait peint une belle histoire, mais…

Mais… une lettre anonyme parlait de meurtre et un assistant zélé avait émis la même hypothèse.

Mais… la récipiendaire de la lettre et l'assistant zélé étaient morts dans un délai très rapproché. Alors ?

Dag secoua la tête. D'abord une douche, ensuite Rodriguez, puis Longuet. Et après, après seulement, place aux hypothèses.

Sous la douche, il s'immobilisa, le savon à la main. Comment les truands de Voort avaient-ils su où le trouver ? Ils le suivaient donc depuis le début ? Sans qu'il s'en soit rendu compte ? Tu deviens nul, mon vieux, se lança-t-il en se frictionnant le torse, tu deviens nul, vieux et con.

Mais l'odeur imperceptible de pourriture était toujours là.

Il s'habilla rapidement, décida qu'il ferait trop chaud pour mettre une veste, ce qui interdisait donc le port d'une arme. De toute façon, son petit doigt lui disait que Voort allait y réfléchir à deux fois avant d'envoyer une deuxième équipe. Affamé, il descendit prendre son petit déjeuner. La terrasse était quasiment vide, à l'exception d'un couple d'amoureux qui roucoulaient en allemand et d'une mère de famille blonde affublée de lunettes noires et flanquée de deux petits garçons chamailleurs. Dag la salua poliment avant de s'asseoir, et la femme lui adressa un vague sourire, occupée à talocher les gamins qui venaient de faire dégringoler le beurre. Elle portait un débardeur qui mettait en valeur sa poitrine, et Dag baissa hypocritement les yeux. Elle avait également de jolies jambes, fines et musclées, s'échappant d'un short en coton noir. Le serveur l'ayant interrompu dans ses observations, il se concentra sur son petit déjeuner.

Il dévora ses œufs au jambon et ses toasts en avalant plusieurs tasses de café noir très sucré, jusqu'à se sentir repu. Il surprit la femme, qui, l'air sévère, le regardait derrière ses lunettes ; il hésita à allumer une cigarette, puis se décida. Il n'allait pas continuer à se laisser terroriser par toutes les femmes qu'il rencontrait ! Un des gamins lui tira la langue et Dag lui montra discrètement son majeur.

Sa cigarette terminée, il demanda au réceptionniste de lui réserver un vol pour Basse-Terre, en Guadeloupe. Puis il se rendit tranquillement à l'épicerie-buvette-tabac-papeterie et acheta les journaux des deux jours précédents. Le marchand ne s'en étonna pas : des gens ne descendaient souvent de leurs villages que deux fois par semaine et les nouvelles qui les intéressaient n'étaient pas forcément celles du jour.

Dag s'installa sur la jetée, près d'un pêcheur qui semblait s'être endormi au bout de sa ligne. Rodriguez, Rodriguez… c'était là, dans le journal de l'avant-veille : accident mortel à Capesterre. *« Une voiture quitte la route et s'écrase en contrebas de la falaise. Le conducteur, Louis Rodriguez, est tué sur le coup. »* Suivaient les détails : l'accident s'était produit à la tombée de la nuit pour une cause indéterminée. Rodriguez avait-il eu un malaise ? Dag consulta le journal suivant, chercha rapidement la page Vieux-Fort et trouva ce qu'il cherchait à la rubrique décès : *« Teresa Rodriguez, ses enfants Louisa et Martial, ses parents et amis ont la douleur de vous faire part du décès de Louis Rodriguez, père et époux bien-aimé, survenu dans sa soixante et unième année. Les obsèques seront célébrées à Saint-Louis, mercredi 3 juillet à 9 h 30, en l'église Notre-Dame-de-Bon-Voyage. Priez pour lui. »*

Mercredi 3 juillet, soit aujourd'hui même. Il consulta sa montre, une Tide Master avec calculateur de marées intégré, expérimentée avec succès sur les spots de Pavones au Costa Rica : 9 h 57. Dag se secoua ; avec un peu de chance, il arriverait avant la fin du service. Il se leva d'un bond, soutirant un grognement offusqué au pêcheur, qui secoua machinalement sa ligne, et il se mit à courir.

Il arriva à l'église en nage. Le ciel s'était obscurci, la pluie s'annonçait, dense, lourde. Les mouches bourdonnaient, agitées, collantes. Dag s'essuya le front avant de grimper les marches à la volée.

Une fois encore, la fraîcheur de l'église le surprit agréablement. Le père Léger officiait, debout devant l'autel, sa voix profonde se répercutant sous la voûte. Il y avait une trentaine de personnes dans la petite nef, qui reprirent en chœur un psaume. Dag s'assit tout au fond. L'imposante femme en noir qui pleurait au premier rang était certainement la veuve éplorée. Près d'elle, la soutenant, le robuste jeune homme en costume gris et la jeune femme gracile en tailleur sombre devaient être les enfants mentionnés dans l'avis de décès : Louisa et Martial. La jeune femme tourna la tête. Dag lui donna environ trente-cinq ans, nota le profil volontaire, le petit nez busqué et le menton triangulaire. Un joli petit chat noir avec du sang caraïbe, décida-t-il. Le jeune frère, lui, semblait taillé dans le roc. Pas du tout le genre de type sur le pied de qui l'on aimerait marcher.

Mêlé à l'assistance, Dag se félicita d'avoir mis une chemise bleu marine et un pantalon en toile grise. Il ne tenait pas à se faire remarquer. Le psaume s'achevait. Le père Léger modula la note finale, les bras levés, puis congédia l'assemblée d'un geste large. Quatre hommes se levèrent et saisirent le cercueil qu'ils chargèrent sur leurs épaules avant de remonter lentement l'allée. La famille suivait, en pleurs. Ils passèrent devant lui, et Dag remarqua l'air volontaire de la fille, ses grands yeux très noirs au regard intelligent, ses pommettes hautes et déliées et ses lèvres douces et charnues. Un mélange prometteur de tendresse et de fierté. Il se faufila dehors et s'approcha d'elle.

– Excusez-moi, dit-il, vous êtes la fille de Louis ?

Elle se retourna vivement, son beau visage ravagé par la douleur.

– Oui, pourquoi ?

– J'étais un ami de votre père. J'ai travaillé un moment avec lui, il y a des années, et puis je suis parti sur le continent. Je viens juste de rentrer et d'apprendre ce terrible malheur. Je voulais vous dire à quel point je suis navré… Comment est-ce arrivé ?

– On ne sait pas, je ne comprends pas. Papa était prudent, il roulait toujours doucement…

– Un malaise peut-être ?

– Il était en bonne santé. Il venait de passer un check-up, c'est leur saleté de route, oui ! Pleine de nids-de-poule. Une roue a peut-être éclaté…

– Louisa, viens, s'il te plaît !

Son frère l'appelait, excédé, essayant de faire entrer sa mère en pleurs dans le mini-van qui devait les conduire au cimetière. Elle eut un geste vague.

– Excusez-moi… Écoutez, si vous avez connu papa, passez nous voir, ce soir, à la maison. Maman a préparé un repas de deuil.

– Avec plaisir, mais je ne me souviens plus de votre adresse…

– Le Ti'Bout, en face du club de plongée. A ce soir, vers 7 heures.

Elle courut vers son frère. Dag recula dans l'ombre d'un palmier. Une femme ravissante, Louisa Rodriguez. Et bien foutue. Et visiblement pas très convaincue que son père ait eu un malaise. La conversation s'annonçait intéressante. Mais d'abord, il fallait se taper l'aller et retour Basse-Terre et la visite au sieur Longuet. Quand Lester allait voir la note d'avion, il allait crever.

Avisant le père Léger sous le porche, Dag se dirigea vers lui.

– Bonjour.

– Ah, le détective ! Bonjour, jeune homme. Quelque belle énigme à résoudre ce matin ? Où en êtes-vous de vos recherches ?

– Le docteur Jones m'a aiguillé sur la piste d'un dénommé Longuet, autrefois responsable des services d'hygiène et de santé publique, aujourd'hui en poste à Basse-Terre, en Guadeloupe. En fait, il semblerait que le suicide de Lorraine Dumas ait pu être un meurtre maquillé... Je vous raconterai ça en détail, mais là, je dois filer, et je voulais vous demander si je pouvais vous confier mon sac de voyage, je le récupérerai ce soir...

– Pas de problème. A condition que vous me racontiez tout !

– Marché conclu. A ce soir.

En sortant du petit aérodrome de Baillif, après avoir sacrifié encore une fois aux brèves formalités de douane, Dag héla un taxi, prenant de vitesse les voyageurs chargés de bagages. Le chauffeur monta le son de la radio en déboîtant, et un flot de musique kadens envahit l'habitacle, tandis que Dag observait machinalement les alentours par la vitre ouverte. Des enfants braillaient en se poursuivant, bousculant les gens. Un petit bonhomme tirait péniblement une énorme valise couverte d'étiquettes et dûment ficelée, dont s'échappaient des pans de madras. Un teckel pissait tranquillement sur l'élégant sac de voyage en cuir d'une jeune hôtesse à qui son maître faisait du gringue. Dag sourit. Comme le taxi s'éloignait, une femme passa dans son champ de vision et il eut l'impression de la connaître sans pouvoir se rappeler où il avait bien pu la voir. Une Blanche, la quarantaine, les cheveux blonds mi-longs, vêtue d'un pantalon corsaire bleu et d'un débardeur assorti, un grand fourre-tout bleu marine en bandoulière. Tant pis, aucune importance.

Il se rencogna contre le dossier et récapitula encore une fois toute l'affaire.

Un : 1970, sur la paisible île de Sainte-Marie, Lorraine Dumas-Malevoy, une jeune femme blanche mariée à un sieur Malevoy de vingt ans son aîné, rencontre un jeune black. Amour sous les cocotiers. Un enfant illégitime survient neuf mois plus tard. Malevoy chasse Lorraine et le bébé de couleur. (« Mais quelle couleur ? », comme demandait toujours le père de Dag avec un sourire niais qui faisait rougir ses interlocuteurs.)

Deux : Lorraine s'installe dans le quartier pauvre de Vieux-Fort et survit grâce aux allocations et à ses charmes. Elle boit de plus en plus et finit par se suicider en 1976, laissant derrière elle sa petite fille, Charlotte, âgée de cinq ans. C'est Loiseau, un voisin, qui trouve le corps.

Trois : le permis d'inhumer est signé par le docteur Jones, malgré l'opposition de son assistant, Louis Rodriguez, qui trouve ce décès suspect. L'enterrement est célébré par le père Léger.

Quatre : Charlotte est d'abord prise en charge par Mlle Martinet, puis envoyée à l'orphelinat, où elle reste jusqu'à ses dix-huit ans.

Jusque-là, pas de problèmes. Dag pianotait sur le cuir craquelé du siège, les yeux mi-clos.

Cinq : elle sort de l'orphelinat, devient mannequin et, comme beaucoup d'enfants abandonnés lorsqu'ils commencent à gagner de l'argent et à devenir adultes, décide brusquement de retrouver son père. Là, commence la série des questions :

a) Pourquoi demoiselle Martinet gardait-elle une lettre parlant de crime et vieille de presque vingt ans dans ses papiers ? S'il ne s'agissait que d'élucubrations d'ivrogne, pourquoi ne pas la jeter ?

b) Pourquoi le dénommé Rodriguez doutait-il du suicide ?

c) Pourquoi le docteur Jones était-il si pressé d'étouffer l'affaire ?

Une vision de Jones étranglant Lorraine au cours d'un coït sado-maso l'effleura. C'était bien l'inconvénient de ce dossier : tout était possible. Y compris le retour inopiné du mystérieux Jimi un soir d'octobre, suivi d'une dispute finissant mal. Il se secoua : il n'était pas là pour enquêter sur le meurtre imaginaire de cette pauvre Lorraine, mais pour retrouver le père de Charlotte.

Le taxi freina, le tirant de ses pensées.

– Et voilà, patron. Bonne chance.

Il paya, descendit et contempla la façade en carrelage et verre teinté. Horrible, froid et prétentieux, décréta-t-il en franchissant les portes vitrées automatiques.

Et re-fille derrière le comptoir d'accueil et re-blabla.

– Le professeur Longuet ne peut pas vous recevoir maintenant. Il est en rendez-vous.

– Je vais attendre, merci.

– Je ne sais pas s'il pourra vous voir aujourd'hui, il est très occupé.

Et il n'a pas que ça à foutre, recevoir des nègres inconnus et sans lettre de recommandation, ajouta son menton arrogant et pointu.

– Dites-lui que c'est important, c'est à propos d'un meurtre, lâcha Dag, désinvolte.

La fille en perdit sa superbe.

– Un meurtre ! Mais c'est la police qu'il faut voir, monsieur !

– Mais je suis la police, mademoiselle. Et j'ai besoin de voir le professeur Longuet. OK ?

– Attendez un instant.

Dag s'assit sur une banquette en moleskine orange sous

un écriteau « défense de fumer » et alluma une cigarette. La fille parlait à voix basse dans son interphone. Sans cesser de parler, elle agita le doigt dans la direction de Dag, désignant la pancarte. Il lui fit son plus charmant sourire et écrasa la cigarette sur la banquette.

– Vous êtes fou ! cria la fille. Pardon, monsieur, je disais simplement à monsieur, heu…

– Leroy, Leroy Dagobert.

– Non, c'est M. Leroy Dagobert qui écrase… Pardon ? Non je ne plaisante pas, pourquoi ? Oui, monsieur. Tout de suite, monsieur.

L'interphone cessa de bourdonner et la fille le dévisagea, cramoisie.

– Le professeur vous attend dans son bureau. Troisième étage droite. Vous avez vu ce que vous avez fait ?

– Il n'y pas de cendrier.

– C'est normal : il est interdit de fumer dans les lieux publics. Vous ne savez pas lire ?

– Non. Et je ne pouvais tout de même pas écraser ce mégot sur votre main… Bonne journée, lui jeta Dag, suave, en passant devant elle pour prendre l'ascenseur.

Le professeur Longuet était un vieil homme sec, aux cheveux gris et rares. Il flottait dans un polo Lacoste mauve et un pantalon à carreaux assorti et se tenait debout derrière son bureau, l'air sévère.

– Qu'est-ce que c'est que cette histoire ? s'écria-t-il dès que Dag apparut dans l'embrasure, d'une voix forte qui démentait son aspect fragile.

– Je n'ai pas trouvé de cendrier…

– Pardon ? Je ne vous parle pas de cendrier. Je vous parle de cette connerie de roi Dagobert.

– Leroy Dagobert.

– Exactement. Vous êtes malade ou quoi ? J'ai autre chose à faire que de recevoir des plaisantins.

– C'est mon nom, monsieur. Dagobert Leroy.

Longuet le dévisagea, surpris.

– Ah. C'est votre nom. Heu, heum, ah bon bon, et

alors ? Cette histoire de meurtre ? Vous pourriez m'expliquer ?

– C'est un peu compliqué. Je peux m'asseoir ?

– Si vous voulez, lança Longuet, visiblement excédé, avant de s'asseoir à son tour. Mais, soyez bref, je rentre de voyage ce matin même et j'ai un tas de dossiers en retard, ajouta-t-il en tapotant nerveusement une pile de documents.

– Je serais désolé de vous faire perdre votre temps. Monsieur Longuet, étiez-vous responsable des services de santé de Sainte-Marie dans les années soixante-dix ?

– Professeur Longuet, s'il vous plaît. Oui, c'est exact.

– Et, si j'ai bien compris, professeur, vous avez émigré en Guadeloupe ?

– En décembre 1976. Mes parents avaient la nationalité française. J'ai demandé ma naturalisation et je suis venu vivre ici. Cela pose un problème ?

– En octobre 1976, une jeune femme blanche, Lorraine Dumas-Malevoy, a été trouvée pendue à Vieux-Fort, professeur.

– C'est fort possible. Et alors ? La police rouvre l'enquête ?

– Exactement, professeur. Il semblerait qu'il ne s'agissait pas d'un suicide, mais d'un meurtre.

– Je suis désolé pour cette malheureuse, mais je ne vois vraiment pas en quoi ça me concerne…

– Vous pourriez me parler d'un courrier que vous avez reçu à l'époque et qui mettait en cause le rapport d'autopsie du docteur Jones. Vous vous souvenez de Jones, votre éminent confrère et camarade d'armée ? Un rapport signé Louis Rodriguez.

Longuet s'était tu, les traits soudain affaissés. Il considérait ses mains couvertes de tavelures avec une attention soutenue. Puis il releva la tête, et ses yeux gris se rivèrent sur ceux de Dag.

– Je savais bien que cette histoire referait surface un jour ou l'autre. J'ai voulu faire plaisir à Jones, je n'aurais pas dû.

– Que s'est-il passé exactement, professeur ?

– Jones a conclu un peu vite au suicide. Rodriguez a contesté son rapport. Les marques relevées sur le cou de la fille correspondaient, à son avis, à des traces de strangulation manuelle. Ils se sont engueulés. Rodriguez m'a adressé un courrier dénonçant l'attitude de son chef. Jones m'a passé un coup de fil : la fille était alcoolique, c'était une prostituée, il n'avait rien trouvé d'anormal. Rodriguez était un exalté, etc. J'ai jeté le rapport de Rodriguez à la poubelle et je l'ai fait nommer à Basse-Terre au titre de la coopération. Voilà.

– Et le rapport de Rodriguez, il était convaincant ?

– Bof, je ne suis pas spécialiste en médecine légale. Jones non plus d'ailleurs.

– Et puis, pour l'état civil, Lorraine était toujours la femme du respectable M. Malevoy. Ce n'était pas la peine de faire des vagues, n'est-ce pas, professeur ?

Longuet lui jeta un regard peu amène.

– Ce n'est pas ce que je voulais dire… Au fait, vous ne m'avez pas montré votre carte.

– Quelle carte ?

– Comment « quelle carte » ? Votre carte d'officier de police. Les flics ont des cartes, non ?

– Oui.

– Et alors ?

– Alors, quoi ?

Longuet se leva, menaçant.

– Je ne sais pas à quoi vous jouez…

Dag se leva à son tour.

– Moi non plus, professeur. Vous me demandez de vous montrer ma carte d'officier de police. Je trouve ça étrange.

– Et pourquoi ?

– Parce qu'apprenez, professeur, que pour posséder une carte d'officier de police il faut être officier de police. Merci encore pour cet entretien, professeur, et à bientôt.

– Mais vous avez dit à la réceptionniste…

– Elle a dû mal comprendre. Bonne journée.

– Espèce de fumier !

Longuet jaillit de derrière son bureau juste comme Dag lui claquait la porte au nez. Le temps qu'il la rouvre, Dag dévalait l'escalier quatre à quatre.

– Arrêtez-le, c'est un imposteur ! se mit à hurler Longuet.

Dag déboula devant la réceptionniste interdite et fonça jusqu'à la porte.

– Appelez les urgences ! Il va vous faire un arrêt cardiaque, lui cria-t-il avant de la franchir en trombe.

La fille resta bouche bée, puis rentra la tête dans les épaules, prête à subir l'engueulade de son patron.

Dag prit la première rue sur la droite et s'engouffra dans un grand magasin, tout souriant. Faire sortir Longuet de ses gonds l'avait vengé du vieux Jones. Il se balada un moment parmi les étalages, faillit craquer pour un long short bariolé couvert de filles en monokini, puis ressortit tranquillement et entreprit de gagner la rue du Docteur-Cabre et son agitation commerçante.

Ce coup-ci, il avait fait le tour. Impossible d'aller plus loin, la piste s'arrêtait là. Le plus simple serait peut-être encore que Charlotte passe une petite annonce. « Jeune fille cherche son père. Tél. au… » Mais Dag, lui, ne voyait pas ce qu'il aurait pu faire de plus.

Il s'arrêta dans un bureau de tabac pour acheter des cigarettes et se rendit dans une cabine téléphonique, face à la devanture d'une agence de voyages qui proposait de rafraîchissantes croisières au Spitzberg, afin d'appeler le bureau.

– Salut, Zoé, s'il-te-plaît-peux-tu-me-passer-le-patron-merci ?

– Tu finiras mal, Dagobert, je te le dis.

– Amen.

Il l'entendit souffler avec réprobation avant que la voix de basse de Lester lance un « Hello ! » sonore.

– Hi ! Big boss ! Ici, ton associé préféré en direct de Basse-Terre, lança Dag en anglais, langue dont ils usaient le plus souvent entre eux.

– Je te croyais à Sainte-Marie. Tu t'es inscrit pour un tour opérator ? repartit Lester, goguenard.

– Tu parles ! Je n'arrête pas de me trimballer d'une foutue île à une autre. Je suis dans une impasse. Le mec a disparu, il s'est évaporé il y a vingt ans et tout le monde s'en fout.

Dag lui fit un résumé succinct des événements. Lester soupira :

– Évidemment, c'est pas vraiment prometteur. Tu veux que je demande à Zoé de jeter un coup d'œil dans Go-2-Hell ?

– Fais-moi rire.

« Go-2-Hell » était le surnom du Mac connecté à Internet qui trônait dans le bureau directorial. Netsurfer convaincu, Lester adorait jouer avec des heures durant, au grand dam de ses factures téléphoniques. Dag, tout en reconnaissant son utilité ponctuelle, préférait continuer à se mouvoir dans un univers tactile à trois dimensions.

Il songea brusquement à Francis Go, l'un des flics avec lequel Lester était régulièrement en rapport à travers toutes les Antilles. Son « réseau d'entraide », comme il disait. Go était inspecteur principal à la brigade criminelle.

– Je vais essayer de contacter Francis Go à Grand-Bourg. File-moi son numéro, j'ai oublié mon carnet, lança-t-il en extirpant de sa poche une enveloppe déchirée et un stylo.

– Tu ne peux pas avoir un portable à mémoire extensive, comme tout le monde ?

– Faudrait que tu m'augmentes, Les. Allez, envoie son numéro. On sait jamais. Je vais encore essayer de ce côté-là et puis c'est marre, je rentre.

Il nota le numéro que lui dictait Lester et raccrocha. Bien, autant appeler Go tout de go… On le lui passa après quelques minutes d'attente affreusement meublées par du Vivaldi débité à la tronçonneuse.

– Inspecteur Go, j'écoute.

– Bonjour, je vous appelle de la part de Lester McGregor, je suis son associé, Dag Leroy, j'aurais voulu vous voir quelques minutes.

– Je suis assez occupé. C'est urgent ?

– J'aurais bien voulu boucler un dossier. Je suis là jusqu'à demain.

Francis Go soupira. Dag l'entendit qui tournait rapidement des pages.

– Voyons… Bon, passez à l'hôtel de police à 17 heures.

Le temps que Dag prenne congé, il avait déjà raccroché. Pressé, le Go.

Dag se fraya un passage à travers la foule qui se promenait le long du cours Nolivos jusqu'à la gare routière.

Tout en contemplant le paysage tressautant par la fenêtre du bus qui le ramenait à l'aéroport, il piochait dans le sachet de galettes moustaches qu'il avait achetées à un des gamins du port. Quinze minutes de trajet. Assez pour faire un petit somme. Pas assez pour que les ressorts de ce foutu siège réussissent à lui percer la peau. Il froissa le sachet vide et s'installa confortablement pour dormir.

La Fiat Uno roulait sagement derrière le bus, comme une escorte, et les mains posées sur le volant ne semblaient ni crispées ni endormies : patientes.

Et lorsque le chauffeur du bus dut stopper pour changer une roue, elle se gara sur le bas-côté, cent mètres en retrait et attendit calmement, petite tache rouge sous le soleil.

Dag franchit la porte de l'aérogare en courant. Le bus avait pris une demi-heure de retard avec ce pneu crevé ! Dans les polars, au ciné, ça n'arrivait jamais. D'ailleurs, au ciné, les enquêteurs privés roulaient en décapotable, sur fond de Miles Davis. Bien fait pour moi, se dit Dag, ça m'apprendra à ne pas respecter la tradition.

Essoufflé, il se présenta au comptoir d'enregistrement au moment où l'hôtesse se levait.

– C'est terminé, monsieur, l'avion vient de décoller.

– Super. Je suppose que c'était le seul de l'après-midi ?

– Exact, le prochain décolle demain matin à 7 heures.

– Et le bateau ?

– Pour Sainte-Marie ? Il faut le prendre à Trois-Rivières ou à Pointe-à-Pitre.

– Extra. Ça vous ennuie si je dors sous votre comptoir, ce soir ?

– Vous pouvez toujours louer un avion-taxi. Ou un bateau, proposa la fille, serviable.

Dag la remercia. Effectivement, c'était une solution. Surtout aux frais de Lester.

Une demi-heure plus tard, Dag était assis à l'avant d'une grosse barque à moteur qui tressautait sur la mer houleuse.

Copieusement aspergé par les embruns, il se tassa sur son siège, un banc en bois mal équarri et ne vit pas la grosse vedette à moteur qui prenait la même direction, quelques centaines de mètres derrière lui.

Quand le canot accosta à Grand-Bourg au bout de trois quarts d'heure, Dag était trempé des pieds à la tête. Une promenade tout à fait rafraîchissante… Il paya le pêcheur taciturne qui avait barré l'embarcation et consulta sa montre : 16 h 10. Trois quarts d'heure à tuer. A propos de tuer… il avait oublié de relater à Lester le raid des hommes de main de Voort. Tout en soliloquant, il gagna Independance Square, s'installa à une terrasse inondée de cadence-rampa diffusée à fond et commanda un demi qu'il sirota l'œil fixé sur sa montre. Les minutes s'étiraient, lentes, grasses et suantes. Il commanda un autre demi et un paquet de Knight locales sans filtre, alla pisser, observa une file de fourmis affairées à transporter un morceau de sucre, se gratta l'entrejambe, écouta un groupe de jeunes se chamailler à propos d'un prochain combat de coqs, s'épongea la nuque avec la serviette en papier et, finalement, il fut 16 h 45.

Dag se leva et entreprit de traverser la rue : le commissariat n'était qu'à un pâté de maisons de là. Il tournait le coin d'un vieil immeuble en ruine quand on lui tapa sur l'épaule. Il se retourna vivement : si c'était encore un de ces connards voortiens… C'était la femme blanche qu'il avait cru reconnaître à l'aéroport. Elle lui sourit.

– Bonjour, lança-t-elle en français, avec un accent indéfinissable.

– Heu, bonjour… On se connaît ?

– Vous alors ! Vous n'êtes pas physionomiste ! Le motel, ce matin. Au petit déjeuner.

C'était là qu'il l'avait vue ! Mais ce matin elle tirait plutôt la gueule, avait des lunettes et ses cheveux étaient noués en catogan… Il se força à sourire.

– Ah oui, excusez-moi. Je suis très distrait…

16 h 50.

– Vous connaissez la rue des Petites-Abîmes ? C'est la première fois que je viens à Grand-Bourg et je crois bien que je suis perdue…

Oh, là là, quel crampon ! De jolis yeux bleus et une poitrine plutôt remarquable, mais ce n'était vraiment pas le moment. Il s'excusa.

– Eh bien, ce n'est pas du tout par ici, mais je ne peux pas vous accompagner. J'ai un rendez-vous et je suis à la bourre. Demandez à l'agent là-bas…

Il se tourna à demi pour lui indiquer l'agent en tenue de l'autre côté du jardin public et, à cette seconde précise, reçut un ballon de foot en plein visage. Déséquilibré, il heurta la femme et se cogna violemment le coude contre quelque chose de dur. Il se demanda vaguement ce qu'elle trimballait dans son sac en tâtant son nez endolori par le ballon. Un gamin surgit, haletant :

– Excuse, monsieur, c'est pas moi, c'est Bono. Il tire comme un fou.

– C'est pas grave.

Le gamin ramassa le ballon et disparut en courant.

Il se tourna vers la femme. Elle avait la main plongée dans son sac en bandoulière et le regardait fixement avec un sourire crispé.

16 h 55. Il allait être en retard.

– Je suis désolé, mais il faut vraiment que j'y aille.

– Sale con !

Interloqué, Dag la dévisagea. Ses pupilles étaient fixes, ses lèvres blanches. Une camée ?

– Ça ne va pas ?

– *Llama una ambulancia, cabrón !*

– Une ambulance ? Vous ne vous sentez pas bien ?

– Je vais mourir, tu piges ? *Morir, desaparecer*, OK ?

Sa voix tremblait. Dag recula d'un pas. Cette femme était folle. Il la regarda avec plus d'attention. Et prit conscience de la tache de sang qui s'élargissait sur son débardeur, à la hauteur du foie. Il recula d'un autre pas et vit le trou dans le sac à main et le canon de l'automatique qui dépassait, prolongé par un silencieux. Instinctivement, il allongea la main et saisit le sac, l'arrachant à la femme qui le tenait pressé contre son ventre. Elle vacilla, se rattrapa au mur. Dag la regardait bêtement, le sac à la main. Le sang coulait maintenant à flots le long de son pantalon corsaire. Il balbutia :

– Je vais chercher des secours. Ne bougez pas.

Elle glissa lentement le long du mur, laissant une trace sanglante sur la pierre.

– Plus la peine… C'est foutu.

Dag avait l'impression de se mouvoir dans un rêve. Cette femme… appuyée contre le mur tiède… avec une balle dans le ventre… Il s'agenouilla près d'elle.

– Qu'est-ce qui s'est passé ?

Elle le dévisagea froidement, les traits crispés par la douleur.

– Mourir à cause d'un *cabrón* comme toi… C'est trop con !

Elle reprit son souffle et ajouta :

– Ton coude, merde ! Tu m'as heurtée avec ton coude, ça a détourné le coup, j'ai tout pris.

– C'est moi que vous vouliez abattre ? hoqueta Dag, incrédule.

– Non, Bill Clinton… A ton avis, connard ? lança-t-elle avec mépris.

Le tuer ? Lui ? Pour quelle raison ?

Un filet de sang apparut au coin des lèvres de la femme. C'était complètement irréel, cette jolie jeune femme en train de crever, là, au soleil, dans la rue paisible, avec un flic à deux cents mètres, des gosses qui jouaient au ballon, et ce sac à main qui renfermait un automatique… Dag lui posa une main sur l'épaule.

– Mais pourquoi ?

– *Five thousand… dollars. A real good job*[1].

Cette mère de famille en vacances était un tueur à gages ? Il se frotta les yeux.

– Qui vous a payée ?

– *Segreto profesional*[2].

Elle avait presque l'air de sourire. Dag protesta :

– Mais c'est ridicule !

– *Adios, pequeno fango*[3]…

Elle appuya sa tête contre le mur, laissant le sang s'échapper à gros bouillons à travers ses lèvres.

– Attendez !

Dag passa une main sous la nuque de la femme, se pencha vers ses lèvres ensanglantées, plongea son regard dans le sien. Ses beaux yeux bleus étaient déjà vitreux. Elle eut un petit frisson, lui serra brusquement la main, et il sentit sa peur. Il lui serra la main en retour et chuchota :

– Courage. Ça va aller…

– *Fuck you…*, balbutia la femme dans une grosse bulle de sang. Je t'emmerde et j'emmerde le monde entier, essaya-t-elle de crier, mais le sang l'étouffait.

Elle haletait spasmodiquement. Ses yeux s'écarquillèrent, elle poussa un bref cri de pure terreur animale et mourut. Dag vit son regard se vider de sens. Une microseconde auparavant, il tenait une femme dans ses bras et maintenant il n'y avait plus rien. Il la posa doucement contre la pierre, se releva, le sac avec le flingue toujours à l'épaule. De l'autre côté de la place, le flic siffla.

1. Cinq mille… dollars. Un bon job.
2. Secret professionnel.
3. Adieu, petite crotte.

– Hep, là bas, qu'est-ce qui se passe ?

– Elle a eu un malaise, il faut appeler une ambulance, vite !

Le flic se rapprochait à grandes enjambées. Encore quelques mètres et il verrait le sang. Il s'immobilisa pour parler dans son talkie-walkie. Dag, debout devant le corps, lui masquait la femme. Personne à droite, personne à gauche, il prit une profonde inspiration et détala à toutes jambes.

– Hé, stop ! Restez là, stop ! cria le flic en dégainant son arme.

Dag avait déjà tourné le coin et fonçait dans une ruelle adjacente. Il entendit encore le flic s'exclamer « Oh, non ! Non ! », puis plus rien. Il ralentit, déboucha dans une rue fréquentée, se faufila entre les étals et débarqua au commissariat à 17 h 15, hors d'haleine, ruisselant. De larges taches de sang maculaient sa chemise bleu marine. Avec un peu de chance, on croirait à des auréoles de sueur sur le tissu sombre, se dit-il en reprenant son souffle. Le planton de service leva la tête.

– Je voudrais voir l'inspecteur Go.

– Il vient de partir.

– Merde !

– Il a été appelé en urgence. Une jeune femme abattue dans la rue.

Allons, bon ! Dag s'assit sur un banc en bois constellé de graffitis anti-flics.

– Je vais l'attendre un moment, merci.

Le préposé hocha la tête distraitement et retourna à ses registres.

Il faisait frais et sombre dans le commissariat. Un gros ventilateur tournait lentement avec un ronronnement lénifiant. Dag ferma les yeux. Une tentative de meurtre. On avait voulu le tuer. Et pas des truands à la manque, non, une vraie pro. Est-ce que Face-de-Cul dépenserait 5 000 dollars pour avoir sa peau ? Peu probable. Il n'avait sûrement pas les moyens de s'offrir une vengeance à ce prix-là. Mais qui, alors ? Et, en plus, il allait falloir expliquer à l'inspecteur Go pourquoi il était en possession du sac de la morte et de son flingue, et surtout le convaincre qu'il n'avait pas tué cette jeune femme, et ça, ça allait être encore très fatigant. Enfin, on verrait bien... Il s'installa plus confortablement, les yeux clos, et entreprit de se détendre. Il s'imagina flottant dans l'écume, la bouche salée, le corps souple comme celui d'un marsouin : une technique de relaxation qu'il s'était forgée au fil des ans. Le ventilateur chuintait, lui envoyant une brise légère sur le visage. Il glissa lentement, lentement, dans le sommeil.

Il rêva qu'il entrait chez Mlle Martinet. Il faisait sombre, il cherchait la lumière, allumait et se trouvait face à face avec la tueuse, un automatique braqué sur le ventre. Elle éclatait de rire avant de boire longuement dans un verre à moutarde qu'elle jetait dans l'évier. Il vit son index se crisper sur la détente en même temps qu'elle lui disait : « Debout, connard ! » Il se réveilla en sursaut.

Le flic de faction le secouait.

– L'inspecteur Go est là. Il vous attend dans son bureau.

– Ah, merci, bredouilla Dag en reprenant pied dans la réalité.

Il se leva, s'étira, se dirigea vers le bureau qu'on lui indiquait, le sac de la femme sous le bras, et toqua à la porte.

– Entrez !

La pièce était minuscule et Francis Go énorme. Tel un bouddha de bronze comprimé dans une chemise bleu ciel boutonnée jusqu'au cou, il trônait derrière un bureau mangé aux mites, devant un ordinateur qui avait l'air d'un jouet entre ses mains gigantesques. D'un index boudiné, il lui désigna une chaise au vernis écaillé.

– Asseyez-vous. Qu'est-ce que je peux faire pour vous ?

Sa voix était agréable, avec une pointe d'accent créole.

– Eh bien, j'étais venu vous poser quelques questions sur une vieille affaire... Mais ce n'est peut-être pas le moment ?

– C'est jamais le moment. On manque de personnel, on est toujours à la bourre. Tenez, juste là, on vient de trouver une femme dans la rue avec une balle dans le ventre. Morte. Un type parlait avec elle, et deux secondes après elle était morte. Sous le nez d'un de nos agents. Incompréhensible. Enfin, vous vous en foutez… Allez-y, posez vos questions.

Dag sortit une cigarette de la poche de sa chemise, mais Go leva un de ses battoirs.

– Désolé, on fume pas. Je tiens à mes poumons.

Dag reposa la cigarette, évitant de penser à la besace en cuir qui pesait contre sa cuisse, et se lança :

– Est-ce que vous vous souvenez de Lorraine Dumas-Malevoy, une jeune femme blanche que l'on a retrouvée pendue à Vieux-Fort en 1976 ?

– 76 ? Ça fait un bail… Qu'est-ce que vous lui voulez à cette fille Dumas ?

– Je voulais savoir s'il y avait un dossier sur cette affaire.

Go pivota avec peine sur sa chaise, qui grinça, dévoilant un terminal posé sur une petite table derrière lui.

Il tapota quelque chose, grommela des insultes à l'adresse de l'appareil, tapota encore, puis se retourna.

– On a quelque chose aux archives. J'ai pas le temps de vous accompagner.

Il crayonna quelques mots sur une feuille blanche.

– Donnez ça au planton en bas, il vous conduira. Les numéros, là, c'est la référence du dossier. Et Lester, ça va ?

– En pleine forme. Les affaires marchent bien. Il vous transmet ses amitiés.

D'après ce que lui avait dit Lester, Go et lui s'étaient connus à Haïti, à l'époque où Lester fricotait avec la CIA. Go était l'un des opposants clandestins au régime des Duvalier, et Lester l'avait aidé à s'enfuir.

– Je vous retiens pas, j'ai du boulot par-dessus la tête.

Dag le remercia.

L'inspecteur Go regarda la porte se fermer sur le coéquipier de Lester. Il avait l'impression d'étouffer. Il déboutonna son col de chemise et aspira une grande goulée d'air tiède. On crevait de chaud dans cette bauge. Il ouvrit un tiroir et en sortit un petit flacon de plastique qui contenait des gélules emplies de poudre verte. Le flacon portait l'étiquette « fucus vesiculus ». Des algues détoxicantes. Il l'ouvrit et saisit deux gélules qu'il avala sans eau. Il se sentit tout de suite mieux. Les gélules ne contenaient pas de fucus, mais de la poudre de glande sexuelle de serpent achetée à grand prix dans une vieille herboristerie. Le python était son loa, son esprit tutélaire, et en absorber régénérait toujours ses forces. Même s'il ne croyait pas vraiment à toutes ces pratiques vaudou, Go préférait les suivre : après tout, comme avait dit le philosophe Pascal en son temps, il y avait tout bénef à faire comme si.

On accédait aux archives par une porte marquée « réservée au service », à côté des toilettes, au fond d'un couloir sombre. Le planton escorta Dag jusqu'au sous-sol, dans une cave bourrée de rayonnages poussiéreux.

– Tout est là. Je m'excuse, mais je dois remonter. C'est classé par année et par ordre alphabétique.

Dag s'approcha des étagères surchargées. La rangée concernant 1976 était située dans un angle, et pleine à craquer de dossiers suspendus. Il compulsa rapidement les étiquettes et la repéra presque aussitôt : « Dumas-Malevoy ». Il plongea la main dans le dossier et en retira… une simple feuille dactylographiée : « Dossier réf. 4 670/JF. Suivi par insp. Darras. Aff. class. Cote X. »

Il remonta voir le flic de service et lui colla la feuille sous le nez :

– Ça veut dire quoi, ça ?

Le flic étudia la feuille quelques secondes avec une indifférence totale.

– Je sais pas moi… Inspecteur ! cria-t-il soudain.

Un jeune homme bien découplé en chemisette blanche immaculée s'approcha.

– Vous pouvez peut-être renseigner ce monsieur, demanda le planton en se grattant la tête.

– C'est à quel sujet ?

Dag lui tendit sa carte.

– Dag Leroy, des Enquêtes McGregor. Je suis chargé d'un vieux dossier pour lequel l'inspecteur Go m'a donné des références à consulter.

Il tendit la feuille à l'inspecteur qui l'étudia un bref instant derrière ses lunettes à monture d'écaille avant de hausser les épaules.

– Darras… Darras, il est à la retraite maintenant, dans le Périgord, en France. On doit avoir ses coordonnées quelque part, si ça vous intéresse.

– Mais où est le dossier ?

– Cote X. Ça veut dire qu'on l'a perdu.

– Perdu ?

– Quelqu'un a dû vouloir le consulter ou l'emprunter, vous savez ce que c'est, les affaires classées, on ne fait pas vraiment attention. C'était quoi, le problème ?

– Un suicide qui n'en était peut-être pas un. La femme a été retrouvée pendue. Le docteur Jones, le médecin de service, a conclu au suicide. Son assistant penchait pour un meurtre maquillé. On l'a fait taire.

– Et en quoi ça vous concerne ?

– La fille de la victime nous a chargés de retrouver son père. En fouillant là-dedans, je suis tombé sur cette histoire de suicide douteux.

– Et le père ?

– Inconnu au bataillon. Peut-être dénommé Jimi. Peut-être originaire de Sainte-Marie, on n'en sait rien, personne ne l'a jamais vu.

– Racontez-moi un peu…

Dag s'exécuta. Le jeune inspecteur l'écouta avec attention et ne l'interrompit pas une seule fois.

– C'est marrant, ça me rappelle quelque chose… Une femme pendue, elle aussi, en 1977, je crois, du côté de Trois-Rivières, blanche, jeune, jolie. Elle s'appelait, heu… Johnson, oui, Jennifer Johnson. Une Saint-Maritaine établie en Guadeloupe. C'est pour ça qu'on a eu communication du dossier. Quand nos homologues *frenchies* ont découvert le corps, ils ont cru à un suicide, mais le légiste ayant trouvé des traces suspectes, on a pratiqué une autopsie : elle avait été violée avec un instrument pointu style aiguille à tricoter et étranglée.

– Violée avec une aiguille à tricoter ? répéta Dag, interdit.

– Torturée, si vous préférez. Longuement et sauvagement torturée, ajouta l'inspecteur avec une moue de dégoût. Le meurtrier avait effacé les traces de son crime et peaufiné sa mise en scène, mais il avait oublié de nettoyer une minuscule tache de sang sur la robe. C'est ce qui a attiré l'attention du légiste. Il a également établi qu'elle avait eu des rapports sexuels avec préservatif avant d'être massacrée. La femme n'avait pas d'amant officiel, elle vivait seule depuis le décès de son mari. On a interrogé les amis, les relations, et on n'a abouti à rien.

– Rien ne prouve que l'homme avec qui elle avait fait l'amour et le tueur à l'aiguille soient une seule et même personne, dit Dag, intrigué.

– Exact. Mais c'était l'hypothèse de travail de l'équipe chargée de l'enquête. Sinon, il aurait fallu qu'elle couche avec un inconnu et que deux heures après un autre inconnu survienne et la massacre. Peu probable.

– Mais possible. En tout cas, merci pour les renseignements. Vous-même n'étiez pas en poste à l'époque ?

– Non, mais quand j'ai été muté ici on m'a affecté aux archives. J'en ai profité pour me documenter un peu et je suis tombé sur cette affaire non résolue, expliqua l'inspecteur en négligeant de préciser que c'était le dossier Johnson qui lui était tombé dessus.

Sur la tête exactement, du haut de son étagère. C'est en voulant le remettre en place que les photos avaient attiré son attention et qu'il l'avait parcouru.

– Vous devriez en parler avec l'inspecteur Go, poursuivit-il en ôtant ses lunettes. Je crois qu'il avait travaillé dessus, vous savez... coopération et tout le foutoir. Excusez-moi, mais je dois y aller.

Il prit congé de Dag, qui retourna chez Go sous l'œil morne du planton. L'inspecteur étudiait un document dactylographié. Il releva vivement la tête, aussi accueillant qu'un bison dérangé en plein pâturage, et reboutonna prestement son col de chemise. Mais Dag avait eu le temps d'apercevoir la petite cicatrice ronde et boursouflée à la base du cou. Faisant semblant de rien, Dag lui tendit le feuillet.

– Désolé de vous déranger encore, mais le dossier est vide. Il n'y avait que ça.

– Faites voir… Ah, oui, dossier égaré. C'est le vrai bordel ici.

– J'ai rencontré un de vos jeunes inspecteurs qui m'a parlé d'un cas similaire.

– Vraiment ?

– Jennifer Johnson.

Go déplia lentement ses énormes mains d'étrangleur et sourit aimablement à Dag.

– Affaire classée. On n'a abouti à rien. Vous savez comment sont les jeunes, ils veulent toujours briller. Franchement, aucun rapport avec le cas Lorraine Dumas. Est-ce qu'il y a autre chose pour votre service, parce que j'ai un emploi du temps plutôt chargé en ce moment ?

– Je vous laisse travailler, merci encore.

Dag se souvint *in extremis* du sac, qu'il saisit en cachant la déchirure avec sa main. Il n'avait plus très envie d'en parler à Francis Go. C'était trop compliqué à expliquer. Mais dissimulation de preuves, entrave à enquête… ça pouvait aller chercher loin. Hésitant, il s'enquit :

– Et la femme trouvée dans la rue ? Vous avez avancé ?

– Elle n'avait rien sur elle, à part un collier avec une médaille de la Vierge portant les initiales A.J. Avec ça… On va faire diffuser sa photo, au cas où quelqu'un la reconnaîtrait. Vous savez ce que c'est. La routine. Si seulement je pouvais mettre la main sur le type qui était avec elle…

– Vous avez son signalement ?

– D'après le flic, c'est un black quelconque aux cheveux ras, d'après les gamins un grand costaud genre basketteur US. Bref, rien de très utile. Les blacks, c'est pas ce qui manque ici, pas vrai ?

– Et la blessure ?

– 45 ACP, du sérieux, un calibre de professionnel. Étrange, non ? En général, dans les histoires passionnelles, on se sert d'un couteau, d'un fusil de chasse, je sais pas, mais pas d'un flingue comme en ont les flics ou les truands. Et pourquoi un truand saint-maritain voudrait-il descendre une touriste blanche ? Et pourquoi ils ont ni gueulé ni rien ? Encore une affaire qui va me faire suer des mois pour des prunes ! conclut-il en tapant sur la table qui faillit s'effondrer.

Il se leva, remplissant tout l'espace, sa bedaine tressautant.

Dag lui tendit la main.

– Au plaisir !

Go referma sa main sur la sienne et serra aimablement, lâchant prise juste avant que Dag n'ait les doigts sectionnés. Il sortit dans le couloir en secouant sa main. Ainsi, il y avait eu une autre femme pendue. Et Go s'était montré particulièrement évasif.

Le planton était occupé à faire face aux vociférations d'une vieille dame à qui on avait volé son sac. Brusquement, Dag céda à une impulsion et enfila discrètement le couloir sombre. Si on l'interpellait, il prétendrait chercher les toilettes.

Il poussa la porte métallique restée ouverte et descendit rapidement jusqu'à la salle d'archivage. Il entra sans bruit : personne. Il bondit jusqu'au rayonnage 1977 et fit glisser son doigt sur les tranches des dossiers… « Johnson, réf. 5 478, ann. 2/38 ». Voilà. Une vingtaine de pages dans une chemise beige. Il les feuilleta rapidement : rapport d'autopsie, photos, compte rendu de l'enquête parsemé de tampons « R.F. », « confidentiel », « copie conforme », « pour information ». Parfait.

Il resta une ou deux secondes à regarder fixement le vieux classeur beige en se demandant ce qui le chiffonnait. « … réf. 5 478, ann. 2/38 ». Ann : annexe ? Il manquait une pièce. Il compulsa les feuillets jusqu'au rapport final. Il était adressé au commissaire Cornet. Peu probable qu'il soit encore en poste. Voyons… pourquoi supprimer une pièce de ce dossier ? Ou bien s'agissait-il encore d'une perte ?

Il s'empara du dossier voisin : pas d'« ann. ». Le suivant, une sombre histoire de voisinage résolue à la machette, en contenait une : une note interne, adressée par l'inspecteur Go au commissaire Cornet. Dag vérifia encore quelques dossiers au hasard : « ann. » désignait apparemment les courriers internes et les renseignements confidentiels échangés entre flics.

Dag parcourut rapidement la grande pièce sombre, détaillant les intitulés des diverses sections. Un faisceau de lumière entrait par une fenêtre grillagée, donnant l'impression d'un rayon de lune dans un cimetière de papier. La partie la plus excentrée des rayonnages ployait sous le poids de cartons sommairement entassés sur lesquels on avait tracé des inscriptions au feutre : « Comptabilité », « Travaux ravalement », « Personnel ». Ah ! Déjà plus intéressant. Il se mit à fouiller dans les dossiers empilés, dérangeant une colonie de ravets, les blattes locales, qui s'éparpillèrent, affolés.

Tout était rangé par ordre alphabétique. « DARRAS René » : fiche biographique, états de service, lettres officielles, formulaires administratifs, correspondance interne. Correspondance interne. Classée par année. Le jeune inspecteur avait bien fait les choses. Dag s'empara de 1977 avec avidité. Des broutilles et encore des broutilles. Il perdait son temps. Il allait refermer le classeur quand elle lui sauta aux yeux : une note datée du 18 septembre 1977, signée du commissaire Cornet, accusant réception de l'ann. 2/38. Et signifiant à l'inspecteur principal Darras qu'il n'y avait pas lieu de donner suite. Suite à quoi ? Il remonta la pile : « CORNET Raymond ». Même paperasserie jaunie, citations à l'ordre du mérite, carrière, courrier. Le papier sentait la poussière. En approchant de la période qui l'intéressait, Dag se sentit étrangement fébrile. Et s'il n'y avait rien ? 20 août 1977. Elle était là. L'annexe 2/38.

Une lettre tapée sur une vieille machine à écrire et signée de l'inspecteur Darras. Une enveloppe y était agrafée.

Un bruit de pas à l'étage. Dag leva les yeux, alarmé. Les flics n'apprécieraient certainement pas cette intrusion clandestine dans leur sous-sol. Il détacha la lettre et l'enveloppe du classeur, remit le carton en place à la hâte. Puis, tout en se sermonnant mentalement, il fourra le dossier Johnson dans le sac arraché à Miss A.J. Un délit de plus ou de moins… Il grimpa les marches à pas de loup. Poussa lentement la porte en fer. Rien en vue, une porte claqua, la voix de Go éclata soudain : « Bordel ! j'ai du boulot par-dessus la tête. » Dag s'engagea dans le couloir, faisant mine de remonter sa braguette. Il pourrait toujours arguer d'un dérangement intestinal.

Il avait l'impression de transporter une bombe. « De quoi faire sauter ta licence », susurra une voix dans sa tête pendant qu'il revenait dans le hall d'accueil. « Personne ne s'en apercevra. – Et si Go a envie d'y jeter un coup d'œil ? D'avoir reparlé de tout ça pourrait lui donner des idées. – Il a trop de boulot », rétorqua Dag à la voix ténue mais tenace.

Il passa d'un air dégagé devant le planton, qui ne leva pas la tête de ses registres. Et voilà, facile comme bonjour ! Dag grimpa dans un des taxis stationnés sur la place, poursuivi par la petite voix aigre : « Et ce sac appartenant à la morte et contenant le flingue qui a servi à la tuer, tu trouves malin de le garder avec toi ? – Et j'en fais quoi ? Je le montre à Go et je passe la nuit en taule ? Je perds des heures à lui expliquer qu'une mère de famille équipée comme un mafioso a voulu me flinguer sans raison, comme ça, clac ? » Dag claqua des doigts, faisant se retourner le chauffeur, un vieux pas bavard.

Le regard du chauffeur se posa sur le sac troué avant de retourner à la route.

Dag reprit son dialogue intérieur.

« Et qu'est-ce que tu vas faire du sac et du flingue ? Tu comptes rentrer avec à Sint Maarten ? – Je les jetterai dans une poubelle à l'aéroport. – Aiguiller les flics sur une fausse piste, bravo ! – Et sur quoi je dois les aiguiller ? Sur moi ? »

Crissement de freins. Il leva la tête : le vieux le regardait.

– Descendez.

– Pardon ?

– Descendez de ma bagnole.

Qu'est-ce que c'était encore ? Dag se pencha en avant et se trouva nez à nez avec un revolver antique mais bien graissé. Il écarquilla les yeux : pas possible que ce pépère en soit aussi !

Le vieux lui désigna le sac en cuir.

– Prenez votre sac et tirez-vous ! Et n'essayez pas de sortir votre arme ou je vous descends.

Dag prit brusquement conscience de la radio qui crachotait. Le vieux agita sa pétoire.

– Ils viennent de dire qu'un homme a tué une Blanche, dans le centre, et s'est enfui avec son sac, un sac en cuir bleu marine, et ce sac est en cuir bleu marine et il y a un flingue dans ce sac, je sais reconnaître un flingue, et ce sac, c'est un sac de femme, et votre chemise a des taches foncées qui puent le sang séché, et vous, vous allez descendre de ma voiture.

Pas la peine d'argumenter. Dag ramassa le sac et ouvrit la portière. Encore heureux que le vieux ne l'ait pas emmené chez les flics !

– Je suis loin de Vieux-Fort ?

– Trois kilomètres.

Le vieux le visait entre les deux yeux, le doigt sur la détente, pas rigolard pour un sou.

Dag claqua la portière. Il ne lui restait plus qu'à marcher, en espérant que personne n'allait lui tirer dessus ou venir l'arrêter. Le taxi démarra en trombe dans un nuage de fumée, le laissant seul dans le crépuscule tiède. La route ondulait, déserte, aussi paisible que celle de *La Mort aux trousses*. Il accéléra le pas, le sac à l'épaule, longeant prudemment le bas-côté. Une carcasse de voiture rouillée scintillait sous la lune montante. Il retira du sac le dossier volé qu'il fourra sous sa chemise, jeta un coup d'œil aux alentours et balança le sac compromettant dans l'épave, après l'avoir fouillé sans se faire d'illusions. Elle ne devait pas être conne au point d'y laisser son agenda ou son adresse. Effectivement, hormis l'automatique, le sac ne contenait qu'un maillot une pièce rose fluo, une clé et une revue. La clé, une petite clé plate et dorée, était accrochée à un porte-clés en forme de dauphin. Il la mit dans sa poche. Restait la revue, un truc en anglais qui traitait de plongée et de sports nautiques. Il la plia et la glissa dans la poche arrière de son pantalon. Sportive, la tueuse à gages.

Il considéra le Sig-Sauer P 220 avec regret. C'était dommage de jeter une si belle arme : le modèle qui équipait de nombreux corps de police européens et américains ainsi que les forces armées suédoises et japonaises, mais le conserver pouvait lui valoir une condamnation pour meurtre. Il en essuya soigneusement la crosse, le balança dans la carcasse calcinée et se remit en route.

Et les mômes ? Qu'est-ce qu'elle en avait fait ? Elle ne les avait quand même pas loués pour la matinée ? Et depuis quand le suivait-elle ? Il essaya de se rappeler si elle était déjà à l'hôtel quand il y était arrivé la veille au soir, mais ne put s'en souvenir.

Une autre image l'obsédait : celle d'un morceau de chair hérissée, de la taille d'un dollar, à la base du cou de Francis Go. A dix contre un, on avait voulu effacer un tatouage. Un tatouage compromettant que très peu d'hommes arboraient sur cette planète. Dag avait eu l'occasion d'en voir un sur un cadavre démembré lors d'une incursion dans un bidonville de réfugiés haïtiens. L'homme avait été dépecé à la machette et la terre battue avait bu les litres de sang répandu, formant un bourbier rose et spongieux. Un jeune type en short effrangé avait écarté les milliers de mouches agglutinées sur le cadavre et désigné à Dag le signe qui avait valu à l'homme d'être assassiné : un œil doté de trois pupilles. La marque des Initiés de la Confrérie des Servants de Dambala, recrutés principalement parmi l'élite des « tontons macoutes ». A la chute du régime, nombre d'entre eux avaient tenté d'effacer la marque infamante, peu désireux de subir le supplice du pneu enflammé prôné par leurs anciennes victimes.

Francis Go n'avait-il pas quelque peu menti à Lester en se prétendant opposant clandestin ?

CHAPITRE 6

Dag arriva à Vieux-Fort vers 20 h 30, en nage, les pieds en feu. La ville semblait déjà endormie. Il se rappela combien il avait été étonné, gamin, quand il avait appris que, durant le carême – l'été en Europe –, il pouvait faire jour jusqu'à 22 heures. Ici, le soleil se levait toute l'année vers 6 heures et se couchait vers 19 heures, immuablement. Il renonça à lire le dossier dérobé au commissariat. Objectif : se changer et courir chez les Rodriguez. Un rythme d'enfer pour Leroy Dagobert !

Le père Léger l'accueillit avec un sourire ravi. Il était assis à son bureau, dans la sacristie, et fourrageait dans des registres.

– Mariages, baptêmes, je mets un peu d'ordre, lui expliqua-t-il. Vous êtes tombé à l'eau ?

– Presque. Je suis à la bourre, je suis attendu chez les Rodriguez pour le dîner de deuil.

– Vous les connaissez ? s'étonna le prêtre.

– Non. J'ai menti à Louisa Rodriguez en prétendant que j'étais un ami de son père, lui répondit Dag en fouillant dans son sac de voyage pour en retirer un tee-shirt noir et propre.

– Et dans quel but ?

– Louis Rodriguez. C'est lui qui pensait que Lorraine Dumas avait été assassinée. Il a peut-être parlé de ça à ses enfants, on ne sait jamais.

Le père Léger fronça les sourcils.

– J'ai l'impression que votre enquête a changé de cap.

Je croyais que vous étiez à la recherche du père de Charlotte, pas de l'assassin de sa mère.

– Ils ne font peut-être qu'un. Et Lorraine n'est peut-être pas la seule victime.

L'abbé, intéressé, se redressa.

– Comment ça ?

– Je vous raconte tout à mon retour, si vous êtes encore réveillé, lança Dag tout en se tortillant pour ôter son pantalon sale et enfiler une paire de jeans délavés.

– Je serai au presbytère, juste à côté. Je vous attendrai !

Dag était déjà dehors. Il avait repéré le club de plongée près du débarcadère et s'y rendit d'un pas vif.

La maison des Rodriguez était juste en face, une maison blanche toute simple, entourée d'un jardin abondamment fleuri. Il entendit le bruit des conversations une bonne dizaine de mètres avant d'arriver. A travers les fenêtres grandes ouvertes, on apercevait une nombreuse assistance. Ce fut Louisa qui lui ouvrit. Elle portait une robe noire à volants qui lui donna l'impression de débarquer dans une surprise-partie. Les autres invités étaient également sur leur trente-et-un et Dag se sentit déplacé avec son jean et son tee-shirt. Louisa lui tendit la main : elle avait la peau tiède et douce.

– Entrez. Venez boire quelque chose, dit-elle de sa voix chantante.

Il la suivit jusqu'au buffet dressé au milieu de la pièce, surchargé de mets divers : cabri de mouton, balaous grillés, pain doux, papayes, goyaves, etc. Il huma en connaisseur le fumet qui s'échappait d'une grande marmite de chellou. Il adorait ce plat à base d'abats et de riz, qu'on mangeait rarement à Saint-Martin. Louisa lui tendit un gobelet de punch glacé.

– Tenez. Alors, vous êtes un ami de mon père ?

– Oh, je l'ai connu il y a longtemps. J'étais laborantin, nous avions sympathisé.

– Il ne nous a jamais parlé de vous.

– Nous n'étions pas intimes, vous savez, juste de bons camarades.

– Mais vous êtes plus jeune que lui…

Tout de même ! Le défunt avait vingt ans de plus que lui ! Il but une gorgée sans répondre, le punch était fort, tout le monde allait être saoul et pleurer sur les vertus du regretté Louis Rodriguez. Il ne savait pas comment aborder le sujet qui lui tenait à cœur. Louisa regardant autour d'elle, il lui dit précipitamment :

– Vous travaillez à Vieux-Fort ?

– A l'école primaire. Je suis chargée du cours préparatoire.

– Ils ont de la chance ! Ils ne doivent pas avoir souvent une institutrice aussi séduisante que vous.

Pourquoi était-il en train de lui débiter ce baratin ringard ? Il se serait giflé. Gênée, Louisa se détourna.

– Excusez-moi, je dois aller voir les autres invités… Servez-vous, ne vous gênez pas.

Ce que ce type était lourd !

– Votre père m'avait parlé de vous, il vous aimait beaucoup, lança encore Dag.

– Vraiment ? Eh bien, on n'aurait pas cru, lui rétorqua la jeune femme. Il me criait après sans arrêt… parce que je ne suis pas encore mariée, parce que je conduis trop vite, parce que je fume… Tout en moi le contrariait.

– En apparence. En réalité, il était très fier de vous, risqua Dag, conscient de marcher sur une corde raide : il ignorait tout de cette fille.

– Vous dites ça pour me faire plaisir. Vous êtes le genre de dragueur qui flatte effrontément.

Il sourit.

– Je suis démasqué ! Que puis-je faire pour me faire pardonner ?

– M'aider à servir le punch… Venez. Prenez la louche, là, et remplissez les bols.

Dag obéit, avec l'air sage d'un petit garçon fautif. Elle lui sourit. Il était mignon quand il voulait.

– Vous ne vous en sortez pas trop mal. Ah, voici maman. Je vais vous présenter…

La tuile !

– Maman, je te présente Dag Leroy, un ami de papa. Ils ont travaillé ensemble à Grand'Terre.

– Oh ! Vous avez connu mon pauvre Louis ? Quelle tragédie ! Enfin, le Bon Dieu a donné, le Bon Dieu a repris...

Teresa Rodriguez se signa avant de secouer Dag par le bras.

– C'était un homme bon ! Et juste ! Il n'a jamais eu de chance, ils ont brisé sa carrière avec cette histoire, mais il avait raison !

– Oh, maman, tu ne vas pas recommencer ! protesta Louisa. C'est vieux, tout ça.

– Vieux ? Mais, ma fille, ton père a failli perdre sa place à cause de ce salaud et toi, tu dis « c'est vieux, tout ça » ! Et alors ? L'injustice est toujours l'injustice, pas vrai, monsieur ?

– Vous avez tout à fait raison, le temps ne fait rien à l'affaire, répondit Dag en dégageant son bras de l'étreinte de la vieille dame. Je n'ai jamais bien compris ce qui c'était passé, votre mari refusait d'en parler..., poursuivit-il, négligeant les coups d'œil furibonds de Louisa.

– Il savait que la fille avait été assassinée, il me l'a dit. C'est lui qui a fait l'autopsie. Le docteur était trop saoul, il a bâclé le travail, mais comme ils ne voulaient pas d'histoire, ils ont étouffé l'affaire. Ils ont jeté le rapport de Louis à la poubelle, et ils l'ont muté. On venait juste d'acheter la maison ici, les enfants étaient petits, il a dû aller vivre là-bas, dans un appartement minuscule. Tout ça pour ne pas faire d'ennuis à son mari...

– Le mari de qui ? s'enquit Dag, la louche suspendue au-dessus d'un bol.

– De la fille... Un vieux plein aux as. La fille avait eu un enfant avec un gars de chez nous, le vieux l'avait chassée, elle vivait dans la misère, une belle femme, Louis me l'a dit. Une belle femme blonde, toute jeune, étranglée et violée !

Quoi ? Dag tressauta, renversant un peu de punch sur la table.

– Violée ? Mais je croyais que…

– Violée, je vous dis, chuchota Teresa en se rapprochant, et il vit ses lèvres frémissantes tout près des siennes. Vous imaginez le scandale ? Et personne n'a voulu écouter mon pauvre Louis. Ça l'a rendu malade, il n'a plus jamais été le même, il avait perdu la confiance ; il se méfiait de tous les Blancs ; il m'en parlait tout le temps dans ses lettres au début…

Dag reposa la louche.

– Vous les avez gardées, ses lettres ?

– Oh, oui, monsieur, toutes ! Elles sont là dans le buffet, dans une boîte en nacre que je tiens de ma maman. Mon pauvre Louis !

Elle se tamponna les yeux, submergée par un accès de larmes, et Dag, désemparé, se tourna vers Louisa, mais celle-ci n'était plus là. Elle discutait avec un homme d'une quarantaine d'années à la peau assez claire, svelte et élégant, coiffé d'une multitude de petites tresses très courtes. L'homme la tenait par l'épaule, souriant. Dag se demanda qui était ce bellâtre tout en cherchant quelqu'un pour s'occuper de maman Teresa. Une petite vieille aux cheveux gris fer surgit à point nommé.

– Pleure pas, ma fille, pleure pas, tu le reverras au ciel, ton bonhomme. Allez, viens, on va chanter pour lui. Allez, viens…, murmura-t-elle en créole en lui passant un bras autour des épaules.

Elle l'entraîna vers le coin des vieilles femmes. Dag se versa un bol de punch et l'avala d'un trait. Les lettres. Il lui fallait ces lettres. Personne n'avait jamais mentionné que Lorraine ait pu être violée. Comme cette Jennifer Johnson dont le dossier était dans son sac de voyage. Bon Dieu, il était sur la piste d'un truc énorme, il le sentait, quelqu'un avait commis des meurtres dans la région, vingt ans auparavant, des meurtres impunis à ce jour… Il leva les yeux. Comment faire ? Impossible d'opérer maintenant. Il allait être obligé de cambrioler la baraque ou de trouver un prétexte pour que Teresa lui permette de lire ces lettres… Il chercha Louisa des yeux. Le bellâtre élégant était en conversation avec un autre type, et Dag se sentit vaguement content.

On lui tapa sur l'épaule.

– Qui êtes-vous ?

C'était Louisa, sévère. Il baissa la tête vers elle.

– Pardon ?

– J'ai dit : « Qui êtes-vous » ? Je parle français, non ?

– A peu près.

– Espèce de mufle. Répondez à ma question.

Ses yeux noirs étincelaient. Dag sentit venir les emmerdes. Il tenta d'éluder.

– Je ne comprends pas. Je vous l'ai dit, je m'appelle Dagobert Leroy.

– Dagobert ou Louis XIV, je m'en fous. Je veux savoir ce que vous voulez.

– Mais rien. Parler avec votre maman, c'est tout.

Louisa le saisit par son tee-shirt et l'attira vers elle.

– Écoutez-moi bien, mon cousin Francisque avec qui je discutais tout à l'heure vous a vu avant-hier chez John Loiseau, et John Loiseau, c'est lui qui a trouvé cette femme morte dont vous parliez avec maman. Alors, ne jouez pas au plus fin avec moi et dites-moi ce que vous cherchez.

Elle scruta son visage avec acuité. Il resta silencieux, un léger sourire au coin des lèvres, l'œil moqueur. Louisa éprouva une fulgurante envie de le gifler à la volée. Il avait l'air tellement imbu de lui-même ! Et ces tatouages de macho ! Elle reprit la parole, furieuse :

– Vous êtes flic, c'est ça ? Si je dis à mon frère que vous êtes un imposteur, il vous écrabouillera en moins de deux...

Elle lui désigna Martial du menton. Engoncé dans un costume dont les coutures menaçaient de lâcher aux épaules, le jeune homme serrait des mains, les yeux pleins de larmes.

Dag soupira, montrant ses paumes dans un signe d'apaisement.

– C'est une longue histoire. Est-ce qu'on pourrait en parler dehors ?

Louisa le considéra, méfiante, le menton dressé.

– Dehors, je ne pourrai pas vous empêcher de vous enfuir…

– Comment pourrais-je vouloir m'enfuir alors que je serai près de vous ?

– Vous vous croyez drôle ?

– Parfois. Je vous raconte tout ou je continue à servir le punch ?

Elle lui frappa le torse du plat de la main.

– Hey, vous me parlez pas comme ça, compris ? Sortez.

Dag leva les mains au-dessus de sa tête et se dirigea vers la porte.

Elle lui pinça cruellement le gras du bras en murmurant :

– Baissez les mains, bon sang !

– Aïe ! Vous êtes cinglée ! protesta Dag en franchissant le seuil.

– J'ai horreur qu'on se moque de moi.

Francisque les regarda sortir du coin de l'œil. Qui était ce mec ? De quoi Louisa pouvait-elle bien parler avec lui ? Il fourragea dans ses tresses avec une pointe de contrariété. Il détestait voir des inconnus tourner autour d'elle. Il aurait bien voulu les suivre, mais son interlocuteur, le gérant du Island Car Rental où il travaillait, l'entretenait avec passion de ses coqs de combat.

Le jardin était plongé dans l'ombre. Dag leva la tête vers le ciel étoilé. Le vent les enveloppait, tiède, agréable. Cette femme lui plaisait. Beaucoup.

Ce type lui déplaisait. Vraiment.

Elle croisa les bras sur sa poitrine, arborant un air glacial.

– Alors ? J'attends vos explications.

Dag avança d'un pas ; elle recula aussitôt.

– Restez où vous êtes.

– Je ne vais pas vous attaquer.

– Qu'est-ce que j'en sais ? Après tout, ça pourrait être

vous, l'assassin de cette femme. Vous avez l'âge qu'il faut, non ?

Il resta interloqué. Effectivement, le type devait avoir entre quarante et quatre-vingts ans. Louisa le dévisageait, prête à mordre. Il s'assit sur une pile de vieux pneus.

– Je vais vous expliquer. Mais il faut me promettre de n'en parler à personne. Ça pourrait être dangereux.

– Hey, *man*, vous êtes un peu trop foncé pour jouer les SAS.

Dag haussa les épaules en souriant dans sa barbe. Le plus sale caractère qu'il ait rencontré depuis longtemps, cette Louisa. Et une silhouette du feu de Dieu… Il entreprit de lui raconter toute l'affaire, en se disant qu'à ce train-là l'île entière serait bientôt au courant, mais il avait besoin de son aide.

Louisa l'écouta attentivement et, quand il se tut, elle resta un instant silencieuse.

– C'est vrai, tout ça ? Vous ne me racontez pas des craques ?

– Croix de bois, croix de fer…

Elle haussa les épaules. Il ne pouvait décidément pas s'empêcher de faire le malin. Un détective privé. Avec une dégaine de surfer américain. Et un sourire à cent mille volts. Est-ce qu'elle devait le croire ?

– Qu'est-ce que vous voulez de maman ?

– Les lettres de votre père. Celles où il parle de Lorraine Dumas.

– Tout simplement ! Vous n'êtes pas d'un naturel timide, vous… Venir comme ça chez les gens…

Dag se leva et s'approcha d'elle. Elle semblait perdue dans ses pensées. Cédant à une impulsion brusque, il se pencha et l'embrassa sur les lèvres. La gifle claqua, sonore. Elle avait de la poigne !

– Non, mais ! Pour qui vous prenez-vous ?

– Excusez-moi, je ne sais pas ce qui m'a pris. Un rayon de lune qui m'a traversé le crâne…

Louisa le considéra attentivement.

– Écoutez, Napoléon, je sais que vous vous croyez très

malin et très beau et tout et tout, mais vous n'êtes absolument pas mon type.

– Ah, oui ? Et c'est quoi votre type ?

– Francisque. Nous sommes fiancés. Je vais me marier à l'automne.

Dag se sentit bêtement furieux. C'était ridicule. Ça ne faisait même pas vingt-quatre heures qu'il connaissait cette fille. Et elle était trop jeune pour lui. Mais quand même… ce connard de Francisque, avec ses manières ondulantes, ses ridicules petites tresses et son impeccable froc vert foncé élégamment serré à la taille… Il se rendit compte que Louisa faisait demi-tour.

– Hey, attendez !

– Quoi encore ? Vous voulez les lettres ? Revenez cette nuit, à 3 heures. Asseyez-vous là, ajouta-t-elle en désignant les pneus, et ne faites pas de bruit.

Dag lui effleura le creux du poignet.

– Merci.

– De rien, lui rétorqua-t-elle en s'écartant vivement. Je suis curieuse de connaître la suite, c'est tout.

Elle tourna les talons et rentra dans la maison. Dag la regarda se découper en silhouette sur le seuil. Francisque vint à sa rencontre, lui susurra quelque chose à l'oreille tout en scrutant l'obscurité du jardin. Dag, invisible dans l'ombre, lui adressa un superbe bras d'honneur avant de s'éloigner. La ravissante Louisa était aussi aimable que Charlotte et que la plupart des femmes qu'il rencontrait ces derniers temps. La gent féminine ne produisait-elle plus que le modèle « harpie relookée 1996 », ou s'agissait-il d'une regrettable altération au contact répulsif de Dag Leroy ? Il y a des questions qu'il vaut mieux éviter de se poser.

Le père Léger l'attendait, enfoncé dans un confortable fauteuil en cuir râpé, plongé dans la lecture du dernier Stephen King. Il leva la tête en voyant Dag entrer.

– Alors, la chasse a été fructueuse ?

– Je crois. J'ai rendez-vous avec la fille de Louis Rodriguez à 3 heures, cette nuit. Elle doit me remettre des lettres de son père relatives à cette affaire.

– Oh, oh, je vois que vous ne chômez pas. Je vous rappelle que vous m'avez promis une relation complète de tout ce qui s'est passé.

– Pas de problème !

Dag se laissa tomber sur le canapé fatigué qui garnissait le mur du fond et entreprit pour la deuxième fois de la soirée de raconter toute l'affaire.

Le père Léger ponctuait son récit de grognements appréciateurs et, quand Dag en arriva à la tentative de meurtre par la mystérieuse A.J., il ne put retenir une exclamation :

– Mais c'est un vrai roman ! Et dire que, pendant ce temps-là, je me farcis les confessions ennuyeuses de mes braves paroissiennes…

– A chacun sa vocation. Vous êtes le prêtre, je suis le chevalier.

– Il manque la robe.

– Pardon ?

– Les trois fondements de l'État : l'église, l'épée et la robe. La magistrature. Il nous manque un juge.

Dag lui désigna malicieusement le plafond.

– On se contentera de votre patron. Je vous raconte la suite, c'est pas mal non plus.

L'évocation de l'inspecteur Go sembla beaucoup amuser le père Léger, de même que l'épisode du chauffeur de taxi. Mais il sembla particulièrement fasciné par le dossier Johnson et la manière, purement fortuite, dont Dag avait mis la main dessus.

– Et vous l'avez volé ?

– Je n'ai pas encore eu le temps d'y jeter un coup d'œil. Si vous permettez…

– Mais, je vous en prie.

Dag se leva pour aller chercher le dossier, tandis que l'abbé poursuivait :

– Si je vous ai bien suivi, vous pensez qu'un homme a

pu assassiner ces deux femmes sans être jamais inquiété… *Anguis in herba…*

– Exactement, le serpent dans l'herbe…, approuva Dag.

Le père Léger le considéra avec un certain étonnement.

– Vous connaissez le latin ?

– Des bricoles. On avait pas mal de temps à tuer, en mer. L'aumônier du bord m'a appris quelques locutions. Difficiles à placer dans la conversation courante… Bon, examinons mon butin.

Sous le regard concentré du prêtre, Dag ouvrit le dossier et le parcourut rapidement, lui en résumant les principaux éléments :

Jennifer Johnson. Trente-deux ans. Veuve. Vivait de la fortune que lui avait léguée son mari, un banquier saint-maritain décédé d'un infarctus quatre ans auparavant. Se partageait entre Sainte-Marie, où se trouvait sa résidence principale, et Trois-Rivières, où elle louait régulièrement une villa depuis huit ans. Trouvée morte, pendue au ventilateur de sa salle à manger, en mars 1977. Le ventilateur était en marche et le corps tournoyait dans une sorte de valse macabre à 1,50 mètre du sol, au-dessus d'une chaise renversée. Le rapport d'expertise médico-légale, signé d'un certain Léon Andrevon, médecin-chef à Baillif, couvrait trois pages serrées.

– Je connaissais le docteur Andrevon. Il est décédé en 1981 : crise cardiaque.

Il fallait s'y attendre. A défaut de Rome, tous les chemins menaient apparemment au cimetière… Dag poursuivit sa lecture. L'autopsie avait mis en évidence le fait que Jennifer avait été étranglée, violée et torturée à l'aide d'un instrument pointu qui avait lacéré le vagin et l'utérus. Pas de traces de lutte. La victime n'avait absorbé ni alcool ni psychotropes. Son dernier repas avait dû être pris deux heures avant sa mort et se composait de dorade coryphène, de pois cassés et d'un yaourt. S'il n'y avait pas eu cette minuscule tache de sang sur la robe, le permis d'inhumer aurait été délivré sans problèmes avec la mention « suicide ».

La victime ayant la nationalité saint-maritaine, l'inspecteur principal Darras, épaulé par le jeune inspecteur Go, avait suivi l'enquête aux côtés des policiers français. Chou blanc de A à Z. Darras avait enquêté sur tout le voisinage, épluché toutes les relations de la jeune femme, sans résultat. Elle vivait seule et pratiquait assidûment la plongée sous-marine en apnée. Mais la rumeur populaire lui prêtait de nombreux amants de rencontre.

Plongée sous-marine. Dag repensa au magazine trouvé dans le sac bleu marine de la mystérieuse A.J. Et à l'amant de Lorraine Dumas rencontré sur une plage. L'homologue français de Darras, l'inspecteur principal Richetti, concluait au meurtre commis par une de ses rencontres de hasard.

Dag tendit les feuillets dactylographiés au père Léger avant de compulser les autres documents. Une copie du rapport des spécialistes des labos : empreintes, fibres, rognures d'ongles, cheveux, poils, etc. Résultat : néant. Des photos, macabres, de la victime. Sur la première photo, prise sur les lieux du décès, le visage était violacé, les yeux et la langue saillaient, empêchant de distinguer réellement ses traits. Sur les suivantes, prises à la morgue, on voyait qu'elle avait dû être une belle jeune femme brune, au visage volontaire, au corps harmonieux. Les yeux étaient ouverts, pâles et vides, et une énorme meurtrissure couvrait la gorge.

Dag saisit une autre photo et ne put retenir une grimace de dégoût : le docteur Andrevon avait pris des clichés des parties génitales de la jeune femme, mettant en évidence les lacérations et tuméfactions. L'homme qui s'était acharné sur elle devait être complètement malade. Le rapport précisait que les blessures lui avaient été infligées de son vivant, pendant qu'on l'étranglait. Ça supposait une certaine force. Étrangler la femme d'une seule main tout en la violentant de l'autre. Ou bien avait-elle commencé à perdre conscience et avait-elle cessé de se débattre ? Espérons-le, se dit Dag, en reposant les photos ; espérons qu'elle était inconsciente.

La note de l'inspecteur Darras était tamponnée « confidentielle ». Elle ne comportait que quelques lignes :

> Monsieur le Commissaire principal,
> J'ai l'honneur de porter à votre connaissance que mes informateurs font état de décès similaires à celui de la veuve Johnson, tant à Saint Kitts qu'à Antigua et Saint Vincent.
> Ne jouissant pas des prérogatives territoriales nécessaires pour enquêter sur ces territoires, je me permets de recommander vivement une concertation avec les autorités locales afin de pouvoir poursuivre nos investigations.
> Si les informations sus-relatées sont exactes, il apparaît de plus en plus probable que nous avons affaire à un criminel organisé qui se déplace à travers les Caraïbes.
> Je vous remercie de l'attention que vous voudrez bien porter à ma requête, etc.

Suivait des dates et des noms :

– *11 mars 1975, Antigua* : Élisabeth Martin, Noire, 34 ans, pendue. Dépressive depuis son divorce. Pas d'autopsie.
– *16 décembre 1975, Saint Vincent* : Irène Kaufman, Blanche, 31 ans, célibataire, pendue. Venait d'être licenciée, soupçonnée d'avoir puisé dans la caisse de son entreprise. Pas d'autopsie.
– *3 juillet 1976, Saint Kitts* : Kim Locarno, Asiatique. 32 ans, veuve, pendue. Alcoolique depuis la mort de son mari, pilote de chasse. Pas d'autopsie.
– *10 octobre 1976, Sainte-Marie* : Lorraine Dumas, Blanche, 34 ans, séparée de son mari. Pendue. Alcoolique et prostituée. Mère d'une petite fille de couleur, Charlotte. Autopsie ayant conclu au suicide.
– *Mars 1977, Trois-Rivières, Guadeloupe* : Jennifer Johnson.

– J'avais raison ! Regardez-moi ça !

Il tendit le courrier au prêtre.

La dernière pièce du dossier était un simple feuillet dactylographié émanant du commissaire divisionnaire Marchand, de Baillif :

> Cher Ami,
> J'ai bien reçu votre correspondance du 28 courant. Je ne pense pas que la thèse soutenue par votre Darras vaille la peine de mobiliser nos équipes respectives déjà surchargées de travail. Tout porte à croire qu'il ne s'agit que de simples coïncidences. Vous savez comme moi que, si l'on s'en donne la peine, on peut faire apparaître des relations entre n'importe quels faits. Cela s'appelle un sophisme, et mon budget y est allergique.
> N'oubliez pas que nous vous souhaitons pour dîner un soir prochain.
> Bien à vous…

La missive ampoulée de Darras n'avait donc pas été suivie d'effet. Les Antilles étaient fractionnées en tellement d'îles tantôt américaines, tantôt françaises, espagnoles ou hollandaises que, outre l'opinion de son homologue, le commissaire Cornet n'avait pas dû avoir envie de se casser la tête pour poursuivre un criminel fantôme à travers toute la mer des Caraïbes. En conséquence, il avait simplement tracé deux mots à l'encre rouge en travers de la feuille : À CLASSER.

Certes, la liste ne prouvait rien. Des femmes se suicidaient tous les jours. Mais Darras avait dû sentir ce relent imperceptible de coup fourré que Dag reniflait depuis qu'il s'était penché sur cette affaire. Et il avait même relevé le cas de Lorraine Dumas. Si ce con de Jones n'avait pas empêché Louis Rodriguez de faire son boulot, le mystère aurait peut-être été résolu plus vite, ou, à tout le moins, le commissaire Cornet aurait peut-être jugé bon de soutenir son inspecteur.

– C'est incroyable..., murmura le père Léger, qui semblait sincèrement secoué, en reposant le courrier. Si vous n'étiez pas tombé par hasard sur ce jeune inspecteur, vous n'auriez jamais mis la main sur ce texte.

– Amusant de penser que toutes nos actions depuis que nous nous sommes levés ce matin, lui et moi, ont abouti à cette rencontre, à ce moment précis, approuva Dag. De toute façon, près des trois quarts des affaires criminelles se résolvent sur dénonciation. En fait, nous ne sommes pas enquêteurs, mais collecteurs de faits.

– Tss tss, pas de fausse modestie. Vous croyez vraiment qu'il y a un assassin qui a tué toutes ces femmes ?

– Malheureusement, je pense que c'est probable à 90 %, rétorqua Dag en ouvrant l'enveloppe jointe.

Une liasse de feuilles jaunies s'en échappa. Des articles de journaux, soigneusement découpés et encadrés. Elles étaient toutes là, à la rubrique « faits divers ». Élisabeth, Irène, Kim, Lorraine et Jennifer, photos en médaillon. Dag examina longuement les coupures de presse, les passant au père Léger au fur et à mesure. Rien de bien sensationnel. Une simple relation des faits. *« Découverte à son domicile... apparemment mis fin à ses jours... problèmes d'argent... soignée pour dépression nerveuse... intempérance... »*

– Toutes ces femmes étaient seules et malheureuses, constata Dag, au point que le suicide semblait logique. Le type est malin, il a soigneusement choisi ses victimes. Trois Blanches, une Noire, une Asiatique. Éclectique en ce qui concerne les teintes de peau. Moins en ce qui concerne l'âge : elles avaient toutes entre trente et quarante ans.

– Quelle conclusion en tirez-vous ?

– Aucune pour l'instant. Demain, je téléphonerai à Darras, soupira Dag en se levant.

– Mais votre cliente, Charlotte Dumas, elle ne vous paie pas pour cela ?

– Non, ça c'est à mon compte. Je vais lui dire que

j'abandonne. Impossible de retrouver son père, à moins que ce ne soit…

– Ce serait horrible, l'interrompit le prêtre. Faire tous ses efforts pour retrouver un père et se rendre compte que c'est un criminel sadique…

– Vous êtes bien placé pour savoir que tout est possible, non ? Vous savez que j'ai trouvé une lettre anonyme, chez Martinet ?

– Non, je l'ignorais.

– Je pense qu'elle émanait de Loiseau, le voisin. Il accusait le diable d'avoir tué Lorraine. J'ai cru qu'il s'agissait d'un simple délire d'alcoolo. Mais il s'agissait peut-être d'un surnom. Le surnom qu'il avait donné à un familier de Lorraine qu'il avait identifié comme terriblement dangereux.

– Sans vouloir médire de Loiseau, il est bourré depuis soixante ans sans interruption. Je suis en train de penser…

– Oui ?

– En nous basant sur la date de naissance de Charlotte, ce mystérieux Jimi a dû avoir des rapports charnels avec Lorraine Dumas dès le mois d'avril. Il était donc là durant le carême de 70, et chaque année, comme vous le savez, il y a les grandes fêtes du 15 août. La procession, bien sûr, mais aussi les bals, les concours de pêche, de chansons, et le barbecue géant sur la plage de Grande Anse.

Dag opina, il s'en souvenait parfaitement : quatre jours de bombance et de fiesta, où tout le monde puait le rhum à cent pas.

– Eh bien, je me demandais, continua le prêtre, si par hasard nos tourtereaux n'auraient pas pu être photographiés à leur insu, s'ils ont participé aux réjouissances. Il faudrait consulter le quotidien de l'époque, on ne sait jamais.

– Notre homme était peut-être déjà parti à cette date, ce qui rendrait plausible le fait qu'il n'ait jamais su que Lorraine était enceinte. Mais vous venez de me donner une idée ! s'exclama Dag. Je me rappelle qu'il y avait ce mec, comment s'appelait-il ? Oui, Mango le Quimboiseur, qui tenait une boutique de photo, vers le drugstore ; il écumait toute l'île et mitraillait tout ce qu'il voyait. Il vous filait un ticket, et si vous vouliez la photo il fallait aller la chercher le lendemain.

– Et vous croyez que Mango a gardé des photos prises – peut-être – en 1970 ?

– Je ne sais pas. Comme vous dites : il faut essayer.

Le père Léger eut une moue sceptique.

– Pourquoi pas ? Et Louisa, ne pensez-vous pas qu'elle va parler de tout cela à son fiancé, Francisque ?

– Peut-être. Après tout, quelle importance ? Le seul problème, ce serait qu'elle en parle à l'assassin…

– Ou qu'il vienne à en entendre parler. Si cet homme a réellement commis des meurtres il y a vingt ans, il ne tient certainement pas à ce qu'on ramène cela à la surface. Et il est certainement prêt à tout pour y arriver.

– Il est peut-être mort, objecta Dag.

– Je crois plutôt qu'il est bien vivant, qu'il se sait menacé et suffisamment prêt à agir *per fas et nefas*[1] pour vous envoyer une tueuse professionnelle… Je crois que vous vous êtes engagé dans un jeu très dangereux, monsieur Leroy.

– Ce n'est pas ce qui me fera reculer. Vous avez remarqué ? Les meurtres semblent s'étaler sur une période assez courte, deux ans environ.

Le père Léger fronça les sourcils.

– Nous ne savons pas si l'inspecteur Darras disposait de toutes les informations nécessaires. Il faudrait regarder en amont et en aval. Et puis cet homme n'était peut-être pas en mesure de commettre des meurtres plus tôt. Il était peut-être trop jeune.

– Autre chose, reprit Dag. Si nous partons de l'hypothèse qu'il peut s'agir du mystérieux Jimi, l'amant de Lorraine, pourquoi attendre cinq ans pour la tuer ?

– Il a pu se produire un événement qui a détraqué quel-

1. Litt. : par le juste et l'injuste = par tous les moyens.

que chose chez cet homme. *Abyssus abyssum invocat*[1]. Vous disposez vraiment de très peu d'éléments. A mon avis, c'est sans espoir… Le temps a déposé trop de couches de poussière impénétrable sur cette affaire. Vous ressemblez à un archéologue qui cherche une cité enfouie dans le sable sans disposer d'aucun indice permettant de la retrouver…

– Je vous trouve bien défaitiste, mon père, rétorqua Dag en se servant un verre d'eau. Je croyais qu'il fallait lutter contre le démon de toutes ses forces, et un type capable de lacérer l'intérieur d'une jeune femme participe forcément du démon, non ?

Le père Léger agita un index grondeur.

– Vous vous moquez de moi, monsieur le détective. Vous me prenez pour un vieux gaga ramolli, mais croyez-moi, si je peux vous parler franchement : vous allez au-devant d'un tas d'emmerdes. « *Fréquenté chien, ou ka trapé pice*[2]. »

– Je sais.

Dag rinça le verre sous le robinet, tout en réfléchissant. Le père Léger avait sûrement raison. Exemple : Miss A.J. Qui avait pu l'envoyer à ses trousses, sinon le meurtrier ? D'un autre côté, comment le meurtrier pouvait-il savoir qu'il avait commencé une enquête à son sujet ? Était-il toujours à l'affût de tout ce qui se passait dans l'île ? Après toutes ces années ? Autre hypothèse : Dag l'avait-il rencontré ?

Le père Léger avait allumé un cigare cubain de contrebande et tétait béatement.

– Vous en voulez un ? Sans vouloir blasphémer, ces Montecristo sont divins…

– Je voudrais être sûr d'une chose, l'interrompit Dag.

– Je vous en prie…

– Pouvez-vous me jurer que vous n'avez jamais rien entendu en confession se rapportant à cette affaire ?

1. L'abîme appelle l'abîme.
2. A avoir de mauvaises fréquentations, on s'attire des ennuis.

Le père Léger souffla une longue volute de fumée avant de répondre :

– Je n'ai pas le droit de jurer, mais je peux vous l'assurer.

Dag relut encore une fois le bref rapport du docteur Léon Andrevon. Heureusement que ce n'était pas Jones qui s'en était occupé, car il est fort probable qu'il ne se serait aperçu de rien. « Et une femme pendue, encore une, c'est la vie, permis d'inhumer, hop là, pif paf, envoyez la suivante. » Devait carburer au formol, Jones. Bien. Inutile de continuer à spéculer dans le vide.

Dag consulta sa montre.

– Je vais essayer de dormir une heure ou deux. Vous ne vous couchez pas ?

– Je dors très peu. Je suis insomniaque. En général, je lis jusqu'à ce que je m'endorme dans ce fauteuil... Ne vous inquiétez pas pour moi. Installez-vous dans la chambre.

– Merci. Je vous suis vraiment reconnaissant pour votre aide.

– Tss tss, ne dites pas de bêtises. C'est vous qui m'aidez à sortir de l'ennui et de la routine. Reposez-vous bien si vous devez affronter le dragon Louisa tout à l'heure.

Dag opina du chef et referma la porte. Il avait bien cru surprendre une lueur de malice dans l'œil du prêtre.

La chambre était meublée avec sobriété : un lit de camp recouvert d'un drap blanc, une petite table de nuit, une armoire en pin, une table et une chaise devant la fenêtre. Il y avait une rangée de livres posés sur la table, contre le mur : quelques bouquins de théologie, le *De Natura Rerum* de Lucrèce, une grammaire latine, une hagiographie de sainte Thérèse de Lisieux. Et pas de revue porno cachée en dessous.

Dag s'étendit tout habillé sur le lit, après avoir enlevé ses chaussures et réglé son réveil de voyage sur 2 h 30. Il regarda les murs blancs sans les voir, cherchant à faire le vide dans sa tête pour s'endormir. Un homme traquant les femmes seules d'une trentaine d'années, les étranglant et les torturant, sans laisser de traces, silencieux et rapide comme un loup, un prédateur sachant se camoufler de longues années, à moins qu'il ne soit mort. Mais A.J. ? D'où sortait cette femme envoyée pour l'abattre ? Aurait-elle commis une erreur ? Se serait-elle trompée de cible ? Peu probable. Alors ? Alors, alors, alors… Les questions s'accrochaient les unes aux autres comme les wagons d'un train, défilant sans cesse dans leur chuintement monotone. Un train… filant à travers des plaines nues vers un but inconnu…

Frankie Voort se souleva sur un coude en ahanant. La fille blonde coincée à plat ventre sous lui gémissait en cadence avec beaucoup de conviction. Sans cesser ses coups de reins, il alluma une cigarette et aspira profondément la fumée. Une bonne soirée, tout compte fait. Les deux guignols avaient eu leur compte. Et Vasco Paquirri l'avait fait contacter. Une intéressante discussion d'affaires en vue. Le vieux Don Moraes, l'employeur de Frankie, devenait sénile. Il ne pourrait plus garder très longtemps le contrôle du trafic de came. Paquirri avait de l'ambition et se voyait très bien dans le rôle de son successeur. Et lui, Frankie, devait réfléchir avant de choisir son camp dans la guerre des gangs qui s'annonçait. Suivre son étoile.

Il pilonna la fille dans un élan d'enthousiasme et elle agrippa l'oreiller en criant si fort « oui, oui, oui » que Frankie eut envie de lui écraser la tête contre le mur. « *Shut up, you, dirty bitch*[1] », jeta-t-il en lui tirant violemment les cheveux, « *shut up !* ». Elle se tut immédiatement, soumise. « *Heel goed* », chuchota Frankie en desserrant son étreinte. « Bien », murmura-t-il encore pour lui-même. Ouais, tout était bien. Il chevaucherait le monde comme il chevauchait cette pute, et malheur à qui tenterait de se mettre en travers de son chemin.

1. Ta gueule, sale pute !

CHAPITRE 7

Dag sursauta. Une sonnerie grêle résonnait dans la nuit. Il appuya sur le bouton et le petit réveil se tut. Tout compte fait, il avait réussi à s'endormir. Il se leva, ouvrit la porte et traversa le bureau sur la pointe des pieds. Le père Léger ronflait dans son fauteuil, son livre ouvert sur les genoux.

Le vent était tiède, les étoiles scintillaient. Dag se passa la main dans les cheveux et, avisant une fontaine, se rinça le visage et la bouche. A nous deux, ma petite Louisa, se dit-il en souriant.

La maison était silencieuse, plongée dans l'obscurité. Dag s'assit sur la pile de pneus et attendit. Tout était calme. L'eau clapotait contre les pontons, un chat miaula, rageur, quelque chose fit frissonner les fougères. Dag résistait à l'envie de fumer. A 3 heures précises, la porte s'entrebâilla et une silhouette menue courut vers lui.

– Vous êtes là ? murmura-t-elle, cherchant à percer l'obscurité.

Pour toute réponse, Dag tendit le bras et la saisit par le poignet. Elle se dégagea comme si un serpent l'avait frôlée et lui tendit une grosse enveloppe.

– Voilà vos lettres. Vous dormez au presbytère ?

– A défaut de dormir avec vous…

– Laissez-y le paquet. Je passerai le prendre dans la journée, répondit-elle, négligeant sa remarque. Maintenant, foutez le camp ! Je dois rentrer.

– Quel aimable congé ! On se fait la bise ?

– Certainement pas. Je crois que vous vous méprenez sur mon compte. Je ne suis pas une de ces petites dindes que vous devez avoir l'habitude de vous mettre sous la dent. Alors, ne revenez plus rôder par ici ou je dis à Francisque de vous farcir le cul de chevrotine.

– Une coutume ancestrale, je suppose ? Louisa, je voudrais vous revoir.

Quel baratineur ! Il avait besoin qu'on lui mette les points sur les *i*.

– Vous êtes bouché ou quoi ? Vous ne me plaisez pas, pas du tout. Je trouve que vous avez une sale gueule, d'accord ? Allez remettre votre culotte à l'endroit et fichez-moi la paix.

– OK, j'ai compris, merci pour les lettres, et adieu… Je pars le cœur déchiré de sanglots muets certes, mais bien réels…, murmura Dag en se rapprochant.

Louisa recula, se prit les pieds dans un râteau et faillit culbuter en arrière. Dag la rattrapa au vol et la ramena vers lui. Il sentit ses seins s'écraser contre son torse.

– Restez avec nous, belle enfant.

– Lâchez-moi ou je crie !

– Oh ! j'adore ce genre de dialogue, et moi je dois répondre : « Tu seras à moi que tu le veuilles ou non, chienne ! »

– Connard !

Dag n'eut pas le temps de s'interroger sur l'étrange propension qu'avaient les femmes ces derniers temps à le traiter de « con », « sale con », « pauvre con » ou « connard », car la lumière se fit et une voix virile, qu'il identifia comme celle du musculeux Martial, s'éleva :

– Louisa ? T'es là ?

– Oui, j'avais entendu du bruit, *an ka vin, pani problem*[1] *!*

– Menteuse, chuchota Dag en la serrant contre lui.

– Va te recoucher, lança Louisa à son frère tout en essayant de griffer Dag au visage.

– T'es sûre ?

Le garçon semblait hésitant.

1. J'arrive, pas de problème.

– Oui, je te dis. Tu vas réveiller maman…

– *Ka ki la*[1] *?* C'est Francisque ?

– Mais non. *An ka vin*, je t'ai dit.

Elle tira de toutes ses forces pour se dégager. Dag la lâcha brusquement et elle s'étala dans l'herbe.

– Louisa ?

La tête de son frère s'encadra dans le chambranle.

– Je suis tombée, merde ! Ferme-la, t'entends !

Dag avait reculé dans l'ombre des arbres. Tout souriant, il la regarda se relever, brandir un poing vengeur dans sa direction et rentrer dans la maison dont la porte se referma aussitôt. Une agréable conversation.

Et maintenant, les lettres.

Le père Léger dormait toujours. Dag se faufila dans la chambre, se jeta sur le lit et contempla son butin : une grande enveloppe d'où s'échappèrent une trentaine de lettres couvertes d'une grande écriture en dents de scie. Elles étaient toutes datées dans le coin en haut à droite. Il en tria rapidement quatre, correspondant à la période en cause.

> Ma chérie,
> Ici, tout se passe bien, le boulot est facile, les autres types sont gentils, le chef de labo est plutôt sympa, donc ne t'inquiète pas pour moi. J'espère que tu vas bien ainsi que les enfants.
> L'autre jour, cet enculé de Jones est venu voir Longuet (le grand patron) et je l'ai croisé dans le couloir. Il ne m'a même pas salué. Tu imagines que j'ai travaillé presque quatre ans sous ses ordres et que ce fumier ne me salue même pas alors que c'est lui qui est dans son tort et qu'il aurait dû me faire des excuses à plat ventre parce que cette fille a été violée et assassinée, je le sais, et que c'est la vérité vraie et que, pour avoir dit la vérité, je suis maintenant éloigné de toi et des gosses. Le monde est dégueulasse, surtout pour nous.

1. Qui est là ?

> Si j'avais été blanc, Jones n'aurait jamais osé foutre mon rapport à la poubelle. Enfin, je ne veux pas sombrer dans l'amertume et te donner du souci. Oui, je mange correctement et je dors assez. Ne t'inquiète pas.
> Mais quand je pense que ce pauvre poivrot n'a même pas vu les ecchymoses sur les petites lèvres, ni les déchirures vaginales, et qu'il a prétendu qu'elle avait dû se blesser en tombant ! En tombant sur quoi ? Un tournevis ? Excuse-moi, je m'emporte.
> Je dois finir cette lettre car c'est l'heure du facteur. Je t'embrasse très fort, embrasse les enfants de ma part et dis-leur d'être sages, sinon gare à leurs fesses.
> Ton Louis qui t'aime.

Les deux lettres suivantes revenaient sur le même sujet sans apporter plus de précisions. On sentait que Louis n'avait pas digéré sa mutation.

Et il avait raison, soupira Dag en se redressant. Si on l'avait écouté, on aurait peut-être pu éviter le meurtre de Jennifer Johnson. Il saisit la quatrième lettre, datée d'avril 1977, en parcourut rapidement les lignes et s'arrêta brusquement, tétanisé.

> Je viens de lire dans le journal qu'ils ont trouvé une femme de chez nous pendue à Basse-Terre. C'est Andrevon qui a fait l'autopsie et il a bien vu qu'il s'agissait d'un meurtre ! Ça prouve que j'avais raison ! Je ne veux pas risquer de perdre ma place parce que nous en avons trop besoin, mais je ne peux non plus me taire indéfiniment. Alors, j'ai contacté nos inspecteurs chargés de l'affaire et je leur ai tout raconté, en précisant que c'était sous le sceau du secret, simplement pour faire progresser l'enquête, mais pas question de citer mon nom ou quoi que ce soit, rassure-toi. Je laisse tomber tout ça, c'est fini. Maintenant, c'est à la police de s'en occuper. Tout ce

que je veux, c'est gagner beaucoup de fric pour nous deux...

Dag siffla silencieusement entre ses dents. Rodriguez avait contacté Darras et Go. Ce salopard de Go savait donc, officieusement, que Lorraine Dumas avait été assassinée. Pourquoi avait-il fait semblant de rien ? A moins que... – Dag arpentait la pièce en réfléchissant –, à moins que ce gros poussah sache quelque chose sur cette affaire, quelque chose qu'il avait la trouille de révéler.

Dag reposa les lettres rageusement. Tout ça était terriblement embrouillé, et pas seulement à cause du temps écoulé, mais parce qu'on y sentait la main machiavélique d'un tueur intelligent et organisé, d'un esprit froid, capable de prendre des risques et de brouiller sciemment les cartes. L'homme qui avait tué ces femmes n'agissait pas sous le coup de la colère ou de la boisson. Dag était sûr qu'il faisait ça par plaisir, comme un enfant qui torture un insecte. Et, caché dans l'ombre, il épiait les dérisoires efforts de Dag avec un sourire pervers...

Il décida qu'il était incapable de dormir. Autant jeter de nouveau un coup d'œil sur le rapport Johnson.

Dag ouvrit la porte sans bruit et retourna près du père Léger qui ne broncha pas. Pour un insomniaque, il avait le sommeil lourd ! Dag chercha le dossier des yeux. Où l'avait-il fourré ? Le père Léger l'avait peut-être relu... Il s'approcha du prêtre. Rien sur ses genoux ni sur le fauteuil. Rien sur le secrétaire. Qu'est-ce qu'il en avait fait ? Dag inspecta le canapé fleuri, la petite cuisine, les étagères, se pencha pour regarder sous le buffet : rien. Il hésita à réveiller le dormeur. Ce dossier aurait dû être là. Il retourna dans la chambre : il l'y avait peut-être emporté sans s'en souvenir. Rien. Merde. Il revint dans le salon, se grattant pensivement la joue. Et l'autre qui dormait toujours, malgré tout le boucan qu'il faisait en fouillant... Il se pencha par-dessus le fauteuil, le dossier avait peut-être glissé sous le curé... Rien.

Il se sentit envahi par un sentiment diffus d'appréhension. Ce foutu dossier avait disparu, et le prêtre dormait apparemment d'un sommeil inébranlable. Il s'approcha doucement du vieil homme avachi sur l'accoudoir, le menton sur la poitrine. Est-ce que… non, c'était impossible, mais quand même… Avec une pointe d'anxiété, Dag lui lança :

– Hep ! Réveillez-vous ! Hep !

Le père Léger ne broncha pas.

– Nom de Dieu !

Pas de réaction. Dag se précipita sur lui et lui releva la tête. Une plaie violacée ornait le crâne du prêtre, et du sang avait coulé sur son visage. Il respirait péniblement par la bouche. Dag jura à voix basse et se précipita dans la cuisine. Il saisit un torchon, l'humecta d'eau froide et revint nettoyer le visage du curé, qui gémit.

Dag rinça le torchon et recommença l'opération, puis il prit des glaçons dans le réfrigérateur, les entortilla dans un sac en plastique pendu à la poignée de la porte et posa le tout sur le crâne du père Léger, qui ouvrit brusquement les yeux.

– *Ka sa yé*[1] ?

– Vous avez été assommé.

– Quoi ?

Il porta la main à sa tête.

– Oh, là là, j'ai mal au crâne…

– Vous avez une plaie large comme le doigt. Vous avez de la chance d'être vivant. Comment est-ce arrivé ?

– Mais je n'en sais rien ! répondit le père Honoré avec une grimace de douleur. Je dormais. Je ne me suis pas rendu compte qu'on m'assommait ! C'est effarant ! Être assommé sans même s'en apercevoir !

Dag se pencha sur lui.

– Il faudrait peut-être aller à l'hôpital vous faire recoudre.

– Non, non, ce n'est pas la peine. Regardez, ça ne saigne plus. Ça alors, je n'en reviens pas, je n'ai jamais été

1. Qu'est-ce que c'est ?

cambriolé en vingt ans ! Personne ne ferme à clé, ici ! Décidément, l'aventure vous suit comme une ombre !

– Justement, répliqua Dag, le dossier Jennifer Johnson n'est plus là.

– Pardon ? Excusez un vieil homme abruti par les coups, mais vous pouvez répéter ?

– Le dossier sur Jennifer a disparu. Vous assommé, le dossier envolé. Et je ne suis resté absent qu'une heure.

– On vous aura vu sortir et on aura pensé que j'étais seul et vulnérable.

– Mais quel intérêt peut bien avoir ce dossier ? Merde, il était aux archives depuis vingt ans, protesta Dag en se laissant tomber sur le canapé qui grinça faiblement.

Le père Léger déplaça légèrement le sac de glaçons avec précaution.

– Ça fait mal, cette saleté ! C'est que je n'ai rien d'un homme d'action, moi. Bien, réfléchissons. Je vous avoue que je suis un peu estomaqué : rencontrer un détective, courir après des assassins, se faire assommer et résoudre des énigmes impromptu n'est pas vraiment mon ordinaire.

– Moi non plus. Généralement, je m'occupe de maris cocus ou de gosses en fugue… Vous avez de l'alcool quelque part ?

– Oh, non, ça va brûler !

– Pas pour vous, pour moi. J'ai besoin de boire quelque chose de fort.

– Ah, dans le buffet, du rhum cœur de chauffe, un régal, vous allez voir, et filez-m'en donc un petit coup, *sek-sek*.

Dag s'exécuta et remplit deux verres, en tendit un au père Léger qui y trempa les lèvres en connaisseur.

– Ah ! *Pu bon i bon memm !* Vraiment bon ! s'exclama-t-il en faisant claquer sa langue. Très bien. Rien de mieux pour les nuits d'aventure. Voyons, où en étions-nous ?

– Je suis allé chercher les lettres chez Louisa, quelqu'un vous a assommé et a volé le dossier, conclut Dag en s'envoyant une large rasade de rhum.

– Non, remontez plus haut. Du début. Il faut reprendre le fil au départ si nous voulons reconstituer la pelote

– D'accord. Lundi 26 juillet : je suis dans mon bureau peinard à me demander ce que je vais boire à l'apéro. Une superbe nana s'amène et me dit qu'elle s'appelle Charlotte Dumas et veut retrouver son papa inconnu. Elle m'apprend que sa maman, Lorraine Dumas-Malevoy, est morte vingt-cinq ans plus tôt : suicide. Je me rends à l'orphelinat, puis chez l'assistante sociale.

– Doucement ! Prenez donc un stylo et du papier. Nous allons noter les noms de tous les gens que vous avez rencontrés depuis le début de l'enquête, proposa le père Léger, surexcité. Bon sang, ce que je m'amuse !

– Tant mieux pour vous. Voilà, j'ai tout. Je continue. J'arrive chez Martinet, l'assistante sociale : elle meurt d'une crise cardiaque entre mes bras. J'appelle Charlotte. Elle me demande d'essayer encore quatre jours avant d'abandonner, jusqu'à vendredi donc. Le lendemain, mardi 27, je vais voir John Loiseau : il est gâteux. Deux truands minables à la solde de Frankie Voort m'attaquent…

– Vous avez noté tout le monde ? l'interrompit le père Léger.

– Oui. Je viens vous voir, puis je file chez Jones. Jones me met sur la piste de Rodriguez, qui vient de mourir. Mercredi 28 : je me rends à l'enterrement. Je vais voir Longuet. J'appelle Lester, je lui demande le numéro de Go. Une femme, dont les initiales sont A.J., essaie de me tuer et meurt accidentellement. Je bavarde avec Go. Je rencontre un jeune flic qui me parle de Jennifer Johnson. Je vole le dossier Johnson. Je vais à la veillée chez les Rodriguez. Louisa me donne rendez-vous. Nuit de mercredi à jeudi : je vais au rendez-vous, on vous assomme, on vole le dossier.

– Vous n'avez oublié personne ?

– Non… Ah, oui, le cousin de Louisa, Francisque. Il dit m'avoir vu chez Loiseau. Que savez-vous à son sujet ?

– Je le connais depuis qu'il est gosse. Un garçon très sérieux, très renfermé, qui travaille dur. Obstiné. Il a toujours été amoureux de Louisa et, après qu'elle a rompu avec son précédent petit ami, il s'est mis sur les rangs. Avec succès, d'ailleurs. Il doit avoir dans les quarante ans… On le rajoute comme suspect potentiel, décida le prêtre, les narines frémissantes. Dans tout ça, il y a forcément quelqu'un qui vous ment, ajouta-t-il en reconsidérant la liste.

– Go m'a menti. J'ai lu le courrier de Louis Rodriguez : il avait averti les flics à propos de Lorraine. Go savait donc que Lorraine Dumas avait été assassinée, mais il s'est bien gardé de me le dire. Et Longuet m'a menti, lui aussi : le rapport de Louis Rodriguez parlait de viol, Longuet n'y a pas fait la moindre allusion.

– Bien. Mais pourquoi ont-ils menti ? Pour couvrir un assassin ?

– Ils ont peut-être peur, proposa Dag, pensif.

– Et peut-être que Longuet n'a jamais vu le vrai rapport de Rodriguez, suggéra le père Léger avec un sourire gourmand.

– Vous êtes terrifiant, avec ce sac de glace sur le crâne et ce goût de meurtre dans les yeux ! Vous devriez écrire des polars.

– J'en ai toujours eu envie. Un vieux rêve de jeunesse.

– Il n'est jamais trop tard…

– Non, non. Vous m'avez amené un mystère, un vrai, ça c'est important. Continuons, nous y arriverons, j'en suis sûr !

– Tout à l'heure, vous me conseilliez d'abandonner, s'étonna Dag en finissant son verre.

– Disons qu'entre-temps j'ai reçu le baptême du feu et que j'ai contracté le virus.

– Bienvenue au club ! Mais nous ne sommes pas sûrs de sa filiation, lança Dag en se resservant copieusement. Excellent, ce rhum… Et si on essayait de dormir un peu ?

– Dormez si vous voulez, c'est de votre âge, et laissez-moi penser ! claironna le père Léger en se renfonçant dans son fauteuil, la liste à la main.

Dag sourit en hochant la tête. Un curé cinglé, voilà ce qu'il avait comme partenaire ! Il bâilla. L'aube était proche, il fallait essayer de dormir un peu. Il s'étendit sur le lit, à côté des lettres, et sombra dans un sommeil profond avant même de s'en rendre compte.

L'homme tendit la main vers le petit réfrigérateur installé dans la cabine et en retira une bière glacée. Le dossier Johnson s'étalait à côté de lui. Le sloop se balançait sur l'eau turquoise, le vent sifflait dans les drisses. Agréable. Il regarda l'aube se lever, la masse tremblotante du soleil émerger des flots. Il s'étendit sur le hamac, abaissa un peu la visière de sa casquette de base-ball et avala une longue gorgée de bière. Ça aussi, c'était agréable. Il reposa la bouteille sur le pont et saisit un cahier à couverture rigide, bleu marine, qui portait la simple mention « carnet de bord » en lettres d'or. L'homme l'ouvrit, laissant son regard courir paresseusement sur quelques passages, au hasard.

> *16 décembre 1975*. Très bonne chasse, hier soir. La fille a hurlé pendant près de deux heures. Quand elle a compris ce que j'allais lui faire pour finir, elle s'est mise à me supplier hystériquement. Je lui ai appuyé mon pouce sur la gorge, comme j'ai appris à le faire dans les commandos, et ça l'a paralysée. Vivante mais dans l'impossibilité de bouger. Et je l'ai tuée, le plus lentement possible, en sachant qu'elle était consciente de tout. Je voyais ses yeux écarquillés rouler en tous sens dans ses orbites, elle s'est mordue la langue jusqu'au sang. Après, je l'ai lavée, rhabillée et pendue. Une très belle fille. Très sexy. Très morte.
>
> … Si seulement je pouvais me contenter de les violer… Mais les rapports sexuels me sont impossibles. Il y a bien cette tension dans mon sexe, cet afflux de sang qui me pousse vers elles, mais jamais de conclusion. Dès que je suis en elles, j'ai l'impression de remuer un bâton dans une motte de terre. Je regarde le Rabatteur les baiser comme les salopes qu'elles

sont, mais ça aussi, ce n'est pas assez. Je dois les tuer. J'aime les tuer. J'aime l'instant précis où je les tue, où elles deviennent des objets inertes entre mes mains, des poupées lourdes et molles que je m'amuse parfois à installer dans des positions grotesques. Je voudrais tellement comprendre ce qu'elles ressentent. Ce qu'il faudrait, c'est pouvoir en enfermer une dans un endroit sûr, et l'écorcher lentement, lui dénuder les nerfs, les sectionner un à un, afin de comprendre comment ça fonctionne. Mais il faut être prudent. On ne cesse de me le répéter.
Je suis persuadé que si j'avais eu les moyens de poursuivre mes études, je serais devenu un grand biologiste. Voilà les conséquences d'une vocation avortée : je me débrouille avec ce que je trouve.

18 avril 1976 : Go a peur de moi. Il se tait, mais il a peur. Je sens sa peur. Elle pue. Il y a des peurs qui sentent la terre humide, mais la sienne sent la poubelle. Il voudrait arrêter. Je lui ai expliqué que ce n'était pas possible pour l'instant. Que ferait l'Initiateur sans son Rabatteur ?

... juin 1979. Une nouvelle maladie mortelle est apparue aux États-Unis. Ils appellent ça AIDS. Elle se transmet par le sang et les rapports sexuels. Contaminer Go ?

L'homme sourit en relisant le passage. Les choses avaient évolué depuis lors. Une splendide épidémie. Il se rappela avec plaisir sa visite au bâtiment spécialement réservé aux malades, à Miami. « Le mouroir », comme on l'appelait. Il aimait contempler les agonisants. Les malades en phase terminale. Cela calmait momentanément son besoin de détruire. Comme une poche de glace sur une dent malade. Mais le désir revenait très vite. Depuis que le Grand Ordonnateur avait décidé la dissolution de leur petit groupe, il avait appris à satisfaire sa soif de violence par l'entremise de réseaux spécialisés. Il y avait tant de pays où l'on pouvait disposer à sa guise de petits esclaves sans que personne ne parle jamais de meurtres… Il soupira : les esclaves étaient quand même moins amusants. Un peu la même différence qu'entre un lapin élevé en batterie et un lièvre traqué des heures, fusil à la main. Il reporta les yeux sur son livre de bord, la boîte de bière pressée contre son entrejambe.

> *5 octobre 1976*. Hier soir, pour la première fois, j'ai initié une mère, pendant que sa petite fille dormait dans la pièce voisine. Je lui ai dit qu'elle allait mourir ; que, si elle criait, sa fille se réveillerait et que, si sa fille se réveillait, je serais obligé de lui faire la même chose qu'à elle. Elle s'est tue, elle s'est tue tout le long, même lorsque je suis passé à l'aiguille. L'amour d'une mère pour ses enfants est vraiment une chose étonnante. Est-ce que je n'aurais quand même pas dû éliminer cette gamine ? Je crains d'avoir fait preuve de sensiblerie…

L'homme referma le livre avec un soupir d'exaspération. Oui, il aurait dû éliminer l'enfant ce soir-là. Mais qui aurait pu prévoir que vingt ans plus tard…

Il se redressa à demi, plongea ses lèvres dans la mousse. Inutile de se lamenter sur le passé. Il fallait établir un plan d'action. C'était vite vu : Go avait été stupide, Go devait être puni. Le vieux débris suicidé. Et ce pauvre Leroy supprimé, ainsi que tous ceux à qui il avait imprudemment parlé : Charlotte Dumas et Vasco Paquirri, Louisa Rodriguez… Et il fallait également trouver un coupable plausible. Du pain sur la planche en perspective. Pourvu qu'il n'ait pas trop perdu la main… Il siffla la dernière goutte de bière et se leva pour déposer la bouteille vide dans la poubelle. Il avait horreur du désordre.

Il saisit le dossier et contempla les photos d'autopsie avec un léger sourire avant de craquer une allumette et de les enflammer. Les photos crépitèrent en dégageant une odeur de plastique brûlé et se recroquevillèrent sur elles-mêmes, le visage de Jennifer se contractant dans un rictus qui lui sembla éminemment comique. Il les laissa se consumer entièrement sans paraître sentir la chaleur des flammes, puis ouvrit la main et lâcha les cendres dans l'eau claire bordée d'écume.

Une houle puissante arrivait du large, forte, régulière, comme un coup de reins dominateur. L'air sentait cette odeur particulière qui précède les tempêtes. Il se lécha les doigts, en goûta le sel. Il aimait entendre le fracas des vagues, la tranquille certitude de la violence du monde. Il aimait la sauvagerie des éléments déchaînés ; il aimait participer à sa manière à cet équilibre délicat entre la brutalité de l'orage et le battement d'ailes du papillon. Donner la terreur, très délicatement, faire souffrir exquisement, en esthète. Oui, il avait été l'Initiateur, celui qui ouvre les portes de l'autre monde, les portes vrillées du désespoir, les lourdes portes de l'expérience ultime.

Et puisqu'on l'en pressait, il allait leur montrer ce qu'était encore son pouvoir.

La radio de bord diffusait le bulletin météo et il dressa l'oreille. Si l'avis de tempête se confirmait, tout déplacement allait devenir impossible. Il fallait mettre le bateau en lieu sûr et louer une voiture pour pouvoir circuler dans l'île. Quelle amusante coïncidence que le petit ami en titre de la mignonne Louisa travaille dans un bureau de location…

CHAPITRE 8

Le père Léger n'avait pas fermé l'œil, ruminant de sombres pensées. La clarté du jour envahit peu à peu la pièce tandis qu'il restait immobile. Les glaçons avaient fondu dans le sac, et l'eau dégoulinait sur son visage sans qu'il s'en aperçoive. Son crâne l'élançait douloureusement et il se leva finalement pour croquer une aspirine. Il en profita pour mettre de l'eau à chauffer. Il était près de 9 heures, il fallait réveiller le jeune et impétueux détective.

Le yacht se balançait doucement sur l'eau verte. Debout près du bastingage, l'homme de garde fumait, perdu dans ses rêves, le contact rassurant de son Smith et Wesson au creux des reins. Le vent ébouriffait nonchalamment les palmiers, le lagon dormait sous le soleil, et la forte houle, au large, semblait bien inoffensive.

Dans le luxueux salon en cuir blanc, Charlotte suivait d'un œil vague le journal du matin sur le mini-récepteur haute définition, tout en grignotant son porridge arrosé d'un daïquiri bien tassé. Elle se sentait nerveuse. Pourquoi s'était-elle adressée à ce cabinet d'enquêteurs ? A quoi lui servirait-il d'apprendre que son père était un vieux coupeur de canne au chômage ou un employé de banque coincé du col ? Et qui aurait envie d'une fille comme elle ? Elle n'avait rien de la charmante petite créature affectueuse qu'on rêve de presser sur son cœur. Peut-être les femmes comme elles n'avaient-elles jamais de père. Et couchaient avec des hommes sans origine.

Elle jeta un coup d'œil à Vasco qui se faisait une ligne en fredonnant, à l'aide de la plaque d'or fin gravée à ses initiales que lui avait offerte ses amis de Bogota. Un *must* touristique. Il aspira profondément, attentif à la qualité de la cocaïne. Il ne consommait que de l'extra-pure, en quantité modérée. Pas question de se liquéfier le cerveau avec le crack et autres saloperies destinées à la vente. Il en proposa à Charlotte, qui refusa d'un signe de tête. Elle avait trop vu de ses amies en arriver à faire le tapin dans les bidonvilles pour s'offrir un shoot, pas question qu'elle touche jamais à une once de came. L'alcool lui suffisait amplement.

Le bip-bip suraigu du téléphone cellulaire résonna soudain. Charlotte baissa le son du mini-poste de télévision tandis que Vasco saisissait l'appareil.

– *Dígame* [1].

Son visage se figea lorsqu'il entendit ce que lui disait son interlocuteur. Il reposa lentement l'appareil sans un mot.

– Qu'est-ce que c'était ? s'enquit Charlotte en sirotant son daïquiri.

– Une amie à moi a eu un problème. Un gros problème.

– Quel genre ?

– Une balle de 45 dans le foie.

Charlotte s'assit posément sur le canapé. Allons bon !

– Je suis en colère, ajouta-t-il d'une voix glaciale.

Elle avala une autre gorgée de son cocktail bien frappé. Vasco était toujours en colère. Juste le jour où elle avait projeté d'aller à Saint-Barth faire les magasins avec lui et essayer ce tailleur de chez Lacroix… Elle but encore une gorgée. Il ne disait rien, immobile, son beau visage figé, buté comme celui d'un gosse. Un gosse de quatre-vingt-dix kilos, voilà ce qu'il était. Il se tourna lentement vers elle, saisit le verre qui lui était destiné et le projeta contre le mur tendu de lin saumon. Le verre se brisa avec un bruit cristallin, les éclats retombant en pluie sur l'épais tapis persan. Charlotte soupira. Quel gamin ! Allons,

1. Allô !

autant prendre les choses en main. Elle se rapprocha de lui et posa une main apaisante sur son épaule :

– C'était quelqu'un d'important pour toi ?

Vasco se tourna vers elle et, pour la première fois depuis qu'ils vivaient ensemble, elle eut peur de son regard fixe.

– C'était ma sœur de lait.

Merde. Vasco lui avait parlé cent fois de cette fameuse Anita, au point qu'elle lui avait fait une scène de jalousie avant qu'il lui explique qu'Anita et lui étaient comme frère et sœur, ils avaient été élevés par la même nourrice, au Venezuela. Une vieille à moitié cinglée qui vivait à l'orée de la jungle, recueillant les chats et les mômes errants en les nourrissant de la même manière : avec du mou de porc et du riz. Anita assassinée, sûr que Vasco allait péter les plombs… Elle voulut lui prendre la main, mais il s'écarta d'un geste sec.

– Comment c'est arrivé ?

– A Grand-Bourg, à Sainte-Marie. Un connard lui a tiré une balle dans le ventre et s'est enfui.

– On sait qui c'est ? s'enquit paresseusement Charlotte en se demandant si elle ne devrait pas se remettre une couche de vernis.

Vasco était tellement sentimental…

– On va le savoir très vite, je te le promets. Et ce mec-là, je m'en occuperai personnellement.

– Tu as raison, mon chéri. Je vais aller prendre un bain. Tu ne veux pas venir ? Ça te détendrait un peu.

Vasco se tourna vers elle et la saisit violemment par les chcvcux.

– Espèce de sale pute, t'en as rien à foutre, hein ?

– Non, je te jure que non. Je suis triste pour toi, chéri.

Mais, à vrai dire, elle ne ressentait rien. Elle se permettait rarement de ressentir une émotion personnelle. Un luxe très douloureux, l'émotion. A utiliser avec une extrême parcimonie.

– *Ponte de rodillas*[1] *!* lui intima Vasco.

1. A genoux !

– *You're hurting me*[1] *!* protesta Charlotte pour la forme.

– A genoux !

Il la projeta brutalement à terre et, la tenant par la nuque, l'obligea à coller ses lèvres contre son bas-ventre. Charlotte soupira en l'entendant faire coulisser le zip de sa fermeture Éclair : le vernis attendrait, mais pourvu que le tailleur ne soit pas déjà vendu !

La bouilloire se mit à siffler. Le père Léger versa l'eau dans deux tasses, ajouta le café en poudre, le sucre et retourna au salon poser le tout sur la petite table basse. Puis il alla frapper à la porte de la chambre.

Les vagues s'écrasaient sur la plage de sable noir, ébranlant les dunes, et Dag chevauchait les flots, nu, les bras en croix. Puis il se retourna et la vit. La Vague. Mastodonte bleu nuit à la mâchoire blanche et baveuse démesurément ouverte pour l'engloutir. Il fallait plonger. Il se tortilla, enfouissant son visage sous les draps. Peine perdue. La vague l'avala, le roulant dans son ventre brûlant et fétide, le cognant inlassablement sur le fond rocheux, brisant méthodiquement tous ses os avant de le recracher sur le sable, à moitié mort, la bouche pleine de poissons-lunes. Il ouvrit péniblement les yeux. Il se sentait moite et épuisé. On tambourinait à la porte.

– Debout, mon garçon ! Le café est prêt !

– J'arrive, articula Dag d'une voix pâteuse.

Quelle heure était-il ? 9 heures ! Merde, le vieux birbe aurait pu le laisser dormir encore un peu ! Il s'assit, s'essuya le front avec le drap. Saloperie de cauchemar. Il avait fait un autre rêve, mais il ne s'en souvenait plus. Un rêve où demoiselle Martinet conférait avec l'inspecteur Go à son sujet.

Martinet… Il se rappela son rêve précédent, celui où elle le traitait de petit con. Et celui où la tueuse l'attendait précisément chez Martinet et jetait son verre dans l'évier.

1. Tu me fais mal !

Décidément, il rêvait beaucoup en ce moment. Sa tante croyait que les rêves avaient un sens. Elle leur attribuait une valeur divinatoire. Dag haussa les épaules en s'habillant. Ils avaient un sens, c'est sûr, mais il fallait le décrypter patiemment. Pourquoi le cerveau ne pouvait-il envoyer de messages en clair au lieu de ces rébus à la con ? Il ouvrit la porte et croisa le regard alerte du père Léger qui lui faisait face, une tasse à la main.

– Bien reposé ?

– Heu… J'aurais bien dormi encore un peu…

– Nous n'avons pas le temps de dormir, nous dormirons bien assez dans la mort !

– Je croyais qu'on était censés ressusciter.

– Pas tout de suite, hélas, pas tout de suite ! répliqua le père Léger tout guilleret. Il faut attendre le Jugement Dernier et, comme l'homme existe depuis déjà près de deux millions d'années et semble prospérer, on peut supposer que ce ne sera pas pour demain… Prenez un café.

– Merci, dit Dag en portant la tasse à ses lèvres.

Trop chaud. Il souffla sur le liquide brûlant et gagna la fenêtre en bâillant.

– Il va pleuvoir.

– Ça nous rafraîchira les idées, dit jovialement le père Léger.

– Ça va être un sacré grain. Vous avez vu le ciel ? On va être coincés ici toute la journée. Qu'est-ce qu'ils disent à la météo ?

Le prêtre désigna un vieux poste de radio d'un geste désinvolte.

– Je ne sais pas, je n'ai pas écouté.

Dag tourna le bouton et chercha une station. La voix chantante d'un speaker retentit soudain, énumérant les résultats sportifs de la veille. Dag finit son café, pointa sa tasse vers le crâne du prêtre.

– Faudrait désinfecter cette plaie. C'est pas le moment de choper une septicémie.

– Je dois avoir du Mercurochrome quelque part, murmura le père Léger en allant farfouiller dans la minuscule salle de bains.

Le speaker annonça le bulletin d'informations, et Dag écouta patiemment les derniers flashes internationaux, avant qu'il passe aux nouvelles locales.

« La jeune femme abattue hier en plein centre de Grand-Bourg d'une balle de pistolet dans le ventre n'a toujours pas été identifiée. Je rappelle qu'il s'agit d'une femme de race blanche, âgée d'une quarantaine d'années, vêtue d'un débardeur et d'un pantalon corsaire bleu et chaussée de sandales en cuir noir. Cheveux blonds coupés au carré, yeux bleus, taille 1,67 m, poids 60 kilos. La victime portait également un sac en cuir bleu marine qui a disparu, ainsi qu'une médaille à l'effigie de la Vierge portant les initiales A.J. Si cette description vous fait penser à quelqu'un que vous connaissez, contactez immédiatement l'hôtel de police à Grand-Bourg. »

En clair : toujours aucune piste. Cette fille venait bien de quelque part. Les tueurs à gages suivent des filières particulières. Ils ne se matérialisent pas brusquement. La fille était une pro. Ce n'était pas son premier job. Elle parlait espagnol. Il fallait appeler Lester, il avait des contacts en Floride qui pourraient peut-être se renseigner.

« Et maintenant la météo, poursuivit le speaker avec entrain. Comme nous vous l'avions indiqué hier soir, le cyclone Charlie se rapproche de nos côtes. La plus extrême prudence est conseillée : restez à l'écoute de 97.8 FM, vérifiez vos portes et vos fenêtres. Les vols d'Air Santa Maria sont suspendus jusqu'à plus ample information et les liaisons bateau interrompues en attendant le prochain relevé de 12 heures. Pour tous renseignements complémentaires, appelez le 45.22.22. »

Dag soupira et se versa un deuxième café. Ce cyclone allait lui faire perdre du temps. « Du temps, pourquoi faire ? susurra la petite voix aigrelette dans sa tête. Pour courir derrière un fantôme ? » Dag négligea la petite voix et touilla fermement son café. Le père Léger revint vers lui, brandissant victorieusement un flacon de Mercurochrome.

– Et voilà. Je savais bien que j'en avais.

Avant que Dag ait pu lui proposer de l'aider, il en versa une généreuse rasade sur sa courte chevelure crépue. Le Mercurochrome se mit à dégouliner partout, peignant des raies rouge foncé sur ses joues bistres.

– Vous y êtes peut-être allé un peu fort… Tenez.

Dag lui tendit une serviette en papier et le prêtre s'essuya au jugé, achevant de se barbouiller. Dag alla poser sa tasse dans l'évier et entreprit de rincer les deux verres dans lesquels ils avaient bu la veille. Il s'immobilisa soudain. Les verres reposaient côte à côte dans le bac, avec un peu de liquide au fond. Les verres. Les verres sales chez Martinet. Les verres sales dans l'évier. Son rêve où la tueuse lui tendait un verre chez Martinet. Qu'il avait été con ! Il saisit le père Léger par l'épaule.

– Aïe ! Doucement, jeune homme, je suis blessé !

– Quand je suis arrivé chez Martinet, tout était éteint, il faisait nuit. Je suis entré et elle était étendue par terre dans le noir, mais il y avait deux verres dans l'évier, deux verres qui avaient contenu du rhum : elle avait reçu quelqu'un.

– Et alors ? Est-ce une raison suffisante pour me secouer comme un prunier ?

– Elle n'avait sûrement pas reçu son visiteur dans le noir.

– Elle l'avait peut-être reçu plus tôt dans l'après-midi.

– Écoutez, je devais la rencontrer pour parler de Lorraine ; or elle meurt dans mes bras alors que quelqu'un est venu la voir peu avant. Vous en déduisez quoi ?

– Rien.

– Dans mon rêve, elle me disait que je n'étais qu'un imbécile. J'ai rêvé que la tueuse était chez elle et qu'elle jetait un verre dans l'évier. Martinet a été assassinée par son visiteur inconnu.

Le père Léger se gratta le front.

– Si on se met à résoudre les affaires criminelles à l'aide

des rêves… Remarquez, c'est une méthode comme une autre, mais je pense qu'il vaudrait mieux s'en tenir à la logique des faits.

– Mais c'est logique ! Martinet est morte, Rodriguez est mort et tous les deux au moment opportun ! C'est signé A.J.

– Vous croyez ?

– Je dois retrouver la piste de cette fille. Vous avez le téléphone ? Mon portable n'a plus de batterie.

– Bien sûr, là-bas, sur le guéridon.

Dag composa le numéro du bureau. Zoé lui répondit aussitôt :

– Enquêtes McGregor, j'écoute…

– Salut, passe-moi Lester.

– Oh, mais c'est l'homme le plus aimable de la planète ! Je vous ai tout de suite reconnu !

– Dépêche-toi, Zoé, j'appelle de chez quelqu'un.

– Blonde ou brune ?

– Chauve. Allez !

– Désolé, mais Lester n'est pas là. Il est à Saint Kitts pour l'affaire Bogaert.

– Merde ! Tu as un numéro où le joindre ?

– Tu notes ?

Dag nota et raccrocha, laissant Zoé s'égosiller en « merci quand même… », puis il composa aussitôt le numéro du portable de Lester. Il avait oublié Bogaert, un employé municipal dont la fille avait disparu. Lester avait pu établir qu'elle s'était fait la malle avec un petit dealer et il la pistait depuis plusieurs semaines. Sa voix rocailleuse résonna brusquement, entrecoupée de grésillements :

– Hello ?

– Lester, c'est moi, lança Dag en anglais. Écoute, ça bouge. Est-ce que tu as entendu parler de la fille qui s'est fait descendre hier à Grand-Bourg ?

– Aux infos, oui. Pourquoi ? Je suis en rendez-vous, Dag.

– Désolé, mais c'est urgent. J'ai besoin de savoir qui c'était.

– Excuse-moi, Dag chéri, mais comment veux-tu que je le sache ? Tu disjonctes ou quoi ?

– La Floride.

– Pardon ?

– La Floride. Elle avait un contrat, Lester. Un contrat sur moi.

– Quoi ? Donne-moi des détails.

Dag lui relata tout ce qu'il savait.

– OK, je te rappelle dans un moment.

Après lui avoir communiqué le numéro inscrit sur l'appareil et avoir raccroché, Dag se mit à tourner en rond dans la pièce sous le regard indulgent du père Léger. Le vent s'était levé et des bourrasques balayaient les rues. L'épicier pliait précipitamment son étal et les marchandes de fruits sur le petit marché en plein air couraient vers leurs camionnettes, leur marchandise serrée dans leurs grands tabliers fleuris. Le père Léger se tourna vers lui.

– Pourquoi diable – excusez-moi – voler ce dossier ?

– A cause de la note adressée au commissaire Cornet. N'oubliez pas qu'elle n'était plus à sa place. C'est pur hasard si j'ai fini par mettre la main dessus. C'est la seule chose qui vienne étayer notre hypothèse d'un meurtrier récidiviste. J'appellerai Darras demain, il en a peut-être gardé un double. Auquel cas, ce vol n'aurait aucun sens, marmonna Dag en regardant tomber les premières gouttes de pluie.

– Il signifie cependant quelque chose, lui rétorqua le père Léger. Il signifie que quelqu'un s'est aperçu que le dossier avait disparu.

– Ce ne peut être que Francis Go. Ou bien il est venu le récupérer lui-même, ou bien il a prévenu quelqu'un qui s'en est chargé, mais dans les deux cas il est mouillé jusqu'au cou.

Le père Léger décroisa les jambes et se pencha en avant, son menton appuyé sur le bout de ses doigts.

– Bien sûr, il y a deux autres hypothèses.

– Lesquelles ?

– Un, le jeune inspecteur qui vous a aiguillé sur le

meurtre de la femme Johnson. Il a pu descendre aux archives et s'apercevoir du vol.

– Il ne serait pas venu le récupérer en vous assommant. D'autant qu'à moins de m'avoir suivi il ne peut pas savoir où je me trouve. Éliminé.

– D'accord avec vous, mais il fallait mieux l'envisager. Reste Louisa.

– Quoi, Louisa ? demanda Dag d'un ton rogue.

– Vous avez parlé du dossier à Louisa. Go n'est peut-être pas du tout impliqué dans cette affaire, après tout.

– Vous plaisantez ? Louisa connaîtrait l'assassin et se serait empressée de lui parler de moi avant de me refiler les lettres confirmant son existence ? C'est insensé, protesta Dag en tapant sur le vieux bahut qui frémit.

– Elle en a peut-être parlé à quelqu'un en toute innocence…

Dag se frappa le front, théâtralement.

– Francisque ! Ce cher Francisque, qui, comme par hasard, m'a aperçu chez Loiseau.

– Nous avons donc deux pistes différentes : l'inspecteur Go ou Francisque. Difficile de choisir. Sans négliger le fait que Francisque comme Louisa peuvent être des agents de l'inspecteur Go.

– Perspectives vertigineuses… Vous devez apprécier les trompe-l'œil, vous.

– A propos d'art graphique, pouvez-vous m'éclairer sur la signification de ce surfer masqué entouré de comètes et chevauchant votre avant-bras gauche ? Faites-vous partie d'une association interplanétaire ?

Le téléphone sonna, empêchant Dag de répondre au persiflage enjoué de l'abbé. La voix de basse de Lester :

– C'est toi, Dag ?

– Oui. Tu as pu te renseigner ?

– Un peu. Tiens-toi bien. D'après mes amis de Miami, la fille qui correspond à ta description s'appellerait Anita Juarez. Une grosse pointure. Elle travaillait en *free lance* et faisait souvent des courses pour les Sud-Américains, Brésil, Venezuela… Avec quelques excursions chez nous, à la demande… Et il n'y a pas si longtemps elle a bossé pour un ami à toi…

– Voort ?

– Non, quelque chose de sérieux. Tu ne devines pas ? Le copain de ta Charlotte…

– Paquirri ?

– Bravo, *querido. El grande* Vasco en personne, ça t'en bouche un coin, non ?

– Merde !

– Comme tu dis. Bon, faut que je te laisse, la gamine vient de sortir.

– Quelle gamine ?

– La fille Bogaert, je ne suis pas en vacances, moi ! Allez, amuse-toi bien, mon petit baba au rhum.

– Va te faire foutre !

– Tu es trop bon, Mister Leroy.

Lester envoya un baiser appuyé dans l'appareil avant de raccrocher.

Dag reposa le combiné. Vasco Paquirri. L'enfoiré ! Il se tourna vers le père Léger qui le regardait avec curiosité.

– Les amis de mon associé lui ont indiqué le nom de l'un des récents employeurs de la femme qui a voulu m'abattre.

– Et alors ?

– Alors, c'est le petit ami de Charlotte Dumas, un trafiquant de cocaïne.

– Tiens, tiens… Seriez-vous en train de vous débattre dans un piège ? suggéra le prêtre, pensif.

– Je ne sais pas, je n'y comprends plus rien, marmonna Dag en s'asseyant sur le canapé.

Un bruit soudain de cataracte leur fit lever les yeux. La pluie tombait brutalement à flots, dissimulant presque totalement l'extérieur derrière un rideau humide. Il faisait plus sombre, et le père Léger se pencha pour allumer la petite lampe posée sur la table basse. Le vent redoubla de violence et il y eut un fracas de verre cassé, pas très loin.

– Ça commence, murmura Dag. Faudrait peut-être fermer les volets…

– Je vous laisse faire, si ça ne vous ennuie pas.

Dag considéra le père Léger. Il avait l'air fatigué, les traits creusés, et il devait avoir sacrément mal au crâne.

– Vous devriez vous étendre un moment.

– Vous avez raison. Je veux faire le jeune homme, mais ma carcasse me trahit. *An kay fè on ti poz*[1].

Le prêtre s'extirpa avec difficulté du fauteuil et se dirigea lentement vers la chambre. Dag entreprit de fermer les volets. La pluie le gifla si violemment que, lorsqu'il eut achevé de fermer la fenêtre, il était trempé comme une souche. Il secoua la tête pour se débarrasser des gouttes accrochées à ses cheveux et sourit en entendant les ronflements qui s'élevaient de la chambre. Le vieux avait son compte. Son sourire s'évanouit aussi vite qu'il était venu : maintenant, il était coincé dans le presbytère, noyé sous un déluge tropical, avec un tas de questions sans réponse à ruminer toute la journée. De quoi grincer des dents. Il mit la radio.

« … confirme que Charlie abordera la Guadeloupe en fin de matinée, par l'est. Le plan Orsec-Cyclone est en place. D'après les dernières estimations, Charlie devrait se contenter d'effleurer Sainte-Marie où le service d'intervention de la Sécurité civile est en état d'alerte rouge. Si vous habitez dans une zone à risques, appelez le 45.22.22. Je répète… »

Dag coupa le son. Évidemment, il n'avait pas songé une seconde à écouter la météo ! Sainte-Marie se trouvait à l'ouest, protégée par la masse de la Guadeloupe. Avec un peu de chance, il n'y aurait pas trop de dégâts. Pas comme l'année où son père avait eu le cou tranché comme un poulet… Il était complètement bourré, il avait voulu sortir pour aller chercher la bonbonne de rhum oubliée dans le jardin. La plaque de tôle ondulée était arrivée à l'horizontale, portée par un vent qui soufflait à 140 km/heure. Sa tête avait roulé sous un bananier, sous les yeux horrifiés de ses voisins, pendant que la maison s'envolait. Le navire

1. Je vais me reposer un peu.

de Dag croisait en Guyane. Il avait appris la nouvelle deux jours plus tard, lorsqu'il avait enfin pu joindre la gendarmerie au téléphone.

Il soupira. Était-ce vraiment le genre de souvenir à ressasser par une journée sombre et maussade ? Il avisa un jeu de solitaire posé sur le buffet et décida de s'octroyer une brève récréation. Il avait remarqué qu'en matière d'énigmes, comme en matière d'amour, le fait de s'interrompre quelques instants permettait parfois de conclure de façon décisive.

Louisa reposa le téléphone, perplexe. La pluie avait redoublé et le vent cinglait les arbres, les couchant sur le côté. Pas vraiment le temps idéal pour une promenade jusqu'à l'ancienne sucrerie, la « sucrote » comme on l'appelait. D'un autre côté, l'abbé avait l'air affolé. Elle se mordilla l'ongle du pouce en pesant le pour et le contre. Pour : l'abbé était vieux, seul et terrifié, il avait insisté pour qu'elle vienne IM-MÉ-DIA-TE-MENT chercher les lettres. Contre : un cyclone se rapprochait, et l'ancienne sucrerie, le lieu du rendez-vous, n'était pas du côté le plus protégé de l'île. Elle songea un moment à prévenir son frère ou Francisque, mais ce seraient des questions à n'en plus finir. Martial était borné, et Francisque d'une jalousie maladive. S'il apprenait qu'elle avait vu Leroy en tête à tête…

Mais qu'est-ce qui pouvait bien se passer avec ces vieilles lettres ? Qu'est-ce qui pouvait bien faire dire à l'abbé que c'était une question de vie ou de mort et qu'elle devait le retrouver à la sucrote dans l'heure ? Le mieux était d'y aller, elle en aurait le cœur net. Autant profiter de ce que maman se reposait dans sa chambre, épuisée de chagrin. Martial était parti chez les cousins et avait prévenu qu'il ne rentrerait que ce soir, après l'alerte. Allons, sa décision était prise. Elle saisit une enveloppe vide qui avait contenu la dernière facture d'électricité et griffonna rapidement : *« Maman, je suis au presbytère, je rentrerai plus tard, ne t'inquiète pas.* » Soudain fébrile, elle ôta sa robe de chambre, enfila un jean, un sweat-shirt rose et une paire de bottes en plastique rouge, saisit son ciré assorti et franchit le seuil sans plus tergiverser.

La pluie la fouetta si violemment qu'elle recula d'un pas. Le vent mugissait en une longue note grave et assourdissante. Elle se mit à avancer, pliée en deux, cherchant à offrir le moins de prise au vent. L'ancienne sucrerie, aujourd'hui en ruine, avait été érigée à l'orée du Vieux Quartier, le quartier aux esclaves. Plus personne n'y habitait, à cause des marécages. Il n'y avait que les jeunes qui venaient parfois, la nuit, chercher refuge dans l'obscurité du bâtiment désert pour abriter leurs amours.

Une rafale plus forte l'envoya dinguer contre un mur et elle se rendit compte que la tempête avait encore augmenté. Charlie avait peut-être modifié sa trajectoire, elle aurait dû écouter le dernier bulletin. Elle regarda autour d'elle : la rue était déserte, des vagues énormes se fracassaient sur la plage, submergeant les vieux pontons. Les cocotiers oscillaient dangereusement. Une barque soulevée par une gerbe d'écume vint s'écraser sur la digue. Qu'est-ce qui lui avait pris de sortir ? Elle était folle. Une branche d'arbre passa en tourbillonnant près de son visage avant d'atterrir sur un pare-brise qui vola en éclats. Brusquement, elle eut peur. Mais il était trop tard pour rebrousser chemin. La sucrerie n'était plus très loin, elle pourrait s'y abriter. Et si le prêtre était vraiment en danger ? Et si Leroy n'était pas ce qu'il prétendait être ? Elle pressa le pas, aveuglée par la pluie qui ruisselait sur son visage, le capuchon de son ciré plaqué contre le crâne, les mains enfoncées dans les poches, ses jambes luttant contre les trente centimètres d'eau qui dévalaient la route comme un torrent.

Dag repoussa le solitaire, furieux. D'habitude, il réussissait à gagner au moins une fois ! Il replaça les pions sur le plateau en bois et fit craquer ses doigts. La pluie ruisselait au-dehors et le vent hurlait telle la corne de brume d'un paquebot géant. Il se leva, fit quelques pas dans la pièce sombre, soupira. L'image de Louisa lui traversa l'esprit. Elle devait se poser des questions à son sujet. La ravissante et coléreuse Louisa. La seule personne, à part le père Léger, à savoir qu'il avait dérobé le dossier de Jennifer aux archives. A qui en avait-elle parlé ? Brusquement, Dag se sentit inquiet. Et s'il l'avait mise en danger ? Le père Léger s'était bien retrouvé le crâne fendu… Il devrait peut-être téléphoner pour lui dire… lui dire quoi ? De se méfier de tout le monde ? De n'ouvrir sa porte à personne ? Ridicule, elle lui rirait au nez. Mais s'il lui arrivait quelque chose ? Il décida de l'appeler pour la prévenir de l'agression dont avait été victime le père Léger. A elle de voir ensuite si elle prenait la situation au sérieux. Il attrapa le vieil annuaire posé par terre près du fauteuil et fit courir son index sur les pages jaunies : Rodriguez, ah, voilà…

La sonnerie retentit longuement dans le vide. Soit il n'y avait personne, soit la ligne était en dérangement. Dag allait raccrocher quand une voix de femme ensommeillée lança :

– *Bonjou.*

– Bonjour, madame, est-ce que je pourrais parler à Louisa ?

– Un instant, *si ou plé*… Louisa !

Il y eut un silence pendant lequel Dag entendit la femme déplacer des objets.

– Oh, excusez-moi. Je viens de voir un mot qu'elle a laissé. Elle n'est pas là, elle est au presbytère. Rappelez-la ce soir, à la fin de l'alerte.

– Au presbytère ?

– Oui, chez le père Léger.

Dag sentit les battements de son cœur s'accélérer.

– Elle est partie depuis longtemps ?

– Je ne sais pas, je dormais.

Dag prit congé et raccrocha, perplexe. Louisa venant ici malgré la menace d'ouragan. Et pourquoi ? S'était-il passé quelque chose ? Pourquoi n'avait-elle pas téléphoné ? Et pourquoi n'arrivait-elle pas ? Il se passa la main dans les cheveux, nerveusement.

Ce n'était pas net. Pas clair. Personne ne sortirait de chez soi aujourd'hui sans une sacrée bonne raison. Se sentait-elle en danger ? Et, dans ce cas, venir ici n'était-il pas pire ? Dag l'imagina sous la pluie, suivie par une ombre silencieuse. Il s'immobilisa : l'abbé dormait toujours, on n'entendait aucun bruit derrière la porte close. Avant même d'avoir consciemment décidé de se porter à sa rencontre, il avait saisi son vieux blouson en toile beige et ouvert la porte.

Il peina pour la refermer contre le vent et eut le temps de voir les papiers du père Léger s'éparpiller dans la pièce sous l'effet du courant d'air. Tant pis. Le blouson offrait une protection dérisoire contre les trombes d'eau qui se déversaient sur la ville et, très vite, il lui colla au torse comme un cataplasme aqueux. Dag mit ses mains en visière pour essayer de distinguer quelque chose à travers le rideau liquide qui opacifiait la rue. Personne en vue. Normalement, Louisa aurait dû arriver par la droite. Il fit quelques pas dans cette direction, luttant contre le vent. Un coup de sifflet strident le fit sursauter.

– Hé, vous là-bas !

Dag tourna la tête : un camion de la Sécurité civile était arrêté au coin de la rue, et le conducteur sanglé dans un ciré hermétiquement fermé lui adressait de grands signes.

– *I pa bon* rester là ! Faut vous rendre à la mairie ! hurla l'homme en se penchant à la fenêtre du véhicule.

– J'attends quelqu'un qui doit venir du club de plongée, hurla Dag.

– Impossible. La route est coupée à cause des vagues, personne ne peut passer par là ! Gagnez l'abri, ça va s'aggraver d'ici une demi-heure !

Le camion redémarra avec un hoquet et s'éloigna lentement dans la rue principale, le haut-parleur fixé sur le toit diffusant un message d'alerte, successivement en français et en créole :

« Avis à la population ! Un point refuge a été mis en

place à la mairie. Je répète : à la mairie. Si vos maisons ne sont pas sûres, rejoignez immédiatement la mairie. Si vous ne pouvez pas vous déplacer, appelez le 15.22. Je répète : le 15.22. »

Dag le regarda partir avec une inquiétude grandissante. La route venant de chez Louisa était coupée. Louisa n'était pas chez elle. Où était-elle ? Il l'imagina un bref instant emportée par une lame de fond, ballottée dans les flots déchaînés. Non, Louisa n'était pas stupide, elle ne se serait pas avancée sur la chaussée inondée. Mais alors ? Il regarda de l'autre côté, vers la gauche : peut-être avait-elle fait un détour ? Dans ce cas, elle pouvait gagner l'église par le Vieux Quartier. Il s'avança entre les cases cinglées par la pluie qui tambourinait sur la tôle avec un crépitement de mitraillette. Les habitants avaient dû être évacués, tout semblait désert et il ne distinguait aucun bruit, à part les meuglements d'un buffle enfermé quelque part.

Dag avait du mal à voir à plus d'un mètre tant la lumière avait baissé. Des nuages noirs tournoyaient en spirale dans le ciel, se télescopant telles des autos tamponneuses en folie. Il entendit un craquement sinistre et se retourna pour voir une case s'arracher du sol, le toit d'abord, puis les murs, suivis de la table et des chaises qui planèrent un moment avant de s'écraser contre un bananier. Une rafale encore plus violente lui fit perdre l'équilibre et il heurta violemment un lampadaire dont le sommet ondulait étrangement. Dag prit conscience de la gravité de la situation. Seul un cinglé pouvait continuer à se balader dans les rues. Mais Louisa ? Où était Louisa ?

Il continua à avancer, progressant comme un alpiniste, face aux murs, mains agrippant les pierres pour éviter d'être déséquilibré, attentif aux objets qui s'envolaient un peu partout. Il déboucha sur la route de la vieille sucrerie, aussi épuisé que s'il avait couru un mille mètres. Peut-être Louisa s'était-elle arrêtée en route pour se mettre à l'abri. Oui, c'était le plus probable. Elle avait trouvé refuge dans une maison en dur. Il songea instinctivement au conte des trois petits cochons. Pourvu que Louisa soit à l'abri du loup. Parce qu'il ne s'agissait pas d'un loup de dessin animé, mais d'un vrai prédateur, nourrissant son âme des souffrances qu'il infligeait à ses victimes.

Louisa entrevit une grande masse sombre et soupira. La sucrerie, enfin ! Elle essaya d'avancer plus vite, mais c'était difficile, son genou droit lui faisait mal, elle s'était violemment cognée contre une borne d'incendie en essayant d'éviter une voiture emportée par le torrent qui dévalait la rue. Elle boitilla sous la pluie diluvienne jusqu'à la façade en brique rouge où les orbites vides des fenêtres contemplaient fixement l'ouragan.

Les grandes portes en bois, à moitié pourries, pendaient sur leurs gonds, rabattues contre les murs par la force du vent. Elle fit encore quelques pas et se trouva enfin à l'intérieur. Il faisait noir et humide, mais il ne pleuvait presque plus. Le vent hurlait dans les galeries supérieures, évoquant les hurlements glacés des spectres. Louisa frissonna. Elle se rendit compte qu'elle était transie. Par endroits, à travers les trous de la toiture, la pluie se déversait en cataractes sur le sol en ciment. Elle contourna une de ces cascades improvisées, scrutant l'obscurité. Il lui semblait brusquement très improbable que le père Léger soit là. Jamais le vieil homme ne se serait risqué jusqu'ici avec ce temps, à moins qu'il ne soit devenu fou de terreur.

– Louisa !

Elle sursauta violemment et se retourna, cherchant son interlocuteur, mais elle ne vit rien d'autre que les vieilles machines hors d'usage reposant sous leurs linceuls de poussière tels des dinosaures endormis.

– Louisa ! Vite !

La voix était une plainte, un gémissement de douleur.

– Où êtes-vous ? dit-elle à voix presque basse, et sa question se répercuta sur les murs couverts de salpêtre. *Gide mwen*[1] !

1. Guidez-moi !

– En haut, vite ! Je perds tout mon sang…

Louisa leva la tête, affolée. En haut ? Où ça, en haut ? Il n'y avait qu'une passerelle métallique à moitié déglinguée menant à une coursive extérieure qui longeait les murs.

– Près de la troisième fenêtre, à gauche, murmura la voix.

– *Pa moli, tiembè raid*[1] !

Elle chercha de quoi grimper et aperçut l'escalier en fer qui montait jusqu'à la passerelle. Elle s'y risqua prudemment, le tâtant du pied. Il avait l'air solide. Elle le gravit rapidement et déboucha sur la passerelle, à quinze mètres au-dessus du sol. La passerelle semblait stable, mais Louisa distingua des trous dans le treillis métallique rongé par la rouille. Plutôt contre-indiqué de passer à travers… Elle s'accrocha à la rambarde et avança pas à pas vers la troisième fenêtre qui s'ouvrait sur un tourbillon de pluie et de nuages compacts. La lumière avait encore baissé. Louisa plissa les yeux. Elle tremblait sous l'effet du froid et de la concentration.

– Vous êtes là, mon père ?

Elle entendit une sorte de gargouillis, droit devant.

– Ne bougez pas, j'arrive.

Elle distingua une forme plus sombre, tassée contre le mur, juste à droite de l'ouverture béante de la fenêtre. Comment allait-elle le sortir de là ? Elle n'aurait pas la force de le porter sur son dos. Un faux mouvement et le vieil homme s'écrasait en contrebas…

– Je viens. *Resté la, an ka vin…*

Elle franchit les derniers mètres et eut un moment de panique en sentant soudain la passerelle vaciller sous son poids. Elle se raccrocha fermement à la rambarde, priant que le métal pourri ne cède pas. Mais tout allait bien. Elle était arrivée. Elle s'agenouilla près de la forme sombre, plissant les yeux. On n'y voyait plus rien.

– Que s'est-il passé ? Où êtes-vous blessé ?

1. Tenez bon !

– Approchez-vous, murmura l'homme adossé au mur.

Louisa se pencha plus près, et sentit son souffle chaud sur sa joue.

– Répondez-moi, où êtes-vous blessé ?

– Entre tes cuisses, répondit la forme immobile avec un petit rire.

Louisa était en train de se dire qu'elle avait mal entendu quand une main d'acier la saisit à l'entrejambe. C'était si inattendu qu'elle n'eut même pas le temps d'avoir peur, juste celui d'être surprise et choquée. Mais avant qu'elle ait pu émettre la moindre protestation, elle se sentit soulevée du sol et bascula dans le vide à travers l'embrasure béante de la fenêtre tandis qu'une voix suave lui susurrait :

– Crève, mon ange !

Par pur réflexe, Louisa rua des quatre fers et son pied droit racla le mur, y arrachant des éclats de plâtre. Elle battit des bras, espérant follement se redresser et se rattraper au cadre béant, mais elle partait inexorablement en arrière. Elle vit la silhouette sombre debout sur la passerelle, son passe-montagne noir rabattu sur le visage et le baiser qu'il lui envoya du bout de ses doigts gantés avant de disparaître dans la pénombre. Elle vit le ciel tournoyer, les nuages se fondre en une spirale mouvante, sentit la pluie remplir sa bouche ouverte sur un cri silencieux et comprit qu'elle allait mourir.

Elle voulut hurler, mais son dos cogna soudain un obstacle avec une violence qui lui coupa le souffle. Elle s'immobilisa, oubliant en un instant tout ce qui avait précédé sa chute pour se concentrer sur un seul point : elle ne tombait plus. Un éclair zébra le ciel, le déchirant de haut en bas avec une sorte de rage, et le tonnerre retentit, assourdissant. Louisa n'osait pas bouger. Elle sentait ses jambes et ses bras pendre dans le vide. Son buste et son bassin reposaient sur quelque chose de solide. Elle abaissa lentement, très lentement, son bras droit, et tâta l'obstacle. Une surface dure, épaisse, en maçonnerie. Elle était étendue sur une masse cimentée, large comme son dos. Elle essaya de visualiser la sucrerie, de se rappeler son aspect extérieur. Oui. La vieille gouttière en ciment, qui s'échappait du deuxième étage et se déversait dans le réservoir en contrebas. Elle s'était écroulée depuis des années et il n'en restait qu'un tronçon d'une longueur de deux mètres environ, à douze mètres au-dessus du sol…

Elle respira profondément, essayant de chasser la panique qui l'envahissait. Elle était vivante, elle ne tombait plus. Bien. Mais elle ne voyait pas du tout comment redescendre. A vrai dire, elle ne voyait même pas comment se relever sans basculer et, d'ailleurs, elle n'était pas sûre de ne pas s'être brisé le dos. De surcroît, et sans vouloir passer pour une emmerdeuse professionnelle, il fallait bien noter qu'un cyclone flottait au-dessus de sa tête, impatient de passer à l'action et de la déloger de son perchoir.

Non, ce n'était pas le moment de chialer ! Une série d'éclairs claqua dans un vacarme inouï, illuminant le ciel soudain immobile. Le vent était tombé, d'un coup. Les nuages s'étaient soudés en une épaisse couche d'ouate noire.

Louisa comprit que le déchaînement des éléments était imminent. Elle essaya de se redresser, mais une douleur fulgurante lui cisailla le haut du dos.

– Oh, non ! Non ! ne put-elle s'empêcher de gémir.

– Ne bougez pas !

Est-ce que quelqu'un avait parlé ? Elle tourna tout doucement la tête et n'aperçut qu'un pan de mur et un arbre déraciné.

– Ne bougez pas, j'arrive !

Elle avait prononcé ces mêmes mots dix minutes auparavant. Est-ce qu'elle devenait folle ? Elle éprouva un court instant l'espoir insensé d'être en train de rêver, mais non : elle ne pouvait pas rêver la pluie giclant sur son visage, ni cette sensation de froid qui l'engourdissait lentement tout entière…

– Louisa ! Tenez bon !

Non, elle n'avait pas rêvé. Quelqu'un avait parlé. Un homme. On venait la chercher.

Trempé et découragé, Dag était résigné à faire demi-tour quand une série d'éclairs embrasa le paysage, entourant la vieille sucrerie d'une auréole électrique et lui révélant l'absence de tout être humain à un kilomètre à la ronde. Il crut entendre un bruit de moteur, sous le couvert des palétuviers en bordure de la mangrove, mais le son fut noyé dans le mugissement du vent. Il allait repartir lorsqu'un mouvement à la limite de son champ de vision retint son attention. Quelque chose dévalait la façade de la vieille sucrerie ? Non, il avait rêvé. Et, de toute façon, ce n'était sûrement pas Louisa. Un nouvel éclair illumina la cour, la citerne, le squelette du vieux wagonnet et la gouttière brisée. Une jambe remua sur la gouttière.

Dag ferma les yeux, puis les rouvrit. Tout était redevenu opaque. Une jambe. Il avait vu une jambe, suspendue au-dessus du sol. Il n'avait pas pensé à une branche parce que les branches ne portent pas de bottes en caoutchouc rouge. C'était une jambe et cette jambe remuait à environ douze mètres au-dessus du sol. Dag se dit que quelqu'un avait pu être projeté là par une rafale de vent et il se mit à courir vers la sucrerie, trébuchant à chaque pas. Arrivé à l'abri relatif des vieux murs, il leva de nouveau la tête et, cette fois-ci, discerna des jambes et des bras. Quelqu'un était allongé sur le dos, là-haut. La colonne vertébrale brisée ? Et comment aller le chercher ? La jambe remua et Dag lança :

– Ne bougez pas !

Il tâta le mur de la main. Les briques pointaient sous le plâtre et offraient de bonnes prises. Passer par la fenêtre et redescendre jusqu'au blessé était peut-être plus dangereux. Il décida de monter. Le vent était soudain tombé. Il faisait quasiment nuit noire. Il bénéficiait de quinze minutes de répit tout au plus. Il cria de nouveau :

– Ne bougez pas, j'arrive !

Il grimpa rapidement, ignorant la pluie qui se déversait sur son dos et rendait ses mains glissantes. L'ascension était facile, il dépassa le premier niveau, jeta un coup d'œil à la gouttière au-dessus de lui et faillit lâcher prise : c'était

Louisa. Louisa couchée sur le dos sur une gouttière brisée ! Il accéléra l'allure tout en ordonnant :

– Louisa ! Tenez bon !

Qui avait crié son nom ? Elle hallucinait complètement.

Dans un dernier effort, Dag se hissa sur une saillie de pierre, haletant. Louisa était immobile, son beau visage contracté par la douleur et l'angoisse. Elle tourna lentement les yeux vers lui et ne put retenir un cri d'étonnement :

– Leroy !

Ce type était incroyable ! D'abord, il surgissait dans sa vie, chargé de ténébreux secrets, et puis il réapparaissait là, comme par magie.

– Je vous expliquerai, lui lança le ténébreux. Pour l'instant, il faut se tirer d'ici. Vous êtes blessée ?

– Je crois que oui.

– Bien, dit-il machinalement.

– Si on veut, protesta Louisa avec un pauvre sourire.

Dag évalua la situation. Elle était blessée. Il allait devoir la porter sur son dos. Sans dégringoler jusqu'en bas. Super.

Elle leva la main.

– Au-dessus de moi. La fenêtre au-dessus de moi…

Il distingua un trou béant, trois mètres environ au-dessus d'elle.

– Il y a une passerelle et un escalier pour redescendre.

Donc, il fallait monter. La charger sur son dos et monter en espérant que l'ouragan ne se déchaînerait pas.

Il posa ses mains sur la gouttière et opéra un rétablissement. Pas vraiment agréable de se retrouver en équilibre sur un morceau de ciment de trente centimètres de large à douze mètres au-dessus du sol… A califourchon, il se pencha vers Louisa qui vit le visage de son sauveteur se profiler à l'envers au-dessus d'elle.

– Est-ce que vous pouvez bouger les jambes et les bras ?

– Je crois que oui…

– Je vais vous soulever et vous charger sur mon dos, d'accord ?

– Génial. Vous avez un parachute ?

– Ne vous en faites pas. Ça va marcher.

– Si vous le dites…

Elle sentit les mains de Dag se glisser sous ses épaules. Il allait la soulever, et ils bascuIeraient tous les deux sur le ciment, projetant de la cervelle à cinq cents mètres à la ronde. Elle ferma les yeux.

– *Annou ay*, allons-y. Un, deux, trois…

Il la redressa lentement. Une douleur cinglante lui vrilla l'épaule gauche, elle serra les dents et se retrouva assise, face à l'immensité noire.

– Bon. Maintenant, on va reculer tous les deux. Je vous tiens, laissez-vous faire.

– Bien obligée…, lança-t-elle aux nuages menaçants, et elle ferma les yeux derechef.

Il l'encercla de ses bras, et elle sentit la tension dans ses muscles. Il referma ses mains autour de sa taille et se mit à reculer, toujours assis, l'entraînant avec lui, centimètre par centimètre. Ses genoux agrippaient la pierre et il essayait de ne penser à rien. Soulagé, il sentit soudain le mur dans son dos. Il se reposa un instant.

Louisa ouvrit les yeux. Ils étaient arrivés jusqu'à la paroi, c'était déjà ça. Maintenant, il allait falloir se mettre debout, alors qu'elle n'était même pas foutue de grimper sur un escabeau sans avoir le vertige.

– Je vais me mettre debout, et puis je vous soulèverai, lui annonça Dag tout contre son oreille.

– Oui, j'avais dans l'idée que vous alliez dire ça.

– Vous avez peur ?

– Non, *mi plisi*, quel plaisir, je trouve ça super, vraiment…, ricana-t-elle, le cœur battant.

– Je savais que vous étiez une fille courageuse.

– Épargnez-moi le baratin et allons-y, sinon je crois que je vais vomir, lui rétorqua Louisa, qui venait de jeter un coup d'œil au vide sous ses pieds.

Dag la lâcha et elle eut envie de crier, elle se cramponna à la gouttière des deux mains. Elle l'entendait remuer derrière elle. Et s'il tombait ? Elle resterait accrochée là jusqu'à ce qu'elle meure de faim ou soit foudroyée.

Dag appuya son dos contre le mur et commença à se soulever, en s'aidant avec les mains. Il ramena un de ses pieds sur le rebord en ciment et pendant une seconde vacilla un peu, puis il rétablit son équilibre, ramena l'autre pied et se trouva debout. Maintenant, soulever Louisa. Il se pencha en avant et la saisit sous les aisselles, en priant qu'elle ne le déséquilibre pas.

– Prête ?

– Banzaï !

Il tira d'un coup sec et Louisa se trouva à demi relevée, avachie contre lui comme une poupée de chiffons. Elle avait trop peur pour remuer ne serait-ce qu'un orteil.

Elle murmura :

– Vous savez, je souffre terriblement du vertige... En fait, je ne peux même pas monter sur un escabeau. Je sais que c'est bête, mais...

– On fera avec.

Comment se retourner pour se retrouver face à la paroi sans dégringoler ? Et comment la retourner, elle ? Le vertige rendait maladroit. Soudain, il eut une idée.

– Louisa, écoutez, je vais me baisser et vous mettre sur mes épaules le temps que je me retourne.

– Quoi ?

– Je ne peux pas faire autrement. Je vais me baisser, vous mettre en travers de mes épaules et me retourner. On ne peut pas s'en sortir si on reste face au vide.

– Vous êtes cinglé ! protesta Louisa, suffoquée.

– Ça, on le sait déjà. Je vais me baisser et vous faire basculer. Vous vous agripperez à mon cou.

– Il n'en est pas question...

Avant même d'avoir fini sa phrase, elle sentit la tête de Dag glisser contre son flanc, sa main saisir son poignet, et elle se trouva soudain projetée dans les airs. Elle fit la seule chose en son pouvoir : elle hurla copieusement. Le sol parut se rapprocher, puis la couche de nuages remplit tout son champ de vision et, enfin, tout se stabilisa, sa tête cognant le mur. Elle était en travers des épaules de Dag, appuyé à la paroi, ruisselant de sueur autant que de pluie, et elle avait une vue directe sur le sol, en bas.

– Je vous déteste.

– C'est toujours comme ça au début... Vous vous habituerez, lança Dag d'une voix essoufflée.

Un grondement s'échappa de la masse de nuages et une lueur blanche embrasa la mer au loin. Tout s'était tu. Il n'y avait plus un son alentour. La pluie s'arrêta à son tour. D'une seconde à l'autre, il n'y eut plus un souffle de vent et ils furent inondés de soleil. Dag leva les yeux. Le ciel était bleu sur un cercle d'une vingtaine de kilomètres. Autour du diamètre, se pressant en rangs serrés, les cumulo-nimbus, orbite noire et compacte autour de l'œil du cyclone. Un calme terrifiant. Qui allait durer entre un quart d'heure et une heure. Avant que le mécanisme se remette en route en sens inverse, dans une vision accélérée de l'apocalypse. Et lui, Dag, jouant les équilibristes, une femme sur ses épaules. Le genre de journée qu'on n'oublie pas.

– Louisa, vous m'entendez ?

– A votre avis ?

– Vous allez vous redresser en vous appuyant au mur, lentement. Passer votre jambe droite autour de mon cou et puis la gauche de l'autre côté pour vous retrouver à califourchon, OK ?

– C'est une blague ?

– On est dans l'œil du cyclone ; dans vingt minutes, ça va être l'enfer, ici, dit-il d'une voix qui s'efforçait d'être calme.

– Le hors-d'œuvre est déjà pas mal...

– Louisa !

Elle prit une grande inspiration. Elle avait cru qu'il allait la sauver, tant pis... S'il fallait se livrer à des acrobaties suspendus dans le vide, pourquoi pas ? Personne n'était immortel, mais bon Dieu ce qu'elle avait la trouille ! Tellement qu'elle crut un instant être incapable de bouger. Puis sa jambe droite entama une lente reptation jusqu'à se retrouver le long du torse de Dag, ce qui entraîna son corps à se redresser et elle put passer son autre jambe de l'autre côté, tout en se reprochant d'être une gourde, plus terrifiée par un simple exercice de gymnastique que par l'imminence de l'ouragan. Mais elle n'y pouvait rien : sa phobie du vide était la plus forte.

– Ça y est.

– Bien.

Dag tremblait sur ses cuisses comme un cheval fourbu. Il avait l'impression que ses pieds s'étaient fondus dans le ciment.

– Maintenant, je vais faire un demi-tour, comme à l'école, sur la poutre.

– Ça vous dérange si je me mets à hurler ? lui demanda Louisa, accrochée aux cheveux crépus de Dag, les pieds coincés sous ses aisselles.

– Vous étiez déjà chiante comme ça, gamine ? lui répondit-il en comptant mentalement jusqu'à dix.

Louisa ferma les yeux sans répondre en se répétant : « *Pani problem*, il va le faire, comme sur la poutre, *pani problem*… c'est tout simple… »

Dix ! Dag expulsa l'air de ses poumons et entreprit de tourner. Louisa était légère, quarante-huit kilos environ, et ne le gênait pas trop. Un pied au-dessus du vide, il pivota lentement sur sa jambe, voilà, parfait, et le tonnerre éclata juste comme il reposait le pied sur le ciment et regardait enfin ce putain de mur rongé par les intempéries.

Il se plaqua contre lui, l'agrippant à pleines mains. Louisa se trouva le visage écrasé contre la pierre humide, mais c'était si bon de sentir un mur solide qu'elle aurait même voulu en avoir plein la bouche… Il avait réussi !

– Louisa !

Oh, non, quoi encore ? Un saut périlleux ?

– Passez vos deux mains autour de mon cou, laissez-vous glisser le long de mon dos et nouez vos jambes autour de ma taille…

– C'est tout ? Vous me décevez !

– Allez !

Pas marrant, le mec… Louisa noua ses mains sous son

menton et se rendit compte qu'elle avait complètement oublié la douleur dans son épaule qui se rappelait soudain à elle avec la violence d'un coup de poignard. Tant pis, elle n'avait qu'à l'oublier encore un peu... Elle se laissa glisser lentement et passa ses jambes autour de la taille de Dag. Voilà, elle était accrochée à lui comme une ventouse. En avant pour la séquence escalade.

Dag leva les yeux. Trois mètres, ce serait vite fait. Un jeu d'enfant. Il leva la jambe, saisit un moellon qui dépassait et se hissa de vingt centimètres. L'important, c'est d'arriver. Pas la peine de se presser... Le tonnerre retentit à nouveau, plus proche, et l'air sembla se figer. Main, pied, appui, doucement, vérifier la solidité de la pierre, main, pied, ne pas regarder en bas, ne pas sentir le poids qui tire en arrière, main, pied, raffermir la prise, ne pas accepter que la pointe du pied glisse, non, voilà, recommencer, imaginer sa semelle collée au mur par de la glu, main, pied, si elle continue à m'étrangler comme ça, je vais tomber, respirer, pas le moment d'avoir une crampe, non, et allez, encore un peu, main, pied, et Dag saisit brusquement l'appui de la fenêtre.

– Louisa ! Accrochez-vous et entrez.

Elle eut une seconde d'hésitation : et si le type était encore là et les repoussait dans le vide ! S'il avait regardé toute la scène avec délectation attendant le moment où ils allaient arriver pour les rejeter dans la mort ?

– Dépêchez-vous, nom de Dieu ! cria Dag qui sentait les muscles de ses mollets se contracter spasmodiquement.

Elle dénoua ses mains avec peine et saisit le rebord, se hissant tant bien que mal à l'intérieur, avec la frénésie d'un animal pressé de s'évader. Elle était dedans ! Elle ne parvenait pas à y croire ! Dedans ! Sur cette bonne vieille passerelle si sympathique ! Elle entendit ahaner derrière elle et se retourna : Dag Leroy ! Elle l'avait presque oublié.

Elle lui saisit les mains et tira vers elle de toutes ses forces. La douleur dans son omoplate explosa sans prévenir et elle tomba à la renverse, Dag par-dessus elle.

– Ça va ? lui demanda-t-il, essoufflé.

– Mon épaule, l'omoplate… J'ai l'impression qu'on m'a tiré dessus avec un missile…, répondit Louisa en essayant de retenir les larmes de douleur qui perlaient à ses paupières.

Dag se redressa à demi. Ils se faisaient face dans l'obscurité, ruisselants. Il s'aperçut qu'il était agenouillé entre les cuisses de Louisa.

– Excusez-moi…

– Je vous en prie, faites… On appellera les urgences après.

Il sc rclcva.

– Je crois bien qu'on va devoir se débrouiller tout seuls. Vous avez très mal ?

– Assez pour me taper la tête contre les murs.

Il sourit malgré la situation.

– Vous plaisantez toujours comme ça ?

– Ça dépend. Quand je tombe sur des types vraiment marrants…, lui rétorqua-t-elle en retenant un gémissement.

– Je pense qu'on devrait rester ici jusqu'à la fin de la tempête.

– Je n'ai qu'à serrer les dents, c'est ça ?

– Désolé, mais on n'a pas le choix.

Il s'assit près d'elle, se demandant si le père Léger était réveillé et ce qu'il devait penser de sa disparition. Louisa respirait fort et vite. Il vit son visage crispé et, tendant la main, lui caressa doucement les cheveux. Elle esquissa un pauvre sourire.

– Merci.

– Comment vous êtes-vous retrouvée là ?

– Un vrai conte de fées !

Et elle entreprit de lui faire le récit des événements.

CHAPITRE 9

Pensif, l'inspecteur Francis Go fit craquer ses énormes doigts en considérant le message posé devant lui. Une simple feuille blanche pliée en deux portant son nom tapé à la machine. Il sortit un mouchoir tout chiffonné de sa poche et essuya son visage trempé de sueur, roula le mouchoir en boule, prit un peigne et coiffa lentement ses courtes boucles noires, projetant des gouttelettes autour de lui. Enfin, il souleva le rebord de la feuille et contempla les deux poils pubiens collés au papier sans manifester le moindre sentiment. On frappa à la porte. Il enfouit précipitamment la feuille dans un tiroir avant de dire « Entrez » d'une voix calme.

C'était Camille, son jeune adjoint, surexcité, brandissant ses lunettes comme une épée.

– Ça y est, patron ! On tient une piste !

– De quoi tu parles ?

– La femme ! A.J. J'ai faxé sa photo à tous les aéroports de Miami à Lima. Elle a acheté son billet à Caracas. Le type du comptoir s'en est souvenu. Elle a été enregistrée sous le nom d'Anita Juarez. Et c'est pas tout ! Elle était arrivée seule et elle attendait, assise dans un coin, et puis un type s'est ramené, un blond en jogging, style germanique, avec deux gosses bruns. La femme lisait une revue, un truc de plongée sous-marine. Elle a jeté un coup d'œil sur le type et les gamins sans rien dire. Le blond a fait enregistrer les gosses, il a regardé autour de lui et, brusquement, il s'est approché d'elle et ils se sont salués comme de vieilles connaissances, et après elle a embarqué avec les gosses et les gosses l'appelaient maman. L'employé s'est demandé comment ça se faisait qu'elle n'ait pas reconnu ses propres gosses quand ils étaient arrivés…

– Curieux, effectivement, acquiesça Go, en songeant aux deux poils frisés dans le tiroir. Des gosses ?

– Deux. Enregistrés sous le nom de Diego et Martial Juarez.

– Et alors ?

– Adresse et identité bidon, annonça triomphalement Camille.

– Mais pourquoi une bonne femme viendrait-elle se faire buter à Grand-Bourg avec deux gosses qui ne sont pas à elle ?

– Elle avait peut-être besoin d'une couverture, proposa Camille en lissant ses boucles courtes.

Go le considéra avec un sourire fielleux.

– T'es pas con, tu sais, Camille. Tu sais aussi qu'y a un cyclone qui ravage l'île en ce moment ? Et qu'on est réquisitionné pour assurer le maintien de l'ordre ? Allez, hop, tenue de combat !

Camille soupira. Un cyclone, c'était stupide un cyclone, se foutre un casque de pompier sur la tête encore plus, et empêcher trois ou quatre pauvres types de briser les vitrines des magasins, n'en parlons pas ! Mais il ne servait à rien de discuter. Feu Anita Juarez devrait attendre.

Go le regarda sortir, les yeux mi-clos, puis lui emboîta le pas. Il ne pouvait s'empêcher de tâter la feuille et son laconique message. Il ne pouvait se permettre la moindre erreur.

Louisa acheva son récit sans que Dag l'ait interrompue. Elle se tut, et le silence retomba, dense. L'eau dégouttait sur le ciment. Dag se gratta la joue.

– Putain de merde !

– Un commentaire tout à fait approprié, dit Louisa en essayant de trouver une position moins douloureuse.

– C'est insensé ! Pourquoi voudrait-on vous tuer ?

– Parce que je vous ai confié ces lettres ? Parce que vous m'avez raconté toute cette histoire ?

– C'est moi qu'on aurait dû attirer dans un piège, pas vous.

– Ne vous inquiétez pas, votre tour va sûrement venir.

Dag se pencha pour lui répondre et, à cet instant précis, l'enfer se déchaîna. Il n'y eut pas d'avertissement, pas de signe précurseur. Soudain, le ciel chavira et vint heurter la terre dans un fracas épouvantable, libérant des trombes d'eau dans un tourbillon nacré. Instinctivement, Dag rentra la tête dans les épaules et posa sa main sur celle de Louisa. On ne pouvait plus parler ni de pluie ni de vent. C'était un déluge ellipsoïdal qui avalait tout sur son passage. Il songea à la scène du *Magicien d'Oz* où l'héroïne, Dorothy, est emportée par la tornade. D'un coup, ça faisait étrangement réaliste. Par l'embrasure de la fenêtre, il vit un bananier s'arracher du sol et foncer droit devant lui, à travers le ciel, croisant une planche en bois qui filait à l'horizontale, un objet métallique non identifié, une portière de voiture et une petite barque… Tout un inventaire à la Prévert sillonnant le ciel, entraîné soudain vers le haut, comme happé par un aspirateur géant. Une sorte de grondement ne cessait de résonner de plus en plus fort et on avait l'impression que l'usine vibrait… Oui, elle vibrait… Dag toucha le mur, pour se rassurer. De la bonne pierre, solide. Elle avait déjà résisté à des cyclones, elle n'allait pas lâcher maintenant.

– C'est quoi, ce bruit ? demanda Louisa.

– Je ne sais pas si vous vous en êtes rendu compte, mais il y a comme une légère tempête dehors, répondit-il en désignant le ciel.

– Non, l'autre bruit. Celui qui vient du sol.

Du sol ? Dag écouta plus attentivement, essayant de ne pas se laisser distraire par le spectacle dément du tourbillon fouettant l'air en spirale. Le grondement – énorme – se rapprochait. Comme une cavalcade de géants dans les entrailles de la terre. Il avança précautionneusement son visage près de la fenêtre et risqua un coup d'œil.

Au début, il ne distingua rien de spécial. Puis il vit la forme au loin sur sa droite : un mur couronné de blanc. Il mit quelques secondes avant de la reconnaître. La mer. Ou ce qui aurait dû être la mer. Une masse liquide d'une dizaine de mètres de haut, avançant à la vitesse d'un cheval au galop, aspirée, soulevée, portée par le cyclone. Droit sur eux. Un raz de marée !

– Il faut partir.

– Vous êtes malade ! Il faut attendre la fin du cyclone, protesta Louisa.

– Louisa, il y a une montagne d'eau de dix mètres qui arrive droit sur nous, tout va péter !

– Ce sera pire dehors.

– On peut courir. Je pense que c'est juste une énorme vague, provoquée par le tourbillon. Elle va s'étaler dans la plaine.

– Vos suppositions sont passionnantes, Leroy, mais si c'est un raz de marée l'usine a plus de chances de tenir le coup que nous.

– On sera écrabouillés sous des tonnes de brique. Il faut foutre le camp.

– Je vote contre.

– Désolé, mais le scrutin est clos.

– Salaud !

Dag la souleva dans ses bras malgré son opposition, la jeta en travers de son épaule et se mit à courir. Au moins atteindre le rez-de-chaussée avant que l'immeuble ne s'effondre.

– Espèce d'homme préhistorique ! Primate ! hurla Louisa, ballottée dans tous les sens.

Dag dégringola les marches de l'escalier vermoulu et faillit s'étaler sur le sol glissant. Il traversa l'immense nef déserte et courut jusqu'à la sortie. Le vent le frappa au ventre et il recula d'un bon mètre. Se retenant au mur, il avança de nouveau et regarda vers la mer. L'eau se rapprochait, dans un gargouillis épouvantable, comme une langue vorace, avalant déjà les prés et les ruines du Vieux

Quartier. Trop tard pour fuir. Il déposa Louisa, cherchant désespérément du regard un endroit pour s'abriter.

– Derrière la machine, là ! cria Louisa.

Il regarda dans la direction qu'elle montrait : un mastodonte en fonte encastré dans un angle, tellement lourd que le ciment avait éclaté sous son poids. Avec un peu de chance, ce mammouth industriel ne bougerait pas. Ils s'accroupirent contre la machine.

– Je me demande à quoi ça pouvait bien servir, murmura-t-elle.

– Franchement, ma chère, je m'en fous complètement ! lui rétorqua Dag, imitant Rhett Butler.

Il entreprit de défaire sa ceinture, puis de retirer celle de Louisa.

– Vous pensez vraiment que c'est le moment ? Je n'ai pas de préservatif.

– Je veux juste votre ceinture.

Elle la lui tendit avec une moue exaspérée. Elle le regarda assembler les deux rubans de cuir, puis nouer chaque extrémité de la grande ceinture ainsi obtenue à leur poignet respectif.

– Je ne veux pas vous perdre, lui chuchota Dag à l'oreille en croisant les bras autour d'elle et en s'accrochant à l'un des pieds en fonte.

Elle ne répondit pas. Le grondement était si près et si fort qu'on aurait pu croire qu'un avion allait atterrir. Ils se regardèrent en silence, luisants de pluie, tremblants de peur.

Et la mer déferla sur la vieille sucrerie. Les murs hurlèrent, le sol trembla, la vague gigantesque s'engouffra à travers les fenêtres du deuxième étage et la passerelle s'effondra dans un craquement sinistre. De l'eau bondissait par les brèches anciennes ou nouvelles. Dag vit distinctement un pan de briques se desceller et jaillir du mur sous la pression de la vague, des jets d'eau fusant en geyser dans toute l'usine. L'escalier fila à quelques mètres d'eux, porté par l'écume, dans une odeur de sel et de varech. Des mouettes propulsées par les rafales s'écrasaient contre les murs. Louisa sentait l'eau tourbillonner autour de ses jambes, essayant de l'entraîner dans sa danse saumâtre.

– Il faut grimper sur la machine ! hurla-t-elle à Dag par-dessus le vacarme.

Dag leva la tête : des pans de mur et de toiture s'effondraient par à-coups. S'ils restaient là, ils allaient finir noyés. Il hocha la tête et, se tenant fermement aux pieds du mastodonte en fonte, ils se hissèrent dans l'enchevêtrement des pistons. Louisa essaya de rassembler ses souvenirs : combien de temps pouvait durer un cyclone ? Un quart d'heure ? Une heure ? C'était si étrange de voir l'eau tourbillonner entre les murs de l'usine, et ces cris de mouettes affolées, cette puissante odeur d'algues… Elle avait la curieuse impression d'être perdue au fond de la mer, au milieu d'épaves mystérieuses.

Un craquement sinistre retentit, plus fort que les autres, et Louisa, bouche bée, regarda la toiture s'envoler, immense structure de bois et de métal qui plana un moment dans les airs avant de retomber plus loin en milliers de débris. On voyait le ciel maintenant, gonflé de nuit et de colère, les éclairs immenses aussi denses qu'un feu d'artifice. Un avant-goût de l'Apocalypse, songea Louisa, qui ne sentait plus ni le froid, ni l'engourdissement, ni la douleur dans son épaule, ni même la peur. Le spectacle était trop irréel. Elle se rappela soudain ce que ça lui évoquait : les images de guerre où des hommes courent dans la nuit au milieu des obus, dans le fracas, la fumée et les déflagrations… Dag la tira de ses pensées :

– On dirait que le flot ralentit…

Elle jeta un coup d'œil alentour. L'eau s'engouffrait avec moins de vélocité et avait apparemment cessé de monter. Peut-être allaient-ils s'en sortir après tout. Puis elle remarqua une chose curieuse : on aurait dit que l'usine penchait à droite. Une partie du mur et du sol semblait s'être enfoncée… Elle tira Dag par le bras pour lui montrer le curieux phénomène. Il y eut comme une petite secousse, et la machine sur laquelle ils étaient juchés accusa à son tour une nette inclinaison à droite.

– Le sol…, lança-t-elle, affolée.

– Quoi ?

– Le sol ! On s'enfonce ! Les marécages ! La vague a dû faire céder les fondations. Il faut sortir.

Sortir… Oui, bien sûr. Quoi de plus simple que de se jeter dans des flots déchaînés et encombrés de déchets pesant plusieurs centaines de kilos… Nouvelle secousse, Louisa se sentit glisser et Dag la retint par le col de son ciré.

– On va plonger ! lui lança-t-il comme s'il s'agissait d'un simple exercice à la piscine.

Ce type était insensé !

– Jamais ! On va se noyer ! protesta-t-elle.

– Si on ne se noie pas, on sera englouti sous des centaines de mètres cubes de boue.

– Vous savez présenter les choses…, lui renvoya Louisa en faisant appel à toutes ses ressources pour ne pas craquer.

– On y va ! cria Dag au même moment et, la tenant dans ses bras, il sauta dans l'eau bourbeuse.

Ils s'enfoncèrent d'un bon mètre avant de remonter à la surface, ballottés de tous côtés.

– Passez vos bras autour de ma taille ! lui ordonna-t-il.

Elle obéit. L'eau était tiède, l'écume bouillonnait, ils flottaient entre les parpaings. Dag battait désespérément des bras et des pieds pour essayer de maintenir le cap vers la sortie par laquelle l'eau s'écoulait en torrents. A plusieurs reprises, des blocs de ciment et des morceaux de machine les frôlèrent et Louisa ferma les yeux. C'était comme un manège, un manège liquide, avec un bruit assourdissant…

– On y est !

Elle ouvrit les yeux, vit le ciel tournoyer au-dessus d'elle, l'usine osciller, se sentit soulevée par une vague impétueuse et se rendit compte qu'ils venaient de franchir l'entrée béante. La mer s'étalait dans la plaine, balayant tout.

– Attention aux mocassins d'eau ! hurla Louisa en désignant une bande mouchetée qui filait comme une flèche dans l'écume.

– Quoi ?

– Les serpents ! Ils sont très venimeux...

Dag refusa résolument d'envisager une confrontation reptiles/humains au sein d'un raz de marée. Simplement essayer de garder la tête à la surface dans les tourbillons d'écume salée.

Ils heurtèrent quelque chose de dur et Dag s'enfonça sous l'eau. Elle sentit son poids tirer brutalement sur la ceinture nouée autour de son poignet, non, pas maintenant : il ne fallait pas qu'il coule, elle s'agrippa à la ceinture, il était tellement lourd, faire un dernier effort pour le ramener à la surface, elle ne s'apercevait même pas qu'elle nageait en le soutenant, que l'eau se faisait plus étale, que le ciel s'éclaircissait, elle ne pensait qu'à avancer en lui maintenant la tête hors des flots. Et, brusquement, elle se retrouva sur quelque chose de solide. La ceinture qui les reliait s'était coincée dans un obstacle imprévu. Elle se redressa à demi, avec précaution. C'était dur et noueux. Des feuilles balayèrent ses bras. Un arbre ! Ils étaient au sommet d'un arbre ! Elle agrippa une branche et faillit l'embrasser. Dag toussait et crachait de l'eau. Il ouvrit les yeux.

– On est sur un arbre !

Il la dévisagea, ahuri.

– Pardon ?

– Un arbre ! Un arbre très, très sympathique. Un manguier, je crois.

Dag s'assit, calé contre une large branche, et expulsa encore un peu d'eau.

– Regardez !

Louisa lui montrait l'usine, cent mètres derrière eux. L'immense nef de briques rouges se détachait sur le ciel noir au milieu du flot bourbeux. Elle vacilla lentement d'un côté et de l'autre, puis, tandis que la pluie cessait et que le tonnerre s'apaisait enfin, elle s'enfonça lentement sous les flots tel un navire naufragé, et disparut dans le glougloutement de la boue, aspirée par le sous-sol marécageux.

Il n'y avait plus rien, que de l'eau et du ciel gris.

– Je crois que c'est fini, dit Louisa en levant la tête.

Une trouée bleue s'élargissait rapidement à l'ouest et le vent s'était calmé. Ils contemplèrent un moment le spectacle de désolation qui s'offrait à eux, cette immense étendue d'eau jonchée de débris, puis ils se regardèrent avec jubilation. Dag lui tendit la main et Louisa la serra.

– Félicitations, monsieur Leroy, nous avons survécu.

– Je vous ai dit qu'on pouvait me faire confiance.

– Pas trop enflées, les chevilles ?

Dag sourit. Il ne restait plus qu'à attendre les secours.

L'hôpital était bondé, des infirmières débordées couraient dans les couloirs, un jeune médecin exténué entra dans la chambre, s'épongeant le front avec sa manche, et fixa Louisa :

– Alors, *ka ou fé*[1] ?

– Bien. Juste un peu secouée…

– Vous n'êtes pas la seule. Pas de fièvre ?

Sans attendre sa réponse, il consulta la feuille de température, puis souleva les paupières de Louisa, tâta le plâtre.

– Fracture de l'omoplate, ça se répare bien. Tenez-vous tranquille et vous n'aurez pas de problèmes.

Elle ouvrit la bouche pour lui demander combien de temps elle allait devoir rester, mais il était déjà dehors, lançant des ordres. Elle tourna la tête vers les cinq autres femmes alitées, dont l'une était dissimulée par un rideau. Elles semblaient dormir. Elle ferait bien d'en faire autant. Elle enfonça sa tête dans l'oreiller, humant avec délice

1. Comment on se sent ?

l'odeur des draps propres et secs, et sombra dans le sommeil, indifférente aux gémissements et à l'agitation fébrile qui emplissaient les couloirs.

Le père Léger introduisit une pièce dans la machine à café et attendit que le gobelet se remplisse avant de le tendre à Dag.

– Tenez, ça vous fera du bien : vous avez l'air d'un pauvre chien mouillé.

Dag sourit en prenant le café bouillant et s'adossa au mur. La salle d'attente était remplie de familles anxieuses attendant des nouvelles de leurs proches. Un homme pleurait en serrant deux jeunes enfants contre lui. Dag tâta le bandage qui lui entourait le front. Une blessure superficielle, « rien de grave », avait dit le docteur en lui faisant une piqûre antitétanique. Dag en avait profité pour lui montrer la plaie du père Léger qui avait eu droit lui aussi à une piqûre et à un pansement. Et puis il avait fallu affronter la mère de Louisa, complètement affolée. Le même médecin lui avait finalement administré un sédatif léger. Ils avaient raconté à la pauvre femme que Louisa avait dû s'égarer dans la tempête et que, ne la voyant pas arriver au presbytère, Dag était parti à sa recherche. Elle avait acquiescé sans chercher à en savoir plus et était rentrée chez elle, soutenue par son fils qui ne cessait de décocher des regards furibonds à Dag. D'ici à ce qu'il vienne lui casser la gueule… Dag avala une gorgée de café et se brûla la langue. Le père Léger semblait soucieux.

– Ainsi, Louisa prétend que je lui ai téléphoné pour lui donner rendez-vous à la vieille sucrerie ? Mais c'est absurde ! Vous étiez là, vous m'auriez entendu !

– Vous auriez pu la faire appeler par un complice, répondit Dag avec malice. Et rien ne me prouve que vous n'avez pas quitté votre chambre par la fenêtre pour vous rendre effectivement là-bas et la projeter dans le vide.

– Ne plaisantez pas avec ça ! Je n'ai pas quitté le presbytère. Si vous ne me croyez pas, interrogez la réceptionniste du dispensaire. Elle m'a appelé une demi-heure après votre départ, elle pourra témoigner que j'étais là ! Et, à ce que je sais, les serviteurs du Seigneur, contrairement à lui, ne sont pas encore doués du don d'ubiquité.

– Je plaisantais ! Le fait est que quelqu'un s'est servi de votre identité, quelqu'un qui savait que Louisa m'avait remis les lettres, quelqu'un qui sait tout ce que je fais, seconde par seconde !

Le père Léger hocha la tête.

– J'ai bien réfléchi. Très peu de gens pouvaient être au courant pour les lettres et pour le dossier Johnson. En fait, la seule personne au courant était Louisa elle-même.

– Vous ne voulez pas dire qu'elle aurait manigancé ce rendez-vous bidon à la sucrerie au péril de sa vie ? Ça ne tient pas debout ! protesta Dag.

– Non, je veux dire que la fuite vient forcément d'elle. Vous lui avez tout raconté, et elle en a parlé à quelqu'un. Son frère ou son fiancé, Francisque. A moins d'envisager qu'elle ne soit en contact avec Go pour une raison que nous ignorons.

– Toutes ces suppositions me font mal au crâne, observa Dag en essayant de nouveau de boire son café qui n'avait pas refroidi d'un degré. Merde, pourquoi faut-il que ces saloperies soient brûlantes dans un pays où il fait trente degrés toute l'année ? poursuivit-il, énervé.

– La chaleur est souvent associée au réconfort. Nous n'avons pas ici celui du feu de bois, alors on se contente du café, proposa le père Léger.

– Est-ce qu'il y a une chose au monde sur laquelle vous n'ayez pas une théorie ? lui demanda Dag en lui tendant le gobelet.

– Oui, Dieu, lui rétorqua le prêtre en avalant le breuvage d'une traite. On y va ? Louisa est hors de danger, inutile de rester ici, nous ne faisons qu'encombrer. Il y a eu beaucoup de blessés.

– Je sais, merci.

Dag se sentait de mauvaise humeur. Heureux d'être en vie, certes, mais furieux contre lui-même, avec cette sensation maintenant familière d'être manipulé comme un pantin par un malade mental ricanant dans l'ombre. Les sourcils froncés, il emboîta le pas au père Léger.

La pluie avait cessé. Un soleil radieux brillait sur les décombres. Des équipes de nettoyage ramassaient les débris et les jetaient dans de vieux camions-bennes. S'interpellant à grands cris, des gens fouillaient dans le fatras de tôles ondulées, de cartons, d'ustensiles divers qui jonchaient les rues.

– On a été bien étrillés, commenta sobrement le père Léger en saluant de la main une de ses paroissiennes penchée sur les décombres d'une case en tôle aux couleurs vives. Je crois que je vais aller donner un coup de main à ces pauvres gens.

– Vous ne devriez pas faire d'efforts avec votre blessure.

– Vous savez, avec la chance que j'ai, ce n'est pas encore aujourd'hui que Dieu me rappellera à lui. J'ai dans l'idée qu'il a prévu pour moi une très longue vie de dévouement…

Dag sourit à l'abbé, qui s'éloigna. Et lui, il n'allait pas aider les autres ? A vrai dire, il avait surtout envie de se jeter sur un lit et de piquer un roupillon. Ses vêtements étaient raides de boue humide, tous ses muscles douloureux. Oui, il allait rentrer au presbytère, se laver, se changer, dormir une heure ou deux, et ensuite… ensuite il foncerait porter secours à la population en détresse.

Le presbytère n'avait pas souffert, hormis un volet arraché et des infiltrations d'eau le long des murs. Dag se déshabilla et entra dans la minuscule cabine de douche. Il tourna voluptueusement le robinet d'eau chaude, s'attendant à la caresse douce de l'eau sur sa peau, et il resta à se geler : pas une goutte d'eau ne s'échappait du pommeau rouillé. Ces putains de canalisations avaient dû sauter, comme d'habitude. Il ressortit de la douche furieux. Impossible de s'allonger sur le lit dans cet état. Il prit son tee-shirt sale et s'en servit comme d'un chiffon pour se nettoyer au mieux avant de se laisser tomber sur les draps blancs. Enfin, un peu de repos !

Go s'étira derrière son bureau. Il était fourbu. Toutes ces heures passées à sillonner les rues, afin d'empêcher tous ces connards de piller les boutiques… Le cyclone avait poursuivi sa route vers le large, se contentant d'effleurer l'île. Une caresse plutôt douloureuse. Il regarda sa montre. Bientôt 23 heures. Sa femme devait s'inquiéter. Il décrocha et composa le numéro de son domicile en songeant à ce que Camille lui avait dit sur Anita Juarez. Il avait demandé son dossier au fichier central. La sonnerie retentit longuement. Qu'est-ce qu'elle foutait, cette crétine de Marie-Thérèse ? Elle dormait déjà ? A la dixième sonnerie, il ressentit un léger pincement au creux du ventre. Il s'apprêtait à raccrocher et à foncer chez lui quand elle chevrota :

– Allô ?

– Putain ! T'avais la tête dans le four ou quoi ?

– Mais non, j'étais dehors avec ce garçon que tu m'as envoyé…

Le pincement s'accentua.

– Quel garçon ?

– Il a dit qu'il s'appelait Camille et qu'il venait me prévenir que tu rentrerais tard.

Camille ? Pourquoi diable Camille…

– Voilà le dossier, annonça Camille en faisant irruption dans la pièce.

Camille.

– Allô ? Allô ? s'égosillait Marie-Thérèse à l'autre bout du fil.

Go toisa Camille.

– On t'a jamais appris à frapper ? Laisse-moi.

Piteux, l'autre se retira sans rien dire.

– Marie-Thérèse ?

– Oui ?

– Il est parti, ce garçon ?

– A l'instant.

– Comment il était ?

– Il ressemblait un peu à mon cousin Paulin.

– Ton cousin Paulin ? Le métis ?

– Mais enfin, qu'est-ce qui te prend, Francis ?

– Rien. Et qu'est-ce qu'il a fait, ce garçon ?

– Il a sonné, je suis sortie, il m'a transmis ton message et le téléphone s'est mis à sonner.

– Bon, je rentrerai tard, décréta Go, excédé.

– Mais je le sais, puisque Camille vient de me le dire.

« C'était pas Camille, connasse ! », eut-il envie de hurler, mais il se contint et raccrocha en marmonnant un bref « à tout à l'heure ». Qu'est-ce que ça signifiait ? Un autre avertissement ? Pour lui dire qu'on pouvait s'en prendre à Marie-Thérèse à n'importe quel moment ? Putain, quand il le tiendrait, cet enfoiré, il l'étranglerait lentement, très lentement, il savait bien étrangler, il était réputé pour ça, à Haïti, pour la manière dont il serrait ses gros doigts autour du cou de ses victimes pendant qu'elles urinaient de terreur en comprenant qu'elles allaient crever. Souvent, il les sodomisait en même temps, hommes ou femmes, c'était plus marrant. Il s'arracha à ses souvenirs et s'aperçut qu'il avait une érection. C'était plus fort que lui, mais l'évocation de la violence le faisait toujours bander. Cette conne de Marie-Thérèse, ça allait être sa fête !

Il considéra le mémo que le vrai Camille avait posé devant lui : *« Anita Juarez : nom réel, date et lieu de naissance inconnus. Approximativement 40 ans. Arrêtée à Caracas en 1976 pour vol à main armée. Condamnée à 10 ans de réclusion. Libérée en 1982. On la retrouve au Brésil en 1983 : soupçonnée de faire partie des Escadrons de la mort. 1985 : arrestation pour sa participation aux meurtres de la calle Marinero à Bogota, un règlement de comptes entre narco-trafiquants : 16 morts. Libérée faute de preuves. Commence à travailler pour la famille Largo en Argentine. Activité supposée : tueur à gages. »*

Une tueuse ? A Grand-Bourg ? Qui se prend une balle dans le foie en plein après-midi ? Qu'est-ce qu'elle cherchait ? Et l'autre con de Leroy qui débarque juste après, fier comme un chien qui a déterré un squelette. Quelles probabilités pour que ces deux-là se soient trouvés à Grand-Bourg par hasard ? Leroy ne l'aurait-il pas eu au cul, la frangine Juarez ? Et ne l'aurait-il pas expédiée *ad patres* vite fait bien fait ? Mais qui aurait envoyé Juarez sur Leroy ? Est-ce qu'il aurait des ennemis ? Ou bien…

Perplexe, Go se leva, remonta son pantalon sur son énorme bedaine en se flattant l'entrejambe. Ouais, c'était encore dur comme du bois et ça voulait cogner. Il avait vraiment besoin de se défouler, ce soir. Il sortit avec un sourire en coin, imaginant les gémissements de Marie-Thérèse, ses yeux révulsés. Depuis vingt ans qu'ils étaient mariés, il aimait toujours ça chez elle, cette façon qu'elle avait de faire l'amour comme si elle était en train de crever… Il salua le planton d'un geste distrait.

L'homme ouvrit le carnet bleu qui ne le quittait jamais et décapuchonna son stylo à cartouche. Go avait dû recevoir son message. Il nota rapidement :

> – *Jeudi 30 juillet 1996.* Récupéré dans mon « armoire à souvenirs » quelques mèches de la toison pubienne de Lorraine. Remis le message à Go. Payé un inconnu pour aller chez lui. Je veux qu'il sache que je peux l'atteindre n'importe quand, n'importe où. Il aura compris qu'il a intérêt à la fermer et à ne pas accumuler les gaffes. Je ne me sens aucune patience à son égard.
> Ni à l'égard de personne d'ailleurs. Ce que je sens, c'est une terrible envie de destruction. Quand je pense à la chance insolente de cette petite Louisa. Et Leroy, la bouche en cœur, venant lui porter secours. On croit rêver !

Il referma le carnet d'un coup sec, recapuchonna méticuleusement le stylo, rangea les deux objets dans un des compartiments de son petit sac de voyage. Il inspecta ensuite la literie : déplorable, évidemment. Le seul avantage de ce motel était de lui permettre de rester sur place incognito et de pouvoir communiquer facilement avec ses complices. A ce propos… vérifier que le système de renvoi téléphonique était bien activé. Éteindre la lumière. Essayer de dormir. Ne pas songer combien il serait agréable de caresser une peau hérissée par la peur, de sentir sous les doigts la chair grenue. Et la beauté des yeux quand ils essaient de s'échapper de leur orbite, la beauté de ces regards éperdus, de ces rapides cillements, de ces larmes roulant en silence. La beauté de la détresse. Ne pas y songer. L'occasion se présenterait bientôt. Allez, dormir.

CHAPITRE 10

Dag émergea d'un sommeil poisseux, pas vraiment reposé. Où était sa montre ? 19 h 30… En bâillant, il écarta les rideaux et cligna des yeux, surpris. Il faisait grand jour. Les gens s'interpellaient en charriant toutes sortes de débris, les camions de la voirie tournaient sans relâche et il aperçut la silhouette sautillante de l'abbé qui se démenait au milieu de ses paroissiens. Bon sang ! Il n'était pas 7 heures du soir mais 7 heures du matin : il avait dormi près de treize heures ! Il alla vérifier si l'eau était revenue : rien. Le miroir au-dessus du lavabo lui renvoya l'image d'un homme aux traits creusés, le front barré de cinq points de suture, sans parler de l'estafilade sur la joue. Frankenstein version afro.

Le père Léger lui avait laissé un message sur la table en Formica jaune de la cuisine : *« Je suis allé participer aux travaux de remise en état, ne m'attendez pas. A ce soir. »* Tout en enfilant son pantalon en lin et son dernier tee-shirt propre, il se repassa une fois de plus le film des événements. Et, une fois de plus, ce film n'était qu'un assemblage confus de séquences sans lien. Il sortit d'aussi mauvaise humeur qu'il était entré.

Rejoindre le père Léger, aider tous ces gens à trier les décombres, voilà ce qu'il devrait faire. Mais à vrai dire, la seule chose qui l'intéressait, c'était de poursuivre ses investigations. Il ne s'agissait pas d'une simple enquête sur des faits vieux de vingt ans. L'urgence était palpable : il y avait à peine vingt-quatre heures qu'on avait essayé de tuer Louisa ! Il décida d'être égoïste.

Se renseigner sur les autres meurtres. Voir ce qu'on pouvait glaner. Le plus simple serait de faire un saut au bureau de Sint Maarten, consulter Go-2-Hell, ce monstre couplé à Internet et Microsoft Networks dont Lester était si fier. A condition que les liaisons aériennes soient rétablies. Dix contre un que ce n'était pas le cas.

Ce n'était pas le cas. Des arbres abattus bloquaient les pistes de l'aéroport et n'avaient pu encore être évacués. On attendait les types du génie civil « incessamment sous peu ». Il adressa un vague sourire au pompier qui l'avait renseigné : il venait de se souvenir d'un endroit où il pourrait se connecter au Web. Restait seulement à trouver quelqu'un pour l'y conduire.

Les routes avaient souffert mais, comme Dag l'avait présumé, les conducteurs saint-maritains n'en avaient cure. Habitués à conduire des rebuts d'usine, ils roulaient sur les branches brisées, fonçaient à travers champs quand la route avait disparu, rebondissaient dans les ornières, s'engloutissaient dans les énormes trous d'eau avec la ténacité des buffles traversant une rivière, et ils passaient.

Le chauffeur, un vieil homme hilare coiffé d'une casquette de base-ball, visière sur la nuque, le déposa à 9 heures pile devant l'hôtel de police de Grand-Bourg. Pour 50 francs caraïbes en sus du prix de la course, Dag récupéra la casquette et s'en coiffa, visière en avant : inutile d'attirer l'attention avec ses points de suture. C'était le moment de jouer le tout pour le tout. Il franchit la porte d'un pas assuré et se dirigea vers le flic de service, qui buvait un café, l'air épuisé, les joues mangées de barbe.

– L'inspecteur Go, s'il vous plaît.

– L'est pas là. Travaille pas ce matin. Revenez à 14 heures.

– C'est ennuyeux. Inspecteur Germon, de la PJ de Fort-de-France. Je suis arrivé hier matin. Je devais m'entretenir avec lui d'une affaire urgente, mais avec cette tempête…

Il termina sa phrase d'un vague geste du bras. Le planton hocha la tête, étouffant un bâillement. Il avait pris son service à minuit, il attendait la relève. Vraiment pas le moment de voir un chieur de gradé français se ramener.

– Est-ce qu'on peut le joindre chez lui ? reprit Dag d'un air sévère.

– Ah non, c'est impossible ! s'écria l'homme, soudain bien réveillé.

Rien que d'imaginer l'engueulade que lui passerait Go s'il le dérangeait.

– Y a-t-il un autre inspecteur de service ?

– Je suis tout seul, on n'a pas assez d'effectifs et…

– Bien, je vais l'attendre. Où est son bureau ?

– Par là.

Il fit signe à Dag de le suivre et le conduisit au bureau de Go, dont il ouvrit la porte.

– Merci, vous pouvez disposer.

Le type referma la porte avec un signe de tête. Dag, assez content de lui, s'installa confortablement dans le fauteuil de Go. Pas mal. Il pivota pour se trouver face à l'ordinateur et enfonça la touche « power » avec volupté.

Direction Internet. Le Web. Après quelques tâtonnements, Dag réussit à se connecter sur le fichier ICI : « Inter-Caribbean-Investigations ». Une banque de données juridiques et pénales collectées au titre de la coopération internationale. Une heure plus tard, il n'avait rien appris de nouveau, mais trois suicides supplémentaires avaient fait leur apparition, toujours pendant la même période, toujours des femmes dans la trentaine, célibataires, dont deux étaient mentionnées comme pratiquant la plongée. Dag nota « plongée » sur son bloc-notes.

Quittant Internet et sa désespérante lenteur, il revint au serveur de l'hôtel de police. Fichier « Personnel » : les états de service de chaque fonctionnaire. Go avait pris ses fonctions en 1974. Juste avant la vague d'assassinats. Dag poursuivit ses investigations, pianotant avec ardeur jusqu'à que ses doigts se figent au-dessus des touches : pour raisons de service, dont entre autres la mise en place du fichier ICI, l'inspecteur Go avait voyagé à travers toutes les Caraïbes durant les années 1975 et 1976.

Dag consulta sa montre : 10 h 20. Il fallait se magner. Il s'orienta sur le grand banditisme, cliqua jusqu'à faire apparaître le dossier de Vasco Paquirri. Le Vénézuélien était âgé de trente-huit ans. Il avait donc dix-sept ans à l'époque où les meurtres avaient été commis. Il venait de sortir de la maison de correction où il avait été interné à l'âge de quatorze ans pour avoir mis le feu à un bar dont le propriétaire l'avait traité de pédé. Bilan : trois morts. A peine dehors, il avait braqué une banque pour se faire un peu de blé, puis il avait pris la fuite et était venu s'installer à Trinidad, le temps de se bâtir une solide réputation. Il avait commencé à établir sa domination sur le trafic de la came et s'était trouvé un territoire, ici, aux Caraïbes. Inculpé huit fois pour meurtres, trafic de drogue, contrebande, racket… Relaxé huit fois faute de preuves. Les témoins avaient eu tendance à se volatiliser, littéralement en ce qui concernait un type qui avait avalé un bâton de dynamite. Vasco assassin violeur maniant l'aiguille à tricoter ? D'après son dossier, il maniait plutôt la machette, le fusil-mitrailleur et les explosifs.

Retour au Net. Un petit tour – accélère mon pote, stp – dans les newsgroup. Le site « Love Suprême » (:http ://www.lovesup.com/htlm) était-il toujours en service ? Oui. Un site où tous les accros de la grande faucheuse se retrouvaient pour délirer. Avec photos de cadavres, vidéos d'accidents mortels, bourse d'échange de vêtements et d'uniformes ensanglantés, visite documentée des diverses grandes morgues en service, compilations des comptes rendus d'autopsie, traités de médecine légale, rapports scientifiques, conférences, dernières nouvelles en provenance de l'au-delà. 10 h 50. Dag s'orienta vers les rapports d'autopsie. Les États-Unis étaient complètement embouteillés à cause de vedettes comme Marilyn, Kennedy, l'extraterrestre de Rosswell ou « The Visible Man », *alias* le corps du criminel texan Joseph Jernigan, donné à la science et découpé en 1 870 tranches, chacune visible sous tous ses angles en 3D… Pour l'arc caraïbe, c'était plus calme. Mais pas plus gai. Il survola les périodes qui l'intéressaient. Rien de particulier.

Il s'apprêtait à quitter quand un nom attira son regard : « … en présence du professeur Jones… ». Qu'est-ce que Jones foutait à Antigua en mars 1975 ? Et pourquoi avait-il cosigné un rapport d'autopsie ? Scrutant plus attentivement l'écran, Dag y vit avec étonnement le nom de Longuet un peu plus bas. Longuet et Jones ? Net-Oyez-moi ça !

Retour au sommaire. Conventions internationales. Blablabla… Petites Antilles. « Convention internationale d'échange et de coopération scientifique, 12 décembre 1974. » En vertu de ladite convention, les médecins-chefs des différents services médicaux de l'époque s'étaient vu convier à des voyages d'étude dans les unités en place.

Surexcité, Dag rouvrit les différents dossiers évoqués par Darras. Le tandem Jones-Longuet était chaque fois présent sur les lieux des crimes présumés, dans une fourchette de cinq, six jours pendant et après. Jones-Longuet, duo diabolique ? Amants pervers aidés par leur factotum Francis Go ?

11 h 30. Ça commençait à sentir le roussi. Il fit marche arrière : presque trois heures qu'il était là, c'était le moment de filer. Il venait à peine d'éteindre l'appareil lorsque la porte s'ouvrit sur un agent en tenue.

– Désirez manger quelque chose, inspecteur ? Je vais au kiosque à côté.

– Un hot-dog ketchup, merci.

– L'inspecteur Go a téléphoné. Je lui ai dit que vous l'attendiez, il sera là dans dix minutes.

– Parfait. Les toilettes ?

Se tirer rapidos avant que Go déboule comme un taureau piqué par un taon.

– Au fond du couloir.

Le couloir était désert. Dag essaya la porte des archives : close. Les chiottes. Un type pissait en sifflotant. Il tourna la tête et sourit aimablement à Dag qui entreprit de l'imiter tout en inspectant la pièce du regard. Il y avait une fenêtre au-dessus des lavabos. Merci, Grand Manitou, pour votre bonté manifeste ! Le type mit trois jours pour se laver les mains et enfin il sortit. Dag remonta sa fermeture Éclair à toute allure au risque de s'émasculer, bondit sur un des lavabos, agrippa la poignée et tourna. Rien. La peinture avait collé. Il tira violemment, le battant s'ouvrit d'un coup sec et il faillit perdre l'équilibre.

Une cavalcade de bison furieux dans le couloir, une voix tonitruante : « Et alors, il est où ce flic de Fort-de-France ? Venir nous faire chier le lendemain d'un cyclone, merde ! » Tout en passant les jambes par-dessus le cadre. Dag entendit une voix timide répondre : « Aux toilettes, chef. » Il baissa les yeux : trois mètres plus bas, un aimable container débordait d'ordures. Il se laissa tomber, rebondit sur le couvercle en plastique et s'affala dans la rue. Rugissement dans les toilettes : « Mais c'est quoi, cette connerie ? » Dag détala comme un lapin sous le regard surpris d'un gosse en train de bomber « Fuck la police ! » en rose fluo sur le mur.

Trois minutes plus tard, Dag s'engouffrait dans la poste centrale, où l'animation était à son comble, en raison des nombreuses lignes endommagées. Dag se glissa dans une file d'attente. Puis, au bout d'un quart d'heure passé à piétiner sur place, il jugea qu'il ne risquait plus rien, ressortit et se mit en quête d'un taxi. Le moment était venu d'aller donner un coup de main au père Léger.

Go ne comprenait pas. Il n'y avait aucun inspecteur Germon à Fort-de-France. Que signifiait cette mascarade ? La description de l'imposteur collait à peu près avec Leroy, mais pourquoi cet empaffé serait-il venu traîner ses guêtres par ici ? Il considéra la pièce avec colère, ouvrant et fermant rapidement les tiroirs. Il était bien sûr de ne rien avoir laissé de compromettant. Qu'est-ce qui pouvait donc intéresser Leroy, si c'était lui qui avait joué les Arsène Lupin ? Ça commençait à sentir vraiment mauvais… et c'était encore pire si ce n'était pas Leroy. Si c'était un envoyé de… Il s'interdit de prononcer le nom, même en pensée. Il se l'interdisait depuis vingt ans, espérant obstinément qu'une entité sans nom se trouve rejetée dans les limbes. Pour faire face aux emmerdements à venir, la force du python ne serait pas de trop : il piocha une poignée de gélules dans le flacon en plastique et les avala d'un coup.

Le père Léger s'assit pesamment dans son fauteuil, les traits tirés, gris de fatigue. Dag s'assit en face de lui et étira ses longues jambes. Il avait ôté ses rangers avec délice et remuait voluptueusement les doigts de pied à travers les trous de ses chaussettes.

– Rude journée, lâcha le prêtre.

– *Horresco referens* [1] *!* acquiesça Dag en se massant les tempes.

A son retour de Grand-Bourg, il avait rejoint les équipes de déblaiement. L'ouragan avait semé panique et destruction, et il avait fallu jouer les terrassiers sans relâche.

En fin d'après-midi, fourbu, il était passé à l'hôpital s'assurer que Louisa allait bien, mais avait battu en retraite en apercevant l'imposante silhouette de Martial dans l'encadrement de la porte. Aucune envie de se farcir les reproches de la famille. Il bâilla copieusement, grattant ses joues ombrées de barbe.

– Vous voyez comme c'est fatiguant de faire le bien, persifla le père Léger en tendant le bras pour attraper la bouteille de rhum.

– Mais, apparemment, ça maintient en forme, lui répondit Dag en saisissant leurs deux verres de la nuit précédente. *An nou pran on lagout* [2], lança-t-il, reprenant l'expression favorite de son père.

Ils burent en silence. Le père Léger reposa son verre avec un soupir de satisfaction.

1. Je frémis en le racontant (vers de Virgile souvent cité en plaisanterie).
2. Buvons un petit coup.

– Et votre virée à Grand-Bourg ? Profitable ?

– Je ne sais pas. En fait, Go était présent sur les différents lieux des crimes à peu près aux dates où ils ont été commis. Et il n'était pas le seul : les docteurs Jones et Longuet s'y trouvaient également. Échanges scientifiques, expliqua Dag.

– Oh, à propos de Jones… Le pauvre homme est mort hier.

– Comment ça ? s'étonna Dag.

– Il est tombé de la falaise. On pense qu'il était ivre et qu'il a voulu aller contempler les éléments déchaînés. On a retrouvé son corps ce matin sur la plage, désarticulé et entièrement nu, déshabillé par les vagues, apparemment. *Aequo pulant pede !*

Dag se resservit un petit rhum. La mort frappait peut-être d'un pied indifférent mais Jones lui avait parlé et Jones était mort. Louisa lui avait parlé et on avait voulu la tuer. Jones en avait-il trop dit ? Avait-il autre chose à dire ? Il tourna la tête vers le père Léger qui lui demandait :

– Comment avez-vous appris tout ça, pour Go, etc. ?

– Oh, j'ai un peu bidouillé par-ci, par-là. Et Longuet ? Toujours vivant ?

– Je crois que oui. Pourquoi serait-il mort ?

– Je ne sais pas. J'ai l'impression qu'on meurt beaucoup par ici.

– Pas plus qu'ailleurs. Jones était un alcoolique invétéré.

– En tout cas, j'essaierai de joindre Longuet demain.

– Je ne voudrais pas vous décourager ni m'immiscer dans votre enquête, mais le professeur Longuet…

Il se tut, hésitant.

– Quoi, Longuet ? Allez-y. Je suis blindé.

– Eh bien, il n'aime pas les femmes.

– Justement. Je ne pense pas que le type qui les a charcutées les aimait beaucoup non plus.

– Je veux dire… il n'est pas attiré par les femmes.

Dag considéra le prêtre entre ses paupières plissées.

– Il est homosexuel ?

– Oui. Tout le monde le sait.

– Sauf moi. Dagobert le Touriste. Longuet devrait porter un écriteau, ça m'aurait évité de gamberger à son sujet. Évidemment, je ne vois pas pourquoi il serait allé violer ces malheureuses. Bien, ajouta Dag en se levant, je crois qu'il faut dormir maintenant. Prenez donc la chambre, je ne vais pas encore squatter votre lit.

– Dormir dans ce lit plein de boue ? Certainement pas, je préfère mon fauteuil. D'ailleurs, mon dos y est habitué : il en a pris la configuration. Allez vous coucher, je suis très bien ici.

– Quel vieil emmerdeur vous faites ! jeta Dag en s'étirant.

Le père Léger sourit en désignant le plafond.

– Je tiens ça de mon patron. Bonne nuit.

Dag se souvint brusquement qu'il n'avait pas appelé Charlotte. Devait-il lui dire que sa mère avait probablement été assassinée ? Il consulta sa montre : 23 h 30. Autant essayer de la joindre. Il demanda la permission de téléphoner. Charlotte décrocha à la deuxième sonnerie.

– C'est moi, Leroy.

– Bonsoir, Majesté. Quelles sont les nouvelles ?

– Pas très bonnes. Toutes les pistes sont coupées. Quant à votre mère... Écoutez, je ne veux pas vous alarmer, mais je pense qu'elle ne s'est pas suicidée. On l'a suicidée.

Il y eut un long silence au bout du fil. Puis Charlotte demanda d'une petite voix :

– C'est mon père qui a fait ça ?

– Je ne sais pas. Franchement, je n'en sais rien. Voulez-vous que je continue mes recherches ? Nous sommes vendredi, les quatre jours sont écoulés...

Il entendit une voix d'homme en arrière-plan et reconnut l'accent de Paquirri. Elle vivait donc bien avec lui. Paquirri, l'un des employeurs d'Anita Juarez.

– Comment est-ce que vous êtes arrivé à cette conclusion, à propos de ma mère ? lui demanda Charlotte, revenue en ligne.

Dag entreprit de lui raconter son enquête, en sautant les détails et en omettant de préciser les noms des personnes impliquées. Après tout, que savait-il réellement de Charlotte Dumas ? Il en était au récit de son entrevue à Grand-Bourg avec la police, quand la voix de Vasco s'éleva :

– Quand est-ce qu'il était là-bas, ce *conio* ?

– Avant-hier après-midi, précisa Dag, comme si Vasco s'était adressé à lui.

– Est-ce qu'il a entendu parler d'oune femme assassinée ? Démande-lui.

Si Vasco lui avait envoyé Anita, pourquoi poser cette question ? Dag répondit avant que Charlotte ne répète.

– Oui. Une femme a été abattue dans la rue. Les flics nagent complètement.

– Je veux retrouver lé salopard qui a fait ça, éructa brusquement Vasco dans l'appareil. Si vous mé trouvez quelque chose sour loui, jé double lé salaire qué vous offre Charlotte.

Dag se sentit pâlir.

– C'était une amie de Vasco, expliquait Charlotte.

Dag ricana silencieusement. Oun amie dé cet enfoiré dé Vasco… Si ce gros bœuf avait pu se douter qu'il était en train de causer à son assassin himself… Il marmonna :

– Je vais voir ce que je peux faire. Et pour votre père ?

– Continuez. Je n'aime pas sortir d'un film avant la fin.

– Ce n'est pas un film. Et ça risque d'être moche.

– Si je suis la fille d'un tueur, je veux le savoir, Super-Enquêteur.

– OK. Je vous rappellerai dès que j'aurai du nouveau.

Il raccrocha sans attendre la réponse. Le père Léger fronça les sourcils.

– Alors ?

– Alors, elle veut que je continue. Et Vasco Paquirri est prêt à payer pour avoir des renseignements sur le type qui a buté Anita Juarez.

– Aïe.

– Comme vous dites. C'était une amie à lui.

– Aïe, aïe. J'espère que vous passerez quand même une bonne nuit…

– Je suis tellement vanné que je pourrais dormir sur le *Titanic* en train de sombrer, lança Dag en gagnant la chambre.

Il s'endormit comme une masse et se réveilla sur le coup de 3 heures du matin, avec un mal de crâne lancinant. Impossible de se rendormir. Autant se passer un film. Un film qui aurait pu s'intituler *Les Mystères des Caraïbes*. Une suite de saynètes annoncées par des cartons-titres : « Le professeur Longuet et son ami le tonton macoute Francis Go violentent et assassinent des jeunes femmes sans défense » : carré blanc. « L'Homme Sans Visage jette Louisa Rodriguez par la fenêtre de la sucrote » : interdit aux moins de 16 ans. « Vasco Paquirri envoie Anita Juarez descendre Dagobert Leroy » : tout public.

Le genre de film où le scénario ne tient pas debout : pourquoi Paquirri voudrait-il descendre Leroy ? Parce qu'il enquête sur le père de sa bien-aimée ? Parce qu'il sait quelque chose à ce sujet, quelque chose qui doit rester dans l'ombre ? Et pour l'action, ce n'est pas mieux : manque de pot pour Vasco, c'est Dagobert qui dessoude Anita. Dans ce cas, pourquoi Paquirri demande-t-il à Dagobert de retrouver le meurtrier ? Est-il complètement con ? (hypothèse plausible). Ou y a-t-il derrière tout ça un plan incompréhensible ? (hypothèse déterministe).

Dag enfouit sa tête dans l'oreiller qui sentait la vase. Il fallait qu'il dorme, la journée allait être longue. Peine perdue, le film continuait à se dérouler, assemblage de scènes hétéroclites mal raccordées entre elles, où les personnages échangeaient leurs textes et leurs costumes. Dag entreprit de tirer un énorme rideau rouge devant l'écran, avec le mot « entracte ». Les petites mains de Louisa essayèrent d'écarter les lourds pans de tissu, relayées par les énormes battoirs de Go, mais Dag tint bon. Cinq minutes plus tard, il dormait enfin.

CHAPITRE 11

Un soleil éclatant entrait à flots dans la minuscule chambre où Louisa avait été transférée. Elle remonta le drap sur sa poitrine et sourit à Francisque, debout au pied du lit, un bras derrière le dos. Il le ramena en avant, présentant un gros bouquet de fleurs d'alamandas d'un jaune éclatant.

– Oh, elles sont magnifiques ! Merci.

– Tu vas bien ?

– Ça va. Je n'ai presque pas mal. Tu es très élégant.

Il portait un ensemble en soie, chemise et pantalon vert olive, et ses cheveux nattés auréolaient son visage aux traits réguliers. Il fronça les sourcils.

– Je ne comprends pas comment tu as pu te retrouver là-bas…

Et voilà, il allait falloir mentir avec habileté… biaiser. Elle désigna les fleurs du menton.

– Tu veux bien les mettre dans l'eau ?

Francisque posa le bouquet dans le petit lavabo et le remplit d'eau.

– Il faut demander un vase à l'infirmière, reprit Louisa en souriant.

– *Es où tandé sa mwen di ou*[1] *?* Qu'est-ce que tu foutais avec ce mec ?

Quand il avait une idée dans la tête… Elle soupira en créole :

– Je l'ai déjà expliqué à maman.

1. Tu m'as entendu ?

– Je m'en fous. Explique-le-moi à moi.

Elle passa mentalement son récit en revue afin de voir si ça tenait debout. Ouais, ça devrait. Sauf que Francisque était affreusement jaloux. Et les jaloux ont un sixième sens pour détecter les bobards. Francisque jaloux du roi Dagobert. Comme si elle allait le laisser tomber pour cet inconnu ! Elle s'aperçut qu'il attendait toujours, courroucé.

– Eh bien, ce n'est pas compliqué. Je devais passer à l'église…

– Pour quoi faire ?

Mon Dieu, oui, pourquoi ?

– Je voulais demander au père Léger de faire dire une messe pour papa.

– Et ça ne pouvait pas attendre ?

– Non, parce que j'avais eu un songe qui m'ordonnait de le faire.

Francisque grogna sans rien dire. Elle savait qu'il pratiquait assidûment le « tchala », le manuel d'interprétation des rêves.

– Et après ?

– Je me suis perdue.

– Tu t'es perdue ? Dans ce bled où tu as vécu toute ta vie ? Et qui doit mesurer deux kilomètres carrés ?

– Je ne sais pas, je me suis affolée, j'ai voulu m'abriter.

– Dans la sucrerie en ruine ? Ce que les femmes peuvent être connes !

– J'ai perdu la tête, voilà. Et la conne te dit merci.

– Je ne voulais pas dire ça, protesta Francisque. Et ce mec, il s'est perdu lui aussi ?

– Leroy ? Non, il me cherchait. Le père Léger lui avait dit qu'il était inquiet et il est parti à ma recherche.

– Il a affronté la tempête pour tes beaux yeux ?

– Il n'est pas d'ici, il ne pensait pas que ce serait si grave.

– Il t'a embrassée ?

– Pardon ?

– Il t'a embrassée ? Il a essayé de te peloter ?

– Ce vieux ? Tu es fou ! A vrai dire, je me demande s'il n'est pas un peu, tu vois ce que je veux dire…

– Quoi ? Avec le curé ? s'étonna Francisque, scandalisé.

Elle était peut-être allée un peu trop loin.

– Non, pas avec le curé, ne sois pas stupide.

– Louisa, si ce type te touche, je le crève.

Elle ferma les yeux. Francisque commençait à l'ennuyer sérieusement. Il ressemblait de plus en plus à un Othello d'opérette.

– Je me sens fatiguée… Tu ne veux pas aller chercher un vase ?

Il sortit sans un mot. Bon débarras. Pourquoi Dag n'était-il pas venu la voir ? D'un autre côté, s'il était tombé sur Francisque… Ellc se rappela que, dans quelques mois, elle serait mariée avec Francisque, et cette pensée lui donna immédiatement sommeil.

L'inspecteur Francis Go était plus calme. D'abord, il avait passé une nuit mémorable avec Marie-Thérèse, qui en portait les marques autour du cou, ensuite il pensait qu'il n'avait finalement pas trop mal manœuvré. La meilleure tactique était peut-être bien de faire le mort. Au sens figuré, évidemment. Comment diable Leroy avait-il eu vent de tout ça ? Quelqu'un avait dû vendre la mèche. Il s'essuya le front, puis les mains, avec son large mouchoir bleu ciel. Ils étaient si peu nombreux à savoir la vérité. Et, apparemment, l'Initiateur prenait ça très au sérieux. « On » avait envoyé Juarez pour descendre Leroy. « On » s'était affolé. Mais il ne fallait pas qu'« on » s'affole au point de devenir agressif. Il ne voulait plus recevoir la visite inopinée d'un faux Camille. Non, il fallait rassurer. Marquer son allégeance. Mais comment ? Il réfléchit longuement tout en mâchonnant un cure-dents. Puis il décrocha son téléphone.

Dag sentait que le soleil essayait de forer un trou entre ses épaules. Pourtant, il était à peine 9 h 30. Il traversa la rue pour profiter de l'ombre maigre qui courait le long du mur d'en face. Il traversa l'esplanade devant l'hôpital. Le hall était rempli de familles et il dut se frayer un passage dans la foule compacte avant de pouvoir s'engager dans l'escalier menant à l'étage de Louisa. Occupé à contourner une imposante matrone chargée de deux volumineux cabas, il ne vit pas Francisque accoudé au guichet d'accueil.

Les yeux déjà sombres de Francisque s'amincirent jusqu'à n'être que deux fentes noires. Il emboîta le pas à Dag, un peu en retrait. Décidément, l'envoûtement qu'il avait payé à cet imbécile de Mango n'avait pas l'air de marcher. Il sentait que Louisa était en train de lui échapper. Et la conjuration lancée sur Leroy n'avait pas eu apparemment plus de succès. A croire que les mécréants n'étaient pas sensibles à la magie ou que la protection du curé s'étendait sur lui.

– Tiens, tiens, le roi en personne ! persifla Louisa en voyant Dag entrer, tout en se disant qu'elle l'avait échappé belle : Francisque venait juste de filer.

– Alors, *ka ou fé*[1] notre héroïne ? s'enquit Dag avec un entrain forcé.

– *Sa ka maché*[2]. Et vous ?

– En pleine forme.

Il n'avait apporté ni fleurs ni bonbons. Et il avait l'air fatigué. Il s'approcha du lit et se pencha sur elle. Elle l'arrêta de sa main valide.

– Merci de respecter la distance de sécurité.

– Et si on passe outre ?

– Intervention instantanée d'une infirmière armée d'un gourdin, répliqua Louisa en saisissant la poire d'appel.

Au mot gourdin, Dag eut un sourire lubrique et il allait lancer une obscénité quand un choc violent entre les épaules le propulsa à travers la pièce jusqu'au lavabo qu'il heurta violemment.

Il se retourna, juste à temps pour recevoir un poing brun lancé à toute volée en plein visage. Il s'écroula mollement,

1. Comment va.
2. Ça va bien.

sonné. C'était quoi ? Un clone d'Anita Juarez ? L'intervention de la CIA ? Un avatar du yéti en balade ?

Deux mains l'empoignèrent par le col, de courtes nattes lissées à l'huile de palme dansèrent devant ses yeux embrumés.

– Tiens-toi à distance, connard, ou je te bute !

Dag essaya de répondre, mais Francisque se mit à le secouer comme un prunier, lui cognant la tête contre le carrelage à chaque mot.

– Louisa et moi, on va se marier, pigé ? Et toi, tu vas foutre le camp vite fait, pigé ? Ici, *i pa bon, pou' toi.*

Louisa hurlait « *lagé-i*[1] *!* » et Dag sc dit qu'il fallait agir avant d'avoir le crâne éclaté comme une pastèque trop mûre. D'une brusque détente, il expédia ses deux pieds dans le bas-ventre de Francisque. Celui-ci émit une sorte de chuintement, le lâcha, partit à la renverse, se prit les pieds dans le fil du téléphone et dégringola bruyamment sur le sol.

– Mais qu'est-ce que c'est que ce tapage ?

Une infirmière énergique, chargée d'un plateau-repas, les considérait sévèrement.

– On ne se bat pas dans les chambres. On respecte le repos des malades, ou on dégage ! J'ai un problème à la 28, cria-t-elle en passant la tête dans le couloir.

Dag s'était relevé et s'époussetait tandis que Francisque continuait à chuinter.

– C'est ce type. Il m'a attaqué, je ne le connais même pas. Je crois qu'il est drogué, regardez ces yeux.

– Un salaud de drogué ? lança une voix tonitruante tandis qu'un infirmier bâti comme un bouillon Kub faisait irruption et soulevait Francisque à vingt centimètres du sol tout en l'immobilisant d'une clé au bras.

– Je te fous ça à la poubelle ?

– Mets-le dehors, dans la cour, décréta l'infirmière, avec l'air magnanime d'une souveraine éclairée.

– Espèce de salaud ! rugit Francisque. Espèce d'enfoiré, je te ferai bouffer tes couilles !

1. Laisse-le !

– Dis donc, salopard, tu veux qu'on te lave la bouche au savon ? grogna l'infirmier en resserrant sa prise et lui arrachant un cri de douleur.

Il sortit, chargé d'un Francisque écumant de rage et hurlant des insultes. L'infirmière déposa le plateau-repas sur la table de nuit.

– Ce qu'on peut voir comme cinglés, de nos jours, c'est pas Dieu croyable ! Voici le petit déjeuner. Bonne journée.

– Bonne journée, répondit aimablement Dag avant d'affronter le regard sévère de Louisa.

– Il allait me tuer ! s'excusa-t-il avant qu'elle ait pu dire un mot.

– Francisque est mon fiancé, vous pouvez vous fourrer ça dans le crâne ? Je ne veux pas que vous lui tapiez dessus.

– Mais c'est lui…

– Merde, Leroy, je ne suis plus à l'école primaire en train d'arbitrer les bagarres à la con des petits garçons. Je ne veux plus vous voir.

– Vous allez vous marier avec lui et rester ici à pondre des marmots ?

– Exactement. « Pondre des marmots », comme vous dites, enseigner à des marmots et tricoter pour les marmots des copines.

– Un avenir radieux.

– Plus radieux que de se faire défenestrer par un fou !

– Et ça ne vous intéresse pas de savoir pourquoi on a essayé de vous tuer ?

– J'ai le sentiment que moins je chercherai à le savoir, moins on recommencera, lâcha Louisa, tout en pensant qu'elle avait peur, qu'elle aurait toujours peur.

– Louisa…, commença Dag en posant la main sur son bras nu.

– Non ! Stop ! Out ! Laissez-moi seule, s'il vous plaît, Dagobert. Allez rejoindre saint Éloi et laissez-moi. *Bonswa*[1].

1. Bonsoir.

Il soupira et sortit.

Rude matinée, songea Louisa en se laissant retomber sur son oreiller. Rien que de penser à la réaction de Francisque, elle avait la migraine. Elle considéra le plateau-repas d'un œil vide. L'appétit coupé. Impossible de manger. Totalement impossible. Mais est-ce que ce n'était pas du chellou, ça ? Après tout, il fallait se nourrir pour pouvoir affronter l'adversité. Elle saisit sa fourchette et goûta. Pas mauvais, ce chellou. Pas mauvais du tout, décida-t-elle alors qu'elle torchait son assiette avec son pain.

– Et maintenant, qu'est-ce qu'on fait ? demanda le père Léger en trempant les lèvres dans sa bière.

Dag considéra les flots étincelants et la barque, au large, qui fendait l'eau paresseusement. Comment des eaux si limpides pouvaient-elles dissimuler un tel bourbier ? Il leva sa chope.

– Cette bière est tiède.

– C'est étonnant comme vous passez votre temps à vous préoccuper de la température de ce que vous avalez ! remarqua le père Léger avec une pointe d'exaspération.

Dag avala encore une gorgée de bière – tiède – et reposa son verre.

– Je ne suis pas aussi avancé que vous sur la voie de la spiritualité…

– Qu'est-ce qu'il se passe ? Louisa vous a envoyé paître ?

Le vieux bonze avait du flair. Dag regarda la barque doubler le cap avant de répondre :

– Elle va se marier avec son cousin Francisque.

– Je sais, c'est moi qui célébrerai le mariage. Vous n'êtes tout de même pas tombé amoureux en trois jours ?

– Je ne sais pas.

– Et votre enquête ? L'assassin court toujours. Je dirai même plus : il court tout près d'ici.

– Et comment voulez-vous qu'on le retrouve ? En passant une petite annonce ? Si seulement ce pouvait être ce con de Francisque…

– Tss tss… Jamais vu un bouillant détective se dégonfler de la sorte. Dagobert Leroy, vous êtes une honte pour la littérature policière.

Dag se permit un pâle sourire. A vrai dire, le curé avait raison. Quelle idée de s'amouracher d'une petite institutrice coincée qui n'avait jamais quitté son île ! Il avait un boulot à faire. De toute façon, il ne comptait pas épouser Louisa. La vérité, c'était qu'il avait une terrible envie de se la faire. Et après ? La laisser, comme ça, en lui disant « on s'écrira » ? Minable. Elle avait sa vie à faire avec Francisque et ce n'était pas à lui de s'en mêler. Il leva les yeux et rencontra le regard attentif du père Léger.

– Alors ? L'examen de conscience a été profitable ?

– Vous êtes sorcier ou quoi ?

– Mon sacerdoce m'a confiné au rôle d'observateur depuis de longues années.

– Vous n'avez jamais été amoureux ? s'enquit Dag en craquant une allumette.

– Non. Enfin si, une fois. Une jeune paroissienne que son mari battait et trompait. Elle venait se confesser, elle pleurait, je la consolais, j'étais troublé. Elle aimait cette brute, j'en étais fou de jalousie, je voulais qu'elle le quitte. Bien entendu, je ne le lui ai jamais dit. Ils sont partis vivre à Pointe-à-Pitre, je ne l'ai jamais revue. C'est le comble du romanesque que j'aie jamais vécu, acheva le prêtre en vidant son verre.

Dag alluma sa cigarette et laissa l'allumette se consumer jusqu'à ce qu'elle lui brûle les doigts. Un vent frais lui caressait le visage. Des gosses braillaient en courant après une boîte de conserve dans laquelle ils shootaient. La radio déversait un flot de biguine que le patron écoutait en hochant la tête. On n'aurait jamais cru qu'un ouragan était passé par là quarante-huit heures plus tôt. Il fallait se ressaisir. Le « charme trompeur des îles » n'était qu'un charme trompeur.

Il se pencha en avant, les coudes sur la table.

– Question numéro un : comment le meurtrier est-il venu sur l'île ?

– En bateau ou en avion.

– J'ai moi-même raté le dernier avion, rappelez-vous. J'ai dû louer une barque pour rentrer.

– Il a pu faire comme vous.

– Mais pourquoi me suivre jusqu'ici ?

– Pour savoir ce que vous alliez faire, savoir ce que vous saviez.

– Non, ça ne va pas. S'il m'a suivi, il aurait aussi bien pu me tuer. Ou alors…

– Ou alors ?

– Il était déjà là. Sur place.

– Que voulez-vous dire ? demanda le père Léger en se redressant.

– Il était là quand je suis venu chez vous. Il a entendu notre conversation. Il a su que je savais. Il a décidé d'intervenir.

– Mais pourquoi s'en prendre à Louisa ?

– Pour me faire du mal.

La réponse avait jailli, inopinée.

– Ce n'est pas logique. A Grand-Bourg, on essaie de vous tuer. Et ici, on essaie de tuer Louisa. Pourquoi elle ?

– Arrêtez de me poser des questions compliquées. C'est peut-être un jeu.

– Un jeu ?

La voix du père Léger avait une inflexion dubitative.

– Un jeu. Il met des pièges sur ma route, à moi de les déjouer.

– Cela voudrait dire qu'il veut vous entraîner à sa recherche, murmura le père Léger.

– Cela voudrait dire qu'il veut que je le trouve.

Dag aspira une profonde bouffée de fumée.

– Mais, en même temps, il veut me détruire.

– Pourquoi ?

– C'est peut-être vraiment le père de Charlotte. Et moi, je représente à la fois l'homme qui peut amener sa fille jusqu'à lui et celui qui peut le démasquer. Il est peut-être tiraillé entre deux désirs : se protéger et connaître sa fille.

– Dans votre hypothèse, rien ne l'empêche de contacter sa fille quand il veut. Cet homme a l'air au courant de vos moindres faits et gestes. Croyez-vous qu'il ignore qui elle est ?

– Je n'en sais rien. On tourne en rond.

– Ce qu'il faudrait, c'est tourner en spirale, commenta le père Léger d'un air rêveur.

– Pardon ?

– Oui, quand on tourne en rond, on creuse un sillon dans lequel en s'enfonce ; quand on tourne en spirale, on s'élève peu à peu, jusqu'à former un tourbillon qui flotte au-dessus des contingences… Et la solution n'est pas en bas, elle est en haut, dans les sphères de l'âme.

Dag écrasa sa cigarette sur le ciment.

– Si vous vous décidez à écrire votre polar, prévoyez un dictionnaire.

Le père Léger se leva :

– Merci pour vos conseils. Je dois y aller, j'ai deux enterrements ce matin. Un nonagénaire et un nourrisson, les voies de Dieu… Vous serez là pour le déjeuner ?

– Je pense que oui. Dans le cas contraire, je vous laisse un mot.

Il regarda la fine silhouette du prêtre s'éloigner, tache noire sur le ciel bleu vif. Tout en réfléchissant, il s'était mis à marcher. Il leva les yeux et s'aperçut que ses pas l'avaient mené devant l'ancien magasin de sa tante. Les deux maisons voisines avaient perdu leur toiture, mais la boutique était intacte. Le souvenir de la vieille dame assise à sa caisse le submergea soudain, aussi net qu'une photo. Est-ce qu'en entrant il retrouverait l'odeur de coquillages séchés ? Est-ce qu'il sentirait la caresse apaisante de ses mains râpeuses sur ses joues d'enfant mal aimé ? Il posa la main sur la poignée, l'actionna en vain avant d'apercevoir le petit écriteau en créole : « Fermé pour cause de pompier bénévole. » Tant pis. Il rebroussa chemin : puisqu'il était en ville, autant en profiter pour aller rendre une petite visite à ce bon vieux Mango et à sa boutique de photos-souvenirs.

Le seul inconvénient, c'est qu'il n'y avait plus de boutique. Juste quatre murs peints en jaune et rouge, et de la boue. Et un type coiffé de dreadlocks, assis à l'ombre, contre un des murs.

– Mango ?

– *Moin kâ domi*[1], lança le type sans lever la tête.

Dag plongea la main dans son portefeuille et en ramena un billet de dix dollars US.

– C'est l'heure de se réveiller.

Le type leva la tête et Dag le reconnut aussitôt. Il n'avait pas vieilli et n'avait pas dû changer de fringues depuis vingt-cinq ans : même chemise verte, même gilet en cuir noir et mêmes jeans effilochés couverts de taches et maintenant croûtés de boue jusqu'aux genoux. Mango tendit la main et saisit le billet entre ses longs doigts maigres tachés de nicotine.

– Je peux t'aider, mon pote ?

Sa voix était claire, mais ses yeux embrumés trahissaient le fumeur d'herbe.

– Est-ce que vous gardez toutes les photos que vous faites ? questionna Dag en considérant le flot de boue d'un œil hostile.

– Il est marle, ce mec ! rétorqua Mango, soudain volubile. Hey, t'es aveugle ou quoi ? Depuis avant-hier, y a plus de « Boutique-Mango ». Le Dieu Océan a tout bouffé. Et un jour, il engloutira Babylone, ouais, mec, un jour, le Dieu Océan bouffera toute la planète.

– Mais est-ce que vous gardez les photos ? s'obstina Dag en se baissant pour être à la hauteur de Mango, qui cligna des yeux en se demandant ce que lui voulait cet oncle Tom.

Il n'appréciait pas trop qu'on vienne le dévisager comme ça. Il gonfla les joues et cracha, pas très loin des pieds de Dag.

1. Je dors.

– Qu'est-ce que tu crois ? Un jour, je les exposerai toutes. Des centaines de mètres de visages signés Mango. Tous les habitants, tous les touristes qui ont posé le pied sur cette île, tous les êtres humains qui sont passés par ici, immortalisés par Mango. Un foutu aperçu de Babylone sur des kilomètres carrés de pelloche.

– Je cherche des photos que vous avez prises en 1970.

Mango cligna des yeux.

– 1970 ? Putain ! Bob, t'entends ça ? lança-t-il en levant les yeux au ciel, d'où, sans doute, l'observait Bob Marley. Écoute, mec, reprit-il, 1970, ça doit être par là à gauche, sous le mètre de boue là, tu vois… Allez, bon courage.

– Merci.

Dag entreprit d'ôter son jean.

– Putain, il est fou. Grand Bob, aide-moi ! Y a un fou qui se déloque devant moi.

– Je ne vais pas patauger là-dedans tout habillé, expliqua Dag en se retrouvant en caleçon jaune vif.

Il avança d'un pas décidé dans ce qui avait été la boutique, et sentit la boue tiède se coller à ses mollets. Mango le suivait du regard, hébété.

– Vous avez dit à gauche ?

– A gauche, ouais. Vers le mur où y a le poster de Jimmy Cliff. Mes classeurs étaient juste en dessous.

Le torse de Jimmy Cliff émergeait de la vase et Dag mit le cap dessus. Des trucs s'écrasaient sous ses pieds. Tout le magasin devait gésir là-dessous : coquillages-souvenirs, casquettes, lunettes de soleil… Il se cogna brusquement dans une masse dure, à mi-hanches. Il tâta : du bois. Ah, oui, le comptoir. Il le contourna, atteignit Jimmy Cliff et se pencha, plongeant résolument la main dans la masse de boue. Rien. Il enfonça plus profondément la main et ramassa quelque chose : un trieur à photos en plastique rouge. La date était très nette : 1984. Il le posa sur le comptoir et replongea.

Quinze classeurs plus tard, Dag s'étira. Il avait mal au dos. Mango n'avait pas bougé, plongé dans son rêve solitaire. Dag envisagea brièvement de dégager entièrement la boutique à la pelle. Non, trop long. Il se pencha de nouveau. 1978. 1991.

– *Ka sa yé*[1] ?

Un gamin d'une dizaine d'années, vêtu d'un short bleu effrangé, considérait Dag, pensif. Mango cracha par terre, un bon jet de salive et de brins d'herbe.

– Y cherche des photos.

– Il est grave, commenta le gosse en se curant le nez.

– Si tu m'aides, je te file un billet de dix, lança Dag sans se redresser. Dollars américains.

– *Annou ay*[2] ! dit le gamin avec un grand sourire édenté. Il se faufila jusqu'à Dag et commença à fouiller avec zèle.

– Tous des cinglés, marmonna Mango en fermant les yeux. Babylone était remplie de cinglés. Vivement que le Dieu Océan vienne faire le ménage !

Le soleil était au zénith et Dag sentait la sueur lui ruisseler dans le dos. Autant abandonner. Il crevait de soif.

– Et ça, c'est bon, ça ?

Le gamin lui tendait un album écorné. Dag y jeta un vague coup d'œil en songeant à la bière glacée qu'il allait s'envoyer, puis l'arracha des mains du gosse. « 1970-1971. » Nom d'un Breton, il l'avait !

– C'est bon ça, m'sieur ?

– Ouais, très bon, répondit distraitement Dag en feuilletant l'album avec avidité.

– Alors, ça vaut une rallonge ?

– Attends-moi là-bas, je te paie un sandwich…

L'été 1970 défilait sous ses yeux. Un type hilare avec un harpon et une dorade géante. Une fille blanche, seins nus, énormes, allongée sous un cocotier, et son mec faisant le poirier.

– Merde, un sandwich, j'en ai tous les jours.

Des touristes dînant aux chandelles. Un gamin sortant de l'eau en secouant ses palmes. Une Antillaise en chapeau et gants blancs, son missel sous le bras.

1. Qu'est-ce qu'il fait ?
2. Allons-y !

– Une glace, si tu veux.

Des couples riant aux éclats, des tas de couples enlacés, se baladant devant des étals en plein air.

– J'suis pas un gamin, *ba mwen an CRS*[1], insistait le gosse, tandis que Dag faisait courir son doigt sur les feuilles plastifiées.

Là ! Son index s'immobilisa. Là, la femme blonde en robe rose, qui se détournait pour éviter l'objectif. C'était elle, Lorraine ! Il essaya de se remémorer le cliché noir et blanc du journal. Oui, c'était elle, avec ce côté vaguement familier. Mais non, il débloquait, ce n'était pas Lorraine, c'était… Et pourtant… Il sentit un grand froid l'envahir tandis qu'il écartait son pouce, dévoilant lentement le jeune Noir qui se tenait à ses côtés, fier comme un coq, une guitare en bandoulière.

Le père de Charlotte, sans aucun doute.

– Une bière, alors ? insistait la voix aigrelette du gamin.

Le père de Charlotte. Il l'avait retrouvé. Du bon boulot, se dit-il, en soulevant le plastique pour récupérer la photo. Du sacré bon boulot, mec, tu peux être fier de toi. Ses doigts glissèrent sur le sourire triomphant du jeune mâle qui gonflait le torse. Ouais, il l'avait trouvé, le père de Charlotte. Et le plus marrant, c'est qu'il le connaissait bien. Vachement bien même.

Parce que c'était lui, Dagobert Leroy, dans toute sa splendeur.

Il émergea lentement de ce qui avait été le magasin, glissant dans la boue sans la sentir, indifférent au bavardage du gamin, les yeux fixés sur le cliché aux couleurs brillantes. Est-ce qu'il avait vraiment eu cette tête de jeune con satisfait ?

– T'as trouvé ce que tu cherchais, *man* ? lui demanda Mongo en soulevant une paupière.

– Oui, merci.

1. Offre-moi un punch.

Mongo soupira. Incroyable : un taré en slip jaune canari s'amenait pour retrouver une photo vieille de vingt-cinq ans dans une tonne de boue et, paf, il la trouvait. Faudrait peut-être organiser un circuit guidé, « pêche à la photo », dix francs le tour, à tous les coups on gagne. Ouais, avec tous les cinglés qui peuplaient la planète, pourquoi pas ? se dit-il, goguenard, en battant des paupières.

Dag s'assit sur un mur à demi écroulé, les yeux toujours rivés sur la photo. Le gamin le rejoignit, pointa un index sale sur le jeune Dag.

– C'est ton fils, là ?

– Non, c'est moi.

– Toi ?

Le gamin le considéra de haut en bas avant de reprendre :

– Et elle, c'est qui ? Ta *doudou*[1] ?

– Si on veut.

– Elle est bien foutue pour une Blanche. Et la bière, tu me la payes ?

– Et jamais tu la fermes ? lui renvoya Dag, excédé.

Le gosse sourit, un doigt enfoncé dans le nez. Dag se leva et alla récupérer son pantalon. Il rangea la photo dans sa poche revolver, se nettoya sommairement avec des feuilles de bananier et se rhabilla.

Mango fourrageait dans ses tresses, pensif. Et d'abord, pourquoi il la voulait cette photo ? Elle avait peut-être de la valeur, et c'était lui, Mango, qui l'avait faite. Si ce mec croyait se faire du fric avec son travail à lui…

– Faut la payer, la photo.

Dag lui retourna un regard vipérin.

– Je l'ai déjà payée.

– Ah, ouais ? Elle m'appartient, cette photo. J'ai pas forcément envie de m'en séparer.

– C'est ma gueule qu'il y a dessus, et ma gueule elle m'appartient en priorité, tu crois pas ? lui rétorqua Dag en se penchant d'un air pas aimable.

1. Chérie.

Mango réfléchit intensément.

– On n'appartient qu'à Dieu.

– Je commence à le croire. Tiens, pour ton soutien moral, persifla Dag en lui filant un deuxième billet de dix dollars.

Mango avait rangé la coupure sous sa chemise avant qu'il ait fini sa phrase.

– J'ai un philtre pour retrouver les personnes disparues, lança-t-il, radouci. Efficace 100 %, chauffable au micro-ondes.

Dag se tapota le crâne en souriant.

– Pas besoin. J'suis tombé dedans quand j'étais petit.

Mango haussa les épaules et ferma les yeux.

– Salut, mec. Que Bob te vienne en aide !

Dag s'éloigna, le gamin sur les talons. « Que Bob lui vienne en aide », parce qu'il n'était pas dans la merde ! Puis il ricana malgré lui : la tête de Charlotte quand elle saurait la vérité… Son ricanement se transforma lentement en fou rire et les larmes lui en vinrent aux yeux. Il l'imaginait, révulsée d'horreur, sa voix grimpant dans les aigus : « Comment, Super-Étron, vous voulez me faire croire que je suis la fille du roi Dagobert ? » Il s'arrêta, plié en deux, sous le regard inquiet du gamin qui se demandait si le monsieur n'avait pas trop abusé du ti'punch.

Charlotte ! Dag essaya de reprendre son souffle. Après tout, il était le père d'une perle noire affichée dans toutes les agences de voyages d'Europe. Bon Dieu, comment était-ce possible ? Comment avait-il pu se faire avoir comme ça ! Merde ! Il décocha un violent coup de pied dans le tronc d'un mancenillier et crut s'être brisé le gros orteil. La douleur lui fit du bien. Il se retourna, vit le gamin qui avait reculé de quelques pas, les lèvres ouvertes sur ses incisives absentes.

– Arrête de me suivre, j'ai besoin d'être seul.

– Faut mâcher d'la zerbadiabe.

– Quoi ?

– Quand on a trop bu, faut mâcher d'la zerbadiabe. Ça t'enlève le mal au crâne plus vite qu'une aspirine turbo.

Et celui-là, c'était le gosse de qui ? Encore un des siens peut-être ? Peut-être qu'il en avait semé dans toute l'île. Tout un tas de petits négrillons insolents attendant le retour de papa Jimi.

Jimi. Quelle connerie ! Pourquoi diable l'avait-elle cru ? Comme s'il avait une tête à s'appeler Jimi !

Il lui tendit un billet de vingt, le double de ce qu'il lui avait promis.

– Écoute, prends ça et laisse-moi, OK ?

Le gamin saisit l'argent entre ses doigts couverts de boue et fit mine de s'éloigner. Dag continua à marcher sans se préoccuper de lui.

Comment avait-il pu ne pas la reconnaître ? D'accord, la photo du journal était floue et en noir et blanc, mais quand même… Est-ce qu'il s'en était foutu à ce point ? Oui, honnêtement, oui, c'était juste une aventure agréable, une parenthèse dans sa vie de troufion, un coup vite tiré au bord de la plage, il se souvenait plus du grondement des vagues et de l'alizé qui rafraîchissait agréablement ses épaules en sueur pendant qu'il se mouvait en elle que de son visage. Il serra le poing avec colère. Françoise ! Pourquoi lui avoir dit qu'elle s'appelait Françoise ! S'il avait su… S'il avait su que la femme qu'il avait serrée dans ses bras sur le sable tiède, la femme qui avait porté un enfant de lui, que cette femme avait été assassinée…

Il s'immobilisa brusquement, le souffle coupé, avec une vague nausée. Françoise. Ce corps chaud entre ses mains. Ce corps blanc, crémeux, vivant, tournoyant sous une véranda et Charlotte, sa fille – comme le mot était étrange, il le fit rouler dans sa bouche : « ma fille » – accroupie aux pieds du cadavre… Réaliser qu'il avait fait l'amour avec Lorraine Dumas, avec cet objet de rapport d'autopsie, le mettait mal à l'aise.

Il avança de nouveau, perdu dans ses pensées, sans prêter attention au trottinement obstiné derrière lui.

Il faisait toujours beau. Il cherchait toujours un assassin. La seule différence, c'était que maintenant il cherchait l'assassin de la mère de sa fille.

CHAPITRE 12

Francis Go s'essuya le front. La chaleur l'incommodait, elle faisait mauvais ménage avec sa graisse. Il lui aurait fallu un poste chez les Inuits, au Groenland. Il s'imagina un bref instant en négatif d'Esquimau, arpentant la banquise à la recherche d'un voleur de carpes. Paraît que les Esquimaux prêtaient volontiers leurs femmes. Des grosses bien grasses qui puaient l'huile rance. Des qu'on pouvait cogner sans qu'elles se plaignent, leurs gencives édentées lovées autour de votre virilité. Ça devait être marrant, se faire faire une fellation par des gencives nues…

– On les a retrouvés !

Arraché à sa douce rêverie, Go se tourna lentement vers Camille.

– Putain ! Camille, si t'apprends pas à frapper avant d'entrer, tu vas te retrouver à la circulation !

– Excusez-moi, mais c'est les gosses. On les a retrouvés !

Les gosses ? Ah, ouais, les gosses qui avaient servi de couverture à Anita Juarez. Camille se défonçait vraiment sur ce dossier. Faut dire que c'était plus palpitant que les habituels vols à l'étalage. Il regarda avec amusement le visage surexcité de son subordonné, tout essoufflé, les yeux brillants derrière ses lunettes.

– Et alors ?

– Ils sont morts !

– Quoi ? s'étonna sincèrement Francis.

– Noyés, tous les deux ! annonça Camille comme s'il venait de remporter un trophée. On vient de les repêcher à Grand Gouffre. Deux touristes qui faisaient de la plongée sont tombés dessus. Ils étaient coincés dans une anfractuosité de rocher, leurs pieds s'étaient emmêlés dans les algues. Le scénario classique, quoi : l'un d'eux se fait piéger, l'autre veut l'aider et ils se noient ensemble. C'est plein de courants et de tourbillons là-dessous.

Go se massa lentement les tempes, puis s'essuya les mains sur sa chemisette en coton blanc, y laissant deux traînées grises.

– Tu crois que ces pauvres petits se sont noyés, Camille ? demanda-t-il avec un sourire moqueur.

– Non, c'est elle. Elle les a liquidés, rétorqua Camille en frémissant comme un chien qui voit enfin son maître se diriger vers la porte. Cette salope les a tués, comme on noie des chatons. Mais pourquoi ? Pourquoi était-il si important de venir ici, à Grand-Bourg, exécuter un contrat ? Je n'arrive pas à comprendre.

Et t'es pas près d'y arriver, ricana Go. Ainsi Anita Juarez n'avait-elle pas hésité à se débarrasser des enfants… Juarez ou bien… Il claqua des doigts.

– On les a identifiés ?

– Non. Des gosses sans famille, certainement. On a dû les ramasser dans la rue, là-bas, on leur a promis un beau voyage, du fric et voilà, terminus Grand Gouffre.

Le genre de gosses qui se retrouvaient à jouer dans des films pornos ou à servir de cible d'entraînement aux malades des *snuff movies*, songea Camille avec écœurement. Et ce gros porc de Go qui s'en foutait visiblement. Autant avoir une vache pour chef. Il ne lui manquait qu'un peu de paille au coin des lèvres pour avoir l'air plus vrai que nature. Quand lui, Camille Dubois, deviendrait inspecteur divisionnaire, il ferait un de ces ménages !

Go le remercia d'un geste et fit mine de se replonger dans l'étude de son clavier d'ordinateur. Camille se dirigea vers la porte, se demandant pourquoi il se cassait le cul sur cette affaire, vu que, manifestement, ça n'intéressait personne.

– Ah, Camille, attends ! Est-ce qu'on sait à quelle heure ça s'est passé ?

– Ils n'ont pas encore fait l'autopsie, les corps viennent juste d'arriver à la morgue, mais la description correspond exactement.

– Tu as fait du bon boulot.

C'est ça, merci, se dit Camille *in petto*, t'es trop bon, gros con. Tu crois que je vais faire le beau pour te remercier ? Ouaf ouaf !

Camille sortit en jappant dans sa tête et ferma la porte un tout petit peu plus violemment que d'habitude. Go sourit. Ce garçon ferait un excellent flic. Du genre qui aime comprendre. Savoir. Trouver. Du genre qui risquait fort de se retrouver au cimetière. Mais il y avait plus important qu'Anita Juarez. Il composa rapidement un numéro et écouta avec une certaine appréhension la sonnerie résonner dans le vide. Pourvu que le Paravent soit là… On décrocha brusquement et une voix âgée souffla :

– Oui ?

– La chasse est ouverte, murmura Go.

Il y eut un silence à l'autre bout du fil, puis la voix reprit :

– Je suis trop vieux. Tout ça, c'est le passé…

– On n'a pas le choix.

– Mais on avait dit…, protesta la voix.

– On avait dit mes couilles. Leroy sait, tu comprends ça ? Il sait.

– Je suis hors course aujourd'hui, protesta la voix avec lassitude.

– Putain, tu crois que c'est un jeu ? gronda Go.

– C'était un jeu. Rappelle-toi, Francis, c'était un jeu.

– Un jeu qui a mal tourné. Et maintenant, on joue plus. Alors, tu fais gaffe.

– Je suis vieux, je suis fatigué.

– Tout le monde s'en fout, mon pauvre ami. Tout le monde s'en fout complètement.

Il raccrocha lentement, laissant le vieil homme s'égosiller au bout du fil. Ils n'auraient jamais dû l'inclure dans les parties de chasse. A l'époque, déjà, il était faible. Il leur avait causé des ennuis. Son seul avantage résidait dans son aspect anodin, rassurant. Un paravent parfait. Go grimaça en considérant l'écran vide de son terminal. Il avait lancé sa ligne, maintenant il fallait attendre.

Le vieil homme raccrocha avec fureur. Ce gros poussah de Francis Go ! Quelle arrogance ! Étrange, comme vingt-cinq ans après, il avait aussitôt reconnu sa voix, sa voix lourde comme une haleine avinée, sa voix qui savait si bien chuchoter des mots doux aux moments les plus cruels… Un malade, voilà ce que c'était. Un malade, un sadique, et s'il croyait l'intimider… Il avait encore de quoi se défendre. Il avait les preuves, toutes les preuves, là, dans ses dossiers jaunis. Rirait bien qui rirait le dernier.

Il s'avança sur l'esplanade, face à la mer, regardant l'eau turquoise étalée paresseusement sur les hauts fonds blancs, et reconnut la sensation qui lui étreignait la poitrine : la peur. Il avait toujours eu peur. Il était fasciné, attiré, prisonnier, mais il avait peur. Peur de ce qu'ils étaient capables de faire, du plaisir qu'ils avaient à infliger la souffrance. Association de malfaiteurs. Association d'esprits malades. Et lui, il les avait aidés ! Comme Judas, il avait trahi toute humanité pour un denier d'argent. Résultat : il avait vécu seul. Assis sur son fric. Il s'était persuadé que Dieu l'avait oublié, et aujourd'hui Dieu revenait le chercher, revenait fouiller dans les décombres pour le ramener à la surface et lui administrer le châtiment.

Le vieil homme tourna le dos à la plage et regagna la maison d'un pas lourd. Il se sentait plus seul que jamais.

Dag s'immobilisa devant le presbytère, un peu étourdi, avec l'impression que la photo lui brûlait la fesse droite à travers son jean. Il ne put résister à la tentation de la sortir et de la regarder encore. Qu'est-ce qu'il en avait fait, de cette guitare ? Ah oui, il l'avait échangée aux

Grenadines contre un gallon de rhum. Il n'avait jamais su vraiment en jouer de cette connerie de guitare. Faire jaillir du Hendrix d'une guitare taillée pour *Jeux interdits*, c'était au-dessus de ses capacités. Ce qu'il connaissait le mieux, c'était *Le Métèque* de Moustaki. Fallait que l'époque soit drôlement sérieuse pour que personne ne se marre quand un grand black bien en chair entonnait « avec ma gueule de métèque, de Juif errant, de pâtre grec… ». Il avait dû lui jouer ça à Lorraine-Françoise, accroupi sur la plage, l'œil censément poétique, mais en fait dirigé sur son soutien-gorge.

Non, ce n'était pas possible, pas possible que, parce que Lorraine et lui s'étaient mélangés deux ou trois fois, Charlotte ait pris corps, Charlotte soit née, une vraie petite fille, sa fille, merde !

Et pas n'importe quelle fille, mais une chieuse de première.

Un enfant de chair et de sang. Un enfant de son sang. Dont les yeux, les cheveux, la peau, la structure même du corps lui devaient quelque chose. C'était assez effrayant d'y penser. Comme si on lui avait dérobé une parcelle de chair pour recréer un autre être humain.

Il sentit qu'une main se posait sur son bras. Il se retourna brusquement.

– *Quomodo vales*[1], cher ami ? Vous avez fait bonne chasse ?

Dag regarda le père Léger sans répondre. Celui-ci esquissa un sourire.

– Le gamin là-bas me dit que vous n'avez pas l'air dans votre assiette. Vous avez bu ?

Sans un mot Dag sortit la photo et la lui tendit. Le père Léger l'approcha de ses yeux, la scrutant attentivement.

– Voyons… C'est Lorraine Dumas, n'est-ce pas ?

Dag acquiesça.

– Et l'homme à côté d'elle est le père de Charlotte ?

Nouveau signe de tête.

1. Comment allez-vous ?

– C'est bizarre, reprit le père, il me rappelle quelqu'un.

Dag toussota. Le père Léger leva la tête, puis reporta son attention sur la photo.

– Ce regard joyeux, enfantin, et ce sourire un peu cucul…

– Dans ce genre-là ? lui demanda aimablement Dag en exhibant son sourire de charme.

Le père Léger commença quelque chose comme « oui, tout à fait », puis se tut, la bouche ouverte.

– Mon Dieu…

– Je reconnais qu'Il y est sûrement pour quelque chose, lâcha Dag cyniquement, dans le genre plaisanterie du destin et tout le tremblement…

– Mon pauvre ami… Mais, vous êtes sûr ?

– Sûr que c'est moi ? Je voudrais bien être sûr du contraire, mais c'est impossible. *Consommatum est*[1] *!* Et tout le tremblement.

– Mais comment ne vous êtes-vous pas souvenu que vous avez… heu… eu des rapports charnels avec Lorraine Dumas ?

– Parce que je croyais qu'elle s'appelait Françoise et que je ne l'ai pas reconnue sur la photo du journal. Elle avait cinq ans et dix kilos de plus, toute bouffie, pas la même coiffure. Ma Françoise, elle, était une jeune femme ravissante, pas une mère de famille alcoolique. Qu'est-ce que je vais faire maintenant ?

– Prévenir Charlotte que vous avez accompli votre mission, suggéra le père Léger en lui tendant le cliché.

– C'est facile pour vous, hein ? Sourire cucul…

– Ce n'est quand même pas ma faute si vous êtes son géniteur.

– Est-ce que vous vous rendez compte que lundi matin à 10 heures je ne la connaissais même pas et qu'aujourd'hui, samedi, à 12 h 30, c'est ma fille ? Je suis devenu père en moins d'une semaine. Un record… Je peux me servir de votre téléphone ?

1. Tout est consommé (dernières paroles du Christ sur la croix).

Dag s'éloigna à grands pas rageurs sous le regard songeur du prêtre. Ce pauvre garçon venait indéniablement de recevoir un sacré choc. Quant à Charlotte…

Celle-ci décrocha à la quatrième sonnerie, tout en s'admirant dans la glace : décidément, ce tailleur lui allait à la perfection, Vasco s'était montré très généreux après sa petite crise de nerfs.

– Oui ?

– Charlotte ?

Allons, bon, le détective à la noix. Elle s'empara d'une boucle d'oreille assortie à ses yeux et l'essaya tout en lui lançant un « je vous écoute » distrait.

– Je l'ai retrouvé.

Pendant une fraction de seconde, Charlotte se demanda de qui il pouvait bien parler, puis elle reposa la boucle d'oreille sur la coiffeuse, la gorge brusquement contractée.

– Vous avez retrouvé qui ?

– Votre père.

– Il est vivant ?

La question avait jailli comme ça, sans même savoir pourquoi.

– Il est vivant et il habite à Saint-Martin, à Philipsburg, plus précisément.

Saint-Martin, mon Dieu, si près ! Elle prit une grande inspiration.

– Comment s'appelle-t-il ?

– En fait, vous le connaissez, dit-il prudemment.

– Je le connais ?

Pourvu que ce ne soit pas un des types qui venaient la voir danser quand elle travaillait dans ce foutu club… Elle se mordit les lèvres anxieusement, soudain atrocement gênée à l'idée que son père aurait pu la voir se déshabiller en musique.

– En fait, il s'appelle Leroy.

– Leroy ? Comme vous ? Écoutez, je ne comprends rien à ce que vous me racontez, vous avez bu ?

– Non. Je suis à jeun et je suis votre père.

– Super-Enquêteur, vous savez ce que Vasco Paquirri fait aux mecs qui se foutent de ma gueule ?

– Je ne me fous pas de votre gueule, répondit Dag d'une voix coupante, et on ne parle pas comme ça à son père.

Son *père* ? Charlotte s'approcha du miroir, observant attentivement son propre visage. Sa bouche parfaite, ses grands yeux verts, sa peau caramel, son nez éthiopien… son nez… Est-ce que ce connard de Leroy n'avait pas un nez dans ce genre ? Oh, non ! Ce devait être un cauchemar.

– Leroy, est-ce que vous pouvez me répéter calmement ce que vous venez de me dire ? Je me sens un peu lasse aujourd'hui.

– J'ai trouvé votre père, articula Leroy à l'autre bout du fil, et c'est moi. Je suis ton père, Charlotte. Désolé.

– Oh merde ! Merde, merde, merde !

– Je comprends, ça m'a fait le même effet.

– Vous devez vous tromper, c'est impossible.

– Charlotte ! J'ai sauté ta mère sur la plage, j'ai retrouvé une photo où on est tous les deux, je sais ce que je dis !

– Espèce de salaud, c'est à cause de vous qu'elle est morte !

– Non, c'est à cause du mec qui l'a assassinée.

– Et qui me dit que ce n'est pas vous, super-connard ?

Elle se mordit la langue, trop tard.

– Écoute bien, lança Dag à l'autre bout du fil, tu commences sérieusement à me les casser. Et dis-toi bien que, si je suis un super-connard, t'as de qui tenir. *Adios !*

Il raccrocha violemment.

Leroy. Son père. Père. Ce mot abstrait qui évoquait simplement une absence se chargeait soudain de menace. Un père vivant. Identifiable. Réel. Qu'elle connaissait. Pas un vieil alcoolique sur qui elle aurait pu tirer un trait. Un homme encore jeune, qu'elle avait tout de suite trouvé antipathique et fat. Son père. Dont le sang coulait dans ses veines. Besoin de boire un verre, tout de suite. Un verre de rhum bien raide.

– C'était qui ? interrogea Vasco, qui sortait de la douche

enveloppé dans son peignoir Hermès bleu azur, sa longue chevelure relevée en chignon.

– Mon père, dit Charlotte, sous le choc.

– *Mi corazon*, tu es fatiguée on dirait.

– Il l'a trouvé. Il a trouvé mon père, expliqua-t-elle d'une voix atone.

– Et alors ? Dis-moi !

Il s'assit près d'elle, tout amoureux, déjà prêt à signer un chèque pour le pauvre clodo que ça devait être.

– Alors, c'est lui.

– Louis ?

– Non, lui, le détective. Merde, tu comprends rien !

– Le détective, c'est ton père ? répéta Vasco, interloqué.

– Oui ! hurla Charlotte en se levant brutalement. Je suis la fille de cette pauvre merde de Dagobert Leroy !

– Et alors pourquoi il t'a fait payer si c'était pour se rechercher lui-même ?

– Ce n'est pas la question, chéri, siffla Charlotte. La question, c'est que mon père, c'est ce nul.

– Pas si nul, puisqu'il a trouvé. Tu paies, il trouve ; le marché est correct, décida Vasco en se levant.

Cette histoire commençait à lui pomper les…

– Parfois, je me demande si on ne t'a pas lobotomisé quand tu étais petit.

– Lobo quoi ? Fais gaffe, Charlotte, c'est pas parce que tu t'es trouvé un père que tu vas jouer au con avec moi.

Charlotte haussa les épaules et assena un coup de brosse rageur sur le téléphone.

– Il m'a raccroché au nez. Il me dit que je suis sa fille et il me raccroche au nez.

– T'en fais pas, il rappellera. Les pères et les filles, ça s'engueule toujours, conclut Vasco avec philosophie. Allez, dépêche-toi, on va être en retard.

Il commença à s'habiller, satisfait de sentir ses muscles rouler sous sa peau huilée.

Charlotte se massa les tempes lentement. Ah, oui, on était samedi. Il y avait ce fameux repas im-por-tant avec ce mec im-por-tant pour ce deal im-por-tant. Est-ce que

Vasco allait la présenter en disant : « Voici la fille du roi Dagobert ? » Mais qu'est-ce qu'elle avait fait de mal pour être poursuivie par la poisse ? Elle se maquilla soigneusement, satisfaite de constater que sa main ne tremblait pas. Pas question de se laisser déstabiliser. Elle avait failli éclater en sanglots, mais c'était fini.

Voilà, impeccable, comme toujours, savamment décoiffée, faussement naturelle, taille de guêpe et seins d'acier, elle lut dans les yeux de Vasco qu'elle était parfaite. Parfaite, oui, mais affublée d'un père. Le pire, c'était qu'il lui avait déplu dès le premier regard. Sa manière caressante de la détailler, ses yeux sournois… et moqueur avec ça, quasiment insolent. Et pourtant, elle aurait pu l'appeler papa. Elle aurait pu être une petite fille blottie entre ses bras. Ne plus y penser pour le moment. Se concentrer sur le déjeuner à venir. Sourire et tortiller du cul pour le salut de son compte en banque.

Frankie Voort se renversa sur sa chaise, repu, sa langue pointue léchant avec satisfaction ses lèvres épaisses. Un des larbins se pencha pour remplir son verre de chardonnay glacé, tandis qu'un autre lui proposait un rab de langouste grillée. Frankie faillit se laisser tenter, puis se souvint qu'il avait pris une bonne dizaine de kilos en prison. Il refusa avec un soupir. Le yacht était immobile, la mer aussi calme qu'une piscine, la femme de ce pédé de Paquirri vraiment bandante. Il lui coula un regard salace et elle battit des cils rapidement avant de s'absorber dans le contenu de son assiette. C'est ça : qu'elle la lui joue timide, c'était encore plus excitant. Il fit un effort pour s'arracher au simple plaisir du soleil, de la bouffe et du vin et se concentrer sur ce que racontait Vasco.

– … une affaire toute simple. Rien que toi et moi. 50-50. Le circuit du bazzuko a besoin d'être redéfini…

Le bazzuko, le crack colombien. Redéfini. Ce qui signifiait qu'il fallait éliminer Don Moraes. Et ça, c'était moins simple. Parce que le vieux n'allait pas se retirer gentiment comme ça, pour leur laisser le champ libre.

– On serait les seuls sur le secteur… tranquilles comme des rois, continuait Vasco, les yeux brillants.

Frankie posa ses mains à plat sur la nappe damassée. Et s'il supprimait Paquirri ? Qu'est-ce que ça lui rapporterait ? Il fallait choisir son camp. Le vieux Moraes ou le jeune et bouillant Vasco. En tant que porte-flingue de Moraes, il n'aurait jamais dû accepter ce déjeuner. Officiellement, il avait déjà trahi. Mais Moraes était malade, ses vieilles artères plus encombrées de détritus que le Bronx un jour de grève des éboueurs. Il surprit les yeux clairs de la fille posés sur lui. Prometteur. Il se renversa encore plus sur sa chaise et posa sa main sur sa braguette, un geste qu'elle seule pouvait voir. Elle détourna pudiquement les yeux. Il se sentit envahi par la certitude qu'elle en avait envie autant que lui.

Charlotte réprima un rictus de dégoût : ce con se croyait donc irrésistible ? Avec sa tête de cul, il pouvait toujours se rhabiller. Avant de rencontrer Vasco, elle imaginait toujours les tueurs professionnels comme de beaux nazis aux yeux glacés. Tu parles d'un choc : un assortiment de nabots mal foutus, de qui-puent-de-la-gueule et qui-se-grattent-les-couilles-en-rotant, de coincés dans des costards en Tergal avec des tronches de vieux garçons dyspepsiques, de fiers-à-bras gominés au look de Luis Mariano. Et celui-là maintenant, celui avec qui Vasco voulait faire sa fête au vieux Moraes : des débris de langouste brillaient dans sa moustache blonde et son gros nez de fouine luisait sous le soleil. D'un érotisme torride…

D'un signe discret, elle intima au maître d'hôtel de faire desservir. Elle était douée pour ça : s'occuper des domestiques, organiser des réceptions… Elle se plongeait avec délectation dans les manuels de savoir-vivre, remplis de pièges éprouvants du genre : « Quand vous invitez un évêque et un général, lequel doit être assis à la droite du maître de maison ? » Une plantation, voilà ce qu'elle aurait dû diriger. Remonter le temps, enfiler une crinoline et se prélasser sous la somptueuse véranda à colonnades de la Folie-Charlotte. Tandis que son connard de père trimerait dans les champs de cannes à sucre avec les autres esclaves, et que des enfoirés comme Frankie Voort le feraient fouetter à la moindre peccadille. Alors, elle prendrait le vieux revolver d'ordonnance qui traînerait sur le guéridon de la bibliothèque et elle éclaterait la vilaine tête de cul de Frankie Voort, comme un melon d'eau trop mûr...

– ... un peu de café ?

Elle faillit sursauter, arrachée à cette délicieuse évocation. Voort se suçotait les lèvres en touillant interminablement son café. Vasco l'observait froidement, avec l'intérêt d'un gosse pour la mouche à laquelle il va arracher les ailes. Elle frissonna. Vasco était dangereux. Un jour, il l'écraserait elle aussi, comme une mouche. Elle s'imagina entre ses mains puissantes, ses mains qui la broieraient... et éprouva soudain une terrible envie de sa brutale sensualité.

Voort releva enfin la tête. Il avait pris sa décision : Moraes, c'était le passé, Paquirri le présent. Et lui, Frankie, l'avenir.

– Eh bien ? demanda Vasco en rejetant sa chevelure en arrière.

Est-ce que cette gueule de raie allait enfin se décider ? Justement, Voort passait sa langue épaisse sur ses lèvres rouges.

– Je ferai le nécessaire.

– Quand ?

– Je dois voir le Vieux ce soir.

Vasco apprécia en silence. Une gueule de raie, mais rapide comme un serpent à sonnette. Ils trinquèrent en silence, chacun se demandant quand et comment il se débarrasserait de l'autre, tandis que Charlotte souriait dans le vide, comme une poupée.

A l'ombre du vieux parasol effiloché qui surplombait la table un rien bancale, Dag considérait sans entrain la dorade coryphène dans son assiette.

– Mangez donc un peu, l'encouragea gentiment le père Léger. Que ce poisson ne soit pas mort pour rien.

– N'essayez jamais de vous reconvertir en conseiller pour anorexiques, répliqua Dag en repoussant son assiette. A vrai dire, je n'ai pas très faim, et je me fous complètement du destin de ce poisson. Du destin de tous les poissons du monde. Du destin du monde également.

– Il y aurait comme un léger parfum de déprime dans l'air, observa le prêtre en souriant.

– Je suis content de voir que vous, en tout cas, ça vous fait marrer !

– Ce qui me fait « marrer », comme vous dites, cher monsieur Leroy, c'est de vous voir puni par là où vous avez péché. Votre Charlotte, c'est tout de même à cause de votre semence qu'elle existe. *Ab imo pectore*, vous ne seriez pas un peu aigri, vous aussi, si vous aviez passé votre enfance dans un orphelinat après avoir découvert votre mère pendue ?

– « Du fond de la poitrine », comme vous dites, est-ce qu'elle a besoin de frotter la sienne contre le torse huileux de Paquirri ?

– Elle a besoin d'argent. Est-ce que vous traquez des criminels pour le repos de votre âme ou pour alimenter votre compte en banque ?

– Qu'est-ce que vous essayez d'insinuer ? Qu'elle me ressemble ?

La sonnerie insistante du téléphone empêcha le père Léger de répondre. Il trottina vers la maison.

– C'est pour vous, Dagobert, lança-t-il depuis le vestibule.

Pour lui ? Dag se leva, saisit le combiné avec appréhension à l'idée que ce pouvait être Charlotte et qu'il ne savait pas quoi lui dire. C'était Lester.

– Dag ? Qu'est-ce qui se passe ? Tu ne donnes plus signe de vie. Tu as avancé ou tu te paies du bon temps à mes frais ?

– J'ai trouvé le père de Charlotte Dumas.

– Bien ! Je savais que tu le trouverais, ce connard. Et alors ?

– Je t'expliquerai, marmonna Dag.

– OK. Tu rentres ce soir ?

– Non, je suis sur un autre truc.

– Déjà ? Dag Leroy, le type qui résout plus d'énigmes que son ombre. De quoi s'agit-il ?

– La mère de Charlotte, Lorraine Dumas… Elle ne s'est pas suicidée, on l'a tuée.

– Attends un peu, qui te paie pour ça ? Charlotte ?

– Non.

– Attends un peu, mon petit éclair au chocolat, tu veux dire que tu es en train de bosser pour le plaisir ?

– Elle a été assassinée, Lester, et c'est pas la seule. Il y en a eu plusieurs à la même époque, et ton copain Francis Go était au courant, tu saisis ?

– Je saisis que j'ai des dizaines de dossiers en attente dans ce bureau et que toi, tu t'amuses à rechercher un mec qui a plombé des nanas il y a vingt ans !

– Pas plombé, Lester, violé avec une aiguille à tricoter.

– Merde !

– A propos de Go, ce mec t'a menti. Je suis sûr que c'était un tonton macoute.

– Est-ce que ça a vraiment de l'importance ?

– Je ne sais pas. Je reste encore un peu ici. Ne t'inquiète pas, je me paierai moi-même.

– Tu ne peux pas me faire ça, Dag. Tu dois être à Antigua après-demain, une filature 4 étoiles…

– T'as qu'à envoyer Zoé, ça lui dégèlera les miches.

– Espèce de…

Dag raccrocha en souriant. Ça lui faisait du bien de mettre quelqu'un d'autre en colère. Il rejoignit le père Léger dans ce que celui-ci appelait son jardin, une petite cour envahie d'herbes sauvages et de margouillats.

– J'ai prévenu mon associé que je voulais continuer l'enquête. Il ne l'a pas bien pris. On a du boulot en retard.

– Vous devriez peut-être rentrer. Après tout, *acta est fabula*[1].

1. La pièce est jouée (paroles servant à annoncer la fin des représentations dans le théâtre antique).

– Mais *labor improbus omnia vincit*[1]. Je veux retrouver le salaud qui a tué la mère de ma fille et je veux lui niquer la gueule en beauté.

– Très expressif. Mais Charlotte n'est rien pour vous. Vous la connaissez à peine, protesta perfidement le père Léger en attirant à lui l'assiette intacte de Dag.

– C'est pour le principe, riposta Dag en récupérant son assiette. Excusez-moi, mais je viens de me rendre compte que je meurs de faim.

1. Un labeur opiniâtre vient à bout de tout.

CHAPITRE 13

15 h 30. Dag raccrocha rageusement : Go était toujours absent. Le père Léger était parti effectuer sa tournée au dispensaire, chargé de bonbons et d'illustrés qu'il distribuait aux vieux. Louisa n'était pas visible avant 16 h 30. Il avait peut-être retrouvé le père de Charlotte, mais, pour le reste, il était dans l'impasse la plus totale. Et il n'avait aucune envie de penser au père de Charlotte. Il était même ravi de devoir s'occuper d'autre chose. Il se sentait absolument incapable de devenir le père d'une péronnelle de vingt-cinq ans avide et sans cœur. D'abord, il n'avait jamais eu envie d'être père : son côté « immature », comme disait si gentiment Helen. Le diable l'emporte, cette pétasse moralisante ! Les concepts « père » et « Dagobert » étaient incompatibles. Il en avait trop vu de ces retrouvailles tardives pleines d'une joie hystérique qui se soldaient six mois plus tard par une dépression nerveuse. Il n'allait pas se faire avoir, certainement pas. Et pourtant, bordel, pourtant... Il tourna le bouton de la radio machinalement et un rythme obsédant de gwoka envahit la pièce sombre.

Est-ce que Charlotte aurait été différente si sa mère avait vécu ? Si elle avait su que Dag était son père ? Est-ce qu'il l'aurait prise avec lui à son retour de l'armée ? Stop, stop avec ces putains de questions, ce qui était fait était fait, « jamais deux fois le même fleuve ». L'homme qu'il était aujourd'hui n'avait rien à voir avec celui qu'il était à vingt ans. N'était en rien responsable de ses actes. Les avait même oubliés. Une pensée terrifiante lui vint soudain :

« oublié ». Il avait oublié le visage de Françoise-Lorraine. D'autres choses se tapissaient-elles au fond de sa mémoire ? Après tout, il avait sillonné les îles à l'époque des meurtres. Se pouvait-il que, dans cette affaire, il n'ait jamais couru que derrière son ombre ? Combien de gens faisaient le mal sans le savoir ? Combien de fous psychopathes persuadés d'être sains d'esprit ? Mais non, il débloquait : il n'aurait quand même pas payé une tueuse à gages pour le descendre !

Mieux valait téléphoner à l'inspecteur Darras que de perdre son temps en élucubrations. Il appela les renseignements internationaux afin d'obtenir son numéro, et l'opératrice lui rit au nez avant de couper la communication : croyait-il qu'il n'y avait qu'un seul Darras dans tout le Périgord ?

Exaspéré, il se tournait vers la radio pour baisser le son quand il suspendit son geste… « … corps des deux enfants apparemment noyés ont été repêchés ce matin. Ici, Désiré Jeanin en direct de Grand-Bourg. Ah ! Voici l'inspecteur Camille Dubois, chargé de l'enquête. Inspecteur ? Inspecteur, comment se fait-il que jusqu'à ce jour personne n'ait signalé leur disparition ? Comment un touriste a-t-il pu repartir chez lui en oubliant ses enfants ? » Une voix sèche : « L'enquête suit son cours, pas de commentaires. – Est-ce qu'on a eu les résultats de l'autopsie ? – Pas encore. Désolé, je ne peux rien vous dire de plus, mais croyez bien que tout sera mis en œuvre pour élucider ce drame. – Eh bien, chers auditeurs, comme vous venez de l'entendre, l'enquête progresse à grands pas. C'était Désiré Jeanin en direct de Grand-Bourg… » Dag coupa le son. Les enfants… est-ce que c'étaient ceux qu'Anita Juarez trimballait avec elle en couverture ? Il y avait de fortes chances. Et ce con de Go qui faisait le mort. Bien, inutile de tergiverser, il fallait repartir de là-bas, de Go.

A travers la vitre sale du minibus qui fonçait en klaxonnant à tue-tête, Dag regardait défiler le paysage sans le voir. Si Anita Juarez était sur ses traces avant même qu'il n'ait eu connaissance du dossier Johnson et des déductions de Darras, cela voulait dire qu'on s'était ému de le voir enquêter sur le passé de Charlotte. Et si Vasco s'était affolé en apprenant que Charlotte faisait enquêter sur cette vieille histoire ? Que sa chère Anita Juarez ait été mêlée à ces meurtres d'une façon ou d'une autre en compagnie du délicieux inspecteur Go aurait justifié les décès de Martinet et de Rodriguez et, en dernier recours, celui de Dag lui-même.

Avant de se pointer au poste de police, Dag s'arrêta à la poste centrale pour consulter le serveur électronique international. Il sélectionna les départements du Sud-Ouest de la France et après une petite, mais coûteuse, demi-heure de recherche – 6,50 FC la minute –, il se retrouva avec une dizaine de « Darras R. ». Autant essayer tout de suite. Sur le continent, c'était l'été et il était 22 heures : il y avait des chances pour que l'ex-inspecteur soit chez lui et pas encore couché. Il entra dans une des cabines et commença sa série d'appels. Il commençait à se décourager quand, au huitième Darras, une dame lui répondit aimablement :

– Mon mari ? Mais oui, il était inspecteur de police à Grand-Bourg. Nous avons vécu trente ans là-bas, et puis nous sommes rentrés, pour voir nos petits-enfants…

Dag laissa l'air s'échapper lentement entre ses dents. Il l'avait trouvé !

– Est-ce que je pourrais lui parler ?

– Un instant, il est au jardin, en train d'arroser… René !

« Au jardin… » Il imagina un petit pavillon en brique, un gazon dru parsemé de roses et orné de nains de jardin en plastique, un chêne majestueux… Un composé des différents films qu'il avait vus. Il n'avait jamais mis les pieds en France métropolitaine. Pas plus que dans le reste de l'Europe. Les photos de gens emmitouflés dans des manteaux, de feux dans la cheminée et de gosses se jetant des boules de neige ne lui évoquaient ni odeurs ni sensations.

– Allô ? marmonna une voix âgée et contrariée.

– Inspecteur Darras ? Je vous appelle de la part de Francis Go, votre ancien subordonné.

– Go ? Oui, je vois. Que puis-je pour vous ?

La voix de Darras était indéniablement froide. Méfiante.

– Je m'intéresse à une série d'affaires sur lesquelles vous aviez enquêté dans les années soixante-quinze-quatre-vingt. Des décès de jeunes femmes apparemment suicidées.

– C'est vieux, tout ça.

– Je suis persuadé que votre analyse était exacte et qu'il y avait effectivement un meurtrier se déplaçant à travers les Antilles.

– D'où est-ce que vous m'appelez ?

– De Grand-Bourg.

– Vous m'appelez de Grand-Bourg pour me parler de faits qui remontent à vingt ans ? Vous faites une thèse en criminologie ?

– Non, je suis enquêteur privé et je recherche l'assassin de Lorraine Dumas, une de ces jeunes femmes, retrouvée pendue à Sainte-Marie en 1975. L'assistant du médecin légiste de l'époque vous avait contacté pour vous faire part de ses doutes sur le suicide. J'ai lu votre note confidentielle adressée à votre supérieur. Pourquoi n'a-t-il pas donné suite ?

– Écoutez, monsieur…

– Leroy.

– Leroy, tout ça c'est le passé, je suis un vieux monsieur à la retraite, je m'occupe de mes rosiers, je ne me souviens plus des détails…

– Mais ces affaires vous tenaient à cœur !

– Peut-être, mais ce n'est plus le cas. Ce qui me tient à cœur, c'est de vivre tranquille. Je ne tiens pas à parler de ces choses. Et je vous remercie de ne plus m'appeler.

Il raccrocha, laissant Dag perplexe. Pourquoi ne voulait-il pas parler ? Est-ce que c'était de la peur dans sa voix ? Est-ce qu'il savait vraiment quelque chose ? N'avait-il pas quitté Grand-Bourg pour autre chose que ses chers petits-enfants ? Arrête de délirer, s'ordonna Dag en sortant de la minuscule cabine, le type est simplement à la retraite, et il se fout de tout ça…

Mais…

Il pénétra dans l'hôtel de police, préoccupé, et demanda à voir Go. Le planton héla un jeune inspecteur en chemisette blanche qui leur tournait le dos :

– Hé, Camille, il est là, Go ?

– Il est sorti. Je peux vous aider ? répondit le jeune flic en se retournant.

Dag reconnut l'inspecteur qui lui avait parlé de Jennifer Johnson.

– Encore vous ! s'exclama celui-ci, l'air préoccupé.

Camille… Où Dag avait-il entendu ce nom ? Ah, oui, à la radio. L'inspecteur Camille Dubois chargé de l'enquête sur les deux enfants noyés… Il avait bien fait de se déplacer.

– Désolé de vous déranger, je peux vous parler un moment ?

Dubois consulta sa montre avant de soupirer :

– OK, venez par là.

Ils s'installèrent dans son bureau, un minuscule local sans fenêtre, aux murs jaune pisseux, désagréablement éclairé au néon, meublé d'un bureau patiné par les années et de deux chaises en bois. Sur le bureau trônait l'inévitable machine à traitement de texte. Dag considéra son interlocuteur qui s'asseyait en chaussant ses lunettes. Dubois avait un large visage aux mâchoires carrées et un regard franc. Sa chemisette blanche impeccable et ses cheveux très courts au-dessus de ses oreilles décollées lui donnaient l'air d'un officier de marine américain. Dag décida de lui faire confiance et entreprit le récit – expurgé – de ses récentes aventures. Dubois l'écouta patiemment, prenant des notes d'un air appliqué. Il écrivait de la main gauche, penché sur sa feuille, les yeux vissés sur son texte. Dag en arriva à son coup de fil à l'inspecteur Darras et se tut. Le ventilateur ronronnait. Dubois relut lentement ses notes avant de relever la tête.

– Résumons : une jeune femme, dont la mère s'est suicidée, vous charge de retrouver son père. Vous vous apercevez que sa mère, que l'on croyait suicidée, a été en fait assassinée. Par hasard, je vous aiguillonne sur un cas similaire sur lequel l'inspecteur Go avait enquêté, à l'époque, sous les ordres de l'inspecteur principal Darras aujourd'hui à la retraite. A Vieux-Fort, vous faites la connaissance de Louisa Rodriguez, dont le père était l'assistant du docteur Jones, le médecin qui a autopsié le corps de Lorraine Dumas et conclu au suicide, thèse contestée par ledit Rodriguez. Louisa Rodriguez vous confie des lettres rédigées par son père, dans lesquelles celui-ci fait état de sa conviction qu'il s'agit d'un meurtre. Un décès de même nature le conforte dans son idée et il précise en avoir parlé à nos inspecteurs chargés de l'enquête, à savoir Francis Go et René Darras. Peu après, Louisa Rodriguez est victime d'une tentative d'assassinat qui se solde par une omoplate cassée. Elle n'a rien pu voir de son agresseur. Vous découvrez ensuite que vous êtes le père de votre cliente et vous décidez de poursuivre votre enquête. Correct ?

– Correct. C'est pour cela que je voulais voir Go.

– Il est à la morgue.

– A la morgue ?

– Pas en tant que client, soupira Camille avec l'air de regretter que ce ne soit pas le cas. Nous avons eu pas mal de bouleversements ces derniers temps, continua-t-il en examinant ses ongles coupés ras.

– J'ai entendu ça à la radio, une femme assassinée en plein centre-ville et maintenant deux gamins repêchés à Grand Gouffre, avança Dag, l'air dégagé.

– Ne prenez pas cet air innocent, on dirait un chien de chasse à l'arrêt. Qu'est-ce que vous voulez savoir ?

– Vous avez identifié cette femme ?

– Et vous ?

– C'est vous le flic, moi, je suis juste un rabatteur de femmes infidèles ou de gamines en fugue…

Dubois plia soigneusement les deux feuillets sur lesquels il avait noté le récit de Dag et les fourra dans la poche de sa chemisette.

– Vous voulez vraiment retrouver un assassin qui a opéré en toute impunité il y a plus de vingt ans ?

– Oui.

– Vous savez qu'il y a prescription ?

– Pas pour moi. Pas pour ses victimes. Je veux savoir qui c'est. Et pourquoi.

– Ouais. Et moi, j'ai deux gamins morts sur les bras. Plus la femme assassinée en plein centre-ville. Elle s'appelait Anita Juarez. C'était un tueur à gages.

Dubois pointa son stylo vers Dag, comme il avait dû le voir faire dans des dizaines de polars.

– *One* : un tucur à gages vient se faire buter à Grand-Bourg, ville qui est loin d'être Chicago… *Two* : un privé débarque à la recherche d'un assassin fantôme. *Three* : une jeune femme manque se faire assassiner à Vieux-Fort. *Four* : deux enfants sont retrouvés noyés à Grand Gouffre. Intentionnellement noyés. Le tout en moins d'une semaine. Pure coïncidence ?

Dag fit mine de réfléchir intensément. Impossible d'avouer à ce brave Camille que c'était lui qui avait tué – bien involontairement – Anita Juarez. Il décida de contre-attaquer par une autre question :

– Pourquoi, à votre avis, l'inspecteur Darras refuse-t-il de m'aider ?

– Hé, doucement ! Vous croyez à une conspiration internationale ou quoi ?

– Anita Juarez, tueur à gages. Elle cherchait quoi ?

– Pour ce que j'en sais, elle pourrait aussi bien être votre tueur fantôme. Il y a vingt ans elle débutait, elle s'est peut-être fait la main sur vos bonnes femmes. Avec un complice qui les violait. Une association de cinglés, du genre Henry Lucas et Otis Toole, ou Hitler et Heydrich. On vit dans un monde où tout est possible, *man*. Voilà le scénario : elle apprend que vous êtes à la recherche du mec de Lorraine Dumas, elle a peur que toute l'affaire resurgisse au grand jour, elle revient à Grand-Bourg pour se débarrasser de ce complice et il la bute le premier. Voilà.

Dag soupira. La thèse de Dubois rejoignait la sienne.

– Et ce serait ce même complice qui a essayé de tuer Louisa Rodriguez…

– Pourquoi pas ? On peut tout envisager à partir de votre histoire. Moi, ce que je vois, c'est que, brusquement, le coin semble pris de folie. Et le seul dénominateur commun à tout ce bordel, c'est vous.

– Moi ? protesta Dag avec conviction.

– Vous. Vous êtes sur la piste d'un tueur supposé. Vous êtes le père de votre cliente. Vous êtes ami avec Louisa Rodriguez. Vous venez ici le même jour qu'Anita Juarez. C'est peut-être vous, après tout, l'assassin fantôme, conclut Dubois, impassible.

– Je vais y réfléchir. Sérieusement, est-ce que vous voulez m'aider ?

– Si vous jouez franc jeu, oui. Sinon, je crois que je vais sérieusement vous mettre des bâtons dans les roues. Vous savez, comme dans les bouquins où les flics bornés emmerdent les privés à mort.

– Et se font mettre à la fin pendant que le privé triomphe.

– Ha ha ha, lâcha Camille sans sourire. Et si je vous plaçais en garde à vue pour le meurtre d'Anita Juarez ?

Dag haussa les épaules.

– Complètement bidon ! Sur quoi vous basez-vous ?

Dubois se pencha soudain en avant, plongeant son regard dans celui de Dag.

– Anita Juarez a tué deux gosses, monsieur Leroy, non pas il y a vingt ans, mais hier. C'est ça qui m'intéresse et ce que vous en savez… Alors, donnant donnant.

Dag fit craquer ses doigts, cherchant comment se sortir de ce merdier.

– Juarez connaissait Vasco Paquirri.

– Paquirri. Le dealer ?

– Oui. Paquirri est l'amant de ma cliente.

– De votre fille, voulez-vous dire ? rectifia Dubois en se massant l'arête du nez.

Paquirri, *l'amant* de sa *fille*. Énoncé ainsi, ça devenait obscène. Ce gros porc dans le lit de Charlotte ! Dag poursuivit :

– Je me suis demandé si Paquirri ne voulait pas l'utiliser contre moi.

– Sans vouloir vous faire de peine, je ne pense pas que vous soyez un assez gros gibier.

– Je vous ai dit ce que je savais.

– Du pipi de chat. Vous l'avez tuée, oui ou non ?

– Non. Pourquoi diable serais-je aller descendre une bonne femme que je ne connaissais même pas ? protesta Dag avec toute la conviction d'un bon menteur.

Camille Dubois parut réfléchir un instant, les yeux dans le vague. On frappa à la porte et un flic en uniforme passa sa tête brune par l'entrebâillement de la porte.

– Un instant, lança Dubois. Alors ?

– Laissez-moi quarante-huit heures.

– Quarante-huit heures ? Vous vous prenez pour Mike Hammer ?

– Quarante-huit heures pour remonter la filière. Et, de votre côté, vous vous rencardez sur mes femmes assassinées.

Dubois soupira, saisit un crayon à papier, le considéra avec l'air de se demander s'il allait le briser en deux, le reposa soigneusement et énonça posément :

– OK. Quarante-huit heures. Je veux savoir qui et je veux savoir pourquoi.

Dag se leva et lui tendit la main. Dubois la serra lentement.

– Ne me faites pas faux bond, Leroy. J'ai l'air d'un jeune con, comme ça, mais je suis tenace.

– Comptez sur moi, lança Dag en franchissant la porte.

Il salua Dubois, qui haussa les épaules, et sortit à l'air libre. Et tiède. Comme lui, se dit-il en sifflotant : Dag Leroy, homme libre et tiède. Père d'une putain libre et chaude. Avec quarante-huit heures pour mettre la main sur un assassin qui n'était autre que lui-même. En essayant de ne pas se faire buter par Vasco Paquirri, Frankie Voort ou le Joker en personne.

17 heures. Aucune envie de rentrer à Vieux-Fort s'enfermer dans le presbytère et converser des heures avec le père Léger. Envie de s'aérer la tête. De faire le vide deux ou trois heures. Il s'approcha de l'affiche spectacle placardée sur un panneau en bois. Le cinéma du coin jouait *L'Effaceur* avec Schwarzy : « Il efface votre passé. » Parfait. Exactement ce dont il avait besoin.

L'avion d'Air Caraïbe amorça sa descente vers l'aéroport de Canefield. Voort déboutonna sa veste en soie sauvage pour vérifier discrètement que son arme, un HK P7 M13, glissait aisément dans son holster de ceinture. A l'instar du GIGN français et des « têtes de cuir » de la section antiterroriste allemande GSG-9, il appréciait cet automatique compact et dépourvu d'aspérités, qui pouvait être porté avec une cartouche chambrée sans présenter le moindre risque de départ accidentel.

– Monsieur, votre ceinture ! glapit l'hôtesse.

Sans rien dire, il la fixa de son regard glauque et elle se précipita vers un autre passager tandis qu'il reboutonnait calmement sa veste.

Assis derrière son bureau Directoire, Don Philip Moraes vérifia pour la troisième fois que sa cravate était correctement nouée. Il n'aimait pas le négligé. Ni les signes extérieurs de faiblesse, vite assimilés à des signes de ramollissement du cerveau. A quatre-vingt-deux ans, il se tenait toujours droit comme un i, impeccablement rasé et coiffé, et, depuis ses problèmes cardiaques, n'absorbait plus que du yaourt et du jus d'orange. Il consulta sa Rollex en platine : qu'est-ce que foutait cette limace de Voort ? Il avait déjà huit minutes de retard. Il avait tué des types pour moins que ça, dans sa jeunesse, songea-t-il en contemplant vaguement les flots qui scintillaient sous la lune. Regarder la mer à travers des vitres blindées hermétiquement closes, quelle foutaise !

– Ne t'énerve pas, Philip, murmura sa femme en portugais, c'est mauvais pour ton cœur.

Il lui sourit courtoisement. Aussi vieille, moche et bigote fût-elle, Griselda était sa femme et la mère de ses fils. A ce titre, elle avait toujours eu droit aux plus grands égards. Même si aucun de leurs enfants ne vivait plus aujourd'hui. Il se signa discrètement comme chaque fois qu'il pensait à eux : John, baptisé ainsi en l'honneur de John Kennedy, qui avait accordé à Felipe Moraes la sacro-sainte nationalité américaine. Tout ça pour que Johnny aille crever au Vietnam. Et James, ainsi nommé à cause de James Cagney, James qui avait été foutu de clamser d'un cancer du foie à quarante-six ans… Quant à Juan Junior, la perle de ses yeux, le miroir de son âme, il avait succombé à une overdose le soir de Noël 1991. Qu'un fils de *comprador* soit assez con pour tâter de la marchandise…

Il sentit les battements de son cœur s'accélérer sous l'effet de la colère et du chagrin et se força à se calmer. Ils étaient seuls, maintenant, Griselda et lui. Vieux et seuls. Isolés sur le radeau de leur vieillesse, entourés de requins comme Voort et Paquirri. Il aurait pu se faire construire une piscine en platine s'il avait voulu, nager dans de l'or liquide, mais il n'avait plus de fils. Plus personne pour défendre ses vieux os fatigués. Plus rien que son vieux cerveau retors. Et son fric. Et il n'allait certainement pas se laisser dépouiller sans réagir. Oh non, pas par des chancres comme Voort ou Paquirri. Il allait leur en faire baver à ces sous-merdes.

– Voort est là, monsieur, annonça Yves, le maître d'hôtel français, un vrai Breton originaire de Saint-Barth.

– Faites entrer, grinça Don Moraes en se rencognant dans son fauteuil Empire.

Griselda se leva et sortit en trottinant comme une petite souris grise. Tous les soirs, elle allait prier dans la chapelle attenante.

Voort se glissa dans la pièce de sa démarche veule, son pantalon tire-bouchonné aux genoux, une tache de mayonnaise sur sa cravate, lissant ses rares cheveux châtains. Même la soie sauvage se transformait en serpillière à son contact. Don Moraes consulta ostensiblement sa montre, mais Voort se contenta de le regarder de ses yeux troubles, sans manifester la moindre gêne.

– Où en sommes-nous avec Trinidad ? demanda abruptement Don Moraes en anglais.

– Ça traîne en longueur.

– Je croyais que la livraison devait avoir lieu le 26. Nous sommes déjà le 28. Et nous devons fournir nos associés à Miami avant le 30. *Eu nào compreendo* [1].

Voort écarta les bras en signe d'impuissance.

– Ces cons se méfient. Ils chipotent. Ils veulent 25 % de plus.

– Pas un sou ! Qui mène la négociation ?

– Estevez.

Charlie Estevez. Le comptable de la famille Pereira depuis vingt ans. Un type sérieux. Pas normal, vraiment pas normal. Don Moraes tapota impatiemment l'accoudoir de son fauteuil.

– Qui est le fruit pourri ?

– Paquirri. Il veut prendre le contrôle de la zone. Il a fait une contre-proposition, lança Voort avec son air nonchalant de hyène repue.

Don Moraes sentit une bouffée d'adrénaline se répandre dans son corps usé, se frayant péniblement un chemin à travers ses artères sclérosées par le cholestérol. Si seulement il n'avait pas tant aimé la bouffe dans sa jeunesse, tant fumé et tant bu, il ne serait pas obligé de passer par des connards comme Voort pour régler ses affaires. Il serait en train de charger un AK 47 pour aller exploser la tête de cette merde de Paquirri.

– Je pense qu'il est temps de nous débarrasser de M. Paquirri, articula-t-il soigneusement.

Voort acquiesça en silence, les paupières baissées.

– Et le plus rapidement possible, continua Don Moraes

1. Je ne comprends pas.

de sa voix aigre. Nous devons conclure cette transaction avec Trinidad dans les plus brefs délais. *Tem algum problema*[1] ?

– Non, pas d'autres problèmes.

Voort se gratta mollement l'entrejambe, exaspérant un peu plus Don Moraes. Dès que cette fiente baveuse aurait réglé la question de Paquirri, il s'occuperait de lui en personne.

– Tu peux disposer, annonça Don Moraes, les lèvres serrées.

Voort pivota vers la porte en cuir clouté, puis s'immobilisa brusquement.

– Ah, si, j'oubliais, il y a un problème, énonça-t-il en se retournant lentement.

– Lequel ? siffla Don Moraes hors de lui.

– Celui-là, répondit Voort en appuyant paisiblement sur la détente de son arme. *Goede reis*[2] !

La balle blindée de 8,10 grammes sortit du HK P7 M13 à la vitesse de 350 mètres/seconde, s'enfonça entre les deux yeux de Don Moraes, juste au ras du panama, et ressortit par l'occiput, dans un petit geyser pourpre. Voort nota avec amusement que la main du vieillard n'avait pas cessé de tapoter l'accoudoir. Il ne perdit pas de temps à s'approcher du cadavre, ouvrit la porte dissimulée derrière une tenture qui donnait dans la chapelle privée et s'immobilisa sur le seuil. Il faisait frais sous la voûte blanchie à la chaux, frais et sombre. Griselda, agenouillée devant l'autel au pied d'un énorme bouquet d'anthuriums, leva la tête vers lui, aperçut l'arme pointée vers elle, arrondit la bouche sous l'effet de la surprise et reçut le projectile en plein cœur. Soulevé par le choc, son corps menu alla percuter la statue en plâtre de sainte Rita, qui bascula sans bruit sur les fleurs.

Les deux meurtres, totalement insonores grâce au silencieux vissé au canon, n'avaient pas pris plus de deux

1. D'autres problèmes ?
2. Bon voyage !

minutes. Voort rinça ses doigts tachés de poudre dans le bénitier, ressortit tranquillement et se dirigea vers l'office où devaient s'affairer Yves et le reste du personnel. Il avait encore de la besogne.

Tout se passa très vite, sans larmes ni gémissements intempestifs. Personne n'en eut le temps. Une fois sa tâche accomplie, il vérifia dans le miroir vénitien de la salle à manger que sa tenue n'était pas souillée d'éclaboussures suspectes. Le cadavre de la jeune domestique surprise en train d'astiquer l'argenterie semblait lui sourire : un rictus *post mortem* découvrant les dents. Mignonne, la fille. Mutin, il déposa un léger baiser sur ses lèvres encore tièdes et sortit dans la nuit claire. L'escalier taillé le long de la falaise abrupte menait directement à l'appontement privé. Le garde braqua le faisceau de sa lampe-torche sur l'arrivant et porta la main à sa casquette en reconnaissant Voort.

– *Goedenavond, mijnheer Voort, hoe maakt u het*[1] ? s'enquit-il courtoisement, habitué aux horaires peu orthodoxes des familiers de la maison.

– *Heel goed, Andy, dank u*[2], répondit Frankie en lui logeant une balle dans le cœur.

Andy s'effondra comme une masse. Enjambant son corps massif, Voort sauta dans un des deux hors-bord, mit les gaz et vira rapidement de bord. Il était dans les temps. Impeccable. Deux miles plus loin, il accosta un cabin cruiser au mouillage, battant pavillon néerlandais, et grimpa rapidement à bord. Le marin qui l'attendait haussa les sourcils d'un air interrogatif et il répondit d'un hochement de tête. L'homme mit le moteur en route.

– J'ai des coups de fil à donner, lança Voort en refermant la porte du carré derrière lui. Ne me dérange pas.

Il sourit en pensant au Frankie Voort d'autrefois, ce pauvre nullard occupé avec ses minables combines. Depuis qu'il avait tué tous ces types, dans Frontstreet, il

1. Bonsoir, monsieur Voort, comment allez-vous ?
2. Très bien, Andy, merci.

avait compris où était sa voie. Son karma. Oh non, il n'était plus ce pauvre Frankie, il était fort maintenant, fort et dangereux, comme un serpent-minute. Ouais, le monde se souviendrait de son passage. Et, pour commencer, cet enculé de négro qui l'avait fait foutre en taule. Dire que, le jour même où il devenait l'égal de Paquirri, il était contacté par quelqu'un qui désirait plus que tout faire du mal à ce fouille-merde de Leroy.

Il tira de sa poche un bout de papier froissé et relut avec satisfaction les quelques lignes griffonnées. En voilà une qui allait avoir une sacrée surprise.

Le bip du téléphone retentit deux fois, s'arrêta, puis reprit trois fois avant de cesser. Vasco reposa ses haltères avec un sourire satisfait. C'était le signal, Voort avait liquidé le vieux Moraes. Bien. Il contempla ses puissants pectoraux avec satisfaction, faisant saillir tous ses muscles. Un corps de lutteur, une âme de conquistador, une bravoure de dompteur et des millions de dollars en perspective. La vie n'était peut-être pas belle, mais comme elle était excitante !

Dans la petite chambre du motel, l'homme se tenait immobile dans la pénombre, près de la fenêtre éclairée par la lune. Une cigarette se consumait dans le cendrier en plastique jaune. Il la saisit délicatement entre le pouce et l'index. Peut-être que, cette fois, ça allait marcher ? Peut-être allait-il enfin comprendre ce que ressentaient les autres ? Il appliqua l'extrémité rougeoyante sur sa peau nue, sous le nombril. La chair grésilla, et il sentit l'odeur de viande brûlée. Mais non, ça ne marchait pas, ça ne marchait jamais. Exaspéré, il ramena la cigarette à ses lèvres et tira une longue bouffée en contemplant la mer étale. Quelle heure était-il ? Il consulta sa montre-chronomètre aux aiguilles phosphorescentes : Voort devait être en route. Une pensée rassérénante. S'il ne pouvait pas se faire mal, au moins pouvait-il en faire aux autres, se dit-il avec un sourire sans joie, tandis que les accents endiablés d'un steel-band résonnaient dans le lointain.

Francis Go freina et monta le son du radio-téléphone qui grésillait. La voix de Camille lui parvint faiblement :

– On vient... recevoir un fax... Don Moraes... assassiné ainsi que sa femme et tous les domestiques... sa villa de la Dominique...

Go resserra ses énormes mains sur le volant gainé de cuir. Le dimanche commençait bien. Don Moraes éliminé, ce serait sûrement Paquirri qui prendrait la suite. Anita Juarez aurait-elle pu être envoyée aux Antilles pour faire ce boulot ? Et prendre un vol pour Grand-Bourg afin de brouiller les pistes ? Mais, dans ce cas-là, elle aurait enchaîné sur un vol pour la Dominique au lieu d'aller se balader en ville. Qui avait exécuté le contrat sur Don Moraes ? Un type qui en avait une sacrée paire. Et la possibilité d'approcher le vieux. Un de ses lieutenants, certainement. Un jeune loup aux dents longues à qui Paquirri avait dû promettre monts et merveilles. Une intéressante petite guerre des gangs s'annonçait à l'horizon.

En arrivant à son bureau, il tomba sur Dubois, surexcité à cause de Moraes qui s'était fait descendre et d'un type qui était venu hier après-midi, un certain Leroy, avec une histoire du tonnerre. Malgré le peu d'enthousiasme manifesté par Go, Camille suivit celui-ci jusque dans son bureau et entreprit de la lui raconter avec force détails. Go l'écouta sans rien dire, renversé sur sa chaise, en mâchouillant du chewing-gum. Camille s'interrompit, hors d'haleine.

– Intéressant, approuva Go en retirant le chewing-gum de sa bouche pour le rouler entre le pouce et l'index. Un peu tiré par les cheveux, mais intéressant. Dis-moi, Camille, qu'est-ce qui t'a frappé dans son histoire ?

Dubois réfléchit un instant. Était-ce un piège ? Avait-il fait une connerie ? Il se jeta à l'eau.

– Eh bien, il avait l'air sincère, vraiment sincère. On devrait peut-être jeter un œil sur ces vieux dossiers. Peut-être que le meurtre de Juarez et des gosses a un rapport avec tout ça.

– D'une part, Anita Juarez a été tuée par un professionnel, ainsi que les deux gosses. Le médecin légiste a confirmé qu'ils avaient été assommés avant d'être jetés à l'eau. D'autre part, rien ne prouve que Lorraine Dumas ait réellement été assassinée. Ce qui aurait dû te frapper, c'est que tout ça, c'est de la merde, conclut Go avec un large sourire, et nous avons du boulot, mon petit Camille. Alors, arrête de me pomper le nœud avec ces conneries. Retrouve-moi d'où venaient ces gosses. Retrace l'itinéraire de Juarez depuis son atterrissage, je veux savoir combien de fois elle est allée pisser et où… Ce sera tout, merci.

Les joues brûlantes, Camille sortit sans un mot. Il aurait dû s'y attendre. Mais pourquoi avait-il fait confiance à ce détective à la noix ? Et cette histoire de fille agressée dans une sucrerie en ruine, de lettres dérobées… du vrai Rouletabille ! Il s'immobilisa soudain. Qu'est-ce qu'il avait dit, Leroy, à propos de ces lettres ? Que le père de Louisa Rodriguez y exposait ses doutes concernant la réalité du suicide de Lorraine Dumas, ouais, et qu'il avait fait part de ses doutes aux flics chargés de l'enquête, soit Francis Go et Darras. Et, sauf erreur, Go n'en avait jamais parlé à personne.

Il ressentit une envie subite d'aller faire un tour au sous-sol.

Dès que Dubois fut sorti, Go se leva pesamment. A coup sûr, le merdeux allait se précipiter aux archives. Mais il ne trouverait rien, le ménage avait été fait depuis longtemps. Et la dernière pièce compromettante était aujourd'hui réduite en cendres.

CHAPITRE 14

En entrant à l'hôpital, Dag, perdu dans ses pensées, salua distraitement la réceptionniste collée à sa radio. Il se dirigeait vers l'escalier central quand l'information l'arrêta : « Flash spécial. Nous apprenons à l'instant l'assassinat de Philip Moraes dans sa luxueuse villa de la Dominique. Bien que la police n'ait jamais réussi à rassembler suffisamment de preuves contre lui, Philip Moraes, dit Don Moraes, était notoirement connu comme un des leaders du narco-trafic dans la zone des Petites Antilles. »

Tiens, tiens, le vieux Moraes s'était fait dessouder. Voilà qui allait mettre du beurre dans les épinards de son « gendre », ce cher Vasco ! Lequel Vasco n'était peut-être pas étranger à la mort soudaine du vieux rapace. Et dire que Charlotte pataugeait dans tout ça !

Il se rendit jusqu'à la chambre de Louisa sans cesser de maugréer, frappa, entra et s'immobilisa sur le seuil : la chambre était vide.

Dag se tourna vers une infirmière qui s'avançait, poussant un chariot à perfusions.

– Où est passée la jeune fille de la 112 ?

– Louisa Rodriguez ? Elle a signé une décharge et elle est partie hier soir très tard avec son ami, le renseigna l'infirmière d'un air pincé, accentuant le mot « ami » avec dégoût.

– Son ami ? répéta Dag en imaginant Louisa vautrée au bras de Francisque.

– Oui, le monsieur aux cheveux châtains.

Dag la regarda avec des yeux ronds.

– Un Blanc ?

– Une espèce de Blanc matignon, pas très aimable, poursuivit l'infirmière en haussant les épaules. Le genre de nabot qui se croit irrésistible.

– Est-ce qu'il portait une moustache ? lui demanda Dag, sentant soudain son cœur battre à grands coups.

– Oui, une affreuse petite moustache beige. Avec ses grosses joues et son long nez, on aurait dit…

Elle s'interrompit et toussota.

Voort ! Voort connaissait Louisa ! Dag devait avoir l'air éberlué car l'infirmière lui jeta un coup d'œil inquiet.

– Ça va ?

– Oui, oui, merci, excusez-moi. A quelle heure est-elle partie ?

– Presque minuit. On a essayé de l'empêcher d'entrer, mais il a foncé jusqu'à sa porte et, cinq minutes après, elle nous a dit qu'elle voulait partir.

Il se retrouva dans la rue toujours stupéfait. Comment diable Voort pouvait-il être en relation avec Louisa ? A moins que ce ne soit pas Voort, mais un autre Blanc avec une moustache, des grosses joues et un long nez… Non, c'était Voort, son instinct le lui disait. Et il était venu la chercher la veille au soir. Ils pouvaient être à mille kilomètres à cette heure-ci…

Louisa. Hypocrite Louisa. Ignoble Louisa. Mais si Louisa était mêlée à ces affaires de meurtres et si Louisa connaissait Voort… Cela voulait-il dire que Voort était l'assassin ?

Autre possibilité : Louisa ignorait tout des activités réelles de Voort. Mais comment pouvait-elle être en rapport avec lui ? Voort n'était pas le genre de type à venir s'enterrer à Sainte-Marie.

Dag se massa lentement les tempes en marchant.

Et si Voort avait manœuvré Louisa dans le but de l'atteindre, lui, Dag ? Et si Louisa était en train de s'envoyer en l'air avec un Voort ricanant en pensant à la manière dont ils s'étaient foutus de la gueule de ce pauvre

Dagobert ? Mais, dans ce cas, qui avait poussé Louisa dans le vide à la sucrerie ? Elle ne s'était certainement pas cassé l'épaule volontairement. Voyons, voyons, il faut réfléchir calmement, s'intima-t-il.

Il leva les yeux et s'aperçut qu'il était près de l'église. Autant prévenir le père Léger. Il remonta le flot de paroissiens endimanchés qui sortaient de la messe de 8 heures, pénétra dans la nef sombre et faillit buter dans une vieille femme assise près de l'entrée, qui le foudroya du regard. Dag lui adressa un vague sourire d'excuse et lui demanda si le père Léger était là.

Le toisant avec dédain, elle indiqua un vieux confessionnal en bois sur lequel était suspendu un écriteau. Dag s'approcha :

« Père Honoré Léger – 9 h /10 h et 15 h /16 h. »

Un bourdonnement s'élevait du confessionnal et une jeune femme hyper-maquillée moulée dans une robe vichy en sortit bientôt en soupirant. Elle lança à Dag un coup d'œil lascif avant de balancer des hanches vers la sortie. Drôle de paroissienne, se dit Dag en prenant sa place, sous le regard scandalisé de la vieille dame qui attendait son tour.

– Je vous écoute, mon fils, lança le père Léger de l'autre côté de la grille.

– Louisa n'est plus à l'hôpital.

– Pardon ?

– Louisa… Elle n'est plus à l'hôpital…

– Ah ! c'est vous, Dagobert. Vous savez que je travaille en ce moment ?

– Elle est partie avec Voort, le truand dont je vous ai parlé.

– Le petit minable ?

– Oui. Est-ce que vous y comprenez quelque chose ? C'est insensé !

– Il l'a peut-être enlevée, dit le père Léger d'un ton rêveur.

Dag enfonça ses doigts dans la grille.

– Qu'est-ce que vous dites ?

– Je dis qu'elle n'est peut-être pas partie avec lui de son plein gré…

– Nom de Dieu !

Le père Léger toussota, réprobateur.

– Modérez vos expressions et cessez de secouer cette grille qui est déjà branlante. J'en ai encore pour une demi-heure, je vous retrouve au presbytère.

Dag se releva en murmurant « Nom de Dieu de nom de Dieu ! » et remonta l'allée, tandis que la vieille dame horrifiée s'engouffrait dans le confessionnal en se signant frénétiquement.

Une fois au presbytère, il décida brusquement d'appeler Charlotte. Il venait d'avoir une idée de génie.

– C'est pour toi, c'est ton père, lança Vasco d'un ton mutin en lui passant le portable.

Charlotte le foudroya du regard et lui arracha l'appareil des mains.

– Je chuis en train de prendre mon petit décheuner, lança-t-elle la bouche pleine.

– Bon appétit, répondit Dag. Dites-moi, est-ce que vous connaissez un nommé Voort ? Frankie Voort ?

C'était sa fille et il ne pouvait même pas se résoudre à la tutoyer.

Elle se tourna vers Vasco occupé à lire la page financière du *Times*, articulant en silence : « Voort, il veut des renseignements sur Voort. »

Vasco la considéra d'un œil vide et haussa les sourcils.

– Vous êtes toujours là ? s'enquit Dag.

– Un instant.

Elle répéta sa mimique et, visiblement perplexe, Vasco murmura : « Un veau ? »

Charlotte ferma les yeux et respira intensément, il y avait des jours où aimer Vasco tenait du sacerdoce.

Elle souffla : « Voort… Frankie… Est-ce qu'on le connaît ? » Vasco opina et appuya sur la touche qui augmentait le volume.

– Voilà, j'avais la bouche pleine. Qu'est-ce que vous me disiez ?

– Est-ce que vous connaissez un nommé Voort ?

– Oui, un peu.

– Écoute, Charlotte, c'est très important pour moi. Est-ce que Voort travaille pour Vasco ?

Vasco fit non de l'index.

– Noon, absolument pas.

– Vasco est à côté de toi ?

– Non, je suis seule.

– C'est très mal de mentir à son père. Passe-le-moi.

– Certainement pas.

– Alors, dis-lui ça de ma part : je sais qui a tué Anita Juarez. En échange, j'ai besoin d'un service.

La voix de Vasco retentit aussitôt aux oreilles de Dag :

– *Quíen ?* Qui a fait ça ?

– *Buenos dias,* monsieur Paquirri, et bon appétit.

– Qui a fait ça ? Merde !

– Non, moi, je m'appelle Dagobert.

Vasco ne rit pas et Dag enchaîna rapidement en anglais :

– Un type qui s'est tiré ce matin avec ma fiancée. Je voudrais beaucoup retrouver ma fiancée.

– Je m'en fous de ta *piba*[1] !

– Moi, j'y tiens. Je veux la récupérer intacte.

Un bref silence. Un soupir :

– OK, *hombre*. Je t'écoute.

– Voort. Frankie Voort. C'est lui qui a buté Juarez.

Il y eut un long silence au bout du fil. Vasco répéta « Voort » avec une curieuse nuance gourmande.

– Oui, Voort, répéta Dag.

– Si c'est une connerie…

– Ce n'est pas une connerie. Mon informateur est 100 % sérieux.

– Mais pourquoi est-ce que cet *ojete*[2] a fait ça ?

– Demandez-le-lui quand vous le retrouverez. Il était à

1. Pétasse.
2. Trou du cul.

Sainte-Marie hier soir, à Vieux-Fort plus précisément. Il est passé à l'hôpital vers minuit et en est reparti en compagnie de mon amie. Après, je perds sa trace.

– Il va me le payer, murmura Vasco avant d'ajouter : Où est-ce que je peux vous joindre ?

Mais Dag avait déjà raccroché.

Un sourcil levé, Charlotte regarda valser le plateau du petit déjeuner : Vasco allait faire son numéro. Voilà, ça y était, les draps étaient pleins de café, il s'habillait en hurlant des insultes dans son charabia incompréhensible, bouclait son holster d'un air féroce et sortait en claquant la porte. Elle se leva à son tour, vérifia que son peignoir en soie sauvage n'avait pas été éclaboussé et se rendit à la salle de bains en bâillant.

Amusant que ce cloporte de Voort ait descendu la sacro-sainte Anita Juarez. Quand il serait entre les mains de Vasco, on verrait bien s'il la ramènerait encore avec ses gestes obscènes... Mais à vrai dire, s'il tombait entre les pattes de Vasco, il y avait de fortes chances pour que ce pauvre Voort n'ait plus rien à montrer dans son pantalon. Elle tourna le robinet d'eau froide et se glissa sous la douche fraîche en souriant. Puis elle songea à son père, et son sourire s'effaça tandis que l'eau ruisselait sur son visage en courtes larmes glacées.

– Qu'est-ce que vous avez fait ? lui demanda le père Léger, visiblement dépassé par les événements.

– J'ai dit à Paquirri que Voort avait buté Anita Juarez.

– Mais c'est un mensonge !

– Faites comme si je ne vous avais rien dit. Écoutez, je veux retrouver Louisa, et Paquirri a beaucoup plus de moyens que moi pour ça. Il va lancer ses chiens à travers toutes les Antilles. Je dois savoir ce que Louisa et Voort trafiquent ensemble, et, si elle a été enlevée, je dois la sauver des mains de ce cinglé. D'accord ?

– Je ne critique pas la fin, je critique les moyens, objecta le père Léger en se servant un petit rhum.

– Mais comment voulez-vous que j'arrive à la fin si je ne m'en donne pas les moyens ? protesta Dag en saisissant la bouteille. Voort est peut-être bien l'assassin que nous recherchons.

– Et quand Vasco Paquirri l'aura fait exécuter par ses hommes de main, ça vous avancera à quoi ? Vous n'en saurez pas plus.

– Je m'arrangerai pour lui parler. Et, s'il n'est pas coupable, je monterai un bateau à Paquirri pour sauver sa peau. Ça vous va comme ça ?

– La tentation du démiurge, grommela le père Léger.

– Quoi ?

– La tentation du contrôle absolu, du pouvoir. Vous vous prenez pour un romancier qui manipule les personnages à sa convenance, mais ces gens sont réels, Dagobert, et vous n'êtes pas tout-puissant.

La sonnerie du téléphone dispensa Dag de répondre.

Le père Léger alla décrocher, excédé, mais son expression changea tandis qu'il répondait :

– Non, hélas, nous ne l'avons pas vue. Il semblerait qu'elle ait quitté l'hôpital en compagnie d'un homme blanc… Oui, je sais… Je comprends, oui… Vous avez raison, prévenez la police, ça vaut mieux. Il s'agit certainement d'une simple fugue. Un amoureux caché, sans doute… Avec les jeunes femmes, vous savez… Oui, au revoir.

– La mère de Louisa ?

– Exact. La malheureuse est dans tous ses états. Son fils a téléphoné à Grand-Bourg pour signaler la disparition.

Le téléphone sonna de nouveau et Dag décrocha.

– Dubois à l'appareil, vous m'avez demandé ?

– Frankie Voort, ça vous dit quelque chose ?

– Oui, pourquoi ? répondit prudemment Dubois.

– C'est lui qui s'est occupé de Juarez, lança Dag en croisant les doigts.

– Merde !

– Comme vous dites. Il est passé hier soir à l'hôpital de Vieux-Fort et il en est reparti avec Louisa Rodriguez.

– Justement, son frère vient de nous appeler, complètement affolé. Voort avec Louisa Rodriguez... Je ne vois pas la connexion...

– Moi non plus, mais ce que je vois, c'est que c'est un dangereux cinglé et que Louisa est entre ses mains.

– De toute façon, il y a un mandat d'arrêt lancé contre lui. Un des domestiques du vieux Marcos a échappé au massacre en se cachant dans un congélateur. Il a affirmé que le dernier visiteur à s'être présenté ce jour-là était Voort. Leroy, ce type a systématiquement liquidé tout le personnel, neuf personnes, dont trois femmes et un gosse. Je ne serais pas très optimiste en ce qui concerne Louisa Rodriguez. À moins qu'il n'ait besoin d'elle. Mais vous avez peut-être plus d'informations que moi à ce sujet, susurra Dubois.

– Je suis dans le brouillard complet, inspecteur, croyez-moi. Je vous appelle dès que j'ai du nouveau.

– J'y compte bien.

Dubois raccrocha sèchement. Dag soupira en regardant le combiné, puis le reposa lentement. Si Voort s'en prenait à Louisa... Il sentit son estomac se contracter à cette idée.

Camille raccrocha sous le regard intéressé de Go.

– Alors ?

– Il prétend que c'est Voort qui a buté Anita Juarez. Et qu'il s'est barré avec Louisa Rodriguez.

Go retint un juron. Le manège s'emballait. Il pianota un instant sur le plateau de bois dépoli avant de décider :

– Lance un avis de recherche général concernant la fille.

Préoccupé, il regarda Camille sortir. Qu'est-ce que foutait l'Initiateur ? Apparemment, il avait sous-estimé Leroy. Et maintenant, c'était le merdier.

Camille referma la porte derrière lui. Il était préoccupé par ce qu'il avait découvert la veille aux archives : le dossier Lorraine Dumas avait disparu. *Idem* pour le dossier

Jennifer Johnson. Et les mots de Leroy lui trottaient dans la tête : en 1976, Rodriguez avait parlé de ses soupçons à l'inspecteur Go. Camille éprouva soudain le besoin de fouiller un peu le passé de son amène supérieur. L'ordinateur central pourrait peut-être l'aider…

Il se rendit à la salle de documentation où trônait le gros IBM sur son support spécial, telle une idole futuriste. Mais il n'apprit rien qu'il ne sache déjà : la fuite d'Haïti, la naturalisation, l'intégration à un grade correspondant à son grade haïtien. Un réfugié politique tout à fait correct. Il consulta la liste de ses états de service : bien noté, apprécié de ses supérieurs, promotion rapide. Dubois vérifia les dossiers que Go avait instruits, mais il n'avait plus jamais été affecté à des enquêtes concernant des jeunes femmes mystérieusement décédées. Désappointé, il quitta la salle.

Dans son bureau, Go souriait. Il avait suivi les recherches de Dubois sur son propre écran. Dubois avait posé des questions pertinentes, mais qui ne pouvaient rien lui révéler. Heureusement, songea Go en soupirant, car le meurtre d'un officier de police en ce moment serait pour le moins embarrassant.

CHAPITRE 15

Louisa était allongée dans une pièce ronde minuscule qu'éclairait une lampe-tempête accrochée à un clou. Les murs en pierre de taille, absolument nus hormis une échelle rouillée, laissaient à peine assez de place pour le sommier défoncé sur lequel on l'avait attachée avec des sangles. Pas de fenêtre. *Et pas de porte*, se dit-elle soudain avec un long frisson, *pas de porte* ! Elle regarda au-dessus d'elle, mais la masse sombre du plafond circulaire en bois semblait uniforme. Est-ce qu'il l'avait enterrée vivante ? Condamnée à mourir de faim dans ce trou en ciment ? Elle tenta de se redresser, mais, les sangles étant trop courtes, elle retomba sur sa couche en étouffant un cri quand son épaule blessée heurta le bois.

Elle se remémora brusquement ce qu'elle avait pu lire sur le manque d'air, combien de temps pouvait-on tenir dans un espace de deux mètres sur deux dépourvu d'aération ? Il fallait respirer lentement. Économiser l'oxygène. Facile à dire quand on sentait son cœur battre à 120. Elle revit le visage de l'homme penché sur elle, son sourire doucereux, sa langue épaisse forçant sa bouche, et son pouls monta encore d'un cran. Heureusement que l'autre homme était arrivé. Celui qui portait une blouse blanche de médecin. Il était resté dans l'ombre, sans parler, pendant que son ravisseur finissait de l'attacher en lui caressant les seins au passage, le porc ! Et puis il lui avait fait cette piqûre et…

Elle n'aurait jamais dû le suivre quand il s'était présenté à l'hôpital.

– Bonjour, Louisa, je suis l'associé de Dag, il faut que vous veniez avec moi immédiatement. Dag est blessé, quelqu'un s'est introduit chez le père Léger et lui a tiré dessus. Vous êtes en danger ici.

Interloquée, elle le regardait rassembler ses affaires, les jeter dans sa petite mallette, débrancher la perfusion. Dag lui avait parlé de son associé, mais ne lui avait pas dit qu'il était si laid, avec ce nez de fouine... L'homme l'avait bousculée, lui répétant sans arrêt que Dag était grièvement blessé, qu'il fallait se presser, qu'il allait peut-être mourir, et elle, pauvre idiote, qui s'habillait à la va-vite, signait la décharge et grimpait dans la voiture avant de se rappeler qu'on lui avait déjà fait le coup de l'appel au secours et qu'elle avait failli y laisser sa peau, mais c'était trop tard, les portières étaient automatiquement verrouillées, les vitres remontées, et le type avait sorti une arme, style très sophistiqué comme on en voit dans les feuilletons américains, une arme braquée sur elle. Elle s'était maudite, elle l'avait insulté, il avait levé son arme en souriant et l'avait frappé deux fois, à la tête.

Elle s'était réveillée dans ce tombeau, avec ce visage répugnant au-dessus d'elle. Comment avait-elle pu se montrer aussi stupide ? Elle tira de nouveau furieusement sur les sangles. Sans résultat, sauf la douleur cuisante. En plus, elle avait terriblement envie d'uriner, une envie si forte qu'elle n'allait pas pouvoir se retenir. L'idée qu'elle allait être obligée de faire sous elle lui fit venir les larmes aux yeux. Mais l'idée que les deux hommes allaient revenir, que celui qui s'était fait passer pour McGregor allait la toucher, était encore pire.

Elle se mordit les lèvres. Rester calme, ne pas céder à la panique, compter, compter, ne penser à rien, juste compter. Un, deux, trois, quatre, Dagobert la retrouverait, cinq, six, la police la retrouverait, on était au XXe siècle, on n'enlevait pas les gens comme ça, sept, huit, neuf, mais pourquoi l'avoir enlevée, elle ? Pourquoi ? Elle repensa aux femmes assassinées dont lui avait parlé Dagobert. Non. Compter. Juste compter.

– Ils ont parlé de Louisa à la télé, lança le père Léger tout essoufflé, c'est l'épicière qui me l'a dit. Ils ont diffusé sa photo et celle de Voort, vous verrez qu'on va rapidement les retrouver.

Dag opina, sceptique. Voort bénéficiait sûrement d'appuis. Il n'avait pas enlevé Louisa gratuitement. Soit il était lui-même l'assassin que Dag recherchait, soit il était à ses ordres. Mais quel était le but de la manœuvre ? Si on voulait supprimer Louisa, pourquoi ne pas le faire à l'hôpital avec un silencieux ? Ou une piqûre provoquant un arrêt cardiaque ? Pourquoi l'enlever ? Pour que Dag sue d'angoisse à l'idée de ce qu'on était peut-être en train de lui faire ? Pour le pousser à abandonner ? Non, idiot : « l'autre » devait bien se douter que ça le rendrait encore plus acharné. Alors, quoi ? Il ne parvenait pas à comprendre le mode de fonctionnement de « l'autre ». Il n'avait pas affaire à une pensée claire et ordonnée. Et pourtant, il s'agissait à l'évidence d'un tueur organisé. Alors ?

Le téléphone sonna, le faisant sursauter. Il décrocha à la deuxième sonnerie.

– Leroy ?

La voix était doucereuse. Visqueuse.

– Oui. Qui est à l'appareil ?

– Le père Noël, dit la voix en néerlandais. Écoute bien, *Mister Nice Guy*[1], j'ai un message pour toi.

Un hurlement retentit brusquement aux oreilles de Dag, un hurlement de femme, un cri de terreur, de douleur et d'impuissance, qui s'interrompit tout aussi brutalement pour laisser place à des sanglots étouffés.

– Nom de Dieu, Voort, si tu lui fais du mal…, protesta Dag dans son néerlandais hésitant.

– Qu'est-ce que tu crois, *assfucked*[2] ? Je lui apprends juste à sucer les glaces à la vanille, elle a trop l'habitude de celles au chocolat.

Il s'interrompit pour rire.

1. Boy-scout.
2. Enculé.

– Tu sais quoi, *dickhead*[1] ? Ça me fait bander de lui faire du mal, je sais pas si je pourrais résister longtemps. Quand je la vois, *I want to ram it in*[2]...

Dag serrait l'écouteur à l'écraser, ce salaud voulait lui faire perdre son sang-froid, il bluffait, c'était du bluff...

– Alors, voilà ce que tu vas faire, Leroy de mes couilles, poursuivit Voort avec jubilation. Tu vas laisser tomber toute cette enquête sur ces meurtres, et tu vas aller dire à l'inspecteur Go que c'est toi qui as buté Juarez. Alors, et alors seulement, peut-être que je laisserai partir Louisa, mais faut pas que tu attendes trop, sinon il en restera plus grand-chose. Elle est vorace, cette petite, tu sais...

Il avait raccroché. Dag se rendit compte qu'il était inondé de sueur. Le père Léger le considérait, les sourcils froncés.

– C'était Voort. Il veut que je laisse tomber et que je m'accuse du meurtre de Juarez.

– Une fois en prison, vous ne pourrez effectivement plus poursuivre votre enquête.

– Elle hurlait. Je l'ai entendue hurler.

– Louisa est une jeune femme courageuse. Ils cherchent à vous déstabiliser.

– Merde, il était en train de lui faire des trucs ! hurla Dag en frappant du poing contre le mur.

Il sentit ses jointures s'écraser contre le plâtre et la douleur lui fit du bien.

Le père Léger hocha la tête.

– Je ne vois pas l'intérêt d'enlever Louisa. Pourquoi ne pas vous tuer, tout simplement ? Pourquoi vouloir que vous vous retrouviez en prison ? Voyons, voyons... Il y a là-dessous un projet particulier... L'autre jour, vous évoquiez un jeu...

– Louisa est entre leurs mains, mon père...

– Je sais, ne vous impatientez pas : l'impatience est la

1. Tête de nœud.
2. J'ai envie de la défoncer...

sœur de l'imprévoyance. Tout jeu a son propre cursus que l'on ne peut modifier, n'est-ce pas ?

– C'est encore long ? On doit entamer une partie ?

Louisa avait hurlé. Si jamais…

– Il ne doit peut-être pas vous tuer. Il doit peut-être jouer la prison. A cause des règles.

– Mais de quelles foutues règles parlez-vous ?

– Des règles de ce jeu. Il n'y a pas d'autre explication. L'homme que vous recherchez joue avec vous selon un plan diabolique. Et j'entends par là un plan où le diable a sa part.

– Vous croyez réellement au diable ? lui demanda Dag en sentant poindre une migraine.

– Oui. Je crois au Mal. Je crois que notre âme est un tissu où le bien et le mal s'entrecroisent, mais chez certains il y a prépondérance de l'un des éléments et on se retrouve avec un costume mal coupé, répondit le père Léger avec gravité, les yeux pleins de tristesse.

– Et qu'est-ce que vous proposez en dehors des réflexions théologiques ?

– J'essaie de vous aider, c'est tout.

– Comment ? Je vous colle une kalachnikov dans les mains et je vous envoie fouiller l'île suspendu à un hélico ? Le père Honoré Rambo en mission secrète ?

– Tss tss, protesta le père Léger. Je pourrais peut-être négocier avec Voort, lui faire entendre raison.

– *Bullshit*[1], sauf votre respect ! Passez-moi ce téléphone, lança Dag en cherchant fébrilement le numéro de l'aéroport dans l'annuaire fatigué, sans remarquer l'air pincé de l'abbé.

Comment n'y avait-il pas pensé avant ? Si Lester le voyait, il commencerait à se poser des questions sur son aptitude au boulot. Il fallait croire que Louisa le rendait vraiment cinglé.

Il obtint assez rapidement les renseignements demandés en se faisant passer pour l'inspecteur Francis Go.

1. Conneries.

Aucun avion n'avait décollé la veille après 18 h 30.

– Je vais au port ! lança-t-il après avoir raccroché. Attendez-moi ici et surtout ne faites rien !

Louisa ouvrit les yeux. Elle avait mal à la cuisse, là où l'homme l'avait brûlée avec sa cigarette pendant qu'il téléphonait à Dag. A force de tirer sur ses liens, elle avait les poignets en sang et le sommier était trempé d'urine. Elle se mordit les lèvres pour ne pas pleurer. L'horrible moustachu avait dit qu'il reviendrait, d'un ton lourd de menaces, en lui caressant les seins avec ses doigts durs. Ils ne lui avaient donné ni à manger ni à boire, la soif la tenaillait, et son omoplate mal ressoudée la torturait en permanence. Louisa se mit à trembler nerveusement. Elle allait certainement mourir. Et son agonie n'aurait rien d'agréable.

Dag se balada près d'une heure sur le port en questionnant les pêcheurs, exhibant sa carte d'enquêteur. Non, personne n'avait loué de bateau la veille au soir. Quant aux mouvements des plaisanciers, il fallait voir la capitainerie, mais il y avait tellement de mouillages sauvages... Par acquit de conscience, Dag se rendit à la capitainerie où le gradé de service lui apprit qu'il n'y avait eu que deux départs la veille : un voilier suédois occupé par une famille et un cabin cruiser battant pavillon hollandais. Le skipper se nommait Jon De Vogt, domicilié à Saint-Martin. Il avait pris la mer à 23 h 45. Pas d'équipage. Voort aussi était d'origine hollandaise...

– Parlez-moi un peu du cabin cruiser...

Il était arrivé vers 23 h 20, avait fait le plein d'essence et de ravitaillement à la minuscule boutique ouverte la nuit et avait appareillé aussitôt après, expliqua le gradé. Rien d'exceptionnel dans ces eaux tempérées et rarement déchaînées où la navigation nocturne était monnaie courante.

Dag le remercia et se retrouva sur le môle brûlant. Louisa avait quitté l'hôpital en compagnie de Voort vers minuit. Ils ne pouvaient donc pas avoir embarqué sur le cabin cruiser. Non, Voort était certainement arrivé avec le bateau. L'heure concordait. Il était allé chercher Louisa à l'hôpital et… et quoi ? Et surtout : où ?

De retour au presbytère, Dag rappela Dubois pour le prévenir : il y avait 99 % de chances pour que Voort et Louisa soient encore sur l'île. Si on plaçait l'aérodrome et les ports sous surveillance, ils étaient coincés. Dubois lui répondit qu'il ne l'avait pas attendu pour faire son boulot et lui apprit du mêmc coup qu'aucune voiture n'avait été louée la veille.

Dag raccrocha, exaspéré. Ce salaud avait donc un contact dans l'île. Quelqu'un qui lui avait fourni un véhicule.

Il appela l'hôpital et demanda l'infirmière de garde en service la veille au soir. Elle se souvenait de lui et lui répondit d'autant plus aimablement que la mère de Louisa, en larmes, était passée faire un esclandre. Quelqu'un avait-il remarqué si Louisa et son compagnon étaient partis en voiture ? Eh bien, il fallait voir avec la permanence, en bas.

Cinq minutes plus tard, autre voix de femme, plus âgée.

– C'est moi qui étais à la réception. J'ai essayé de convaincre la jeune femme de rester jusqu'au matin, mais elle était tellement nerveuse et il était impossible de joindre le docteur Hendricks, son portable ne répondait pas. Ellc disait qu'il fallait qu'elle parte tout de suite…

– Est-ce que vous les avez vus partir ?

– … Et je ne savais pas quoi faire, ça n'arrive presque jamais, vous comprenez ? C'est une procédure si peu utilisée et…

– Est-ce qu'ils sont partis en voiture ?

– Et cet homme-là qui l'entraînait en la tirant par le bras, comme ça, j'avais un mauvais pressentiment, et ils sont montés dans cette Range Rover noire comme le carrosse du baron Samedi et cet homme a démarré en trombe et…

– Vous n'avez pas vu la plaque de la voiture ?

– Pardon ?

– La plaque d'immatriculation. De quelle couleur était-elle ?

– Blanche, comme toutes les plaques ici. Mais je n'ai pas eu le temps de lire le numéro et…

– Je vous remercie, vous m'avez beaucoup aidé.

Dag raccrocha, la laissant parler dans le vide, et se tourna vers le père Léger.

– Une Range Rover noire. Immatriculée à Sainte-Marie. Il a un complice ici. Et donc certainement une planque. Est-ce que vous avez une carte ? demanda-t-il, fébrile.

– Je dois en avoir une quelque part…

Le père Léger fouilla dans le bahut au milieu d'un amoncellement de paperasserie avant d'exhiber triomphalement une carte jaunie aux plis déchirés.

Dag la considéra longuement, suivant du doigt les routes sinueuses. La plupart des mouillages étaient à l'ouest, abrités du vent, mais il y avait quelques criques sur le versant oriental, desservies par de petites départementales très peu fréquentées. D'ailleurs, toute l'île était quasiment déserte, en dehors des deux agglomérations principales. Il soupira. Après trois heures d'agitation, il en était exactement au même point : Voort pouvait avoir caché Louisa n'importe où, dans n'importe quelle baraque isolée.

– *Hello, slutty, how's tricks*[1] *?*

Louisa sursauta, terrifiée. Le plafond de bois venait de coulisser, inondant la cellule d'une lumière brûlante et l'homme au visage de fouine descendait l'échelle aux degrés rongés par la rouille, suivi de l'homme imposant en blouse blanche, les traits dissimulés par un masque et un bonnet de chirurgien, les mains gantées de caoutchouc.

1. Salut, petite salope, ça boume ?

Ils refermèrent soigneusement la trappe et l'homme en blanc alluma la lampe-tempête. Il portait une sacoche noire, comme les médecins, noire et luisante. Il l'ouvrit dans un cliquetis métallique et en sortit un objet que Louisa ne put distinguer. L'homme à la tête de fouine ricana. Il s'approcha de Louisa et passa ses mains moites sur sa poitrine en se léchant les lèvres.

– *That will be so good, you know that, so good for you*[1], sale petite pute, marmonna-t-il passant de l'anglais au français.

Il se pencha, frottant son entrejambe contre sa bouche desséchée par la soif et elle eut un haut-le-cœur.

L'homme en blanc posa une main gantée de caoutchouc sur l'épaule du moustachu et le propulsa d'un seul mouvement contre le mur. Un instant, elle éprouva l'espoir fou qu'il soit venu l'aider, qu'ils allaient se battre. Mais l'horrible petit moustachu continua à glousser entre ses lèvres vicieuses, tandis que l'homme en blanc se tournait vers Louisa avec la lenteur d'un magicien préparant son meilleur tour. Il s'inclina brièvement, dans une parodie de salut, et lui montra ce qu'il tenait délicatement entre ses doigts gantés. C'était une scie. Une scie de chirurgien, fine et brillante. Louisa sentit ses entrailles se nouer.

– Non ! Non !

L'homme en blanc secoua la tête comme avec un enfant récalcitrant, s'assit sur la paillasse à côté d'elle et saisit sa main droite, l'obligeant à déplier les doigts. Elle rua désespérément dans ses liens tandis qu'il lui maintenait le poignet sur ses genoux et positionnait paisiblement la scie à la base de son auriculaire. Le moustachu se rapprocha, debout derrière elle, et lui coinça la tête entre ses cuisses, l'étouffant sous ses testicules. Mais Louisa n'y prêta aucune attention. Parce que l'homme en blanc avait commencé à scier et elle ne pensait qu'à hurler, un hurlement désespéré qui se répercuta interminablement contre les pierres humides du vieux puits désaffecté.

1. Ça va être si bon, tu sais ça, si bon pour toi.

On frappa à la porte. Le père Léger alla ouvrir sous le regard indifférent de Dag. Personne sur le seuil. Juste un frémissement dans les mancenilliers. Il allait refermer quand ses yeux se posèrent sur un petit paquet oblong posé à même le sol. Il se pencha en soupirant. Le paquet était léger et mou. Une petite étiquette blanche, avec la mention « LEROY » en lettres capitales, se détachait sur le papier-cadeau rouge brillant. Le père Léger revint dans le salon en soupesant l'objet. Puis il le tendit à Dag sans un mot.

– Qu'est-ce que c'est ?

– Je ne sais pas. Mais je crois que c'est mauvais.

– Mauvais ?

– Absolument mauvais. Préparez-vous à avoir un choc.

– Mais de quoi parlez-vous, bon sang ! grommela Dag en arrachant le papier-cadeau.

Le petit objet que contenait le paquet tomba sur la table avec un bruit mat. Dag cligna des yeux et se pencha pour mieux voir.

Pour la première fois de sa vie, il sentit ses cheveux se hérisser sur sa tête. Une étrange sensation de chair de poule sur le crâne. Est-ce qu'il était en train de hurler ? Il n'entendait rien. Tous ses sens semblaient s'être concentrés dans la vue.

Le doigt reposait sur la table en bois, proprement sectionné à la base. L'ongle vernis de rose contrastait avec la peau brune.

Contraction spasmodique de l'estomac, remontée brûlante de bile le long de l'œsophage, Dag se redressa en étouffant un renvoi âcre. Le père Léger, pétrifié, tenait sa main devant sa bouche comme pour s'empêcher de vomir. Dag se rendit compte qu'il grinçait des dents ; il se força à expirer lentement. Une leçon apprise face aux énormes vagues-marteaux de Puerto Escondido, au Mexique : laisser circuler le flux vital. La peur était un acide qui rongeait les capteurs d'énergie.

– Ça va ? lui demanda l'abbé.

– Ça ira, murmura-t-il en se laissant tomber sur le vieux canapé, s'efforçant de se ressaisir.

Il se releva d'un bond. Quelque chose venait de lui piquer le cul. Il porta la main à sa fesse gauche et extirpa un trousseau de clés de sa poche arrière. Une petite clé accrochée à un porte-clés orné d'un dauphin. La clé d'Anita Juarez. *Voort n'allait pas s'arrêter là.* A quoi servait cette clé ? *Voort allait la découper en morceaux, vivante, le plus lentement possible.*

Son cœur s'emballant de nouveau, il serra les poings. Son cœur devait obéir, son esprit devait obéir, la priorité n'était pas à l'horreur, aux lamentations. La priorité était à la réflexion, parce que, s'il n'arrivait pas à localiser Louisa…

La clé. Anita Juarez était-elle du genre à trimballer la clé de son domicile quand elle était sur un contrat ? Peu probable. Pas plus qu'elle n'avait sur elle de papiers d'identité. Non, ce dont elle avait besoin, comme tout tueur professionnel en déplacement, c'était d'un moyen de récupérer l'argent qui lui était dû. Un coffre ? Un coffre anonyme dans une banque ? Trop voyant. Il n'avait trouvé que trois objets dans son sac, trois objets qui avaient certainement un lien. Une clé avec un dauphin, un maillot une pièce et une revue de plongée sous-marine. Dag ferma les yeux quelques secondes et l'illumination le traversa brusquement.

– Un club de plongée !

– Pardon ?

– La clé d'Anita Juarez. C'est sûrement la clé d'un casier, dans un club de plongée.

Le père Léger le considéra avec attention.

– Mais de quoi parlez-vous ?

– De cette clé ! Là, avec ce dauphin. Et de la revue de plongée que j'ai trouvée dans son sac avec un maillot.

– C'est un rébus ?

– *Ad usum Delphini* : à l'usage du Dauphin ! Depuis le début, on ne me livre que des informations éparses, comme ces livres expurgés destinés au Dauphin, au fils de Louis XIV. Mais le vrai texte se profile peu à peu. Vous vous rappelez le dossier Johnson ? Jennifer appartenait à un club de plongée. Vous ne voyez pas le lien ?

– Heu… L'assassin rencontre ses victimes dans des clubs de plongée ?

– Peut-être bien. En tout cas, c'est quelque chose qui a de l'importance pour lui et il a dû laisser le fric revenant à Juarez dans le casier d'un de ces clubs. Un casier dont nous avons la clé. Et qui contient peut-être d'autres éléments intéressants.

– Et que nous allons localiser d'un coup de baguette magique parmi les deux ou trois mille clubs de plongée que doivent compter les Caraïbes ?

Sans écouter le prêtre, Dag se mit à fouiller dans son sac et en sortit le magazine froissé. Tout plutôt que rester là à penser à ce qu'ils avaient fait à Louisa, à ce qu'ils étaient peut-être en train de lui faire en ce moment même.

– Voilà. *Apnéa 2000*. En anglais. Toutes les informations sur la pêche sous-marine, bla-bla, matériel performant, bla-bla, répertorie tous les cercles de plongée en apnée… Plongée en apnée… Ça nécessite du courage, de l'endurance, de la maîtrise de soi et la volonté de triompher d'un milieu où on est un intrus.

– Dagobert, nous perdons notre temps, pendant que Louisa a besoin d'aide, soupira le père Léger, les yeux fixés sur le macabre morceau de chair.

– Non. Nous commençons à tirer sur l'un des fils de l'écheveau. Les deux gosses qu'a utilisés Juarez ont été noyés. Tout se recoupe. Vous avez déjà fait de la plongée en apnée, mon père ?

– Un peu quand j'étais jeune. Pas en professionnel, mais…

– Jetez un coup d'œil sur cette liste et marquez les clubs que vous connaissez, ceux qui vous semblent assez grands pour garantir un certain anonymat.

Le père Léger leva les yeux au ciel pour le prendre à témoin et saisit le magazine.

Vasco chassa une poussière invisible sur son tee-shirt Versace bleu pétrole, troqua sa montre Patek Philippe en or jaune pour une Breitling « sport ».

– Qu'est-ce que tu fais ? lui demanda Charlotte.

Elle se sentait légèrement ivre. Elle avait trop bu au cours du déjeuner, pendant que Vasco, les sourcils froncés, posait des questions tranchantes au téléphone. Elle avait continué à boire, toute seule, accoudée à la proue, regardant le ciel se charger de nuages. Il allait pleuvoir. Elle aimait la pluie. La forte pluie régulière des fins d'après-midi. Elle se sentait vieille et fatiguée. Vingt-cinq ans. Dont vingt ans d'efforts pour survivre, pour se faire une place au soleil torride des Caraïbes. Oui, la pluie faisait du bien à son âme brûlante.

– J'ai eu les renseignements que je voulais. Dis à Diaz de préparer l'hydroglisseur, répondit Vasco en enfilant le gilet sans manches multipoches qu'elle savait réservé aux grandes occasions : les sanglantes.

– Où est-ce que tu vas ?

– J'ai quelque chose à faire, *querida*. Je serai de retour demain, ne t'inquiète pas.

– Tu as retrouvé Voort ? Où est-il ?

– D'après mes informateurs, Voort a été payé pour éliminer ton père et sa pouffe.

– Quoi ? Ce sale con !

– Ne parle pas comme ça de ton père.

– Mais je parle de ce sac à merde de Voort ! Quand je pense qu'il m'a draguée pendant tout le repas, ce vieux bouc !

– Il t'a draguée ? Putain, je vais lui faire avaler ses couilles.

– Mon père sait que Voort est après lui ?

– Non. Et je ne sais pas où le joindre. C'est pour ça que je dois y aller. Maintenant.

Charlotte fut parcourue par un long frisson, sensation étrange sous ces latitudes.

– J'ai un mauvais pressentiment.

– Ne dis pas de bêtises.

Brusquement, elle ressentit une violente bouffée d'affection pour lui, comme pour un grand frère turbulent et adoré.

– Vasco, je...

Elle se tut, incapable de prononcer des mots qu'elle n'avait jamais entendus.

– Je le sais. Moi aussi. A demain.

Il lui effleura la joue de sa main calleuse et referma la porte de la cabine derrière lui.

Elle se précipita vers le carafon de daïquiri avec le violent désir de serrer sur son ventre l'ours en peluche qu'elle n'avait jamais eu.

Francis Go ouvrit sa porte en râlant. La pluie tombait à verse, il était trempé comme une soupe et il avait dû chercher ses clefs tout au fond de son attaché-case. Cette grosse conne de Marie-Thérèse devait encore traîner chez le coiffeur. Il se sentait vanné. Il se dirigea vers le bar, à la recherche d'un petit coup de rhum. Il tendait la main vers la bouteille quand l'odeur de brûlé l'arrêta. Il sentit son estomac se contracter et ses jambes se dérober. Il dégaina son automatique et avança lentement vers la cuisine, le cœur battant à tout rompre, espérant contre toute attente qu'il ne s'agissait que d'un accident domestique. Une casserole oubliée sur le feu. Mais ça ne sentait pas le métal brûlé et il sut, avec une certitude absolue, qu'il ne s'agissait pas d'un accident. Il s'agissait de la mort, venue à sa rencontre. La porte était entrebâillée. Il l'ouvrit d'un coup de pied. Et enregistra simultanément tous les détails.

La plaque électrique quatre feux qu'il avait offerte à sa femme pour Noël était allumée. Marie-Thérèse, bâillonnée avec du gros scotch marron d'emballage, était allongée à plat dos sur la table de la cuisine, les bras en croix. On avait tiré la table contre le rebord de céramique et ses deux mains liées avec du fil de fer reposaient sur les plaques chauffées au rouge. C'étaient elles qui dégageaient cette odeur de chair brûlée. Son corps imposant tressautait à peine. Une large flaque d'urine s'étalait sous la table.

Go se précipita vers elle, la bouche pleine d'acide. Les grands yeux bruns de sa femme roulaient follement dans leurs orbites, le teint était gris, les narines pincées.

– Mon amour..., murmura-t-il en se ruant vers les poignets scotchés.

Il ne put achever son geste. Il sentit un choc brutal dans son dos, une violente poussée en avant qui le fit trébucher sur le corps martyrisé, et, simultanément, la sensation qu'on l'ouvrait en deux... Incrédule, il baissa les yeux et regarda la pointe du harpon qui émergeait de son sternum. Un harpon... le mot mit quelques secondes à se frayer un chemin jusqu'à sa conscience obscurcie par ce qui arrivait à sa femme. Un harpon lui traversait la poitrine. Il voulut se retourner, mais une main cogna entre ses épaules, enfonçant un peu plus la flèche, et un flot de sang éclaboussa la robe à fleurs de Marie-Thérèse.

Go s'affala lourdement sur elle, l'écorchant avec la pointe coupante comme un rasoir. Il entendit le rire, au-dessus de lui. Puis il sentit qu'on tirait sur son pantalon, sur son slip, qu'on le dénudait, mais il ne pouvait pas bouger, la douleur était trop forte, l'idée de ses côtes éclatées, de ses poumons perforés le paralysait. Une main se glissa sous son énorme bedaine, une main gantée qui saisit son sexe.

– Alors, Francis, tu n'as plus envie de la baiser ? Rappelle-toi comme c'était bon. Rappelle-toi comme c'était bon de les baiser pendant qu'elles étaient en train de crever. Vas-y, baise-la !

Go voulut répondre, mais un flot de sang s'échappa de ses lèvres, barbouillant le visage de sa femme dont les mains finissaient de cuire. Elle tourna les yeux vers lui, des yeux de cheval fou de douleur, et il hoqueta d'impuissance et de douleur, essaya de dire « mon amour », tandis que la main gantée tranchait son sexe d'un geste précis, et le jetait sur la plaque chauffée à blanc. La douleur explosa entre ses cuisses comme un coup de fouet, mais il était incapable de hurler. Une main le saisit par les cheveux et lui releva la tête.

– Regarde, Francis, c'est ta bite qui est en train de cramer. Je te parie que tu seras mort avant qu'elle ait fini de cuire.

Le sang coulait à flots, se répandait sur le carrelage, baignait les pieds de l'homme debout, immobile dans l'odeur de chair grillée. Francis Go sentit son regard se voiler, son bas-ventre mutilé agité de soubresauts mécaniques battre contre celui de sa femme aux yeux révulsés, tandis que l'Initiateur riait de son rire joyeux, enfantin, comme si Francis exécutait un numéro particulièrement réussi. Go n'eut pas une pensée pour ses anciennes victimes, pas un regret pour ses actes. Il songea simplement combien il aurait aimé pouvoir écrabouiller l'Initiateur, faire jaillir sa cervelle entre ses mains et en barbouiller les murs, et il mourut dans un ultime hoquet, les yeux fixés sur sa virilité cuite à point.

L'Initiateur se pencha sur l'énorme corps, posa la main sur l'empennage de la flèche qui dépassait entre les omoplates et poussa violemment, de tout son poids. La pointe du harpon, appuyée contre la poitrine de Marie-Thérèse, s'enfonça d'un coup dans la chair tendre, provoquant un bref sursaut. Elle était morte. Il recula, posa le fusil de pêche sous-marine contre le réfrigérateur, glissa sa main gantée de caoutchouc fin dans la poche de son jogging noir et en tira une montre semblable à celle de Dag. Un petit bijou hors de prix, très facilement identifiable. Il la posa sur le sol et l'écrasa violemment sous son talon avant de la tremper abondamment dans le sang répandu sur le carrelage. Un coup de pied bien ajusté l'envoya valser sous la table où reposaient les deux cadavres. De quoi donner matière à réfléchir aux enquêteurs.

Ensuite, effaçant ses traces de pas avec une serpillière, il gagna le seuil de la cuisine. Il ôta ses gants, ses bottes en caoutchouc et son tablier de boucher, alla rincer soigneusement le tout dans la salle de bains, se lava le visage que le sang de Go avait éclaboussé, en lécha quelques gouttes avant de recracher avec dégoût : ce con était peut-être infecté.

Tout était en ordre. Il rangea soigneusement ses affaires dans son sac de sport, vida le bidon d'essence, craqua négligemment une allumette qu'il laissa tomber au bas des rideaux et se dirigea tranquillement vers la sortie. Les gens pressaient le pas sous la pluie battante ; il remonta son capuchon. Le carême avait ça de bon : la régularité de la pluie, tous les jours pendant deux heures en fin d'après-midi.

– Alors ? demanda Dag avec impatience.

– Eh bien, sincèrement, je ne vois pas…

Dag arracha la revue des mains du prêtre et se mit à la feuilleter fiévreusement. La réponse était forcément dans ces pages. Il allait abandonner quand une annonce attira son regard. Le Delphin Club. Il lut à voix haute :

– « Complexe nautique… plongée… bouteilles, apnée… planches à voile… location de bateaux, pêche au gros… », tout à fait le genre d'endroit où on peut aller et venir tranquillement. Et ici même, à Sainte-Marie. C'est trop beau pour être vrai !

– Vous êtes peut-être venu déranger le fauve dans sa tanière…

– J'y vais. Attendez ici au cas où il y aurait du nouveau.

Dag sortit en trombe et se dirigea au pas de course vers le garage qui faisait office de loueur de voitures, tandis que le père Léger fixait la revue en hochant la tête.

La vieille 204 jaune citron cahotait sur les ornières glissantes, mais Dag n'en avait cure. Il fonçait sur la route déserte et faillit rater le panneau rouillé indiquant le Delphin Club. Il vira dans un crissement de pneus, dévala un chemin de terre sinueux transformé en bourbier et bordé de lauriers-roses, qui débouchait sur une plage de sable blanc. Il se gara dans une giclée de boue et observa les lieux.

Une longue bâtisse blanche, deux annexes en tôle, des planches à voile rangées sur une espèce de râtelier en métal, deux voiliers se balançant sous la pluie. L'enseigne lumineuse jaune, bleu et blanc, éteinte, représentait un plongeur palmé au-dessus d'un dauphin souriant. Dag ouvrit la portière, sortit sous la pluie battante et s'avança vers le bâtiment principal. Ses chaussures remplies de sable mouillé couinaient désagréablement. Il atteignit l'entrée, ruisselant. Un flot de musique techno s'échappait d'une grande pièce éclairée au néon où un adolescent rangeait du matériel de plongée.

– Le club est ouvert ? lui cria Dag pour couvrir la musique.

Le jeune garçon sursauta, lâchant un détendeur.

– *Moin pa ka ten aïen*[1]. Vous voulez plonger ? Aujourd'hui ?

– J'aime bien voir les gouttes par en dessous.

Le garçon le considéra un instant, puis lâcha :

– Décidément… Oh, et puis moi, j'm'en fous. Faut vous inscrire. C'est 225 francs la demi-journée.

Il se dirigea vers un grand comptoir en bois et sortit un registre.

Dag effectua les quelques formalités avant que le garçon le conduise jusqu'aux vestiaires, une grande salle rectangulaire, carrelée de bleu, avec des rangées de casiers alignés le long des murs. Il lui tendit une clé, dont l'anneau s'ornait d'un dauphin. Elle portait le numéro 55.

– Voilà. Les douches sont à côté.

– OK, merci.

Le garçon s'en alla en fredonnant. Dag sortit de sa poche la clé qu'il avait trouvée dans le sac de Juarez. Identiques. L'une avec le numéro 55, l'autre avec le 23. Il se sentit frémir. La piste était bonne. Il s'approcha du 23 et glissa la clé dans la serrure. Le battant en métal

1. J'avais pas entendu...

s'ouvrit en grinçant et Dag retint son souffle. Le casier était vide. Il plongea la main à l'intérieur, balayant la petite étagère, se baissa pour examiner le fond. Rien. Apparemment, on avait fait le ménage. Il allait refermer quand il se ravisa, passa la main sous la planche et retint un sourire : il y avait quelque chose de scotché. Il gratta le papier collant et ramena une photo. La reproduction d'un daguerréotype montrant un jeune esclave noir se balançant au bout d'un gibet. Le document avait dû paraître dans un journal d'époque et la légende disait : « Juste châtiment pour les esclaves marrons. »

Sous la reproduction, unc phrase en italique :

Le Roy Dagobert y s'est cru malin,
on l'a eu pendu très tôt ce matin.

Dag écarquilla les yeux, avec une sensation de pierre au creux de l'estomac. On se foutait carrément de sa gueule. On avait prévu sa visite. On le faisait courir comme un âne après une carotte. Il rabattit la porte du casier avec rage et décida d'aller interroger le jeune garçon. Avec un peu de fric, il pourrait savoir à qui était attribué le 23. Bouillonnant de colère, il enfila le couloir d'un pas rapide. Une porte claqua. Un client ?

Apparemment, non : la pièce était toujours vide, la techno à fond, et le jeune garçon penché sur un lot de bouteilles.

– J'aurais besoin d'un renseignement, lança Dag en sortant un billet de sa poche.

Le jeune garçon ne bougea pas et Dag s'approcha. Cette musique de dingue avait de quoi rendre sourd.

– Hey, je voudrais savoir à qui est loué le casier 23.

Bon sang, ce gosse était complètement crétin ! Dag l'empoigna par l'épaule, le tirant vers lui. Il sentit ses jambes devenir toutes molles. La machette avait séparé le visage du garçon en deux et des coulées de cervelle lui maculaient les joues. Dag se retourna d'un bond, lâchant le cadavre tiède, le cœur battant. Il courut jusqu'à la porte en dégainant son Cougar. Il ne se ferait pas tirer comme un lapin. Il écouta, l'oreille collée au battant. Rien que le bruit de la pluie sur le toit de tôle et le ressac. Il n'avait pas entendu de voiture, mais il était facile de descendre le chemin au point mort. Par contre, pour repartir, il fallait mettre le moteur. Donc, « il » était encore là. Il entrebâilla la porte. Rien. Il avança un pied, puis l'autre, le souffle court.

La plage était vide et sombre, noyée sous la pluie battante. Les cocotiers ployaient sous le vent. Et les pneus de sa voiture étaient à plat.

Dag se jeta à terre et rampa jusqu'à la 204, s'attendant à chaque seconde à recevoir une balle dans la tête. Ce connard lui avait crevé les quatre pneus ! De belles entailles, larges comme la main. Il roula sur lui-même : pas de traces de roues dans le sable. « Il » n'était pas venu en bagnole. Alors ? Il se redressa brusquement et se mit à courir vers le rivage : les empreintes de palmes se détachaient, nettes et profondes, avant de disparaître dans l'eau grise. Et voilà : il s'était fait avoir en beauté. Il ne restait plus qu'à rentrer à pied… A moins que… Il fit volte-face et regagna le club en courant, s'enfonçant dans le sable détrempé. Évitant de regarder le corps sans vie du jeune garçon, il ôta rapidement ses vêtements lourds de sable humide, ne gardant que son slip noir, enfila un gilet de plongée gris acier, choisit un masque et un équipement qu'il compléta par un large couteau de pêche et un fusil-harpon.

La pluie crépitait sur l'eau tiède et Dag voyait les cercles concentriques s'élargir au-dessus de lui tandis qu'il battait rapidement des pieds se propulsant vers le large. Le salopard n'avait peut-être qu'un peu d'avance sur lui.

Il entrevit une grosse masse sombre et comprit que ce devait être la coque du voilier. Il la contourna et s'agrippa à la chaîne de l'ancre. Un voilier. Pourquoi pas ? Brusquement, une secousse ébranla la coque et Dag sentit la chaîne se tendre entre ses mains. On levait l'ancre. « Il » était là ! Au-dessus de lui ! Il s'accrocha à la chaîne et arma son fusil.

Ce pauvre Dagobert était pitoyable. Croyait-il vraiment qu'on ne l'avait pas vu courir péniblement vers l'eau, comme un espion de film comique ? L'Initiateur appuya sur le bouton qui commandait le remontage de l'ancre tout en déroulant les voiles. L'embarcation, entièrement gréée électriquement, pouvait être dirigée du cockpit sans aucune difficulté. En général, il préférait assurer les manœuvres lui-même mais, là, il lui fallait toute sa concentration. Il n'était arrivé au club que quelques minutes avant Dagobert, le temps de rafler l'enveloppe contenant l'argent laissé pour Juarez et de laisser le petit message amusant, comme le lui avait suggéré l'Ordonnateur.

Sanglé dans sa combinaison de plongée, l'Initiateur sortit sur le pont et se laissa glisser à bâbord, sans bruit. Il plongea sous la coque, son fusil sous-marin braqué devant lui, se propulsant comme une anguille. Sa proie lui tournait le dos, accrochée à la chaîne qui remontait lentement, le visage tourné vers la surface. Dagobert aurait vraiment pu devenir un très bon détective. Mais, pour l'instant, il allait faire un très bon noyé. On lui imputerait sans aucun doute les meurtres du couple Go et du gamin, et de Louisa lorsqu'il aurait fini de jouer avec elle. Amusant quand même qu'il puisse enfin réaliser son vieux rêve de femme écorchée sans craindre d'être recherché, puisque c'était Leroy qui endosserait la paternité du carnage. Allons…

L'Initiateur pointa son arme et tira.

La flèche traversa aisément l'épaule droite de Dag avant de se bloquer dans les maillons de la chaîne avec une brève secousse qui lui arracha un hurlement muet, puis la chaîne continua son ascension. Ravagé par la douleur, Dag baissa les yeux et ne distingua qu'une silhouette sombre battant rapidement des palmes autour de lui. Il fit passer le fusil dans sa main gauche et tira à l'aveuglette, manquant sa cible qui disparut dans un nuage de sable. Une brusque traction lui fit cogner les dents contre l'acier. La chaîne montait toujours, et il émergea soudain à l'air libre, se cramponnant de son bras gauche, inexorablement relié à la chaîne par la pointe dentelée de la flèche fichée dans le maillage. Le couteau, contre sa cheville droite. Il essaya de l'atteindre, déclenchant une onde de douleur insoutenable et s'immobilisa, haletant.

L'Initiateur se hissa à bord par l'échelle de coupée et appuya sur le bouton de descente. Dag sentit la chaîne se dérouler à nouveau et les flots se refermèrent au-dessus de sa tête. A quoi jouait ce salaud ? Le masque écrasé contre les épais maillons, évitant les mouvements intempestifs, il ne voyait presque rien. Combien d'air dans la bouteille ? De quoi tenir une demi-heure ? Une secousse, et de nouveau cette douleur atroce, lui donnant l'impression qu'on lui arrachait le bras. L'ancre s'était immobilisée à mi-course. Un grondement jaillit de la coque et l'hélice se mit à tourner, désagréablement proche. Puis le bateau vira sur son erre et commença à avancer lentement, Dag traînant à la poupe comme une grosse poupée en caoutchouc. L'enfoiré allait le laisser se noyer, puis il le détacherait et laisserait son corps au fond de l'eau. Noyade accidentelle survenue après que le plongeur maladroit se fut blessé lui-même avec son fusil.

Dans le bureau d'Island Car Rental, Francisque jeta un coup d'œil sur le registre et sursauta : Leroy avait loué une bagnole. Il se tourna vers Mô, l'autre employé.

– T'as loué la vieille 204 ?

– Ouais, à un mec vachement pressé.

– Il avait une licence ? T'as pas noté le numéro ?

Pour pouvoir conduire sur l'île, il fallait acheter un permis local (7,50 dollars US). Mô haussa ses larges épaules.

– Fais pas chier, mec. Il avait du liquide et il était pressé, OK ? C'est pas vraiment comme s'il avait déposé une bombe au palais ! OK ?

– Pauvre con, marmonna Francisque en se détournant.

Mô était connu pour avoir les mêmes réactions envers ses détracteurs qu'un char de combat chinois face à un étudiant.

Pourquoi Leroy avait-il eu besoin d'une voiture ? Est-ce qu'il voulait sillonner l'île ? Savait-il quelque chose au sujet de Louisa ? Francisque essuya son visage trempé de sueur. La simple évocation de Leroy lui tordait l'estomac.

Dag essaya de remuer la main droite : aucune sensation. Il était complètement ankylosé et une large traînée de sang se répandait dans l'eau claire. Il raffermit sa prise avec les pieds : pas question de glisser. On avait coupé le moteur, et le voilier filait maintenant grand train, droit devant, caracolant au-dessus des vagues. Dag se força à respirer calmement et lentement. Inutile de gaspiller ses réserves.

Une fois le large atteint, il y aurait sûrement des squales, immanquablement attirés par le sang qui l'enveloppait comme un nuage. Une vraie pub pour requins et barracudas. Il était foutu. Il avait conduit toute cette affaire comme un débile et allait finir sa vie de même. C'était trop bête, si près du but.

Le manche de la flèche était conçu pour résister à une traction de plusieurs centaines de kilos. Inutile de songer à le briser. La seule solution aurait été de réussir à l'enfoncer encore plus profondément, jusqu'à ce qu'il ressorte entièrement, donnant accès au câble en Nylon. Ensuite, prendre le poignard et couper le câble. Un jeu d'enfant.

Le voilier filait rapidement, l'eau était plus fraîche et plus profonde. Dag distingua des récifs de coraux. On serait en pleine mer dans quelques minutes. Il inspira profondément. Tout son corps tremblait et il avait froid, conséquence du choc et de la perte de sang. Il allait brûler l'oxygène à sa disposition deux fois plus vite. Une mort rapide. Préférable à la mâchoire des requins. Mais non, il n'était pas question de mourir.

Il cala ses pieds contre les maillons, posa sa main gauche sur le manche de la flèche et inspira profondément. Lester était allé à Mauï, il avait affronté Jaws, la vague mythique, celle qui fait de vous un survivant. Quand Dag lui avait demandé ce qu'il avait ressenti au moment de chevaucher le monstre, il avait répondu : « Je n'ai pas réfléchi. Face à Jaws, on ne pense pas. On fonce. » Ne pas réfléchir. Tirer. La douleur manqua le faire défaillir et, l'espace d'un instant, tout devint noir. Puis il vit sa main rouge de sang et le fil de Nylon qui dépassait de son épaule. Péniblement, il remonta sa jambe droite, jusqu'à ce que son genou touche sa poitrine et, tâtonnant de la main gauche, saisit le poignard.

Dag s'accorda quelques secondes de repos. Son cœur battait trop vite et des papillons noirs dansaient devant ses paupières alourdies. Pas le moment de s'évanouir. Il crispa ses doigts sur le manche en caoutchouc, posa le tranchant effilé de la lame contre le Nylon et donna un coup sec. Rien. Recommencer. Bien le tendre. Ses doigts tremblaient et il eut du mal à ajuster la lame. Le fil céda brusquement, provoquant un nouveau jaillissement de sang. Dag se laissa glisser en arrière.

La chaîne flottait presque à l'horizontale, s'éloignant rapidement. Il toucha sa blessure béante. Il se sentait faible et avait terriblement sommeil. Une violente envie lui vint de se laisser couler sur le sable, là, au fond de l'eau, de se lover en boule contre un rocher, pour dormir. Le sable avait l'air doux. Les algues dansaient lentement, apaisantes. Un banc de poissons jaunes l'effleura, caressant ses flancs. Poissons. Squale. Danger. Il se libéra du poids de la bouteille, poussa violemment sur ses jambes et entreprit de remonter à la surface.

L'air était chaud, suffocant par rapport à la relative fraîcheur sous-marine. Dag aspira goulûment. Il n'était pas très loin de la côte. Il vit le voilier disparaître derrière la pointe de la baie, toutes toiles dehors. Un sloop de huit mètres, battant pavillon néerlandais. Du matériel de location. Dag s'allongea sur le dos, glissa le poignard dans son étui de cheville et se mit à battre des pieds, s'aidant de son bras gauche, le droit serré contre le corps, se demandant combien de sang il avait perdu.

L'Initiateur émergea du cockpit les sourcils froncés. Depuis quelques instants, le bateau filait plus vite, comme allégé... Il se pencha sur le bastingage de poupe et vit la chaîne libre, rebondissant dans l'écume. Une traînée de sang achevait de se diluer dans l'eau claire. Il frappa violemment le rebord en bois. Leroy avait réussi à se détacher ! Décidément, il n'aurait jamais dû perdre son temps à jouer avec lui. Il retourna rapidement au poste de pilotage, décrocha son radiotéléphone.

– Ouais ? lança une voix agressive.

– Je suis la personne qui a loué votre 4 × 4.

L'homme au bout du fil se radoucit aussitôt.

– Ah, oui, oui. Il y a quelque chose qui ne va pas ?

– Pas avec le véhicule, non, mais avec notre ami Leroy. Il s'obstine à contrecarrer mes projets. Comme je vous l'ai expliqué, je rémunère très généreusement ceux qui me sont utiles. Et puis, il y a l'autre chose, vous savez... ce à quoi vous tenez particulièrement...

– Qu'est-ce que je dois faire ?

– Juste me rendre un petit service. Voilà...

Dag avait l'impression de nager depuis des heures, chaque geste lui coûtait et ses yeux se fermaient de plus en plus souvent. Le ciel semblait envahi de zébrures noires et blanches. Un orage ? Mais il n'y avait pas de bruit. Aucun son, hormis celui de la houle et du vent salé. Ses jambes pesaient comme du plomb. A quoi bon continuer ? Se reposer un instant, juste un instant. Dormir.

Il se sentit sombrer dans l'inconscience avec soulagement, puis sa tête cogna violemment contre quelque chose de dur et de pointu et l'onde de douleur le réveilla. Il venait de heurter un récif hérissé. Il tendit le bras, s'agrippa à la pierre déchiquetée et, ses jambes revenant à la verticale, il s'aperçut qu'il avait pied. La plage était à dix mètres.

Il sortit de l'eau en titubant. Il avait cessé de pleuvoir, mais de gros nuages noirs se pressaient encore à l'horizon. Sa voiture était là et des flots de dance music s'échappaient toujours du club de plongée. Une mouette le survola en rase-mottes, puis s'élança vers les vagues en ricanant. Dag se laissa tomber sur le rivage, écrasant sans le vouloir son épaule contre le sol. Le sable se teinta de rouge. Il se traîna jusqu'au club.

Des mouches bourdonnaient autour du corps du jeune garçon, s'agglutinaient sur son visage souillé. Le vrombissement des mouches. Mélopée plaintive se juxtaposant aux pulsations hystériques de la basse dans la minichaîne hi-fi.

Dag tremblait tellement qu'il eut du mal à saisir le téléphone et à composer le numéro d'urgence. « Centre de secours, j'écoute », lança une voix dotée d'un fort accent créole. Dag voulut parler mais n'émit qu'un vague bredouillement : le combiné lui glissa des mains et il s'évanouit, laissant la voix s'égosiller à l'autre bout du fil.

Dubois balaya rageusement son bureau du revers de la main. Go et sa femme assassinés ! La baraque incendiée ! La montre de Leroy dans les décombres… Et maintenant cet appel à propos du Delphin Club. Ce salaud de Leroy s'était foutu de lui du début à la fin ! Et lui, Dubois, il allait se faire salement sonner les cloches. Un assassin en liberté à Sainte-Marie. Un tueur de flic, de femmes, d'enfants ! Il sortit la bouteille de rhum rangée dans un des tiroirs de son bureau et en avala une gorgée au goulot. Leroy avait aussi certainement assassiné ces femmes, Lorraine Dumas et les autres. Et, comme beaucoup de tueurs, il n'avait pu résister au plaisir de venir croiser le fer avec la police. Go avait raison : il était trop naïf. Il se signa en pensant à Go et à sa femme et à ce que Leroy leur avait fait subir. Comment pouvait-on faire des trucs pareils ? Il vérifia nerveusement que son arme était bien chargée avant de sortir au pas de course.

Dag tourna la tête et aperçut deux mocassins noirs bien cirés dans une flaque de sang. Qu'est-ce qu'il faisait allongé par terre ? Brusquement, tout lui revint en mémoire et il voulut se relever, mais on le tenait fermement et une voix lui lança : « Du calme, on est en train de vous faire un pansement. Ne vous agitez pas comme ça ! » Une aiguille s'enfonça dans sa chair tandis qu'une civière entrait dans son champ de vision, puis il se sentit soulevé et emmené. Les mocassins noirs le suivirent et Dag leva les yeux. Camille Dubois le regardait sans tendresse particulière.

– J'ai failli l'avoir ! articula Dag péniblement.

– Ça suffit avec vos conneries, Leroy. Vous avez tué Francis Go. Et vous avez tué ce jeune garçon. Vous êtes un dangereux malade.

– Go ? Go est mort ? balbutia Dag en essayant de se redresser.

– Vous l'avez tué et vous avez tué sa femme, parce qu'il savait que vous étiez coupable du meurtre d'Anita Juarez. Parce qu'il savait que vous étiez également coupable du meurtre de Lorraine Dumas. Et je suis persuadé que c'est vous qui avez fait enlever Louisa Rodriguez. Vous êtes complètement fou.

Dag s'agita sur la civière pendant qu'un infirmier fixait la perfusion.

– Mais c'est faux ! Et le jeune employé du club ? Pourquoi est-ce que je l'aurais tué ?

– Pour couvrir votre fuite. Mais il a eu le temps de vous épingler avec le harpon qu'il était en train de nettoyer.

– Écoutez, Dubois, vous ne pouvez pas croire ce tissu de mensonges !

– On a un témoin, Leroy. Quelqu'un vous a vu tuer le gosse. Pourquoi croyez-vous que nous sommes là ?

Un témoin ? Impossible. Un coup monté, il était victime d'un coup monté.

– Votre témoin ment. J'exige une confrontation.

– On verra ça plus tard.

Dubois fit un signe au chauffeur et les portes de l'ambulance se refermèrent, mais Dag eut le temps d'apercevoir une silhouette en arrière-plan, une silhouette coiffée d'une multitude de tresses. Francisque ! C'était Francisque qui avait alerté les flics et qui prétendait l'avoir vu tuer le gamin. Francisque était dans le coup ! L'ambulance entamait la montée en première. Il arracha la perfusion d'un geste rapide.

– Hé, ça va pas ! cria l'infirmier en se penchant vers lui.

Il reçut les deux genoux de Dag en pleine tête et s'affala contre la paroi métallique, sonné. Dag se pencha sur lui et rafla une plaquette d'antalgiques qui dépassait de sa poche. A cet instant, le chauffeur tourna la tête et écrasa le frein, mais Dag ouvrait déjà les deux portes et se laissait rouler sur le sol sablonneux. La voiture des flics démarrait à peine, encore invisible derrière la butte.

– Halte ! cria le chauffeur de l'ambulance en sautant à terre, arrête-toi !

Dag lui fonça dessus et le type courut se cacher de l'autre côté du véhicule. Il n'était pas payé pour lutter à mains nues avec des fous homicides. La voiture des flics arrivait, ahanant dans la côte. Dag plongea dans les broussailles sans s'occuper de la douleur fulgurante dans son bras et dévala la pente vers la mer. Coup de freins, exclamations furieuses. La voix de Dubois : « Il est dangereux. Ne prenez pas de risques inutiles ! » Grésillement d'appels radio. Il demandait certainement des renforts. Dag se laissa glisser le long de la falaise, se retenant aux broussailles de son bras valide. Des craquements, des pas, des interjections. Dubois et ses hommes commençaient la traque. Il se faufila dans une anfractuosité de rocher, rampant dans le sable humide. Le vent avait forci, les vagues s'écrasaient sur le cap. Il se pelotonna en boule dans un trou d'ombre, aspergé par les embruns, dans la puanteur des carcasses de crabes. La nuit allait tomber très vite. Ils seraient obligés d'interrompre les recherches. Surtout avec l'orage qui s'annonçait. Dag s'appliqua à devenir invisible, silencieux, inerte, plus minéral que la roche blanche au-dessus de sa tête.

CHAPITRE 16

L'orage avait duré deux bonnes heures et les derniers grondements du tonnerre résonnaient encore au large. Invisible dans son gilet caoutchouté sombre, Dag avançait lentement, à la lisière de la végétation, attentif au moindre mouvement dans la nuit. Les effets de l'antalgique qu'on lui avait injecté commençaient à s'estomper et, les jambes flageolantes, il s'arrêta à l'ombre d'un immense bananier pour avaler deux pilules. Il était accusé de meurtre ! Et pas n'importe lequel : le meurtre d'un officier de police ! Les flics devaient rêver de le tirer comme un lapin.

Il observa l'église, à cent mètres de lui. Il y avait de la lumière au presbytère. Dubois avait dû interroger le père Léger et peut-être laisser un homme sur place, en sentinelle. Il plissa les yeux à l'affût d'une silhouette embusquée dans l'ombre. Mais tout semblait calme comme un dimanche soir ordinaire. Dieu merci, les forces de police de Sainte-Marie ne brillaient pas par l'importance de leurs effectifs. Un mouvement dans les taillis le fit sursauter, puis le grognement caractéristique d'un porc le rassura. L'animal émergea de l'ombre, tirant sur la corde qui le retenait à un piquet, son groin noir et velu humant cette curieuse apparition avec curiosité. Dag lui gratta la tête, puis se baissa, progressant à croupetons, comme à l'armée, le poignard bien en main, lame dressée.

Une voiture passa au loin, gyrophare allumé. Ils devaient sillonner l'île inutilement : la nuit était sombre et il y avait trop d'endroits où se cacher pour espérer retrouver un fugitif sans faire de battues. Un craquement sur sa droite. Un bruit d'étoffe. Une présence humaine. Il se figea. Un homme venait de changer de position. L'écho ténu d'une respiration rapide. L'homme était inquiet, sur ses gardes. Dag laissa son regard errer dans la nuit, évitant de focaliser. La silhouette d'un flic en tenue se découpa peu à peu sur le tronc du raisinier auquel il était adossé. Dag recula, ses pieds nus foulant l'herbe sans bruit. Le porc grogna amicalement. Dag s'approcha de lui, le prit par le cou et, d'un geste vif, trancha la corde qui l'attachait à son piquet. Le porc s'ébroua, surpris. Dag se colla à son flanc, ses lèvres contre l'oreille de l'animal.

– Avance, allez, avance…

Docile, le porc se mit en route, reniflant gaiement tout ce qui se présentait devant lui. Le flic sous l'arbre se redressa brusquement, une main à la ceinture, puis apercevant le porc de loin, il haussa les épaules et retourna s'adosser à l'arbre.

Dag poussa l'animal sur une bonne vingtaine de mètres, avant de se laisser rouler dans l'herbe haute. Le porc s'immobilisa, ses petits yeux fixés sur l'homme avec étonnement. Il lui donna un coup de groin facétieux. Un porc farceur. Dag se mit à ramper, suivi par l'animal qui fouissait paresseusement, contourna le presbytère pour arriver sous la fenêtre de la cuisine. Le porc accéléra l'allure pour le rattraper.

– OK, bouge pas ! lui ordonna Dag en se redressant et en grattant doucement au carreau.

Les halètements de l'animal couvraient le peu de bruit qu'il faisait.

La porte de la cuisine était grande ouverte, permettant d'entrevoir un angle du salon et il aperçut le père Léger assis la tête entre les mains. Il gratta de nouveau, anxieusement. Le père Léger paraissait profondément absorbé dans des pensées sinistres, la boule de papier-cadeau à ses pieds.

Dans une des villas qui surplombaient la mer, un vieil homme se massait les tempes avec lassitude. Francis Go était mort, la radio venait de l'annoncer. « Un inspecteur de police de Sainte-Marie et sa femme horriblement assassinés. Le suspect numéro un, un ex-*marine* connu pour sa violence, a réussi à prendre la fuite. » Leroy allait y passer. Et puis ce serait son tour. Il n'aurait jamais dû se mêler de tout ça, jamais accepter leur sale argent, jamais. L'Initiateur n'allait certainement pas laisser de témoins. Il était en route, vivante incarnation de la Faucheuse au masque ricanant. Il était en route depuis le jour où Dagobert Leroy était venu, vecteur innocent d'un mal terrible. Comme les rats avaient transporté la peste à leur insu, Leroy avait transporté un démon sur son épaule.

Le vieil homme se versa un grand verre de rhum translucide d'une main tremblante, renversant une partie du liquide sur son élégant pantalon à carreaux, puis le but lentement, sans en sentir le goût, les yeux fixés sur l'horizon. Il savait qu'il allait mourir. Il avait toujours su que ça finirait mal. Comment avait-il pu se laisser entraîner dans ce quatuor maléfique ? Comment avait-il pu croire que l'argent était plus important que tout ? Plus important que ces femmes jetées en pâture à ces monstres ? Le Paravent. Il avait été le Paravent. Il avait protégé leurs actions en abusant de ses fonctions. Il avait refusé d'en savoir plus que ce qui était indispensable. Mais il savait. Il songea un instant qu'il pourrait les dénoncer, prévenir la police. Mais aucune prison, aucun abri ne le mettrait hors de portée de la voracité cruelle de l'Initiateur.

Il se versa un deuxième verre qu'il engloutit cul sec, puis un troisième, se raccrochant à la brûlure familière comme à une bouée de sauvetage. L'idée que l'Initiateur allait venir et le prendre lentement, si lentement, fouailler son corps décharné, enfoncer sa longue aiguille d'acier dans son intimité, transperçant le colon, lacérant ses entrailles… le verre lui échappa des mains et se brisa. Il se mit à pleurer sans bruit, les mains sur les genoux, le visage tourné vers le sol. Soudain, il ramassa l'un des éclats de verre tranchant. Il ne supporterait jamais la souffrance, il crierait, il supplierait, il s'humilierait en souillant son pantalon. Non. Il ne lui ferait pas ce plaisir. Il leva le morceau de verre, l'embrassa de ses lèvres sèches, puis d'un geste vif et assuré le passa en travers de sa gorge. Le tesson trancha net dans la chair, sectionnant l'artère. Un flot de sang jaillit, arrosant les mains du vieil homme qui s'arc-bouta dans son fauteuil. Il renversa la tête en arrière, comprimant sa blessure, et vit une lumière traverser le ciel étoilé. « Tiens, un avion... », se dit-il machinalement. Une seconde plus tard, il avait cessé de vivre.

Dag allait frapper plus franchement quand un coup de sonnette retentit à la porte d'entrée du presbytère. Il s'immobilisa, une main sur l'échine du porc qui mâchonnait des brindilles. A l'intérieur, le prêtre se leva, et Dag découvrit ses traits tirés.

Se tordant le cou, Dag réussit à voir qu'il faisait entrer quelqu'un. Un flic ? Le père Léger recula d'un pas et Dag se baissa vivement, craignant qu'on ne l'aperçoive. Il attendit quelques secondes, puis lança un coup d'œil furtif.

Le visiteur n'était autre que Francisque, une machette à la main. Le père Léger était en danger ! Un bruit de moteur résonna soudain dans la nuit, pétarade assourdissante d'une mobylette. Sans hésiter, Dag s'élança à travers la vitre.

Francisque sursauta, pivota brutalement vers la cuisine. Qu'est-ce que... Leroy ! Leroy couvert d'éclats de verre, vêtu d'un slip et d'un gilet de plongée, l'épaule emmaillotée dans un pansement dégueulasse, un poignard de chasse sous-marine à la main. Agrippant le prêtre, Francisque lui plaqua la machette contre la gorge.

– Tu bouges, je l'égorge.

– Lâche-le, pauvre merde. Lâche-le tout de suite.

– Désolé, Leroy, mais c'est pas la bonne réplique.

– Comment peux-tu...

– Tout ça, c'est à cause de toi, riposta l'autre avec haine, mais tu ne l'auras jamais ! Jamais !

– Tu préfères la savoir morte qu'avec moi, c'est ça ? T'es vraiment qu'un pauvre type.

– Elle sera à moi, il me l'a promis.

– Il ? Qui ça, il ?

– Ta gueule ! hurla brusquement Francisque. Tu la fermes ou je tue le vieux.

Un peu de sang perla sur la gorge du père Léger, qui déglutit sans rien dire. Francisque essuya de sa main libre les gouttelettes de sueur qui perlaient à la racine de ses cheveux.

– Tu vas me suivre sans faire d'histoires, t'entends, Leroy ? Tu vas venir avec moi, bien sagement.

– Panique pas comme ça, tu me fais pitié.

– Ta gueule ! Ta gueule, t'entends !

Trois coups secs frappés à la porte les figèrent tous brusquement.

– Police ! lança une voix sourde. Ouvrez !

Affolé, Francisque recula dans l'ombre de la cuisine, tirant le père Léger avec lui. Dag lut dans ses yeux qu'il allait tuer l'abbé et laisser les flics découvrir le cadavre du prêtre en compagnie du sanguinaire Leroy. Il vit la main de Francisque se crisper sur le manche de la machette et se préparait à lui bondir dessus quelles que pussent être les conséquences, quand Francisque leva les bras au-dessus de sa tête, lâchant son arme. Un homme se tenait derrière lui, un homme qui, comme Dag, avait dû passer par la fenêtre brisée. Il tenait dans sa main droite un Jericho 941 F dont le canon était appuyé contre l'oreille droite de Francisque tandis que sa main gauche, l'empoignant par ses tresses, le faisait avancer dans la lumière. Dag reconnut aussitôt le nouvel arrivant qui lui souriait.

– Señor Leroy, je présume ? *Encantado*[1]. Très seyante votre tenue, déclara Vasco Paquirri, ses longs cheveux lui fouettant les reins. Ouvrez donc à mes amis qui attendent dehors, ajouta-t-il en anglais.

1. Enchanté.

– Et le flic de garde ? demanda Dag dans la même langue.

– Il dort pour un bon moment.

Deux hommes d'une trentaine d'années au type latin prononcé se tenaient sur le seuil, en jeans et tee-shirt blancs immaculés. Cheveux ras, même taille, même gabarit de lutteur, ils portaient de longs étuis de cuir en bandoulière. Mais ils ne jouaient certainement pas de la flûte traversière. Ils entrèrent lentement et se postèrent de chaque côté du canapé, attendant les ordres, sans paraître remarquer que Dag ne portait qu'un slip et un gilet de sauvetage et que leur patron enfonçait un flingue dans l'oreille d'un type.

– Dagobert, est-ce que ce monsieur est bien celui auquel je pense ? demanda l'abbé en français en s'approchant de Vasco.

– Qu'est-ce qu'il dit ?

– Il me demande si vous êtes bien Vasco Paquirri.

– Lui-même, *padre*, pour vous servir.

Le père Léger soupira ostensiblement.

– Comment êtes-vous arrivé ici ? demanda Dag à Vasco.

– J'ai lâché mes chiens sur Voort. Mes informateurs ont été formels : Voort en a après vous. Rester près de vous, c'est donc être quasiment sûr de le voir apparaître tôt ou tard. Lui ou l'un de ses émissaires, conclut Vasco, jovial, en tirant vigoureusement sur la tignasse de Francisque. Ce petit *tonto* [1] travaille pour lui ?

– Affirmatif.

Vasco sourit d'un air gourmand, puis s'immobilisa soudain en apercevant le macabre petit paquet ouvert sur la table.

– Qu'est-ce que c'est ?

– L'auriculaire de Louisa. Voort me l'a envoyé en cadeau.

– Tss tss. Quel manque d'éducation ! Diaz, Luiz, pouvez-vous me tenir ce sac à merde, s'il vous plaît ?

1. Crétin.

demanda poliment Vasco en frappant légèrement sur le crâne de Francisque avec son arme.

Diaz et Luiz s'approchèrent en roulant des épaules, l'air blasé.

– *Boca arriba*[1] *!* lança Vasco en désignant la table de la cuisine.

Diaz et Luiz soulevèrent Francisque comme un paquet de linge et l'allongèrent sur le plateau en Formica jaune sans paraître remarquer ses gesticulations désordonnées et ses protestations.

– Lâchez-moi, enculés !

– Qu'est-ce que vous allez faire ? s'enquit le père Léger d'un air sévère.

– Pédés ! Connards ! Lâchez-moi, je sais rien !

– Si vous voulez bien sortir, *padre*, répliqua Vasco.

– Il n'en est pas question !

Vasco saisit le père Léger par le bras et, malgré la résistance du prêtre, il l'entraîna sans effort jusqu'à la chambre dont il referma la porte à clé. Le prêtre se mit à tambouriner contre le battant. Dag n'avait pas bougé, pétrifié. Ces types n'étaient pas des amateurs. Quelque chose de terrible allait se produire. Sans s'occuper de lui, Vasco se pencha au-dessus de Francisque, ses longs cheveux balayant le visage trempé de sueur de l'homme affolé.

– Je sais rien, laissez-moi partir !

– Tu as oublié de dire « enculé ». « Enculé, laissez-moi partir. » Répète.

– Nooon ! Je sais rien, je vous dis, je suis pour rien dans tout ça.

– Où est Voort ?

– Je sais pas ! balbutia Francisque.

Vasco soupira, laissant son regard errer autour de lui. Puis il se pencha vers le vieux garde-manger, tout en soliloquant en espagnol.

– Ce n'est pas une boîte à outils, ça ? Mais oui ! Et

1. Sur le dos.

qu'est-ce qu'il y a dans cette boîte à outils ? Un marteau… une tenaille… des clous… des gants de jardin… un sécateur… Ah, un sécateur !

Il revint vers la table en chantonnant « œil pour œil, doigt pour doigt », attrapa au passage un des coussins du canapé et le lança à Diaz ou Luiz. Dag se sentit inondé de sueur.

– Où est Voort ? demanda-t-il encore en faisant claquer le sécateur d'un air nonchalant.

– J'en sais rien ! hurla Francisque, en se débattant furieusement. Je le jure !

Dag baissa les paupières. Vasco allait le faire, il le savait. Vasco était un sadique, comme la plupart de ses semblables. Il allait le faire et ça l'amuserait. Il se crispa, se prépara à entendre hurler. Il ne pouvait pas tolérer ça. Mais Voort avait Louisa. Voort était peut-être en train de la tuer lentement. Dag fit son choix : tant pis pour Francisque. La voix calme de Vasco continuait en espagnol :

– D'après mon manuel de jardinage, en juillet, il faut élaguer. Ça veut dire couper les mauvaises branches. On va commencer par là…

Le hurlement retentit, encore plus abominable que ce qu'avait imaginé Dag, aussitôt étouffé par le coussin. La tête courbée sur la poitrine, incapable d'ouvrir les yeux, il sentit la pièce se remplir de l'odeur âcre de l'urine.

– Et de un…, chantonna Vasco. Où est Voort ?

– *Si ou plé… si ou plé…*

Francisque sanglotait. Dag imagina le doigt, par terre, avec ses terminaisons nerveuses et les lambeaux de peau. C'était ce qu'ils avaient fait subir à Louisa. Il éprouva un vertige, se raccrocha au dossier du canapé. Mon Dieu, pardonnez-moi. Faites que tout cela finisse !

– Quand je t'aurai coupé les dix doigts, expliqua Vasco, je te couperai les couilles, *mi carino*.

Nouveau hurlement, terrible, étouffé comme le premier. Ruade désordonnée ébranlant la table, les pieds frappant le carrelage. La voix froide de Diaz ou Luiz :

– Il s'est tranché la langue, ce con.

Les jambes de Dag se dérobèrent sous lui et il dut faire un effort surhumain pour ne pas se mettre à hurler lui aussi. Il eut la vision fugitive de la parfaite Helen le regardant assister à une scène de torture sans intervenir. Oui, il était lâche, oui, il était prêt à laisser tuer Francisque pour sauver Louisa. Il entrouvrit les yeux. Le corps pantelant de Francisque tressautant sur la table, le coussin couvert d'éclaboussures rouges et de mucus, le sang dégouttant de sa main mutilée, coulant sur le carrelage où il s'élargissait en flaques brillantes aux pieds de Vasco. Dag nota stupidement que celui-ci portait des chaussures de bateau bleu marine et blanc cousues main.

– Voort ? répéta Vasco de sa voix patiente et douce.

– Le p…uits… le puits…

– Le puits ? Quel puits ?

Francisque s'étouffait, la bouche emplie de bave et de sang, sa langue déchiquetée pendant à travers ses lèvres, les yeux roulant dans les orbites. Est-ce que c'était réel ? Était-il réellement en train d'assister à une séance de torture sans intervenir ? Dag baissa les yeux et entrevit la main, les moignons sanguinolents et, à terre, les deux doigts, l'index et le médium, avec leurs ongles jaunes. Il se mit à trembler aussi violemment que s'il avait tenu un marteau piqueur.

Vasco avait saisi délicatement l'annulaire entre les deux branches du sécateur.

– Quel puits ?

– La route… de Grand Gouffre… à l'ancienne habitation… le puits abandonné… s'il vous plaît, s'il vous plaît…

Francisque se mit à geindre et une odeur d'excréments s'ajouta à celle de l'urine.

– Je sais où c'est, intervint Dag d'une voix mal assurée. L'habitation De Luynes. Une ancienne exploitation de café abandonnée. *Let's go !*

– Prenons ma Jeep, proposa aimablement Vasco.

Il se redressa, fit tournoyer ses cheveux et, d'un geste nonchalant, planta le sécateur dans la gorge de Francisque dont le corps s'arc-bouta dans un ultime sursaut sous le regard horrifié de Dag, tandis qu'un geyser de sang vermillon jaillissait de sa jugulaire sectionnée.

– Mais… mais pourquoi ? protesta Dag.

– *Calm down*[1] *!* Ma main a glissé. *Vamonos*[2].

Diaz et Luiz lâchèrent Francisque, maintenant inerte. Vasco ouvrait déjà la porte de la chambre, en sortait sans ménagement le père Léger et le poussait dehors, Luiz et Diaz l'empêchant d'apercevoir le corps dans la cuisine.

– Comment allez-vous expliquer ce meurtre ? demanda Dag en grimpant à l'arrière de la Jeep, l'estomac retourné.

– On le fera endosser à Voort. Ne vous cassez pas la tête, beau-papa, j'ai la situation bien en main.

Beau-papa ! Ce taré l'appelait beau-papa ! Charlotte devait être cinglée pour vivre avec lui. Sa seule enfant était cinglée.

– Quel meurtre ? glapit le père Léger. Vous avez tué ce pauvre Francisque, n'est-ce pas ? Vous l'avez tué !

– Avec tout le respect que je vous dois, *padre*, je vous demanderai de bien vouloir la fermer, lui répondit Vasco sans même tourner la tête.

Le père Léger serra les lèvres et croisa les bras sans rien dire. Dag se renfonça dans son siège, dépassé par les événements. Son bras blessé l'élançait violemment, et les cahots n'arrangeaient rien.

Il dut perdre conscience un moment car il sentit soudain qu'on lui tapait sur l'épaule et qu'on lui chuchotait à l'oreille :

– Dagobert ! Réveillez-vous ! Nous sommes arrivés.

– Comment avez-vous trouvé ?

– Tout le monde connaît l'habitation De Luynes, répondit le père Léger en l'aidant à descendre.

Vasco avait arrêté la Jeep au creux d'un chemin défoncé, sous le couvert d'un bosquet de raisiniers. Dag hocha la tête.

1. Du calme !
2. Allons-y.

– Ils ont dû nous entendre arriver…

– J'ai coupé le moteur en haut de la côte. De plus, nous sommes face au vent.

A cent mètres de là, Dag distingua les ruines de ce qui avait été une ferme imposante. Pas une lumière. Pas un bruit.

– Le puits est au nord-est de la ferme… à cinquante pas de l'entrée principale, expliqua Dag, qui se souvenait des heures passées à jouer dans la propriété en ruine. Il est fermé par une planche en bois scellée dans la margelle.

– OK. Tenez, prenez ça.

Vasco lui tendit un pistolet mitrailleur à canon court, semblable à celui qu'il portait en bandoulière, ainsi que ses acolytes.

– On y va, continua-t-il, l'œil brillant. Diaz, Luiz, en tenaille.

Ils se mirent à courir silencieusement dans la nuit étoilée, courbés en deux, l'abbé trottinant à l'arrière. Dag avait l'impression de participer à des manœuvres militaires sans grande réalité. Vasco leva la main et ils s'immobilisèrent à quelques mètres du puits dont la silhouette se découpait, romantique à souhait. Diaz ou Luiz pointa le doigt vers ce qui avait dû être une grange, et Dag, au bout de quelques secondes, distingua le 4 × 4 noir dissimulé sous des branchages. Ils étaient bel et bien là !

Toujours dans le plus grand silence, ils se glissèrent jusqu'à la margelle de pierre blanche, recouverte d'un lourd couvercle circulaire en bois. Vasco fit courir ses doigts sur la barre métallique qui le maintenait et tapota la charnière. Dag se baissa : elle avait été sciée à la base. Vasco sourit, bref éclair de dents blanches. Les deux gardes du corps pointèrent leurs armes sur le puits, avec l'expression indifférente dont ils ne se départissaient jamais. Vasco banda ses muscles impressionnants et souleva la planche d'une dizaine de centimètres. Diaz ou Luiz inséra le canon de son arme dans l'interstice, le doigt sur la détente, Vasco achevant de faire basculer la planche qui s'abattit avec fracas sur le rebord en pierre, tandis que

Luiz ou Diaz allumait une lampe-torche aveuglante et la braquait vers le fond. Une véritable opération de commando, songea Dag.

– Personne ne bouge, lança Vasco en anglais, ou je vous explose à la grenade !

Pas de réponse. Dag se pencha lentement. La lampe éclairait un matelas sordide et souillé de sang sur lequel reposait Louisa, les yeux clos. Il empoigna les barreaux rouillés de l'échelle et les dévala au risque de se rompre le cou.

Elle respirait. Le teint gris, les lèvres bleues, sa main blessée serrée contre son flanc, entortillée dans un morceau de sa robe lacérée. Elle respirait ! Dag la pressa contre lui, les larmes aux yeux.

– Alors ? demanda Vasco, sa voix se répercutant sur les pierres humides.

– Il n'y a personne. Je la remonte, répondit Dag en soulevant Louisa toujours inconsciente.

Comme elle était légère ! Elle avait terriblement maigri. Il la chargea sur ses épaules, s'éleva péniblement le long des parois moussues et sortit à l'air libre.

Pour se retrouver nez à nez avec Frankie Voort.

CHAPITRE 17

– Salut, ducon ! lui lança Frankie Voort en français, très à l'aisc.

Dag cligna des yeux. Ce n'était pas un mauvais rêve. Il pouvait sentir l'haleine aigre de Voort. Il baissa les yeux : Vasco, Diaz et Luiz gisaient dans l'herbe, immobiles. Dag pensa d'abord qu'ils avaient été proprement assommés pendant qu'il remontait à la surface, puis il vit leurs yeux grands ouverts et les traînées sombres qui maculaient leurs vêtements. Il se retourna vers Voort qui balançait nonchalamment son P7 M13, équipé d'un silencieux dernier modèle. Mais Voort n'avait pas pu tuer trois hommes d'un coup. Sans compter l'abbé qui avait disparu. Il n'était donc pas seul.

– Où est le père Léger ?

– T'occupes, mec, lui renvoya Voort en anglais. Regarde plutôt ce que t'as fait ! Un vrai massacre ! Tu vas être un des plus grands tueurs en série de l'histoire des Caraïbes, mon pote ! T'as même buté le mec de ta fille ! Ton gendre, Leroy, ton gendre ! T'es vraiment un salaud !

Les longs cheveux de Vasco flottaient au vent, ses dents blanches, découvertes par le rictus de la mort, scintillaient sous la lune, sa main s'était crispée sur le pistolet-mitrailleur inutile. Dag voyait maintenant sa gorge déchiquetée, béante, où les fourmis s'affairaient déjà. Il fit face à Voort.

– Et pourquoi est-ce que j'aurais fait tout ça ? Ça ne tient pas debout !

– Mais si, trouduc, écoute un peu : y a vingt ans, tu as

bousillé un tas de bonnes femmes. Puis tu te ranges des voitures. Mais cet enculé de Go découvre le pot aux roses : tu le butes, avec sa grosse pour faire bonne mesure. Tu butes aussi le gamin du Delphin Club qui connaissait tes liens avec Anita Juarez, ta complice. Complice que t'as fait revenir aux Antilles pour la flinguer. Tu me suis ? T'enlèves Louisa pour la torturer à ton aise. Puis tu retournes chez le cureton et, là, tu supprimes Francisque qui passait par hasard et tu enlèves le curé. Tu reviens ici, tu flingues Vasco et ses potes qui étaient à tes trousses, tu achèves Louisa et le prêtre, et tu te suicides. Tout le monde est content. Et moi, je touche 100 000 dollars.

– Toi, tu touches un costume en sapin ! lança Dag, serrant toujours Louisa contre lui. Tu crois vraiment que le type qui a monté cette embrouille va te laisser en vie ? Mon pauvre Frankie, t'es trop mignon !

– Je t'emmerde, le bronzé ! Au fait, j't'ai pas dit comment tu vas te suicider ? En t'arrosant d'essence et en craquant une allumette. T'entraîneras ta poufiasse dans la mort. C'est beau, hein ? ricana Voort en ramassant un bidon posé à ses pieds.

Il le secoua et Dag entendit le clapotis de l'essence. Voort plissa ses lèvres humides.

– Paraît que vous autres, les Noirs, vous avez toujours le feu au cul… On va vérifier ça !

Il leva le bidon et commença à dévisser soigneusement le bouchon de sa main libre sans que le canon de son arme dévie d'un pouce. Une fois le bouchon ôté, il reposa le bidon à ses pieds et sortit un briquet de sa poche. Dag essayait de réfléchir. Ce connard allait les cramer vifs. Voort fit rouler son pouce sur la molette avec une mimique exagérément gourmande. Une flamme claire s'éleva. Il disposait d'une seconde au plus. Le sourire imbécile de Voort, ses dents jaunâtres…

Dag banda ses muscles et projeta Louisa de toutes ses forces sur Voort. Lancée comme une poupée de son, elle le percuta violemment en plein torse. Il vacilla, le briquet s'éteignit, le canon de son arme pivota vers Dag, mais

Dag n'était plus là. Roulant-boulant sur lui-même, il faucha en ciseaux les chevilles de Voort qui s'écroula, son doigt appuyant par réflexe sur la détente sans qu'aucun bruit ne se fasse entendre. Une balle frôla l'oreille de Dag, la seconde s'enfonça dans l'abdomen de Vasco, le faisant tressauter comme s'il avait le hoquet.

Du coin de l'œil, Dag vit Louisa, recroquevillée sur le sol, la tête entre les mains. Voort à quatre pattes. Le briquet qu'il avait lâché. Le bidon renversé. Voort éclaboussé par l'essence. Dag bondit. Bloquant la main droite du Hollandais, il lui assena un coup de genou dans la gorge, puis toute une série dans le plexus. Voort émit quelques borborygmes, essayant de retrouver son souffle, cramoisi. A quatre pattes, il balbutiait « *I'm gagging*[1] », la bouche pleine de bave.

Empli d'une rage incontrôlable, Dag écarta le pistolet-mitrailleur d'un coup de pied, souleva le truand, le traîna jusqu'à la margelle du puits et l'y fit basculer. Un bruit sourd de corps qui s'écrase. Négligeant son bras blessé qui s'était remis à saigner, Dag ramassa le bidon. Le briquet maintenant. Actionner la molette. Regarder jaillir la flamme. Laisser tomber le briquet dans le bidon et lâcher aussitôt le tout. Il recula précipitamment tandis qu'un *whooof* énorme emplissait la nuit et que le puits crachait un jet de flammes. Louisa s'était assise et contemplait la scène, hébétée. La soulever, vite, la tirer loin du puits et des étincelles, ramasser au passage les armes qui gisaient çà et là. Ses jambes se dérobaient sous lui et ils s'écroulèrent pêle-mêle, dans l'odeur écœurante de l'essence et de la chair brûlée. Louisa s'agrippa à son cou, il sentit ses larmes tièdes contre sa peau, se mêlant à sa sueur.

– Oh, Dag, Dag ! J'ai eu tellement peur !

– C'est fini, il est mort. C'est fini maintenant, répéta Dag en lui caressant les cheveux, en se demandant où étaient les autres et d'où le danger allait surgir.

Armé, il pouvait tenir un petit moment. Une étincelle

1. J'étouffe.

tomba dans l'herbe, qui s'enflamma comme de l'étoupe. Les flammes éclairaient la nuit. Le feu allait s'étendre. Quelqu'un appellerait peut-être les pompiers. Il recula encore, entraînant Louisa épuisée jusqu'aux ruines de la ferme, lui ôta sa robe qui puait la benzine et la jeta au loin. En contrebas, le fracas des vagues lui rappela qu'ils pourraient toujours gagner la mer si le feu devenait menaçant. Si sa mémoire était bonne, ils étaient à cent mètres de Folle Anse. Un coin célèbre pour ses tubes, il y avait surfé autrefois, quand le monde était normal.

Il vit les flammes entourer les corps de Luiz, Diaz et Vasco comme une bande de hyènes affamées, les lécher, les secouer comme des pantins, leurs membres s'agitant par saccades, noircissant, craquant, fumant, crépitant avec un bruit de marrons éclatant dans le four. Vasco… Quand Charlotte l'apprendrait… Et dire qu'il s'était foutu dans ce merdier pour retrouver le père de Charlotte ! Quelle ironie ! Il se tourna vers Louisa.

– Est-ce que tu as mal ?

– Un peu. Moins que tout à l'heure. Tu as dit qu'il était mort ? Qui ?

– Frankie Voort est mort, le petit avec des moustaches.

– Oh, lui. Ce n'est pas le pire. Ils étaient deux. C'est l'autre qui m'a… qui a…

Elle agita sa main sans pouvoir finir sa phrase, les mots se bloquant dans sa gorge.

– Calme-toi, prends ton temps. L'autre, le deuxième homme, est-ce que tu l'as vu ?

– Je n'ai pas pu voir ses traits parce qu'il portait un calot blanc, un masque de chirurgien et des gants, mais c'était un Blanc.

– Un Blanc ?

La vision de Jones éructant sa haine du monde lui traversa l'esprit. Mais non, le vieux docteur n'avait certainement pas l'envergure nécessaire pour avoir manigancé tout cela. Qui alors ?

Tout en contemplant l'incendie qui faisait rage, Dag essayait de rassembler les éléments en sa possession.

L'homme qu'il recherchait devait avoir à peu près son âge. Il était blanc. Il savait naviguer. Il était au courant du moindre de ses déplacements, avait voulu attenter à la vie de Dag alors même que celui-ci commençait à peine son enquête… et il avait jugé nécessaire de tuer l'inspecteur Go. Dag s'arrêta sur cette idée : Go connaissait l'identité du tueur de femmes. Et s'il n'était jamais intervenu pour le mettre hors d'état de nuire, c'est parce que c'était un ami à lui. Go avait peut-être une dette envers lui. Une dette envers un homme blanc qui l'aurait aidé à quitter Haïti et à entrer dans la police saint-maritaine…

Dag frissonna malgré la chaleur de l'incendie qui se rapprochait. L'odeur de cochon brûlé se fit plus forte, mais il ne s'en aperçut même pas, horrifié par ce qu'impliquait son raisonnement. Il se rendit compte que Louisa lui parlait :

– Dag, le feu va venir jusqu'ici, le vent a tourné, il faut fuir.

Dag évalua les risques. Il y avait certainement un ou plusieurs types embusqués dans le coin, prêts à les tirer comme des lapins s'ils bougeaient. Sauf que les cribler de balles rendrait peu crédible la thèse du suicide. Ça valait peut-être le coup de courir sa chance. Il avait toujours son gilet de plongée, ils pourraient essayer de fuir par la mer. Vu l'ampleur des tubes qui déferlaient à Folle Anse, leurs poursuivants hésiteraient certainement à se mettre à l'eau et aucune embarcation ne pourrait y affronter la houle. Il embrassa Louisa sur les lèvres, tout doucement.

– Tu as raison, on va se tirer d'ici. Prends ça.

Il lui tendit l'Uzi récupéré sur Vasco. Elle protesta :

– Mais je ne sais pas m'en servir.

– Tu le coinces contre ta hanche, tu pointes droit devant toi et t'appuies sur la détente sans relâche. C'est beaucoup plus simple que de faire la classe à des cours primaires déchaînés.

Louisa eut un pauvre sourire.

– Je me demande si tu es vraiment le genre de type qui

porte bonheur. Chaque fois que je suis près de toi, on essaie de me tuer.

– C'est la monotonie qui tue les couples. Allez, on y va !

Il se redressa à demi, le feu était tout proche, des escarbilles brûlantes voletaient autour de leur tête, la chaleur commençait à être insupportable. Environnés par une épaisse fumée, ils coururent jusqu'à l'arrière de la ferme, armes au poing. L'incendie, sur leurs talons, léchait les murs avec application. Il n'y avait qu'à franchir le champ de cannes à sucre en friche pour atteindre la plage. Il saisit Louisa par le poignet, évitant de toucher sa main mutilée.

– A trois, on se met à courir, en zigzag, vers la mer.

– Tu devrais animer des colos, tu as toujours tellement d'idées !

– Un, deux…

Ils s'élancèrent à travers les hautes herbes, trébuchant souvent, le cœur battant à se rompre, sans que rien ne se produise. Puis ce fut la plage, immense, ébranlée régulièrement par la retombée des énormes rouleaux qui s'écrasaient sur le rivage, crêtes d'écume phosphorescente hautes de deux étages.

Louisa haletait et se serait écroulée sans le soutien de Dag. Le manque de nourriture et d'eau ajouté à la perte de sang l'avait épuisée. Elle se sentait si fatiguée… S'allonger sur le sable, dormir. Dormir, longtemps… Tout en la portant à moitié, Dag continuait à avancer. Des baraquements formaient une masse compacte sur la droite. Grand Morne Plage. Fermée à cette heure tardive, évidemment. Mais dont le hangar renfermait autrefois tout un lot de planches.

Dag installa Louisa contre un muret qui avait gardé la chaleur du soleil. La jeune femme avait fermé les yeux et respirait trop rapidement. Il glissa un des cachets qui lui restait entre ses lèvres ; elle déglutit avec peine.

Un simple cadenas bloquait l'accès du hangar : les vols étaient rares dans l'île. Dag l'attaqua à coups de crosse et il céda aussitôt. Les planches étaient là, comme dans son souvenir, mais plus nombreuses et plus modernes. Il choisit une *shortboard* vert émeraude et ressortit.

– Qu'est-ce que c'est ? Un bouclier *new wave* ? balbutia Louisa, en sortant de sa torpeur.

– Ça va nous servir à passer la barre. Là-bas, nous serons hors d'atteinte. Il suffira d'attendre le matin.

Elle haussa ses fins sourcils.

– Agenouillés sur une planche de surf ? Toi et moi, blessés, perdant notre sang ?

– Officiellement, il n'y a pas de squales par ici. On n'a jamais signalé d'accident.

– Merci, monsieur Office de Tourisme. Pourquoi est-ce qu'on n'attend pas le jour ici ? On dirait que tout est calme. L'autre type s'est peut-être enfui, suggéra Louisa, maintenant complètement réveillée.

– Je ne pense pas. Il doit être planqué quelque part et nous épier.

– Mais pourquoi ?

– Il a sûrement le père Léger avec lui. De quoi négocier, donc.

– Négocier quoi ?

– Ma mort. Et la tienne par la même occasion. Si on reste là, il viendra. Et nous serons forcés d'accepter ses conditions.

Comme pour confirmer ses dires, une lumière clignota, à l'orée du champ de cannes. Louisa désigna le fusil-mitrailleur, puis la lueur qui s'avançait sur la plage.

– Il fait une cible idéale. Pourquoi attendre qu'il vienne à nous ? Ce type m'a scié un doigt ! Si tu ne tires pas, je le descendrai moi-même.

Elle avait raison. Le halo lumineux formait une cible parfaite. Mais le tuer, comme ça, sans même voir son visage… Avec une moue méprisante envers Dag, Louisa releva son arme et la braqua en direction de la lumière. Au même instant, une voix résonna faiblement, essayant de dominer le fracas du ressac :

– Dagobert ! C'est moi, le père Léger, ne tirez pas !

Dag posa un doigt sur les lèvres desséchées de la jeune femme.

– Il est derrière moi et il me tient en joue, je suis désolé ! continua le prêtre en avançant.

Puis le faisceau d'un projecteur halogène portable vint balayer le sable. Ils se tassèrent derrière le muret, laissant le rayon passer au-dessus de leurs têtes. Dag fit signe à Louisa de le suivre et ils se mirent à ramper, tirant la planche avec eux. Le projecteur éclairait régulièrement la plage, en y décrivant un arc de cercle. Dix secondes entre chaque balayage de la zone où ils se trouvaient.

Procédant par sauts de puce, ils atteignirent le rivage tiède et mousseux. Louisa dut se retenir pour ne pas crier quand l'eau salée entra en contact avec sa plaie à vif, réveillant l'atroce douleur. Dag retira son gilet de plongée et l'enfila à la jeune femme, bouclant les sangles à fond. Il ne sentait plus la douleur, ni la fatigue. Il était passé à l'état second où l'organisme est uniquement concentré sur le but à atteindre, décomposant l'avenir en une suite de courtes actions à accomplir successivement. Passer la barre. Chercher la meilleure vague. Profiter d'un tube pour glisser invisible le long de la plage, au creux de la vague même, et reprendre pied derrière le projecteur. Mettre en joue le tueur. Le sommer de se retourner et de montrer son écœurant visage. Avoir la preuve. Et puis l'abattre, comme on abat un chien enragé.

Il fit allonger Louisa sur la planche et se coucha sur elle, le pistolet-mitrailleur en bandoulière, le chargeur à l'abri de l'eau dans une des poches étanches du gilet.

– On va ramer vers le large. Quand la vague arrivera sur nous, je ferai plonger la planche. On passera en dessous. Ça s'appelle faire un canard. Quand je te taperai sur l'épaule, retiens ta respiration.

– Un canard... *Mi plisi*[1] ! Je sens que je vais adorer. Encore mieux que le cyclone.

Dag se mit à brasser l'eau vigoureusement, négligeant

1. Quel plaisir !

l'impression qu'on lui arrachait le bras. Louisa l'aidait de son mieux. Elle scrutait la nuit, mais ne voyait rien, que la masse moutonnante de l'eau. Et ce bruit monstrueux, juste face à eux. Soudain, le ciel se boucha. Il n'y avait plus qu'une masse noire couronnée de blanc, haute comme une falaise, lui sembla-t-il. Dag lui tapa sur l'épaule et elle sentit la planche s'enfoncer, nez en avant, les jambes de Dag décollant vers le haut pour accentuer le mouvement de plongée. Ils étaient sous la surface, dans la nuit absolue. Elle eut l'impression fugitive d'une masse énorme en mouvement au-dessus d'eux, se demanda si elle pourrait retenir sa respiration une seconde de plus, puis Dag appuya d'un coup sec sur l'arrière de la planche qui commença à remonter. Ils émergèrent derrière la vague, reprenant leur souffle. Dag avait compté les intervalles entre les séries de rouleaux, ils disposaient de quelques secondes. Il colla ses lèvres contre son oreille pour se faire entendre :

– Tu te souviens, dans la sucrerie ? Quand je t'ai dit de me faire confiance ?

– Oh, parfaitement. Ç'a été le début de toute une série de catastrophes, répliqua Louisa qui avait l'impression de voguer à travers un long cauchemar, curieusement indifférente à tout ce qui pourrait bien arriver…

– On s'était attachés. On va faire pareil.

– C'est une manie chez toi ?

– Louisa… Arrête… Tu n'es pas obligée de jouer les dures à cuire.

– Si j'arrête, je vais me mettre à sangloter. Vas-y, qu'on en finisse !

Dag lui caressa la joue, mais elle détourna la tête. Il desserra les sangles abdominales du gilet afin de pouvoir se glisser à l'intérieur, son dos contre le ventre brûlant de Louisa, les resserra solidement. Il vérifia que le *leash* le reliant à la planche était correctement sanglé à sa cheville. C'était le moment d'y aller. Ils se relevèrent, Louisa derrière lui, son bras valide autour de sa taille. Giclée d'adrénaline dans les tripes, tension maximum des muscles. Le grondement dévoreur. La lèvre blanche de la bouche qui allait les avaler. Il chassa l'anxiété en expirant : comme lui, la vague était composée d'eau et de sel. Elle et lui participaient du même univers. Nés de la même source de vie, ils n'étaient que deux formes différentes de la même impulsion.

Il la sentit gonfler sous ses pieds, le soulever comme un fétu de paille, l'emporter vers le ciel. Inspirer à fond, s'élancer. *Bottom turn frontside*, se placer sous la lèvre gigantesque, freiner avec le pied arrière, se caler dans la face de la vague, se pencher en avant pour prendre de la vitesse en tenant le rail extérieur avec la main, et prier pour ne pas se retrouver englouti sous plusieurs tonnes d'eau déferlante.

Louisa crut que son cœur allait se décrocher quand ils plongèrent brutalement en avant, puis elle se dit qu'ils étaient dans un tunnel. Un tunnel opaque et liquide, qui les aspirait inexorablement. Le fracas de la vague s'écrasant sur le sable, le bouillonnement de l'écume… Elle rentra la tête dans les épaules, ses ongles incrustés dans le torse de Dag, et se mordit les lèvres pour ne pas hurler. Hurler, hurler, durant ces interminables secondes à filer au creux même du monstre écumant. Soudain, ils perdirent de la vitesse et elle sentit les muscles noués de Dag se relâcher. Elle ouvrit les yeux. La planche glissait paresseusement en eau calme, une trentaine de mètres en arrière du point lumineux qui balayait toujours la plage. Elle distingua le hululement lointain d'une sirène de pompiers. Des pompiers. Le feu. Des gens. Le bourg. Une vie normale. Sa mère. Sa mère qui devait s'arracher les cheveux, folle d'inquiétude.

Dag s'allongea et elle dut suivre le mouvement. Il rama lentement avec les bras jusqu'à l'une des bouées délimitant le chenal réservé aux baigneurs, s'extirpa du gilet, récupéra le chargeur sec dans la poche étanche, délia sa cheville et attacha la planche à la bouée.

– Attends-moi là. Ne bouge sous aucun prétexte. Les flics viendront te chercher.

– Quand tu seras mort, c'est ça ?

– Ce n'est pas moi qui vais mourir. Tu te rends compte qu'on n'a même pas fait l'amour ? Et tu crois que je vais laisser quelqu'un me tuer avant d'avoir goûté à tes charmes !

Elle passa sa main indemne autour de sa nuque et l'embrassa violemment, leurs bouches humides et salées se heurtant.

Dag se détacha et sauta dans l'eau peu profonde. Il atteignit la rive, rechargea son arme d'un geste sec. Ils étaient là, lui tournant le dos. Deux hommes. Un grand et un petit. Le petit, c'était le père Léger, tenant le projecteur. Le grand... Il braqua le canon vers son large dos et murmura :

– Hello, Lester.

L'homme se figea, sa main couverte de poils roux étreignant la crosse du Beretta 92 FS qu'il tenait le long de sa jambe. Devant lui, le père Léger avait tressailli.

L'homme tourna la tête à demi et Dag put voir qu'il souriait.

– Hello, Dag. Content de te voir arriver à bon port.

– Je suis très touché par ta sollicitude. J'espère que Go, Paquirri et les autres l'apprécieront également.

– Des pions inutiles. Aucune valeur humaine. On ne va pas pleurer sur leur sort.

– Et Louisa ? Et les autres femmes ? Et Lorraine Dumas ? Des pions ? Sur quel échiquier, Lester ? Explique-moi !

– Tu ne comprendrais pas. Tu fais partie des *aficionados* du manichéisme : le bien, le mal... La morale n'est qu'un carcan, Dag, un joug pesant pour embrigader les imbéciles. Le monde est évolutif. Tu es un dinosaure. Et, comme les dinosaures, tu dois disparaître.

– Je vois... le surhomme, tout ça... c'est toi qui date, Lester ! Les derniers surhommes chient dans leur froc devant les tribunaux en jurant avoir obéi aux ordres.

– Je ne parle pas de ça. Je te parle de degrés de conscience. Explorer la modification des états de conscience sous l'effet de la douleur, c'est ça qui m'intéressait. Conscience et perception. Qu'est-ce que l'extase, sinon le dépassement de toute douleur, la perte du moi ? Où est la limite, l'exquise limite ? Voyager *off the lip*… Surfer sur la crête de la vague, tu devrais comprendre ça, non ?…

– Dagobert, le coupa le père Léger sans oser bouger, est-ce qu'on ne pourrait pas…

– Ta gueule ! lança Lester en passant ses doigts dans son épaisse chevelure rousse. Laisse-nous.

Dag considéra le large dos de l'homme qui avait été son ami. Ses mains qui avaient donné la mort avec plaisir. Il secoua la tête.

– Lester, le marquis de Sade s'est posé les mêmes questions sans pour autant les expérimenter sur des êtres vivants. Qu'est-ce qui t'est arrivé, merde !

– Toujours aussi émotif. Comment crois-tu que Go et moi avons sympathisé ? Tu sais ce qu'il faisait à Haïti ? C'était un des exécutants de Papa Doc. Au sens littéral du terme. C'est comme ça qu'on s'est connus. Je travaillais pour la CIA à l'époque, avant qu'ils me virent pour, attends voir… ah, oui, « perversité pathologique », les cons ! J'avais soudoyé un geôlier pour pouvoir assister aux exécutions. J'aimais ça, voir crever des gens. C'est quelque chose de très excitant, tu te sens vraiment vivant. Après, j'ai eu envie d'expérimenter par moi-même. Apprendre à donner la mort, le plus lentement possible. Transformer un être humain en objet, en un morceau de chair malléable à sa guise, c'est… je ne peux pas te décrire…

Dag le dévisagea, incrédule.

– Tu ne ressens réellement aucune compassion pour les autres ? Aucun sentiment ?

– Si par sentiment tu entends « amour », alors non, je n'ai jamais ressenti d'amour. Je voudrais, Dag, si tu savais comme je voudrais… Chaque fois, je me dis que je vais avoir pitié, que je vais être ému. Et, au lieu de ça, je ressens de la joie. Mais je ne suis pas insensible, continua Lester avec véhémence. Je t'aime bien, par exemple. Je veux dire que tu ne m'inspires pas de sentiments négatifs. Mais tuer… J'en ai besoin. C'est une expérience unique, transcendantale. Le pouvoir total. Aucune jouissance n'y est comparable.

– Dans ce cas, pourquoi t'être arrêté toutes ces années ?

– On a frôlé la catastrophe avec le rapport de Rodriguez et le flair de Darras. Nous avons jugé préférable de mettre fin à notre association.

– Votre association ?

– Dagobert ! Il faut prévenir la police ! Vous ne voyez pas qu'il cherche à gagner du temps !

Négligeant l'interruption du père Léger, Lester continua de sa voix posée :

– Longuet, Go et moi. Le Paravent, le Rabatteur et l'Initiateur : une bonne équipe.

– Longuet ? Le médecin ?

– Lui-même. Il est mort. Il s'est suicidé ce soir, je l'ai entendu à la radio. Il n'a pas eu le courage d'attendre ma visite. Encore un cadavre pour le petit Dubois. Où en étais-je ? Ah, oui, nous avons donc rompu notre association, comme le souhaitait l'Ordonnateur…

– L'Ordonnateur ?

– Ne me dis pas que tu n'as rien compris ! Enfin, Dag, tu as tous les éléments en main !

Dag ouvrait la bouche pour répondre, quand le père Léger cria soudain :

– Attention !

Par réflexe, Dag amorça le geste de tourner la tête, mais sa vision périphérique enregistra le mouvement de Lester et, avant même d'avoir pris une décision, son doigt pressa la détente. Lester, qui avait pivoté et lui faisait face avec un grand sourire, le Beretta pointé droit devant lui, sursauta quand les balles pénétrèrent dans son corps, en rafale. Il lâcha son arme, fléchit les genoux comme un lutteur de sumo essayant de garder son équilibre, puis bascula en arrière, les bras écartés, et Dag fut certain qu'il riait pendant que sa tête cognait violemment le sable, qu'il riait en voyant le sang gicler de ses veines, qu'il riait encore tandis que sa vision se rétrécissait et que la dernière étoile du ciel du dernier soir s'amenuisait jusqu'à disparaître.

– Il est mort, déclara le père Léger quand Lester eut cessé de bouger.

– Il voulait me tuer, il…

– Ne vous défendez pas. Il désirait mourir, vous l'avez aidé. C'est ma faute, j'ai cru voir bouger derrière vous.

Dag cherchait Louisa du regard : la planche se balançait doucement sur l'eau. Il posa le pistolet-mitrailleur et se mit à courir.

Louisa s'était évanouie, étendue sur le dos, bras ballants, bouche ouverte. Dag hala la planche jusqu'au rivage, souleva délicatement Louisa. Les lueurs de l'incendie s'étaient éteintes, un brouhaha confus de moteur de camion, de pompe à eau, d'exclamations diverses, leur provenait à travers le champ. Le staccato du pistolet-mitrailleur avait été couvert par le fracas des vagues et toute cette agitation. Dag détourna les yeux : le père Léger lui faisait face et le projecteur l'éblouissait complètement.

– Éteignez ce truc !

Dag entendit un cri étouffé sur sa gauche, puis une cavalcade. On venait vers eux. Des uniformes et quelques hommes en civil.

– Au secours ! cria le père Léger. Nous sommes là !

A peine avait-il terminé sa phrase qu'une rafale de mitraillette déchira la nuit. Dag plongea au sol. Les salauds n'avaient même pas fait de sommation. Le corps de Louisa roula sur le sable humide et Dag s'en éloigna le plus vite possible. C'était lui la cible. Il se cogna dans quelque chose de dur. Une jambe. Dans un pantalon gris fer. Le père Léger. Il leva les yeux vers le prêtre dont le visage était noyé dans l'ombre.

– Bon Dieu ! Dites-leur que je ne suis pour rien dans tout ça ou ils vont m'abattre comme un chien !

– Je doute que le Bon Dieu entende votre prière, Dagobert, rétorqua le prêtre d'une voix grave que Dag ne lui connaissait pas.

– Que voulez-vous di…

Le canon froid du Beretta posé sur son front interrompit sa phrase. Pendant une seconde qui dura mille ans, Dag se sentit tomber dans un gouffre sans fin. Puis il atterrit rudement et cligna des yeux.

– Vous !

– L'Ordonnateur, pour vous desservir, très cher. Votre passeport direct pour le Paradis où vous pourrez vous rassasier à loisir de la bonté divine en compagnie de toutes les bonnes âmes dans votre genre.

– Mais…

– Vous voulez une explication ? Je vais vous en donner une. Toutes les femmes que Lester a tuées étaient des catins. Elles ont péri punies par là où elles avaient péché. Cela devrait satisfaire un moraliste tel que vous.

– C'est stupide. Dites-moi la vérité.

– Vous ne pourriez pas comprendre.

Dag sentait la sueur ruisseler entre ses yeux. Les flics se rapprochaient. Quand ils seraient tout près, le prêtre tirerait. Légitime défense. Fin de l'histoire. Se raccrocher aux paroles. Le faire parler.

– Vous m'avez menti depuis le début.

– Que vouliez-vous que je vous dise ? Que vous étiez tombé dans un nid de psychopathes ? Que j'étais un être libidineux doublé d'un sadique et d'un assassin ? Soyons sérieux. J'ai essayé de vous aider de mon mieux, reconnaissez-le, et j'ai sincèrement apprécié vos efforts. Vous êtes un adversaire de choix. Mais, maintenant, il faut bien en finir.

– C'est vous qui avez dérobé le dossier Johnson ?

– Bien évidemment. Il ne fallait pas que cette note reste en votre possession. J'ai eu la main un peu lourde avec le marteau, c'est un fait.

– Et c'est vous qui êtes allé à la sucrerie, pour tuer Louisa.

– Non, c'est Lester qui devait s'en charger et qui a salopé le boulot, soit dit en passant.

– Et Francisque ?

– Un pauvre imbécile. Un figurant dans notre petit scénario. Le factotum de service. Lester l'avait chargé de m'enlever afin que vous interveniez, et j'avais prévenu Paquirri de se rendre au presbytère. Tout s'est déroulé comme prévu. Francisque a parlé, vous êtes arrivé jusqu'ici, vous avez éliminé Voort… Un plan parfait.

– Pas tout à fait…, intervint une voix tendue.

– Louisa ! Ma chère ! protesta le père Léger en minaudant.

A genoux dans le sable mouillé, elle dévisageait le prêtre, l'Uzi de Vasco appuyé contre sa hanche, une expression d'écœurement sur le visage.

– Voyons, vous n'allez pas tirer sur un vieil homme qui, en mourant, appuiera sur la détente de cet automatique, expédiant certainement le roi Dagobert *ad patres* ! Réfléchissez !

Pas de réponse. Coups de sifflets stridents. Interjections. Le doigt de Louisa se crispa sur la gâchette. Elle sentit l'Uzi trembler dans sa main. Elle aurait voulu avoir le temps de réfléchir. Mais elle ne l'avait pas. C'était ici et maintenant. L'abbé allait les abattre, tous les deux, avec la même expression lasse et élégante qu'il arborait en disant la messe. Halètements des flics, course précipitée. La voix de Dubois :

– Tout va bien, mon père ?

– Comme sur la poutre, murmura Louisa d'une voix lasse.

Le père Léger haussa les sourcils. Il n'y eut qu'une brève rafale. Dag s'était jeté de côté à l'instant même où Louisa avait parlé. Il vit du coin de l'œil la calotte crânienne du prêtre se soulever et se dissocier du reste de son visage, dans une gerbe d'esquilles, de sang et de cervelle. Douleur cuisante à la jambe : la balle tirée par le Beretta avait raté sa tête pour s'enfoncer dans sa cuisse.

Le père Léger tenta d'appuyer une seconde fois sur la détente sans succès et tomba à genoux, ses grands yeux marron fixés sur Dag. Là où aurait dû se trouver son front, des fragments de cerveau palpitaient, à nu. Du sang se mit à couler de ses narines, puis de ses oreilles et de sa bouche. Il leva la main et esquissa un geste : un signe de croix. Puis il s'écroula, face en avant, son cerveau se répandant sur le sable comme un poulpe gluant, tandis qu'on relevait Dag, qu'on le secouait, qu'on le frappait, que Dubois criait « Attendez ! », que Louisa hurlait « Arrêtez, arrêtez, il n'a rien fait ! » et que la mer grondait, indifférente à ce pauvre tumulte.

CHAPITRE 18

Dag regardait les pales du ventilateur tourner au plafond. Des pas dans le couloir de l'hôpital. Louisa venait de le quitter pour regagner sa propre chambre. Peut-être était-ce l'infirmière qui venait changer ses pansements ? Charlotte qui aurait daigné prendre l'avion pour lui rendre visite ? Selon Dubois, qui lui avait appris par téléphone que Vasco était mort et que Dag était blessé, elle n'avait pas semblé très émue, se contentant d'un sec : « Je vous remercie de m'avoir appelée. » Se renseigner auprès du Centre de recherches génétiques si les enfants femelles des nouvelles générations naissaient avec un pic à glace à la place du cœur. Les pas s'arrêtèrent devant sa porte. Il se redressa sur ses oreillers.

Ce n'était ni l'infirmière ni Charlotte, c'était Camille Dubois, visiblement pressé, une enveloppe kraft à la main.

– Pour vous.

Le rabat était ouvert et Dag fit glisser le contenu sur le drap blanc. Des feuillets de papier toilette bleu ciel, couverts d'une écriture fine et serrée. Il les effleura du doigt, perplexe.

– On les a trouvés lors de l'autopsie du père Léger, lui expliqua Camille en se dandinant d'un pied sur l'autre. Ils étaient roulés dans un étui en plastique enfoncé dans son… heum… rectum.

– Pardon ?

– Un étui en plastique. Dans son rectum. Anus, si vous préférez. Apparemment, ça vous est destiné. Je dois y aller. On est un peu sur les dents au bureau, s'excusa-t-il avec un petit sourire.

Il était déjà sorti. Dag contempla le petit tas de feuillets avec un certain écœurement. Papier toilette. Rectum. Cadavre. Même si les feuillets avaient été protégés par le plastique, il les saisit avec l'appréhension irrationnelle de les sentir encore chauds de l'homme qui les avait gardés dans ses entrailles. Évidemment, il n'en était rien.

Il n'y avait pas de titre, pas de chapitre. Des lignes griffonnées à la hâte, penchant tantôt à droite et tantôt à gauche, comme si des mains invisibles avaient tiraillé le scripteur en tous sens.

> Cher Dagobert,
> Ayant vécu une vie de merde, je trouve normal d'en coucher les grandes lignes sur du papier cul. N'y voyez aucune attaque personnelle.
> Je suis heureux de vous avoir connu. Votre arrivée a mis un peu de piment dans une existence devenue bien monotone et j'ai beaucoup apprécié de mener cette enquête sur moi-même en votre compagnie. *Vobis Tibi gratias* [1].
> Sachant combien vous aimez couper les cheveux en quatre, je suppose que vous vous posez un certain nombre de questions, je vais tenter d'y répondre.
> Lao Tseu a dit que le plein contient le vide et que le vide contient le plein. L'amour contient la haine et la haine contient l'amour. Que contient mon cœur ? Rien. Le vide glacé de l'amour. L'amour me donne froid. L'amour me brûle. L'amour est un sentiment indécent qui m'est inaccessible. Je veux transformer l'amour en haine, je veux éprouver la colère de celui qui se sent souillé.
> Je suis souillé. Lester croit que je suis un pervers comme Go. Il croit que j'aime imposer la souffrance. Mais c'est faux. Contrairement à eux, je n'ai pas véri-

1. Grâces vous soient rendues.

tablement le goût de tuer et si je me suis trouvé mêlé à tous ces meurtres passés et présents, c'est que d'actes contingents ils sont à un moment devenus nécessaires.
J'ai toujours voulu me détacher des contraintes corporelles, me disjoindre de ce corps obscène et encombrant. Mortification. Ce mot n'a plus grand sens aujourd'hui, en ces temps où l'on glorifie la matière. Mais quand j'étais enfant, il signifiait sacrifices, chasteté, humilité, obéissance… J'ai dévoré avec passion l'œuvre de sainte Thérèse de Lisieux et, comme elle, j'ai aspiré à l'extase spirituelle par la dégradation de la chair.
Quand j'avais 18 ans, au séminaire, j'ai décidé de supprimer cette partie de mon corps qui me rattachait inexorablement au monde des sens. Je me suis castré, très proprement, avec une lame de rasoir bien affûtée et stérilisée. Je vois vos yeux s'arrondir d'horreur et votre main se diriger instinctivement vers votre bas-ventre.

Dag suspendit son geste : comment ce salaud avait-il deviné ?

J'avais l'habitude de la douleur. Si vous lisez ces lignes, c'est que j'ai enfin rendu mon âme à Dieu. Quand je serai nu sur la table d'autopsie, vous verrez toutes ces cicatrices sur mon corps. Vous aurez une grimace de dégoût, vous êtes tellement normatif !
Quand je ne me comportais pas bien, enfant, je me punissais avec un cutter. Je me plaçais face à la glace et j'incisais bien franchement. J'enlevais de grandes bandes de peau que je déposais dans un bol prévu à cet effet. Ma mère aimait bien que je me punisse. Elle espérait que ma peau repousserait blanche, comme celle des saints sur les images pieuses. Elle me félicitait pour ma bonne volonté. Elle m'aidait parfois avec de la soude ou des bains bouillants. Nous vou-

lions très sincèrement que je sois béatifié un jour. C'était une femme très pieuse. Je crois qu'aujourd'hui on dirait maniaco-obsessionnelle et sadique. Mais aujourd'hui, il est trop tard pour qu'on lui retire ma garde.

Elle est morte quand j'avais 16 ans. J'ai dormi avec son cadavre pendant des jours. Je ne voulais pas qu'on l'emporte. On l'a emportée et on m'a envoyé chez les frères, finir mes études avant d'entrer au séminaire.

Ma mère, cette femme de bonne famille, si pieuse et si dure, était en réalité une abominable putain. Une nymphomane aux allures d'abbesse, comme dans tout bon roman pornographique. Mon père était un anonyme dans la cohorte de ses amants de passage. Je ne l'ai su que plus tard, par un des autres séminaristes, ravi de me l'apprendre. J'ai alors compris pourquoi elle aimait tant me laver. Ce n'était pas pour me purifier.

Je vous dégoûte ? Vous croyez que j'invente ? Vous croyez que je cherche à me justifier ? Je suis sincère, Dagobert, et je vous dis la vérité. Ma mère n'était qu'une immonde salope que j'ai follement aimée. J'ai cherché à la remplacer par Dieu, mais Dieu n'est jamais venu me laver. Dieu ne m'a jamais tenu contre lui. Dieu m'a envoyé épreuve sur épreuve pour me prouver que je n'étais qu'une pauvre merde.

Quand j'ai tranché mon sexe avec le rasoir, j'ai su que j'étais libre. J'ai été ordonné prêtre peu de temps après et, pendant une vingtaine d'années, j'ai exercé consciencieusement mon sacerdoce. Peu à peu, à travers les confessions de mes ouailles, je me suis rendu compte que les récits (fréquents) de brutalité et de violences sexuelles ne me laissaient pas insensible. En écoutant ces terribles aveux, je me sentais soudain terriblement vivant. C'est à cette époque que j'éprouvai ce sentiment envers la jeune paroissienne dont je vous ai parlé.

Ah oui, la femme battue… Elle ne savait pas à quoi elle avait échappé !

> Un jour, Longuet a évoqué devant moi un certain club de Port of Spain, où il se rendait pour trouver des partenaires disons… spéciaux. Un club cuir SM, comme c'était la mode dans les années 70-80. Ce n'est pas tombé dans l'oreille d'un sourd. Profitant d'une période où je le savais en Europe, j'ai prétexté un voyage dans ma famille et je m'y suis rendu incognito. J'y allai plusieurs soirs de suite, en simple spectateur, buvant un rhum ou deux, et me persuadant que je n'avais rien à y faire. Il y avait là des femmes et des hommes et je me suis rendu compte peu à peu que les femmes ne m'intéressaient absolument pas. En fait, le seul désir que j'éprouvais à leur égard était celui de posséder un sexe tranchant comme un rasoir et de les pénétrer jusqu'à ce que mort s'ensuive.
> Ce fantasme et d'autres du même genre, mais où je tenais le rôle de la victime, occupaient mes soirées solitaires. Et un soir, je m'en souviens, l'air embaumait le jasmin, un soir, Lester a fait son apparition. Il rentrait d'Haïti. Il était beau. Immense et beau. Un barbare celte des temps obscurs. Fort. Totalement amoral. Il représentait tout ce que j'aurais voulu être. Je me suis tassé dans mon coin, mais il s'est dirigé vers moi et il m'a dit : « Lève-toi. » C'est tout. Pas un mot de plus. « Lève-toi » comme à Lazare. Je me suis levé, je l'ai suivi et j'ai ressuscité.

Quelle connerie ! « Lève-toi », non vraiment ! Tout ce bla-bla quand des femmes étaient réellement mortes ! Se calmer. Boire un peu d'eau tiédasse. Continuer la lecture. Il avait voulu savoir ; il était servi.

> Il m'a emmené au bout de la nuit, dans ce *no man's land* où l'humanité s'abolit pour n'être qu'un cri, une prière. J'avais trouvé le bourreau capable de me trans-

porter au ciel, mais, de même qu'un vampire ne peut saigner à mort son amant, Lester, sous peine de me voir mourir, ne pouvait, avec moi, donner libre cours à tous ses fantasmes.

Je suppose que votre aimable petit cœur saigne à l'idée que votre grand ami Lester se révèle ce qu'il faut bien appeler un monstre. Mais, voyez-vous, suite à une malformation de la moelle épinière, Lester souffre de seringomyélie, une maladie très rare qui l'empêche de ressentir physiquement le chaud, le froid et la douleur. Ne prenez pas cet air sceptique, essayez plutôt de comprendre. On croit toujours que, parce que certaines choses sont rarissimes, on ne peut pas les rencontrer dans son entourage. Il faut pourtant bien que le monstre tricéphale ou l'enfant-bulle ait un père, des cousins, des voisins.

Instantanés flous de Lester. Il entre dans la petite kitchenette attenante au bureau. Bouscule la bouilloire pleine qui se renverse sur ses pieds nus et continue à parler comme si de rien n'était. Dag : « Lester ! Tes pieds ! – Merde, c'est vrai, putain, ça fait mal ! » Lester, blessé dans une rixe, le ventre ouvert, discutant tranquillement en attendant l'ambulance, une main sur la plaie béante. Dag : quel courage, ce mec ! Un dur, un macho, un Homme avec un grand H. Le Grand Lester. Lester le Voleur. Lester le Menteur. L'Ami. Le Traître. Lester, Janus des Caraïbes, riant à jamais de Dagobert le Naïf.

Je ne pouvais pas éprouver d'amour, Lester ne pouvait pas connaître la souffrance. Nous nous complétions à merveille. Je me serais volontiers contenté de son amitié, mais il avait des besoins très particuliers qu'il n'avait pas encore pleinement réalisés. De plus, je ne sais pourquoi, il s'obstinait à s'intéresser aux femmes. C'est alors que j'ai décidé de lui en offrir comme objets pour son étude de la douleur.

Grâce à Lester et à ses amis des Renseignements géné-

raux, Francis Go avait pu changer de nationalité et trouver un poste à Sainte-Marie. Quand nous avons su qu'il devait effectuer une tournée à travers les Caraïbes, nous avons sauté sur l'occasion.
A cette époque, je pratiquais assidûment la plongée sous-marine. Oui, je vous ai un peu menti là-dessus... En fait, j'ai un niveau plus qu'honorable. C'est un univers où je me sens en sécurité, protégé des autres par cette masse liquide. Placenta peut-être, qu'importe ? J'aimais évoluer dans cet univers souple, où mon revêtement de caoutchouc me donnait la consistance élastique d'un squale. Pour en revenir aux femelles nécessaires au sacrifice, je les choisissais donc parmi celles que je rencontrais dans les clubs de plongée, je les sélectionnais en fonction de leur apparence (jolies), de leur désarroi mental et de leur degré de débauche. Des femmes esseulées, malheureuses, entre 30 et 40 ans, d'aspect innocent, mais cachant une truie à l'intérieur de leurs entrailles... (Oui, je sais ce que ça me rappelle. Et je sais aussi que je ne me trompais pas, elles étaient bien de la même espèce que ma mère.)
Vous avez pu remarquer mon éclectisme quant à la couleur de leur peau. Je trouvais intéressant de comparer le comportement des divers types raciaux face aux « épreuves » concoctées par Lester, et lui-même était curieux d'observer la différence de leurs réactions. Eh bien, à vrai dire, il n'y en avait pas. Quelle que soit la couleur de ces femmes, elles hurlaient, suppliaient et mouraient de la même manière.
Je les désignais à Go, qui se renseignait sur leur état civil, leur adresse, les modalités d'accès à leur domicile, bref, l'intendance. Puis nous appelions Lester. Go violait les femmes et Lester les initiait aux sphères éthérées des sensations ultimes. Une fois ces amusements terminés, il suffisait de donner aux victimes l'apparence de suicidées.
J'ouvre une parenthèse, car je viens de relever une inexactitude dans mon récit. Lorraine ne pratiquait pas

la plongée. Je l'avais repérée dans le cadre de ma tournée des familles nécessiteuses. Elle buvait, elle était malheureuse, elle avait un corps crémeux qui appelait irrésistiblement les coups. (N'est-il pas fascinant que Loiseau, cette éponge mystique, ait su lire en mon âme ? Car je suis persuadé que c'est de moi qu'il parlait dans la lettre à Martinet ; Lester n'avait jamais vu Lorraine avant la nuit de sa mort. Loiseau a deviné que j'étais l'instrument de son trépas. Mais comment ? Y aurait-il réellement une innocence aimée de Dieu ?)
Par un de ces hasards qui sourient souvent aux projets diaboliques – et j'entends ici « diabolique » au sens littéral du terme –, Longuet et Jones participaient au programme d'échange scientifique. Pour l'avoir entendu en confession, je savais que Longuet était un homme prêt à toutes les corruptions. Nous lui avons offert de l'argent pour cautionner les cas douteux. Il a accepté. Notre équipe était formée. Une bonne équipe.

« Une équipe. Une bonne équipe. » Sainte Marie contre Jack l'Éventreur, match de première division. La partie se joue avec des têtes coupées, et le trophée est une coupe de sang gluant. Dag avait l'impression qu'il émanait des feuillets une odeur de poubelle. Il se pencha vers le bouquet de grosses marguerites jaunes que Louisa avait apporté, aspira profondément, soucieux de purifier ses narines, et se rejeta en arrière, écœuré. C'étaient les fleurs qui puaient. L'eau qu'on avait oublié de changer avait croupi, dégageant des effluves de marécage putride. Le célèbre flair de Dag Leroy… Il reprit sa lecture, exaspéré.

Pendant deux ans environ, comme vous l'avez judicieusement remarqué, nous avons effectué une dizaine d'interventions, discrètes et rapides. Puis Lester a oublié la tache de sang sur la robe de Jennifer, et Andrevon a découvert le pot aux roses. Un excellent médecin, Andrevon, très compétent. Là-dessus, Darras a commencé à effectuer quelques rapprochements et j'ai jugé préférable de mettre fin à nos activités. Comme un savant ne peut renoncer à ses expériences, Lester est incapable de mettre fin à ses pulsions. Il a donc cherché d'autres voies pour les assouvir à travers les réseaux de pédophiles dont, ô triomphe de l'hypocrisie démagogique, on semble aujourd'hui découvrir l'existence. Go s'est apparemment tenu tranquille. Peut-être quelques viols par-ci, par-là, dont le coupable n'a jamais été retrouvé… Longuet s'est terré dans ses fonctions officielles, s'appliquant à oublier ce à quoi il avait prêté son concours. Et moi, j'ai repris mon travail. Je me sentais épuisé, flétri, rassasié. Pendant de longues années, je me suis contenté de ces films aux images floues et mouvantes dont un certain nombre de copies circulant sous le manteau nous assuraient un revenu substantiel. En effet, j'ai oublié de préciser que Go filmait les performances de Lester, tant pour mon usage ultérieur qu'à des fins commerciales. Nous avions très vite compris qu'un important marché s'ouvrait devant ce genre de produits.

Ça vous choque ? Je ne vois pas pourquoi l'assouvissement de pulsions agressives serait une fin unique en soi. N'est-il pas plutôt rassurant d'y discerner en partie un mobile mercantile ? *Beati possidentes* [1], comme a dit le prince de Bismarck. Avec l'argent que nous procurait ce trafic, Go thésaurisait, Lester s'offrait de nouveaux crimes à l'étranger et, moi, je reversais ma part à des œuvres de bienfaisance. Eh oui, des centaines de petits orphelins ont été nourris, vêtus, logés, grâce au fric généré par la mort de quelques malheureuses.

Ignoble et cynique. Envie d'empaler le vieux singe et de le voir crever selon ses propres théories. Dag s'aperçut qu'il avait les poings serrés et se força à se détendre.

1. Heureux ceux qui possèdent.

Comment avait-il pu éprouver de la sympathie pour cet homme ? Une sympathie immédiate, une affection spontanée, comme s'il venait de rencontrer un très vieil ami. Comment n'avait-il pas senti la perversité de l'être qui lui faisait face ? Comment n'avait-il pas perçu la dualité de Lester ? Pourquoi les deux hommes pour qui il avait ressenti de l'amitié étaient-ils des psychopathes ? Est-ce qu'il y avait en lui-même un écho de leur folie ?

> Croyez-vous, cher Dagobert, que chacun de nous ait à vivre un cycle qui s'achève obligatoirement d'une manière ou d'une autre une fois le sablier vidé ? A cet instant précis de notre histoire, les protagonistes principaux sont encore vivants. Et cependant, les jeux sont faits. Nous saurons dans quelques heures si Horace avait raison de prétendre que « *pede poena claudo...* » : le châtiment suit le crime d'un pied boiteux et, s'il tarde à venir, il arrive cependant toujours. Mais je m'égare, je m'égare, et l'heure tourne.
> Vingt ans se sont donc écoulés. C'est long, vingt ans, quand on s'emmerde. Et puis, un jour, Lester m'appelle : on vient de vous charger d'une enquête qui vous mène indirectement sur les traces de Lorraine Dumas. Lester sait que vous êtes brillant, il préfère que je me tienne sur mes gardes. Et, effectivement, vous allez vite. Juarez a à peine eu le temps de vous précéder chez la mère Martinet et de s'occuper de ce brave Rodriguez, que vous étiez là, énervant avec votre enthousiasme et votre vitalité débordants. A ce propos, je vous félicite pour votre intuition onirique. Comme quoi, une certaine forme d'innocence est parfois supérieure à une pensée organisée.

Mais il le prenait carrément pour un demeuré !

> En ce qui vous concerne, Anita n'était censée intervenir qu'en cas d'urgence. Votre idée de rendre visite à Go l'a poussée à agir. Je ne m'attarderai pas sur cet

épisode absolument ridicule. Paix à l'âme de cette maladroite créature !
Ensuite… eh bien ensuite, je dois bien avouer que nous n'avons fait que parer au plus pressé. Au fil des ans, Lester est devenu paresseux. Il a trop confiance en lui. Et il était secrètement ravi de pouvoir s'amuser avec vous. C'est pourquoi il vous a laissé vous avancer trop avant. Il aime jouer avec le feu. Je ne suis pas exempt non plus de quelques imprudences. Je me rappelle notre conversation concernant la possibilité que Lorraine et son mystérieux amant aient été photographiés. J'avais vaguement dans l'idée que retrouver le père de Charlotte comblerait peut-être votre boulimie d'investigations. Si j'avais pu supposer qu'il n'était autre que vous ! Lester a trouvé ça d'une drôlerie irrésistible. Moi, j'ai eu le sentiment dérangeant qu'une boucle se bouclait.
Après bien des errements et des conciliabules sur la marche à suivre, Lester a contacté Voort, ce cloporte, afin de vous porter le coup final. Honnêtement, j'ai l'impression que nous avons pas mal cafouillé.
Plus grand-chose d'autre à dire. Il est tard. Les flics sont venus m'interroger à votre sujet et je leur ai dit que je vous avais toujours trouvé bizarre…
Nous sommes dimanche. Le jour du Seigneur.
Ce soir, Lester a coupé un doigt à Louisa. Il prétend que c'est le meilleur moyen pour vous amener à vous livrer à la police. Je crois, pour ma part, qu'il s'est mis à vous détester au fil des années, à détester votre amour de la vie et votre joyeuse simplicité ; non, je ne vous insulte pas, je vous envie moi aussi.
Ce soir, je suis assis dans le salon minable où je vis depuis si longtemps et je regarde ce doigt. La chair suintante et déchiquetée à la base porte nettement visibles les traces de la scie. Il y a eu de l'orage. Vous êtes en fuite. Est-ce que vous allez revenir ? Est-ce que nous allons pouvoir vous attirer à la ferme abandonnée, vous tuer ainsi que Louisa, et vous faire tenir pour responsable de toutes ces morts ?

Quel gâchis ! Je ne sais pas si j'ai vraiment envie de vous tuer.
Mais je ferai ce qu'il faut, comme toujours, parce que ce doit être fait.
Il est très étrange de penser que j'ignore l'issue de cette nuit mais que, si vous me lisez, je suis forcément mort. Félicitations, cher roi Dagobert, vous avez réussi à remettre votre culotte à l'endroit.
Étrange aussi de ne pas savoir quel sera le sort de Lester. Est-il mort lui aussi ? A-t-il réussi à s'enfuir ? Va-t-il finir ses jours dans une de ces cellules réservées aux dangereux malades mentaux qui ne seront jamais libérés ? Mon pauvre Lester. Mon beau et immonde Lester. Si seulement l'enfer pouvait lui ressembler…
Vous achevez de lire ces lignes. Vous regardez autour de vous. Moi, je ne vois plus rien. Je repose sans doute dans le sous-sol glacé d'une morgue. Je ne regrette rien. *Peccavi, peccavi* : oui, j'ai péché.
Dagobert, vous qui êtes un homme bon, priez pour moi.

Il n'y avait pas de signature. Dag replia les feuillets. Les posa sur la table de nuit. Et alluma la télé.

Le lendemain, Dag fit prévenir Dubois qu'il souhaitait se rendre à la morgue de Grand-Bourg, où les corps des protagonistes de la « nuit du massacre », comme disait la presse, avaient été déposés.

– Si ça vous amuse, lui répondit Camille, en essuyant énergiquement ses verres.

Un taxi le déposa devant un bâtiment blanc, sans fioritures, qu'une plaque en cuivre désignait comme l'« Institut médico-légal ».

Clopinant sur ses béquilles derrière un jeune homme en blouse verte, Dag enfila avec appréhension une succession de longs couloirs éclairés au néon jusqu'à une porte blindée hermétiquement fermée.

– On les a mis dans la « glacière » en attendant, expliqua le jeune homme, c'est que ça nous fait beaucoup de monde d'un coup... En plus de la femme blanche, des deux gamins, du gars du club et du tout-venant...

Il fit pivoter la porte, et Dag pénétra à sa suite dans une salle carrelée de blanc du sol au plafond et dépourvue de fenêtres. Hormis le ronronnement d'un générateur, tout était silencieux. La salle ne comportait rien d'autre qu'un grand évier et une rangée de tables d'opération où reposaient des corps rigides. Dag frissonna. Il s'avança, le claquement de ses béquilles résonnant sur le sol carrelé.

Il faisait froid, très froid, mais aucune buée ne s'échappait des lèvres des hommes allongés.

Ils étaient tous là : Francis Go, Luiz, Diaz, Vasco, Frankie Voort, Francisque, Lester et le père Léger.

– On a trouvé une place pour la femme Go dans un des casiers, expliqua le jeune homme, c'était plus correct.

Dag cligna des yeux. Plus correct. Ne pas laisser le cadavre nu d'une femme avec les cadavres nus de huit hommes. Il s'avança encore, clac, clac, impression d'être un crabe venant grignoter des charognes.

La moitié des corps était méconnaissable, à cause des ravages du feu. Et, malgré la puissante odeur de désinfectant, des relents de barbecue flottaient dans l'air glacé.

Dag les passa en revue, un à un : Go, à moitié calciné, mastodonte en charbon de bois. Clac, clac, Luiz et Diaz, à jamais méconnaissables, yeux blancs saillant des orbites comme les poissons cuits au four. Clac, clac, Vasco. La tignasse noire dont il était si fier avait disparu, laissant son crâne rougi et pelé, à vif. L'homme qui l'avait appelé « beau-papa » n'était plus qu'un masque noir et brillant, et, dans sa bouche maintenant dépourvue de lèvres, les dents ressortaient, immenses et jaunes. Le jeune homme en blouse tapota familièrement le bras noirci du cadavre.

– On doit le rapatrier à Barbuda demain. Cercueil de chêne capitonné et tout. La veuve nous a commandé le modèle le plus cher. On va le sceller pour qu'elle n'ait pas la tentation de l'ouvrir.

La veuve. Charlotte. Sa fille veuve. Un beau cercueil pour Vasco. Est-ce qu'elle l'avait aimé à sa manière ?

Clac, clac. Francisque. La plaie béante de sa gorge recousue à gros points. La peau devenue grise. Clac, clac. Lester, qui n'avait plus rien de superbe. La mort avait aspiré les chairs, et il paraissait beaucoup plus maigre. Sa moustache ressemblait à de l'étoupe. Ses cheveux roux à une perruque de clown. Sa peau blanche avait viré au jaune cireux. Jusqu'aux trous laissés par les balles dans sa poitrine et sa gorge qui avaient l'air de sortir des mains d'un maquilleur de film gore. « Lester, Lester, pourquoi m'as-tu abandonné ?... » Dag se sentait triste. Clac, clac, jusqu'au père Léger.

Il éprouva brièvement la sensation que le prêtre allait se relever et le saluer de sa voix chantante et moqueuse. Mais il resta immobile, poupée de bois brun aux lèvres pincées comme celles d'une vieille fille. *Caput mortuum*, comme disaient les alchimistes comparant les résidus solides de leurs expériences à une tête morte dont l'esprit se serait envolé. Dag fit glisser le drap d'un geste brusque. Le jeune homme l'avait rejoint.

– C'est moche, hein ? On voit de ces cinglés !

Le torse de l'abbé n'était qu'un fouillis de tissu cicatriciel. D'autres traces, profondes, boursouflées, étoilaient ses cuisses nerveuses.

– Le dos est dans le même état. Un vrai massacre. Et sur l'autre, à côté, continua-t-il en désignant Lester, des centaines de brûlures de cigarettes sur le bas-ventre. De vrais tordus.

L'abbé se mutilant pour devenir un saint. Lester essayant désespérément de réveiller ses nerfs inertes au baiser rouge d'une cigarette. Dag remonta lentement le drap. Mort. Tous morts. *Patere quam ipae fecisti legem*[1], comme aurait dit l'abbé. Toutes les passions malsaines qui

1. Subis la loi que toi-même as faite.

les avaient animés gisaient ici avec eux, vaine poussière de désirs. C'était fini.

Il tourna le dos au royaume aseptisé de la mort et regagna le monde moite des vivants.

ÉPILOGUE

A travers le hublot, Dag sourit à Charlotte qui leur lançait des baisers du bout des doigts tandis que le petit avion vrombissait.

– Elle est superbe dans cet ensemble en soie, murmura Louisa en se penchant par-dessus son épaule.

– Cette garce est toujours superbe, opina Dag, mais elle ne t'arrive pas à la cheville.

– Ce n'est pas l'opinion de Dubois, apparemment…

Camille venait d'apparaître sur la piste et s'approchait nonchalamment de Charlotte. Depuis la mort de Vasco, il avait rendu de nombreuses visites à la jeune femme éplorée, pour les besoins de l'enquête, évidemment. Très éprouvée au début, Charlotte avait rapidement remonté la pente, d'autant que Vasco, en gentleman prévoyant, avait laissé ses papiers parfaitement en ordre et qu'elle se trouvait maintenant à la tête d'un petit empire immobilier, sans oublier le yacht, bien sûr.

Dag n'oublierait jamais la lueur de triomphe dans ses yeux lorsqu'elle le lui avait annoncé, au cours de la réception flottante qu'elle avait donnée pour fêter son départ et celui de Louisa pour Mauï. Un vieux rêve de Dag : exécuter un *air-roll-spin* au-dessus des vagues les plus mythiques de la planète. Il avait proposé à Charlotte de les accompagner, histoire de faire connaissance, mais elle avait décliné l'offre tout en lui laissant entendre qu'elle serait heureuse de le voir à son retour. Ils pourraient aller prendre le thé, avait ricané Dag, mal à l'aise. Et faire une promenade bras dessus, bras dessous, avait renchéri Charlotte.

Charlotte et Camille… Le pauvre garçon allait avoir du pain sur la planche pour la séduire : il n'avait pas vraiment le look brute épaisse. Mais Louisa prétendait qu'il était en réalité bien plus dur et solide que tous les Vasco de la terre. On verrait bien.

Lester McGregor et le père Léger avaient été enterrés sans cérémonie dans le cimetière communal de Grand-Bourg. Ni l'un ni l'autre n'avait de famille et il n'y eut ni fleurs, ni couronnes, ni sermon. Seulement Dag, appuyé sur ses béquilles, contemplant les fosses béantes, et les fossoyeurs qui sifflotaient sous le soleil radieux, pressés d'aller boire une bière fraîche. Comme avait dit Lao Tseu : « Quiconque veut s'emparer du monde et s'en servir court à l'échec. »

Le vent poussait des papiers gras qu'un chien galeux humait consciencieusement. Une sortie minable, s'était-il dit, pour deux êtres qui avaient sacrifié toute humanité à leur insatiable désir de puissance. « Priez pour moi », avait demandé le père Léger. Non, il ne prierait pas. Il ne permettrait pas que, par ce biais, le prêtre garde une emprise sur lui au-delà de la mort. Il ne ressentait pas de compassion, mais de la colère. De la colère et de l'amertume. Il était parti sans attendre la fin.

Louisa lui tapota le bras, le tirant de ses pensées.

– Nous décoller, Grand Chef !

Il agita la main en direction du couple sur la piste, tandis que l'avion commençait à rouler et que les lèvres de Charlotte articulaient soigneusement : « Bon voyage, Dad ! »

Dad… Un élégant compromis entre Dag et papa. Peut-être qu'un jour ils arriveraient à lancer un pont au-dessus du gouffre de vingt ans d'absence qui les séparait.

Il se carra dans son siège et serra la main valide de Louisa dans la sienne.

L'avion s'élança dans le ciel, face au soleil, glissant sur le ciel bleu tel un grand surf d'argent.

Fly Out.

ANNEXE

LE ROI DAGOBERT
(chanson populaire française)

Le bon roi Dagobert
avait mis sa culotte à l'envers.
Le grand saint Éloi lui dit : « Ô mon roi,
Votre Majesté est mal culottée. »
« Eh bien, lui dit le roi,
je vais la remettre à l'endroit ! »

Le bon roi Dagobert
chassait en plaine d'Anvers.
Le grand saint Éloi lui dit : « Ô mon roi,
Votre Majesté est bien essoufflée. »
« C'est vrai, lui dit le roi,
un lapin courait après moi. »

Le bon roi Dagobert
voulait embarquer sur la mer.
Le grand saint Éloi lui dit : « Ô mon roi,
Votre Majesté se fera noyer. »
« Eh bien, lui dit le roi,
on pourra crier "le roi boit !". »

Le bon roi Dagobert
mangeait du dessert.
Le grand saint Éloi lui dit : « Ô mon roi,
vous êtes gourmand, ne mangez pas tant. »

« C'est vrai, lui dit le roi,
mais je le suis moins que toi ! »

Le bon roi Dagobert
voulait un grand sabre de fer.
Le grand saint Éloi lui dit : « Ô mon roi,
Votre Majesté pourrait se blesser. »
« C'est vrai, lui dit le roi,
qu'on me donne un sabre de bois. »

Le bon roi Dagobert
craignait fort d'aller en enfer.
Le grand saint Éloi lui dit : « Ô mon roi,
je crois bien que vous irez tout droit. »
« C'est vrai, lui dit le roi,
ne peux-tu pas prier pour moi ? »

Quand Dagobert mourut,
Satan aussitôt accourut.
Le grand saint Éloi lui dit : « Ô mon roi,
Satan va passer, il faut vous confesser. »
« Hélas, lui dit le roi,
ne peux-tu mourir pour moi ? »

COMPOSITION : I.G.S. CHARENTE-PHOTOGRAVURE À L'ISLE-D'ESPAGNAC
IMPRESSION : S.N. FIRMIN-DIDOT AU MESNIL-SUR-L'ESTRÉE
DÉPÔT LÉGAL : OCTOBRE 1998. N° 35292 (44017).